AF301030
WER
VON
UNS
MARIA NOURIA

*»Der beste unter euch ist derjenige
mit den besten Manieren.«*

(Al-Buchârî, Muslim)

MARIA NOURIA

WER VON UNS

Roman

Impressum:

Bibliografische Information der Deutschen Nationalbibliothek:
Die Deutsche Nationalbibliothek verzeichnet diese Publikation in
der Deutschen Nationalbibliogra fie; detaillierte bibliografische Daten
sind im Internet über http://dnb.dnb.de abrufbar.
© 2. Auflage 2026 Maria Nouria

Web: www.marianouria.de
E-Mail: info@marianouria.de
Instagram: maria_nouria
Newsletter: www.marianouria.de/#newsletter

Umschlaggestaltung: Emily Bähr
Lektorat: Ulrike Weinhart
Korrektorat: Anna Dörscheln
Buchsatz: Phantasmal Image

Verlag: BoD · Books on Demand GmbH, Überseering 33,
22297 Hamburg, bod@bod.de
Druck: Libri Plureos GmbH, Friedensallee 273, 22763 Hamburg

ISBN: 978-3-7583-8182-9

DIE ANKÜNDIGUNG
Mittwoch, Tag 1

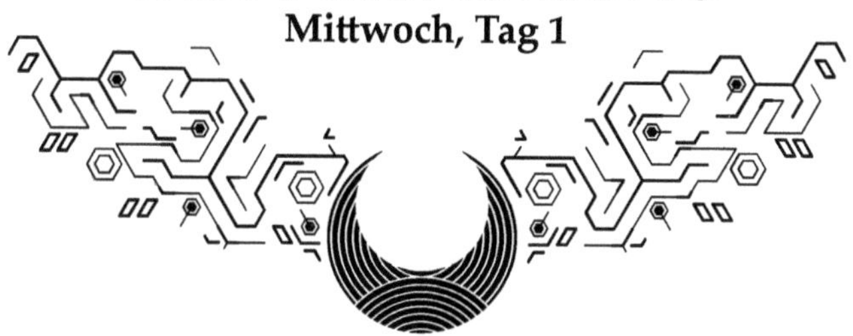

Ein Geräusch, wie wenn jemand mit den Fingernägeln über die Tafel kratzte, bohrte sich nervtötend in ihren Schädel. Sie ruckte mit dem Kopf zurück und hielt sich wie betäubt den Nasenrücken. Der Schmerz setzte erst viel später ein.

Mit dem Handy in der Hand schaute sie von der Glastür, gegen die sie frontal geprallt war, dem jungen Mann hinterher, der völlig unbekümmert im Aufzug verschwand.

»Nawal? Bist du noch da?«, ertönte eine besorgte Stimme aus ihrem Handy.

»Ja, bin ich«, murmelte sie hastig und rückte ihre Brille gerade, was sie für einen Moment buchstäblich Sternchen sehen ließ. Brüsk öffnete sie die Tür, die der nette Kollege ihr so rüde vor der Nase hatte zufallen lassen und eilte mit weit ausladenden Schritten in die Eingangshalle.

»Sie warten auf dich«, drängelte Trixie an ihrem Ohr.

Als ob sie das nicht selbst wusste! Nawal war angespannt, seit sie vor zwanzig Minuten die Nachricht erhalten hatte, dass ein Krisenmeeting einberufen worden war. Normalerweise wäre sie um diese Uhrzeit längst im Büro gewesen, aber ausgerechnet heute hatte sie verschlafen. Prompt war dann auch noch die vollkommen überfüllte U-Bahn zu spät gekommen. Die knapp zehnminütige Fahrt, eingepfercht zwischen einer älteren Dame und einer

Kindergartengruppe, hatte den Morgen nicht besser werden lassen.

»Bin gleich da«, antwortete Nawal knapp und legte auf.

Nur, wer sie besser kannte, hätte bemerkt, wie sie zweimal den Aufzugsknopf betätigte. Ansonsten gab ihr Gesicht keine Regung preis. Stoisch betrachtete sie die Anzeige, auf der seit Minuten die Zahl fünf aufleuchtete. Kurzentschlossen wandte sie sich nach links, öffnete die Tür zum Treppenhaus und rannte mühelos die Stufen hinauf.

Vor der Tür im fünften Stockwerk hielt sie inne, kontrollierte ihren Atem, rückte ihr Kopftuch zurecht und schritt in den Flur. Oberste Regel: niemals rennen. Auch wenn sie zu spät kommen würde, es eine schwerwiegende Störung von Kundenanwendungen, einen sogenannten Major Incident, gab, und alle durcheinander brüllten – rennen würde nicht helfen, das Problem zu lösen. Ihr blaues Kopftuch verdeckte zuverlässig die hektischen roten Flecken an ihrem Hals. Schwungvoll öffnete sie die Tür zum Besprechungsraum.

»Ah, Frau El Abbasi, dann sind wir ja jetzt vollzählig«, empfing sie Herr Baum. Er war der Softwareentwicklungsleiter der Firma »Mpact«, die sich auf kundenspezifische Datenlösungen spezialisiert hatte.

»Guten Morgen«, erwiderte Nawal und ignorierte den unterschwelligen Tadel. Sie setzte sich neben ihre Kollegin Trixie, mit der sie bis eben telefoniert und die ihr einen Platz freigehalten hatte.

Während Herr Baum das Meeting eröffnete, nutzte Nawal die Gelegenheit, einen Blick auf die Versammelten zu werfen. Die Teamleiter waren anwesend, ebenso wie der IT-Sicherheitsbeauftragte. Außerdem alle Projektmanager, Datenwissenschaftler, Softwareentwickler und System-Administratoren.

Der Meetingraum bot nicht genug Platz für die zwanzig Mitarbeiter, weswegen einige von ihnen an der Wand lehnten und andere ihre eigenen Stühle mitgebracht hatten. Nur

Nawals direkte Vorgesetzte, die Teamleiterin der Projektmanager, Julia Stein, fehlte. Sie war Nawals Mentorin, seit sie vor knapp zwei Jahren die Stelle der Junior-Projektmanagerin angenommen hatte. Wieso war ihre Chefin nicht hier? Sie drehte sich in ihrem Stuhl um und suchte vergeblich das anliegende Großraumbüro durch die Glastür ab. Aber von Julia fehlte jede Spur. Seltsam. Nawal wandte sich wieder um und konzentrierte sich auf Herrn Baums Worte.

»Wie Sie alle wissen, haben wir den Pitch eines der größten Projekte in unserer Firmengeschichte gewonnen. Die Vorplanung ist abgeschlossen. Jetzt klären die Anwälte die rechtlichen Bedingungen, bevor es dann in vier bis sechs Wochen an die Umsetzung geht«, sagte Herr Baum mit seinem tiefen Bariton und sah jeden einzeln an.

Im Raum war es mucksmäuschenstill, kein Rascheln, kein verstohlenes Tippen auf dem Handy oder Herumrutschen auf dem Stuhl war zu hören. Scheinbar hatte niemand eine Ahnung, worauf dieses Treffen hinauslaufen sollte.

»Und wie es bei wichtigen Projekten nun einmal so ist, haben wir schon gleich zu Beginn die erste Herausforderung.« Alle hingen an seinen Lippen. »Frau Stein wird leider krankheitsbedingt ab sofort ausfallen«, fuhr er fort und lautes Gemurmel brach aus.

Nawal ließ Herrn Baum nicht aus den Augen. Irgendetwas sagte ihr, dass das noch nicht alles war.

»Wir legen viel Wert darauf«, übertönte Herr Baum mit angehobener Stimme alle Gespräche und hatte damit erneut die ungeteilte Aufmerksamkeit der Meetingteilnehmer, »unseren Nachwuchs zu fördern.«

Nawal hatte gar nicht mitbekommen, dass sie sich angestrengt nach vorn gebeugt hatte, aber jetzt lehnte sie sich in ihrem Stuhl zurück.

»Daher werden unsere Junior-Projektmanager«, er zeigte auf Amber, Piet, Jakob und sie, »die Chance erhalten, dieses wichtige Projekt zu leiten«, fuhr Herr Baum fort.

Piet und Amber klatschten sich begeistert ab, Jakob nickte zustimmend und Nawal wünschte sich weit weg. Egal wohin, nur nicht in diesen Raum im fünften Stock, in dem sie das Gefühl hatte, keine Luft mehr zu bekommen.

»Wer bis Ende des Monats als Erster vier seiner laufenden Projekte abgeschlossen hat, wird der neue Projektleiter.« Herr Baum grinste und ein paar fingen an, zu applaudieren.

»Du siehst aus, als wäre jemand gestorben«, flüsterte Trixie ihr zu und stupste sie mit dem Ellbogen in die Seite.

»Alles bestens«, erwiderte Nawal leise und zwang sich zu einem Lächeln. Sie hob ihre Hand.

»Ja, Frau El Abbasi?«, fragte Herr Baum und erinnerte Nawal an einen stolzen Vater, dessen Sohn sein erstes Wort sprach.

»Gibt es eine Liste, in die man sich eintragen kann?« Das Ganze hier würde doch wohl freiwillig sein …

»Richtig. Gut, dass Sie mich daran erinnern. Sie haben eine Woche Zeit, um sich darüber klarzuwerden, ob Sie an der Challenge teilnehmen möchten. Aber wir hoffen natürlich, dass Sie alle die Herausforderung annehmen.«

Nawal beugte sich über ihren Notizblock und hob den Blick erst wieder, nachdem Herr Baum das Meeting beendet hatte.

»Gehen wir?« Trixie rückte ihren Stuhl an den Tisch und sah sie abwartend an.

»Ich komme gleich nach«, erwiderte Nawal.

Trixie öffnete den Mund, um etwas zu antworten, überlegte es sich dann aber anders, zuckte mit den Achseln und wandte sich ab. Das schätzte Nawal so an der talentierten Entwicklerin: Sie bedrängte sie nie, sondern wartete ab, bis Nawal zu ihr kam.

Gedankenverloren sah sie aus dem Fenster. Nach ein paar Minuten, in denen sie völlig reglos auf ihrem Stuhl verharrt und ihre durcheinanderwirbelnden Gedanken zu ordnen versucht hatte, erhob sie sich und folgte den anderen. Ihr Entschluss stand fest: Sie würde nicht an dieser Challenge teilnehmen.

NEIN, NEIN UND NOCHMALS NEIN

Wortfetzen über die Challenge drangen an ihr Ohr, egal wohin sie sich wandte. Obwohl ihr Schreibtisch am Ende des Großraumbüros stand und sie normalerweise gut darin war, Geräusche auszublenden, ganz abschalten konnte sie diese aufgeregten Unterhaltungen nicht. Lediglich Meetingräume verfügten über geschlossene Türen – und damit über ein wenig Ruhe und Privatsphäre. Mehr als einmal hatte Nawal das rege Treiben in dem Großraumbüro mit einem akustischen Wimmelbild verglichen.

Sie erinnerte sich an ihren ersten Tag im Büro. Julia hatte sie am Empfang mit einem breiten Lächeln abgeholt und sie dann eine Stunde lang durch diesen Raum geführt. An jedem Tisch waren sie stehengeblieben und schon damals hatte sie bewundert, wie ihre Chefin selbst nach der zwanzigsten Vorstellung geduldig den gleichen Text wiederholte, ohne auch nur ansatzweise genervt zu klingen. Sie hätte sich natürlich in die Mitte des Raumes stellen und um Aufmerksamkeit bitten können. Aber so hatte sie Nawal von Anfang an einen einfachen Start ermöglicht, indem sie ihr diese fünf Minuten pro Person schenkte.

Trixie war ihr auf Anhieb sympathisch gewesen, sowie Emre, ein System-Administrator, und Jasleen, die als

Datenwissenschaftlerin bei Mpact arbeitete. Mit der Zeit waren sie zu einem eingeschworenen Team zusammengewachsen und trafen sich nicht nur mittags zum Essen, sondern setzten auch sehr erfolgreich gemeinsame Projekte um.

Eine Hand legte sich auf ihren Arm und sie schaute verwundert auf.

»Mach dir keine Sorgen, wir schaffen das«, sagte Jasleen mit blitzenden Augen. »Komm, Trixie und Emre warten schon.« Sie hakte sich bei Nawal unter und navigierte sie geschickt an den überall in Grüppchen herumstehenden Kollegen vorbei.

Emres Tisch stand am Fenster und war einer der begehrtesten Sitzplätze im Büro, weil er die Wand im Rücken hatte. Speziell unter den Männern gab es einige, die darauf neidisch waren. Emre war einer der Gründer, die Mpact vor sieben Jahren aufgebaut hatten. Ihm stand ein eigenes Büro zu, doch er zog es vor, hier, im Kessel, direkt an der Quelle zu sitzen. So entging ihm kein Projekt, kein Ausfall oder – Nawal wusste, dass das seine eigentliche Motivation war – keine knifflige Fragestellung. Allerdings langweilten ihn gewöhnliche Aufgaben, und deshalb war es manchmal schwierig, sicherzustellen, dass er diese zeitgerecht umsetzte. Denn Zeitverzug brachte jedes Projekt zu Fall.

Trixie stand neben Emre und redete auf ihn ein. Dabei wippten ihre blauen Spitzen auf und ab und das Geklimpere ihrer Armreifen war von hier aus zu hören.

»Na, seid ihr beide euch mal wieder einig?«, scherzte Nawal. Zu spät sah sie Jasleens warnende Handbewegung.

»Einig?«, schnauzte Trixie da auch schon und ihre Stimme überschlug sich fast. »Einig? Dieses Genie hat einfach meinen Entwicklungsrechner aktualisiert – ohne mich vorher zu fragen!« Für einen Moment verstummten alle Gespräche um sie herum und zwanzig Köpfe wandten sich ihnen zu.

»Wie oft habe ich dir schon erklärt, dass das nicht ›dein‹ Entwicklungsrechner ist, sondern eine nicht gewartete

Spielwiese?«, hielt Emre dagegen und eine Ader an seinem Hals pochte gefährlich schnell.

»Das Problem ist, dass du nicht zuhörst!«, blaffte Trixie zurück und tippte mit ihrem Finger derart vehement auf den Bildschirm, dass dieser bedrohlich hin und herschwankte.

»Wann hast du denn zuletzt den Code verändert?«, fragte Nawal die Entwicklerin.

»Gestern Nacht«, knurrte Trixie und erdolchte Emre mit ihrem Blick.

Emre nickte, dann flogen seine Finger über die Tastatur und kurz darauf grinste er Trixie versöhnlich an: »Alles wieder hergestellt.«

Trixie drehte sich schroff um und ließ sich auf ihren Schreibtischstuhl fallen. »Das wollte ich dir aber auch geraten haben«, murrte sie, nachdem sie geprüft hatte, dass wieder alles in Ordnung war.

»Danke«, flüsterte Emre Nawal zu, aber Trixie hörte es trotzdem.

»Hättest du mal selbst draufkommen können, du Genie!«, zog sie ihn auf, lächelte aber wieder.

Um den gerade eben errungenen Frieden nicht gleich wieder zu gefährden, behielt Nawal für sich, dass Trixie auch nicht auf die Idee gekommen war, das Backup einzuspielen. Die beiden Hitzköpfe gerieten regelmäßig aneinander und brauchten jemanden, der sich von ihrer bärbeißigen Art nicht abschrecken ließ. Das war meistens Nawals Aufgabe, aber auch Jasleen sprang oft genug ein und glättete die Wogen. Emre und Trixie starrten intensiv auf ihre Bildschirme, weswegen Nawal sich schulterzuckend umdrehte und zurück zu ihrem Schreibtisch marschierte.

»Warte, deswegen sind wir nicht hergekommen«, rief ihr Jasleen hinterher.

»Nicht?«

»Also ehrlich, Nawal. Wir brauchen doch keinen Babysitter!«, entrüstete sich Trixie und schüttelte ihren Kopf derart heftig, dass ihr die blauen Spitzen ihres aubergine-farbenen Bobs ins Gesicht peitschten.

»Hier«, sagte Emre und drehte seinen Bildschirm, sodass sie alle darauf sehen konnten.

Nawal blinzelte.

»Du kannst dein erstes Projekt abschließen«, platzte Jasleen heraus und blickte sich argwöhnisch um, ob jemand mitgehört hatte.

Hatte Emre tatsächlich eine Lösung gefunden für das Problem, das sie seit sechs Wochen auf Trab hielt?

»Ja, habe ich«, bestätigte er lässig ihre unausgesprochene Frage und zwinkerte ihr zu. »Trixie hat die Software-applikation entsprechend angepasst und wir können in zwei Tagen live gehen. Bis dahin haben wir die obligatorischen Tests durchgeführt, du hast dein Änderungsberatungs-meeting abgehalten und – tada – wenn mich nicht alles täuscht, solltest du damit bereits in Führung gehen.«

Zurück an ihrem Schreibtisch öffnete Nawal ihre E-Mails und stellte fest, dass sie mehr als zwanzig unbeantwortete Nachrichten hatte. Dabei war es gerade mal halb neun. Seufzend fing sie mit der Ältesten an und arbeitete sich systematisch nach oben durch. Nach einer Videokonferenz und zwei kleineren Meetings aktualisierte sie schließlich die Projektpläne. Sie vermied es peinlichst, über die Challenge nachzudenken, doch je mehr sie nicht darüber nachdenken wollte, desto mehr drängte sich das Thema in ihre Gedanken.

Ihre gesamte Schulzeit hatte nur aus Wettkämpfen bestanden: Vorlese-, Mathe-, Debattier-, Schachwettbewerb und viele andere. Sie war immer unter den Finalisten und sehr oft die Siegerin gewesen. Irgendwann hatte sie den Ruf, Favoritin zu sein, egal wobei. Das hatte den Druck enorm erhöht.

Im Studium hatte es nicht mehr so viele Turniere gegeben, doch sie hatten erst aufgehört, als Nawal zu arbeiten anfing. Bis heute hatte sie diese nicht vermisst. Sie arbeitete gerne und auch viel, aber wenn sie nur daran dachte, irgendwo schon wieder die Beste sein zu müssen, wurde ihr übel.

Sie nippte an ihrem Kakao und schaute zu Jasleen, die sich mit Amber unterhielt. Amber war wie Nawal Junior-Projektmanagerin und hatte am gleichen Tag in der Firma zu arbeiten begonnen. Sie waren nie besonders gut miteinander ausgekommen, respektierten einander aber und mieden sich den Rest der Zeit.

Als hätte Amber gespürt, dass Nawal über sie nachdachte, schaute sie hoch und ein berechnendes Lächeln umspielte ihren Mund. Nawal kannte die Anzeichen und ein Schauer lief ihr über den Rücken. Für Amber war sie eine ernstzunehmende Konkurrentin, obwohl sie sich gar nicht offiziell in den Ring geworfen hatte. Wie so oft hinderte das ihre Mitmenschen aber nicht daran, bereits im Vorfeld die Messer zu wetzen.

Was hatte sich Herr Baum nur dabei gedacht, sie gegeneinander antreten zu lassen? Glaubte er ernsthaft, das würde den Zusammenhalt stärken?

Nawal war zufrieden mit der Position, die sie innehatte. Sie kam gerne ins Büro, liebte die Herausforderungen und die kollegiale Art, die im Großen und Ganzen vorherrschte. Ihre Chefin hatte bereits mit ihr besprochen gehabt, wann sie eine Beförderung zur Projektmanagerin und dann zur Senior-Projektmanagerin zu erwarten hatte. Sie hatten einen Plan gehabt und der beinhaltete nicht, sich mit anderen messen zu müssen, sondern eine solide Arbeit abzuliefern.

Nawal schnaubte.

Dieses Mal würde sie nicht den gleichen Fehler begehen und sich in irgendetwas hineinziehen lassen. Niemand konnte sie zwingen und sie würde ihren sicheren Hafen nicht freiwillig verlassen.

VERSUCHUNGEN

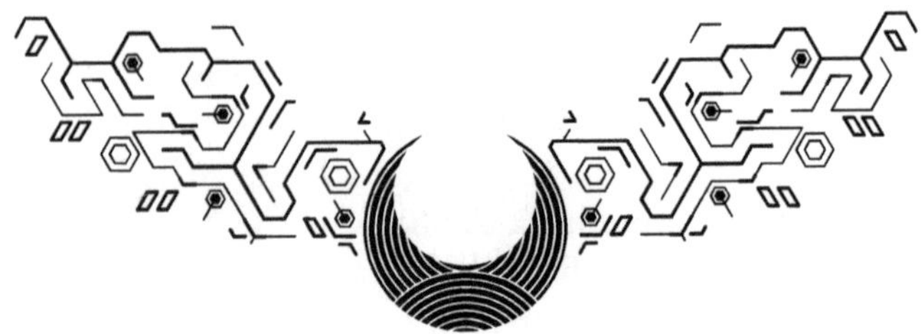

Nawal warf den Schlüssel mit Schwung auf das Sideboard, kickte ihre Schuhe in die Ecke und stampfte in die Küche.

»As salamu alaikum wa rahmatuh Allahi wa barakatuhu, Habibti. Hattest du einen schönen Tag?«, begrüßte ihre Mutter sie wie jeden Abend mit dem Friedensgruß.

Sie fasste sanft den Kopf ihrer Mutter mit beiden Händen und drückte ihr einen Kuss auf die Stirn. »Wa alaikum assalam wa rahmatuh Allahi wa barakatuhu«, erwiderte sie und hob dann den Deckel der Tajine.

»Heute gibt es etwas Einfaches«, entschuldigte sich ihre Mutter.

»Ich liebe deine Hackfleisch-Tajine. Soll ich die Eier schon dazugeben?«, entgegnete Nawal und unterdrückte angestrengt ein Augenrollen. Es bedrückte sie, dass ihre Mutter sich so kleinredete. Ihr Essen, egal ob aufwendig oder schnell zubereitet, schmeckte immer ausgezeichnet, und Nawal war dankbar, jeden Abend etwas Leckeres vorzufinden und nicht selbst kochen zu müssen.

Aber das war es gar nicht, was ihr nach dem heutigen Tag aufs Gemüt drückte. Es war das Gefühl, das dieses »nicht gut genug« in ihr auslöste.

Ihre Mutter arbeitete seit über zwanzig Jahren als Putzfrau in einer Schule. Um genau zu sein, in der Schule, in der sie und ihre Brüder ihr Abitur gemacht hatten. Dass sie außerdem dort im Hort aushalf, aber dennoch freiwillig weiter putzte, weil es sie erden würde, wie sie selbst sagte, war nur den wenigsten bekannt.

In der fünften Klasse hatte Nawal einem Jungen eine blutige Nase verpasst, nachdem er ihre Mutter beleidigt hatte. Der Lehrer hatte sie beide nachsitzen lassen, aber keiner von ihnen hatte preisgegeben, wieso sie sich gerauft hatten. Ihre Mutter hatte damals gar nichts davon mitbekommen und ausgerechnet diesem Jungen geholfen, sich in Deutsch und Mathe auf eine Zwei zu verbessern.

Es war das einzige Mal, dass Nawal sich physisch gewehrt hatte. Nach diesem Vorfall hatte niemand mehr ein Wort über ihre Mutter verloren und sie hatte sich innerhalb eines Jahres von einer unauffälligen und mittelmäßigen Schülerin zur Jahrgangsbesten hochgearbeitet. Immer wenn sie keine Lust hatte zu lernen, erinnerte sie sich an die Worte des Jungen und strengte sich noch mehr an. Niemand legte sich freiwillig mit der Siegerin der Debattierwettbewerbe an.

Mit einem kräftigen Schlag zerbrach sie ein Ei und gab es in die Tajine.

»Ist wirklich alles in Ordnung?«, erkundigte sich ihre Mutter und musterte sie aufmerksam von der Seite.

»Emre hat heute eine Lösung gefunden für eines meiner Projekte, und wir können inschallah übermorgen live gehen«, lenkte sie ab und warf die Eierschalen in den Bio-Müll. »Hast du schon Maghreb, das Abendgebet, gebetet?«

»Ja, vor fünfzehn Minuten.« Sie nahm Nawal den Kochlöffel aus der Hand. »Geh nur, ich komme allein zurecht«, sagte ihre Mutter und strich ihr über die Wange.

Nawal nickte und ging ins Wohnzimmer, wo sie sich den Gebetsteppich schnappte und vor dem Sofa ausrollte. Sie sprach leise die Iqama, den zweiten Gebetsruf, und wollte gerade zu beten anfangen, als neben ihr jemand auftauchte.

Ihr Vater grinste sie spitzbübisch an, nahm ihre Hand und küsste ihren Handrücken. »As salamu alaikum wa rahmatuh Allahi wa barakatuhu, Habibti«, begrüßte er sie. »Da bin ich ja gerade rechtzeitig gekommen.«

»Wa alaikum assalam wa rahmatuh Allahi wa barakatuhu«, antwortete sie mit einem Lächeln und rückte zur Seite, damit er vorbeten konnte. Wie immer sprach Nawal nach dem Abendgebet längere Dhikr, Lobpreisungen Allahs, während ihr Vater schon vorging, um seine Frau zu begrüßen.

Als sie in die Küche kam, hatte ihre Mutter die Tajine auf den Tisch gestellt und frisch gebackenes Brot dazugelegt. Nawal schenkte jedem Wasser ein und setzte sich gegenüber von ihren Eltern an den Tisch. Ihr Vater erzählte von seinem Arbeitstag, aber Nawal fiel es schwer, sich darauf zu konzentrieren. Woran ihre Chefin wohl erkrankt war, dass sie so urplötzlich ausfiel, und das auch noch für mehrere Monate?

»Nawal?«, sagte ihr Vater und sah sie mit hochgezogenen Augenbrauen an. Scheinbar hatte er sie schon mehrmals angesprochen. »Na, bist du wieder in den Wolken spazieren?«, neckte er sie.

»Diesmal nicht«, gab sie unumwunden zu. »Julia, meine Chefin, ist krank«, fuhr sie fort und halbierte eins der Fleischbällchen mit ihrem Stückchen Brot und steckte sich beides genüsslich in den Mund.

»Die Arme«, sagte ihre Mutter sofort. »Was hat sie denn?« Und bevor Nawal auch nur Luft holen konnte, setzte sie hinzu: »Wann gehst du zu ihr?« Ihre Mutter hatte sie bereits als kleines Mädchen dazu angehalten, Kranke zu besuchen und sie immer zu ihren Besuchen mitgenommen.

»Das weiß ich noch nicht. Nicht einmal, ob sie zu Hause oder im Krankenhaus ist.« Das zu fragen hatte Nawal wegen der Challengeankündigung total vergessen.

Ihre Mutter zog ihre linke Augenbraue in die Höhe. »Es ist wichtig, die Kranken zu besuchen.«

Bei dieser Feststellung schwang kein Tadel mit, und doch hatte sie ein schlechtes Gewissen. »Ich weiß«, sagte sie lahm. Die Hadithe, die Aussagen des Propheten, in denen die religiöse Pflicht und der Nutzen für den Kranken aber auch den Besuchenden beschrieben wurden, kannte sie schließlich auswendig.

Sie stand auf und holte ihr Handy. Etwas, das ihre Eltern bei Tisch sonst nicht guthießen. Aber ihre Mutter hatte sie mit diesem Blick angesehen, der bedeutete, dass sie nicht eher Ruhe geben würde, bis Nawal herausgefunden hatte, wo ihre Chefin lag. Mit fliegenden Fingern schickte sie eine Nachricht an Emre. Wenn jemand Bescheid wusste, dann war er das. Sie hatte noch nicht fertiggetippt, da sah sie, wie er bereits antwortete.

»Sie liegt im Krankenhaus Nordwest. Emre hat mir die Besuchszeiten gleich mitgeschickt und ich werde inschallah morgen früh vor der Arbeit zu ihr gehen«, führte sie aus, was Emre ihr mit genau zwei Wörtern mitgeteilt hatte: »Nordwest« und »07:00 – 09:00«. Gegen ihren Willen musste sie schmunzeln.

»Ich gebe dir etwas zu essen mit«, erklärte ihre Mutter resolut.

Nawal wusste aus Erfahrung, dass Einwände zwecklos waren. Gegen ihre Mutter würde sie in jedem Debattierwettbewerb verlieren. Ähnlich wie bei Emre reichten wenige Worte aus, um sie sprachlos zurückzulassen.

»Wird sie lange ausfallen?«, wollte ihr Vater wissen und zeitgleich fragte ihre Mutter: »Wer wird ihre Projekte übernehmen?«

Sie entzog sich den Erkundigungen, indem sie aufstand und den Stuhl mit lautem Gepolter nach hinten schob. »Die Befragte weiß nicht mehr als die Fragenden«, sagte sie, trug das Geschirr in die Küche und fing an abzuspülen. Erst als sie hörte, wie ihre Eltern sich unterhielten, atmete sie auf. Vor lauter Anspannung hatte sie die Luft angehalten. Was war nur los mit ihr?

Am nächsten Morgen las sie, wie immer, im Quran, bevor sie mit dem Fahrrad zum Krankenhaus radelte. Anfangs hatten sich die Nachbarn über sie lustig gemacht, dass sie mit ihren langen Kleidern überhaupt Fahrrad fuhr. »Die wehende Nawal« hatten sie sie genannt, was sogar ziemlich präzise beschrieb, wie der Wind mit ihren Kleidern spielte.

Sie liebte den Fahrtwind in ihrem Gesicht und das leichte Ziehen an ihren Stoffen. Wichtig war nur, dass sich nichts in der Kette oder den Speichen verhedderte, aber dafür gab es entsprechende Klammern. Mittlerweile hatten noch viele weitere Nachbarn festgestellt, dass man mit dem Fahrrad schneller am Zielort ankam, keinen Parkplatz suchen musste und wesentlich weniger Ansteckungen ausgesetzt war als in den überfüllten öffentlichen Verkehrsmitteln.

Um beim Fahrradfahren nicht auf das Lesen von Büchern verzichten zu müssen, hatte Nawal Hörbücher für sich entdeckt. Sie steckte sich den In-Ear-Kopfhörer ins rechte Ohr, zupfte das Kopftuch zurecht und schob das Fahrrad aus dem abschließbaren Fahrradhaus, welches die Nachbarn für ihre teuren E-Bikes hatten aufstellen lassen.

Mit leicht erhitzten Wangen kettete sie ihr Fahrrad zwölf Minuten später vor dem Krankenhaus an. Am Empfang erfuhr sie, auf welcher Station Julia lag, und sie beschleunigte ihre Schritte. Gynäkologie. Brustkrebs war das Erste, was ihr als Grund einfiel, warum ihre Chefin so lange krankgeschrieben war. Sie schluckte heftig und versuchte, nicht weiter darüber nachzudenken. Doch einmal hatte sie bei einem Debattierwettbewerb über das Thema Chemotherapie am Beispiel von Brustkrebs diskutiert und damals die Seite vertreten, die die Nachteile benannten. Hatte sie bis eben noch geschwitzt, ließ die Kälte sie nun erzittern.

Vor der Tür zu Julias Zimmer atmete sie tief durch. Eine der Regeln eines Krankenbesuches war, den Kranken aufzumuntern, deshalb hob sie das Kinn und trat mit einem strahlenden Lächeln ein, als sie Julia mit klarer Stimme »Herein« rufen hörte.

Ihre Chefin lag in einem Einzelzimmer. Sie saß aufrecht im Bett, ihr Tablet vor sich und eine dampfende Tasse Tee daneben auf dem Nachttisch.

»Nawal«, begrüßte ihre Chefin sie überrascht. »Das ist aber schön, dich zu sehen. Wir haben einiges zu besprechen. Setz dich zu mir.« Sie zeigte in die Ecke zu einer Sitzgruppe.

Etwas überrumpelt holte Nawal einen der Stühle und stellte ihn neben Julias Bett. Sie betrachtete ihre Chefin, die aussah, als würde sie gleich ins Büro gehen. Ihr brauner Kurzhaarschnitt war wie immer perfekt frisiert und ihr Gesicht dezent geschminkt. Keine Anzeichen einer Erkrankung, aber das sagte nicht viel. Wäre da nicht der Hoodie, der so gar nicht zu Julias üblichem, eleganten Outfit passte, hätte Nawal sich nach der versteckten Kamera umgesehen.

»Wie geht es dir?«, fragte sie. »Und hier«, sie hielt eine Tupperbox hoch, »die berühmten Kekse meiner Mutter.«

»Das ist lieb von ihr – sag ihr vielen Dank. Die kann ich wirklich gebrauchen.«

Nawal stellte die Box umständlich neben die Teetasse auf den mit Papieren übervollen Rolltisch.

»Du weißt es nicht, oder?« Ihre Chefin legte den Kopf leicht schräg und musterte sie intensiv.

»Was wissen?«

»Ich bin schwanger, Nawal, und da es ein paar, sagen wir mal, Herausforderungen gibt, werde ich bis zur Geburt wohl in diesem wundervollen Bett bleiben müssen.« Julia grinste sie verschmitzt an, wie sie es immer bei einem besonders kniffligen Projekt machte, wenn sie besprachen, was die nächsten Schritte waren.

»Herzlichen Glückwunsch!«, rief Nawal mit viel zu hoher Stimme und fühlte sich, als wäre sie mitten in der Achterbahnabfahrt am höchsten Punkt einfach ausgestiegen. Sie versuchte, sich an alles zu erinnern, was sie über Komplikationen während der Schwangerschaft gehört hatte. »Das sind fantastische Neuigkeiten«, sagte sie und grinste schief.

»Tom und ich werden in zwei Wochen heiraten«, beantwortete Julia ihre nicht gestellte Frage und strich mit der Hand über die Decke, die ihre Beine bedeckte. Sie kannte Nawal zu gut, um nicht zu wissen, dass sie gerade darüber nachdachte.

»Ich gratuliere«, wiederholte Nawal und schlug sich innerlich an die Stirn, weil sie, die sonst um Worte nicht verlegen war, nun genau nach diesen suchte. Sie räusperte sich.

»Wir möchten dich zur Hochzeit einladen – also natürlich nur, wenn du Zeit hast. Eine kleine Feier, nichts Besonderes, da es hier in diesem netten Krankenhauszimmer stattfinden wird. Es gibt auch keinen Alkohol.«

»Ich komme sehr gern.«

Julia drückte Nawals Hand und blinzelte mehrmals. »Das bedeutet mir viel.«

»Sag mir, wie ich dir helfen kann. Habt ihr schon eine Torte ausgesucht? Blumen? Hast du einen Caterer?«

Julia lachte. »Maracuja-Creme. Hortensien. Ja«, beantwortete sie Nawals Fragen in chronologischer Reihenfolge. »Ich habe dich aber nicht deswegen gefragt, sondern weil ich mein Team gern dabeihätte. Wir haben extra jemanden mit der Planung beauftragt und was den Rest betrifft: Ich habe genügend Zeit, mich selbst um alles zu kümmern.«

»Ich freue mich. Wenn du dennoch jemanden da draußen benötigst, zögere nicht, mich anzurufen.«

»Das mache ich – aber jetzt genug von mir. Sag mir, wie der Stand ist.« Erwartungsvoll sah ihre Chefin sie an.

»Der Stand ... wovon?«

»Du müsstest mit mindestens einem Projekt kurz davor sein, online zu gehen.«

»Zwei warten auf die Freigabe des Kunden, eines ist in der Testphase und ...«, Nawal brach ab. Was machte sie denn da?

»Und?«, hakte Julia gespannt nach.

»Ich nehme nicht an der Challenge teil«, erklärte Nawal bestimmt.

Ihre Chefin schwieg so lange, dass Nawal gar nicht mehr mit einer Antwort rechnete. »Als ich damals in meinem Job angefangen habe, war ich genauso alt wie du jetzt. Voller Tatendrang. Jedem wollte ich beweisen, dass ich nicht nur ein Projekt allein steuern, sondern erfolgreicher als meine männlichen Kollegen abschließen kann.« Julia schaute gedankenverloren auf die Bettdecke und sah Dinge, die Nawal verborgen blieben. »Das hat auch eine Weile funktioniert, bis ich erkannt habe, dass es nicht darum geht, besser als andere zu sein, sondern mir selbst treu zu bleiben.«

Julia suchte Nawals Blick und hielt ihn so lange, bis sie nickte. Ihre Chefin war die beste Projektmanagerin in der Firma und hielt alle Rekorde: Sie war die erste weibliche Projektmanagerin bei Mpact gewesen, hatte die höchste Abschlussrate und die innovativsten Methoden vorzuweisen. Aber was Nawal am meisten an ihr schätzte, war, wie sie Menschen behandelte. Das war der Grund, wieso sie noch nicht das Team gewechselt hatte, obwohl sie mehrere Angebote bekommen hatte.

»Die Challenge war meine Idee.«

Nawals Augenbrauen schossen nach oben und eine Million Fragen prasselten gegen ihre Lippen, die sie zusammenpresste, weil sie befürchtete, dass ihr sonst doch eine entschlüpfte.

»Hat Herr Baum gesagt, dass eine Prämie von zehntausend Euro für den Sieger winkt, zusätzlich zu einer der künftigen Position angemessenen Gehaltserhöhung?«

Nein, das hatte er nicht erwähnt. Aber auch wenn Nawal das Geld für ihren Traum, sich selbständig zu machen, gut gebrauchen konnte, war es nichts, was sie umstimmen würde.

Zu dem Schluss schien Julia auch gekommen zu sein, denn sie zählte weitere Vorteile auf: »Du wärst dann nicht nur Projektmanager, sondern die Teamleiterin von zehn Personen.«

Es klopfte einmal kurz, und ein Mann kam herein, der Nawal davor bewahrte, eine Antwort geben zu müssen. Ein warmer Glanz trat in seine Augen, als er Julia im Bett sitzen sah und mit langen Schritten zu ihr eilte. Erst im letzten Moment drehte er den Kopf und musterte Nawal. Wenn er überrascht war, sie hier zu sehen, ließ er sich nichts anmerken, sondern strahlte sie mit einem einnehmenden Lächeln an.

»Hallo – Sie müssen Nawal sein. Ich bin Tom«, stellte er sich vor und nickte ihr zu. »Julia hat mir schon viel von Ihnen erzählt.«

»Es freut mich, Sie kennenzulernen«, antwortete Nawal und schob ihren Stuhl zurück. »Ich muss dann auch los ins Büro.«

»Sie können gerne noch bleiben. Ich wollte Sie nicht vertreiben und da ich davon ausgehe, dass wir uns noch häufiger sehen - wäre es in Ordnung, wenn wir uns duzen?«, fragte Tom und schaute zwischen ihr und Julia hin und her.

»Sehr gerne und Sie ... *du* vertreibst mich nicht, sondern ich muss leider ins Büro fahren«, erwiderte sie und wandte sich an Julia: »Mein Angebot steht: Wenn du wegen der Hochzeit Hilfe brauchst, sag mir einfach Bescheid.«

Ihre Chefin öffnete den Mund, aber Nawal drückte ihr schnell die Hand. An der Tür drehte sie sich noch einmal um und winkte den beiden zu, bevor sie in den Flur trat.

Sie lehnte sich für einen Moment mit dem Rücken an die Wand und betrachtete ihre Schuhe. Julia hatte ihr die üblichen drei Versuchungen angeboten, auf die die meisten Menschen eingingen: Geld, Macht und Ansehen.

Unwillkürlich dachte sie an die Überlieferung des Propheten Muhammad, Friede und Segen seien auf ihm, dem einst das Gleiche angeboten worden war. Ein Schauer lief ihr über den Rücken und sie stieß sich ab. Wenn dieses Gespräch eines verdeutlicht hatte, dann, dass sie bei ihrem Entschluss bleiben und an dieser Challenge nicht teilnehmen würde. Unter gar keinen Umständen.

IN LETZTER MINUTE

Donnerstag, Tag 2

Pünktlich um halb acht fuhr Nawal ihren Laptop hoch und verstaute ihren Rucksack im Rollcontainer. Sie liebte diese frühen Morgenstunden, wenn sich das Büro noch nicht gefüllt hatte und nur vereinzeltes Tastenklicken zu vernehmen war. Ihr Kalender zeigte für heute nur drei Meetings an und sie blockte die restliche Zeit, um den morgigen Livegang, die Bereitstellung der Kundenanwendung auf deren Webseite, vorzubereiten.

»Der frühe Vogel fängt den Wurm, was?«, ertönte eine Stimme hinter ihr.

Sie sperrte ihren Bildschirm aus Reflex, bevor sie sich umdrehte. Piet lehnte lässig am Nachbartisch, die Arme vor der Brust verschränkt. Hatte er ihre Termine gesehen?

»Ich mag es gerne, wenn es ruhiger ist«, erwiderte sie und lehnte sich abwartend in ihrem Stuhl zurück. »Kann ich dir irgendwie helfen?«

»Hier!« Er griff hinter sich und hielt ihr einen Kaffeebecher hin. »Latte macchiato.«

Nawal nahm den Becher schweigend entgegen und nippte vorsichtig daran. Dabei ließ sie Piet nicht aus den Augen. Er hatte kurz nach ihr bei Mpact angefangen und mit seiner sympathischen Art bereits in der ersten Woche alle für sich eingenommen. Sie mochte seine Unbeschwertheit und die gute Laune, die er überall verbreitete. Nichts schien er ernst zu nehmen und sie hatte mehr als einmal beobachtet, wie er jemanden um den Finger wickelte. Bisher hatte sie sich von ihm ferngehalten und sich gegen seinen Charme gewappnet. »Also?«

Er schüttelte seinen Kopf und griff sich mit einer Hand ans Herz. »Warum so feindselig? Darf ich einer Kollegin nicht einen Kaffee bringen?« Verschmitzt grinste er sie an.

Sie brummte und schaute demonstrativ auf ihre Uhr. »Ich muss dann mal weitermachen. Aber danke für den Kaffee.«

»Wie geht es ihr?«

»Wem?«

»Du warst doch sicherlich heute Morgen bei Julia.«

»Kann sein.«

Wenn Piet über ihre Einsilbigkeit verärgert war, ließ er sich das nicht anmerken. »Hat sie dich auch zu ihrer Hochzeit eingeladen?« Er trank genüsslich seinen Kaffee.

»Wann warst du denn bei ihr?«

»Gestern, nachdem Herr Baum ihre ›Krankheit‹ bekanntgegeben hat.« Er malte mit Zeige- und Mittelfinger Gänsefüßchen in die Luft.

War ja klar, dass er sofort zu Julia gefahren war. Ihr schlechtes Gewissen meldete sich, weil sie nicht daran gedacht hatte, und das wiederum mehr über sie als über Piet aussagte.

»Hat mich gefreut, mit dir zu plaudern, Nawal«, sagte er und warf seinen leeren Becher in hohem Bogen in den Mülleimer. »Viel Erfolg morgen bei deinem Livegang.«

Mit gerunzelter Stirn sah sie ihm hinterher, wie er unbekümmert, die Hände in den Hosentaschen, zu seinem Schreibtisch zwei Reihen hinter ihr schlenderte. Was hatte er mit diesem »Gespräch« bezweckt? Auf jeden Fall war er sehr aufmerksam. Er wusste nun, dass sie morgen ein Projekt abschließen würde, das sie, würde sie an der Challenge teilnehmen, in Führung brächte. Erst als er ihr zuzwinkerte, wurde ihr bewusst, dass sie ihn die ganze Zeit angestarrt hatte. Mit einem leichten Schnauben drehte sie sich zurück zu ihrem Bildschirm.

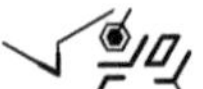

Die Meetings zogen sich in die Länge. Einem Kunden war bei den Abnahmetests eingefallen, dass er sich etwas ganz Anderes vorgestellt hatte. Nawal war daraufhin nochmal mit ihm seine Anforderungen durchgegangen, was er erreichen wollte und worauf es ihm ankam. Dann hatte sie ihn erneut durch die Anwendung geführt, ihm im Dashboard gezeigt, wo er die gewünschten Statistiken finden konnte und sich mit ihm auf kleinere Anpassungen geeinigt.

»Wofür haben wir dem eigentlich wöchentliche Updates geschickt?«, schimpfte Trixie, nachdem die Videokonferenz beendet war.

»Es hat sich ja jetzt geklärt«, versuchte Nawal sie zu beruhigen.

»Die Änderungen kosten mich einen ganzen Tag. Wann soll ich das denn machen?«

»Zeig mir mal, was sonst noch für die Woche geplant ist.« Sie war selbst nicht begeistert, dass ihnen der Kunde in letzter Minute diese Überarbeitung untergeschoben hatte, und wäre gern an die frische Luft gegangen. Doch Trixie war kurz davor, zu explodieren, deshalb atmete Nawal tief durch und besprach mit ihr die Details. Nach einer Stunde hatten sie einen besseren Plan als vorher und die Aussicht darauf, bis Ende der Woche sogar zwei Projekte abzuschließen.

Am Mittag machte sie sich mit leerem Magen und ausgetrocknetem Mund auf den Weg in die Firmenküche. Ihre Mutter bestand darauf, ihr jeden Tag etwas zu essen mitzugeben, das sie nur aufzuwärmen brauchte. Heute war ein Pitasandwich mit Hummus, Auberginen, Salat und Falafel in ihrer Box. Genüsslich biss sie hinein, als sie aus dem Augenwinkel eine Bewegung wahrnahm.

»Hey, Nawal«, begrüßte Emre sie und setzte sich ihr gegenüber an den Küchentisch.

Sie kaute betont langsam weiter und bereitete sich innerlich auf die schlechte Nachricht vor. Wenn er sie beim Essen aufsuchte, war es etwas Schlimmes und sie wollte wenigstens einen Bissen gegessen haben, bevor es ihr den Appetit verschlug.

Emre erahnte wohl ihre Gedanken und wartete geduldig, aber mit jeder Sekunde, die verstrich, sah sie, wie er sich mehr und mehr wand. Gegen ihren Willen musste Nawal schmunzeln, versteckte es aber ganz schnell hinter der Pita. »Was immer es ist, spuck es aus, Emre«, erlöste sie ihn endlich.

»Dein Projekt hat eine Abhängigkeit zu einer Datenbank, die mir leider vorher nicht bekannt war.«

»Und?«

»Keine große Sache, eigentlich.«

»Aber?«

»Dazu muss ein wichtiges Update vorher eingespielt werden.«

»Lass mich raten: Das hängt an einem anderen Projekt.« Erleichtert sah Emre sie an. »Genau!«

»Um wie viele Tage verzögert sich dadurch unser Livegang?« Sie hatte ihr Sandwich mittlerweile auf den Teller gelegt und sich ihre Hände an einer Serviette abgewischt.

»Das Update braucht nur vier Stunden«, versuchte er abzulenken.

»Wie viele Tage, Emre?«

»Eine Woche«, rückte er zerknirscht heraus.

Nichts passiert ohne Grund, war ihr erster Gedanke, und sie lehnte sich zurück. Sie nahm ohnehin nicht an der Challenge teil, was zählte da eine weitere Woche.

Und doch hinterließ diese neue Information einen schalen Geschmack.

»Wieso wurde die Abhängigkeit nicht im Änderungsberatungsmeeting erkannt?«, fragte sie und machte sich eine geistige Notiz, beim nächsten Mal diesen Punkt explizit abzufragen.

Emre rutschte auf seinem Stuhl hin und her und sofort verstärkte sich bei Nawal das Gefühl, dass hier etwas nicht stimmte. »Ja, na ja – das ist schon seltsam«, druckste er herum.

»Was genau ist daran merkwürdig?«

»Normalerweise testen wir neue Versionen ausgiebig, bevor wir sie einspielen«, erklärte Emre und verstummte.

»Und doch wird sie jetzt eingespielt. Wieso?«

»Ein wichtiges Projekt braucht sie und deshalb hat Business es abgesegnet. Da die Tests bisher fehlerfrei verlaufen sind, spricht auch nichts dagegen.«

Nawal nickte. »Lass mich raten: Es war eines von Piets Projekten, richtig?«

»Woher …?«

»Intuition«, winkte sie ab und packte ihre Pita wieder in die Box. »Danke, dass du es mir gleich gesagt hast.«

Zurück an ihrem Schreibtisch starrte sie für einen Moment auf ihren Bildschirm, bevor sie sich einen Ruck gab und damit anfing, den Projektplan zu aktualisieren.

Ihr Nacken kribbelte, weil sie fühlte, dass Piet sie musterte, aber sie ließ ihn ganze fünf Minuten warten, bevor sie sich umdrehte. Doch statt des erwarteten Grinsens hatte er die Stirn in tiefe Falten gelegt.

FAMILIENESSEN

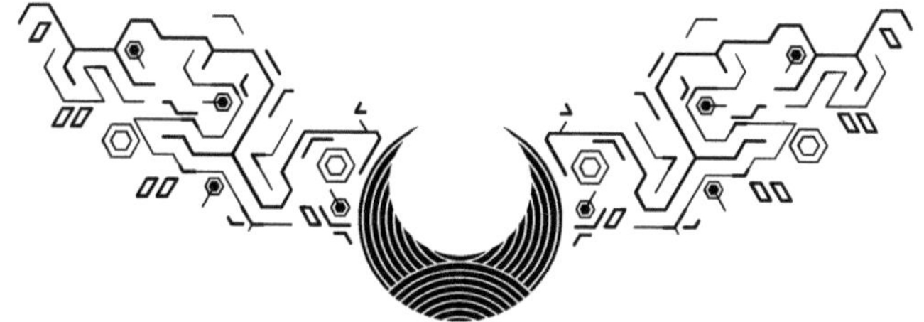

Am Sonntagmorgen weckte ihre Mutter sie um neun Uhr, nachdem sie sich nach dem Morgengebet noch einmal hingelegt hatte. Genüsslich räkelte sie sich und sah aus dem Fenster auf die gelben und roten Blätter, an denen der Wind zerrte, um sie mit sich zu nehmen. Bald schon würde der Baum kahl sein.

»Denkst du daran, dass wir heute alle zum letzten Mal gemeinsam essen?«, rief ihre Mutter aus der Küche.

Das war ihr Stichwort dafür, den Salat und das Dessert zuzubereiten – ihre Spezialität. Murrend drehte sie sich auf die Seite und zog sich das Kissen über den Kopf. *Nur noch fünf Minuten*, dachte sie und schloss die Augen.

»War die Woche so anstrengend?«, fragte ihre Mutter, die ihr Zimmer betreten hatte und neben dem Bett stehengeblieben war.

Blinzelnd versuchte Nawal, das Gesicht ihrer Mutter klar zu sehen, und rieb sich über die Augen. Sie musste erneut eingedöst sein. »Kann ich noch ein wenig liegenbleiben? Es ist ja erst neun Uhr.«

»Das war es vor einer Stunde – jetzt ist es viertel nach zehn.«

Ruckartig setzte sie sich auf, strampelte die Decke von sich und stolperte ins Bad. »Warum hast du denn nicht früher etwas gesagt?«, rief sie über ihre Schulter. Durch die Tür hörte sie ihre Mutter lachen.

Zehn Minuten später wirbelte sie mit nassen Haaren in der Küche herum. Nawal hatte drei Brüder. Adam war der älteste und derjenige, dem sie sich am innigsten verbunden fühlte. Wenn sie irgendein Problem hatte, besprach sie sich mit ihm zuerst. Er war Professor für Biologie und würde für die nächsten sechs Monate auf eine Forschungsreise in den Amazonas-Regenwald gehen. Sie schluckte. Allein der Gedanke, ihn für so lange Zeit nicht jederzeit erreichen zu können, schmerzte. Aber sie war so unglaublich stolz auf ihn, dass er seinen Traum, einen wichtigen Forschungsbeitrag im Kampf gegen den Klimawandel zu leisten, würde verwirklichen können.

Elias war das genaue Gegenteil von Adam. Er hatte nach seinem Realschulabschluss eine Ausbildung als Maler begonnen und sich mit der bestandenen Gesellenprüfung direkt zum Meisterkurs angemeldet. Seit einem Jahr war er selbständig und beschäftigte mittlerweile zwei weitere Maler. Und als wäre das nicht schon beeindruckend genug, hatten er und seine Frau drei Kinder. Die Zwillinge Hassan und Hussein waren acht und für ihren Unfug berühmt. Jamila war fünf und eiferte ihren Brüdern nach. Das Sonntagsessen war daher immer turbulent und für Überraschungen gut.

Yusuf, ihr jüngster Bruder, hatte letztes Jahr geheiratet und seine Frau Mina war hochschwanger. Ihn bat Nawal ab und zu um Rat, denn er war Grafikdesigner und verstand daher ihre Arbeit am besten. Er war der ruhigste von ihnen.

Manchmal vermisste sie die Zeit, als sie alle noch in der vorherigen Wohnung zusammengewohnt hatten. Die Vier-Zimmer-Wohnung war nicht besonders groß gewesen, und doch hatten sie alle Platz gehabt. *Es kam nicht auf die reine Quadratmeteranzahl an, sondern wie viel Raum man im Herzen hatte*, hörte sie ihre Mutter in Gedanken sagen, und erst jetzt verstand sie wirklich, wie recht sie damit gehabt hatte.

Sie hatte die Salatschüssel gerade auf den Tisch gestellt, als es auch schon an der Tür klingelte. Kurz darauf würde sie einmal von den Zwillingen im Kreis gedreht und Jamila umschlang sie an der Hüfte. Für die Kids war sie die coole Tante, die sich für kein Spiel zu schade war und mit ihnen herumtollte, und für ihren Bruder und seine Frau Tasniem war sie die rettende Babysitterin.

»As salamu alaikum wa rahmatuh Allahi wa barakatuhu, Kleine, wie geht es dir? Bist du schon auf der Überholspur?«, begrüßte Elias sie und zog sie in eine Bärenumarmung. Er war fast einen Meter neunzig groß und breit gebaut. Sie hatte sich früher gern hinter ihm versteckt.

Woher wusste ihr Bruder von der Challenge? Für einen Moment versteifte sie sich in seinen Armen, was ihm natürlich nicht entging.

»Alles in Ordnung?«, fragte er und musterte sie besorgt.

»Aber ja, alhamdulillah«, antwortete sie und knuffte ihn in die Seite.

Bevor er etwas erwidern konnte, drängte sich Jamila zwischen sie und verlangte, auf den Schultern ihres Papas durch die Küche getragen zu werden, weil man von da unten ja wohl schlecht sehen könne, was es zu essen gab.

Nawal lachte und schaute den beiden hinterher. Jamila würde auch mal gut im Debattieren werden. Vielleicht sollte sie ihrem Bruder besser nicht erzählen, dass sie seiner Tochter schon die Grundlagen beigebracht hatte.

»Was verschweigst du, Nawal?«

Sie wirbelte herum und quiekte, als sie Adam in die Arme fiel. »Ich habe dich gar nicht reinkommen gehört.«

»Ich bin mit Elias gekommen – aber lenk nicht ab. Warum hast du gestockt?« Seinen aufmerksamen braunen Augen entging einfach nichts.

»Ich war nur in Gedanken, mehr nicht. Hast du schon fertig gepackt?«, fragte sie und wechselte das Thema.

»Auch wenn ich die nächsten sechs Monate nur sporadisch Internet haben werde, kannst du mich jederzeit anrufen. Das weißt du, ja?« Er hatte ihr Ablenkungsmanöver längst erkannt.

Sie nickte und löste sich aus seiner Umarmung. »Yusuf ist bestimmt auch gleich da. Ich lege schon mal die Gebetsteppiche hin.«

Adam folgte ihr ins Wohnzimmer und erzählte von seiner letzten Woche an der Uni. Er drängte sie nie, sondern wartete, bis sie von sich aus mit dem herausrückte, was sie beschäftigte.

Der Gebetsruf ertönte und der Rest ihrer Familie trudelte im Wohnzimmer ein. Nawal begrüßte Tasniem und setzte sich mit ihr und Jamila zu ihrer Mutter. In der zweiten Rakat, Gebetseinheit, sah sie, wie sich Yusuf neben Hassan in die Reihe vor ihr stellte.

Jamila klammerte sich an sie und hatte ihre Beine um ihre Hüfte geschlungen. Mit ihren speckigen Ärmchen drückte sie ihr fast die Luft ab, als sie sich nach dem Gebet zu Mina beugte, um auch sie zu begrüßen.

Minas Bauch war nicht zu übersehen und Jamila starrte fasziniert darauf. Nawal hatte ihr bereits dreimal ins Ohr geflüstert, dass sie nicht ohne Minas Erlaubnis deren Bauch anfassen durfte.

»Tante Nawal, ich bin doch kein kleines Kind mehr«, echauffierte sie sich nach der letzten Erinnerung und blies ihre geröteten Backen auf.

»Natürlich nicht. Indem ich es dir sage, erinnere ich mich selbst auch daran«, erwiderte Nawal ernsthaft. Sie biss sich auf die Innenseite ihrer Wange, um kein verräterisches Zucken ihrer Mundwinkel zuzulassen.

Jamila zappelte, um heruntergelassen zu werden. Kaum war sie auf dem Boden, wirbelte sie herum und strich wie aus Versehen über Minas Bauch, bevor sie lachend davonstob. An der Tür blieb sie stehen und streckte Nawal die Zunge heraus.

»Inschallah bekomme ich auch so eine süße Maus«, sagte Mina, die Jamilas Aktion natürlich durchschaut hatte.

»Wie geht es dir?«

»Alhamdulillah, es sind nur noch fünf Wochen«, antwortete sie schnaufend und erhob sich umständlich, »wenn er oder sie nicht früher oder später kommt.«

Nawal nickte und musste automatisch an ihre Chefin denken, die die nächsten Wochen ans Bett gebunden war.

Das Essen verlief wie gewohnt, aber Nawal ertappte sich dabei, wie sie Adam wehmütig betrachtete. Er scherzte mit ihrem Vater, gab ihrer Mutter einen Kuss auf den Kopf und lobte sie für ihr leckeres Essen. Den Zwillingen und Jamila gab er ein Rätsel zum Knobeln auf. Es waren nur sechs Monate, die er fort sein würde, und doch hatte sie das Gefühl, etwas würde sich für immer verändern.

Normalerweise machten ihr Veränderungen nichts aus, doch dieses Mal war es anders. Sie war anders. Nur wusste sie nicht, ob das gut oder schlecht war. Zurück blieb das Gefühl eines sich zusammenbrauenden Gewitters und sie stand mitten in einer weiten, offenen Ebene ohne jeglichen Schutz.

Jamila krabbelte auf ihren Schoß und spielte mit ihren Haaren.

»Wer wird eigentlich deine Vorlesungen halten?«, fragte Yusuf.

»Einer meiner Assistenten«, antwortete Adam und tupfte sich mit der Serviette den Mund.

»Wie hast du ihn ausgewählt?«, erkundigte sich Nawal neugierig und sah ihren Bruder vom unteren Ende des Tisches an.

»Nur zwei kannten sich gut genug aus in dem Fach, welches dieses Semester gelehrt wird, und dann war es eigentlich ganz einfach. Ich habe den ausgesucht, der es am wenigsten wollte.« Er grinste und schob seine Brille zurück.

»Verstehe ich nicht – wieso ihn? Wenn er gar nicht unterrichten will ...«

Mittlerweile waren die anderen Gespräche verstummt und alle Blicke richteten sich auf Adam und sie. Ihre Eltern lächelten, sagten aber nichts und warteten geduldig auf seine Antwort.

»Es hat sich gezeigt, dass der, der unbedingt führen will, nicht immer dafür geeignet ist.«

Sie dachte einen Moment darüber nach. »Heißt das, dass man sich nicht für eine höhere Position bewerben sollte?«

»Das kommt darauf an, was du damit bezweckst. Geht es dir darum, mehr Einfluss, Ansehen oder Geld zu haben? Oder willst du etwas bewirken, in dem Bewusstsein, dass damit auch eine größere Verantwortung, beispielsweise deinen Mitarbeitern gegenüber, verbunden ist?« Adam betrachtete sie aufmerksam.

»Aber wird derjenige, der nicht von dir ausgewählt wurde, dem anderen nicht das Leben schwer machen?«

»Ich denke nicht. Ich habe ihn zu einer Konferenz als Redner geschickt und mit ihm gesprochen. Es wird sich zeigen, wofür er sich letztlich entscheidet.«

»Aber du hast doch schon entschieden«, warf Hassan ein. Seine Stirn war gerunzelt, aber seine Augen hellwach. Offensichtlich hatte er aufmerksam zugehört. Obwohl er erst acht Jahre alt war, verblüffte er Nawal immer wieder mit seiner ungewöhnlich raschen Auffassungsgabe.

»Ja, das habe ich. Aber er muss sich fragen, ob er es als Chance begreift und damit zufrieden ist, oder ob er weiterhin daran festhält und versucht, mit allen Mitteln etwas zu erreichen, das eventuell nicht gut für ihn ist«, erklärte Adam und lächelte ihn an.

»Wieso sollte er das tun wollen?«, hakte Hassan nach und Hussein schnaubte neben ihm.

»Weil man manchmal unbedingt etwas haben will, auch wenn es nicht gut für einen ist«, erwiderte Adam und zuckte mit den Achseln. »Wie Süßigkeiten«, fuhr er fort.

Hassan blinzelte.

»Meine Mama sagt, wenn ich nicht so viel davon esse, ist es in Ordnung«, warf Hussein ein, streckte seine Brust raus und drehte sich zu seinen Eltern um.

Tasniems Wangen färbten sich hellrot. Doch bevor sie antworten konnte, krähte Jamila stolz: »Das weiß doch jeder, dass man von Bonbons kaputte Zähne kriegt.« Sie nickte so heftig, dass ihre Zöpfe auf und ab wippten. »Schokolade is‹ da viel besser.«

Tasniem versteckte ihren hochroten Kopf zwischen ihren Händen, während Elias seinen Nachwuchs stolz musterte und der Rest der Familie herzlich lachte.

MEETING
Montag, Tag 4

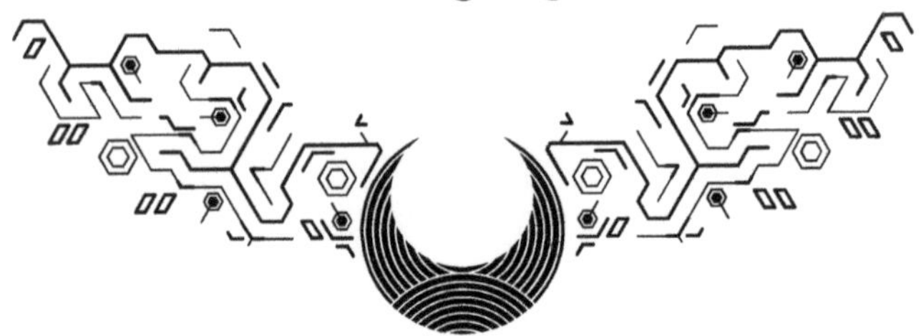

Der nächste Tag war ein typischer Montagmorgen. Nawal war so beschäftigt, dass sie wenig Zeit hatte, darüber traurig zu sein, Adam so lange nicht zu sehen. Sie hatte sich von ihm auf der Dachterrasse verabschiedet. Nach dem Essen waren sie dorthin verschwunden, um einen Moment für sich allein zu haben. Er hatte über alles Mögliche geredet und mit ihr gescherzt, während sie ihn einfach nur beobachtet und sich jedes Detail eingeprägt hatte. Mehr als einmal hatte sie sich auf die Lippe gebissen, um nicht losweinen zu müssen. Im Flur, beim endgültigen Abschied, hatte er sie über die Köpfe von Elias und Yusuf hinweg angesehen und mit einem verschmitzten Lächeln eine Verbeugung angedeutet. Das hatten sie früher immer gemacht. Es war ihr Zeichen dafür, aufeinander aufzupassen.

»Hörst du mir überhaupt zu?«, fragte Trixie und runzelte ihre Stirn.

»Ja, ich werde mit Jasleen reden, mach dir keine Sorgen. Uns fällt schon etwas ein«, antwortete Nawal hastig. »Es ist ja nicht das erste Mal, dass wir Anpassungswünsche erhalten.«

Trixie schnaubte und fuhr sich durch ihre Haare. »Anpassungswünsche, ja? Dass ich nicht lache. Das ist eine 180-Grad-Wende und ich kann gerade nochmal von vorn anfangen!« Sie feuerte den Kugelschreiber mit Wucht auf den Schreibtisch.

»Was ist wirklich los, Trixie?«, fragte Nawal leise und beugte sich vor. »So kenne ich dich gar nicht. Seit wann bringt dich eine Lappalie derart aus dem Konzept?«

»Alles bestens!«, schnauzte Trixie zurück und gab dem Papierkorb einen Tritt. »Ich kann nur manchmal die Inkompetenz unserer Kunden nicht mehr ertragen«, setzte sie hinzu und presste die Lippen zusammen.

Den Ausdruck kannte Nawal nur zu gut. Trixie würde in den kommenden Stunden nicht mehr ansprechbar sein. Langsam hob sie den Kopf und stellte fest, dass Emre komplett hinter seinem Bildschirm verschwunden war. Zwischen den beiden hatte es offenbar mal wieder gekracht.

Nawal schaute auf ihr Handy. In einer halben Stunde hatte sie ein Meeting mit ihrem wichtigsten Kunden. Für gewöhnlich besprachen sie die Details über Zoom, doch heute war ein Treffen vor Ort anberaumt. Die Chefs wollten sich persönlich davon überzeugen, wie der Stand der Dinge war. Ein Blick auf Trixies rote Wangen und ihre Finger, die auf die Tastatur hämmerten, reichte.

»Wie weit bist du?«, wandte sie sich an Jasleen. Sie hatten die Änderungswünsche vor einer Stunde erhalten und natürlich erwartete der Kunde, dass das Problem vor der Präsentation bereits behoben war.

»Ich bin in den letzten Zügen«, sagte Jasleen, ohne vom Bildschirm aufzusehen.

Nawal zog sich einen Stuhl heran und setzte sich neben sie. Sie holte ihr Tablet hervor und öffnete die Präsentation. Akribisch prüfte sie Seite für Seite und passte den Text an.

»Die Screenshots sind in deinem Postfach«, informierte Jasleen sie und lehnte sich zu ihr.

Während Nawal diese einfügte, las Jasleen den Text durch. Sie waren ein eingespieltes Team und zehn Minuten später atmete sie auf. Ihr Herz pochte wie wild, aber sie ließ sich nichts anmerken.

»Dann lass uns schon mal vorgehen und alles vorbereiten«, forderte sie Jasleen auf und schob ihren Stuhl zurück.

»Kommt Trixie mit?«

»Nein.«

»Wir rocken das schon«, versicherte Jasleen und Nawal war nicht sicher, wen sie damit beruhigen wollte.

Auf dem Weg zum Meetingraum wurde sie von Frau Schucker vom Empfang angerufen. Der Kunde war bereits da.

»Lass mich den Raum herrichten«, sagte Jasleen und eilte davon.

Nawal atmete tief durch, rückte ihr Kopftuch zurecht und setzte ein strahlendes Lächeln auf.

Die Projektleiterin des Kunden, Gudrun Andres, war eine kleine drahtige Frau Ende fünfzig, mit einem grauen Kurzhaarschnitt und hellwachen braunen Augen, die von Lachfältchen umrahmt waren. Allerdings sollte man sich von ihrem freundlichen Blick nicht täuschen lassen. Wenn es darauf ankam, war Frau Andres knallhart. Sie begrüßte Nawal herzlich. Die beiden Frauen lagen auf einer Wellenlinie und das merkte man.

»Frau El Abbasi, darf ich Ihnen unseren CEO, Herrn Münk, vorstellen?«, übernahm Frau Andres die Führung und zeigte auf einen schlanken Mann neben sich.

Nawal schätzte Herrn Münk auf Mitte, Ende dreißig. Sein brauner dreiteiliger Nadelstreifenanzug mit weißem Hemd und tiefblauer Krawatte verbarg seine athletische Figur nur unzureichend. Die dunkelbraunen Haare waren sorgfältig frisiert und wache blaue Augen musterten sie kritisch. Eine Augenbraue hatte er hochgezogen. Das würde definitiv kein einfaches Gespräch werden.

»Es freut mich, Sie kennenzulernen«, begrüßte sie ihn und umgriff ihr Tablet etwas fester.

»Ich habe schon viel von Ihnen gehört, Frau El Abbasi, und bin umso mehr gespannt, was Sie uns heute präsentieren werden«, erwiderte er und lächelte breit, wobei das Lächeln seine Augen nicht erreichte.

Nawal unterdrückte ein Schaudern. Seine Begrüßung, so höflich und geschliffen sie auch klang, war eine klare Kampfansage, und ein kurzer Blick auf Frau Andres, die ihren Chef einen Moment zu lange musterte, bestätigte ihre Befürchtung. Hier ging es um mehr als eine reine Präsentation.

»Und das hier ist Herr Funk, unser Chefentwickler«, fuhr Frau Andres fort.

»Freut mich, Sie kennenzulernen.« Herr Funk war genauso groß wie sein Chef und Nawal reichte ihm gerade mal bis zur Schulter. Allerdings erinnerte er sie nicht nur rein vom Äußeren an Elias, sondern auch von seiner ganzen Art. Er zwinkerte ihr zu und raunte leise, ohne dass es die anderen beiden hörten: »Lassen Sie sich bloß nicht von ihm einschüchtern. Und nennen Sie mich bitte Lars.«

»Nawal. Schön, dass wir uns persönlich kennenlernen«, erwiderte Nawal und wies mit einer Hand in Richtung Meetingraum. »Meine Kollegin erwartet uns bereits.« Auf dem Weg dorthin erkundigte sie sich, wie die Fahrt der Kunden hierher verlaufen war, und tauschte die üblichen Floskeln über die grandiose Aussicht und das Wetter aus.

Jasleen stand vor dem Bildschirm, der die komplette Wand bedeckte und das erste Startbild ihrer Präsentation zeigte.

Obwohl Herr Münk viele Nachfragen stellte, weitere Änderungswünsche hatte und immer mal wieder die Stirn runzelte, verlief das Meeting erfreulich reibungslos. Kurz vor Ende sah Nawal auf einmal Frau Schucker durch die Glasscheibe winken. Sie versuchte, sie zu ignorieren, aber die Empfangsdame stellte sich jetzt ihr direkt gegenüber und gestikulierte wild, dass sie rauskommen sollte. Für einen

Moment kam Nawal ins Stocken und Herr Münk drehte sich prompt um.

»Entschuldigen Sie mich bitte einen Moment. Es scheint dringend zu sein. Ich bin sofort wieder zurück«, sagte Nawal betont ruhig und ging zügig, aber gemessenen Schrittes hinaus.

»Das Krankenhaus hat angerufen. Dein Vater wird gerade notoperiert«, flüsterte Frau Schucker ihr zu, bevor sie auch nur nachfragen konnte, was so wichtig war, dass sie aus einem Meeting gerufen wurde.

Sofort bildete sich ein Knoten in ihrem Magen. »Ist meine Mutter bei ihm?«, hakte sie nach.

»Ja, sie sagte ... also ...« Frau Schucker rang sichtlich um ihre Fassung. »Fahren Sie einfach sofort hin, Nawal.«

»Aber das geht nicht – ich muss das Meeting erst abschließen«, sagte sie und wunderte sich selbst darüber, wie abgeklärt sie war.

»Das kann ich doch übernehmen«, hörte sie jemanden hinter sich sagen und drehte sich um. Amber sah von ihren Unterlagen auf, die sie in den Händen hielt.

»Aber du weißt doch gar nicht ...«

»Wie man ein Kundengespräch führt? Doch, Nawal, das weiß ich«, unterbrach Amber sie. »So wie Schucki aussieht, scheint es etwas Wichtiges zu sein«, stellte sie fest. »Aber ich will mich nicht aufdrängen. Nur solltest du dich schnell entscheiden, dein Kunde guckt schon ganz verkniffen.«

Sie überlegte nicht lange, packte Amber am Ellbogen und zog sie mit sich in den Besprechungsraum.

»Herr Münk, Frau Andres, Lars: Das ist Amber Grün. Sie wird mit Ihnen die nächsten Schritte besprechen«, sagte sie mit fester Stimme. »Ich bedanke mich für das konstruktive Meeting und melde mich bei Ihnen«, fuhr sie fort und sah Frau Andres an, die daraufhin kurz nickte.

Ohne auf eine Antwort zu warten, drehte sie sich um und rannte fast zum Fahrstuhl. Sie hörte noch, wie Jasleen sich räusperte, aber da schloss sich die Fahrstuhltür hinter ihr. Während sie hektisch ihr Handy aus ihrer Hosentasche zerrte und ihre Mutter anrief, verdrängte sie die Ahnung, gerade einen Riesenfehler begangen zu haben.

TESTS

Im Krankenhaus fand sie ihre Mutter nach längerer Suche in einem Wartebereich sitzen. Noch nie hatte Nawal sie in einem derart apathischen Zustand erlebt. Sie hatte immer gedacht, nichts könnte ihre Mutter erschüttern, aber die Frau, die stocksteif in ihren Armen hing und kaum atmete, glich einer Fremden.

Es hatte Nawal zwei Stunden gekostet, herauszufinden, was vorgefallen und dass auch nur sie informiert worden war. Adam konnte man nicht anrufen, weil er im Flieger saß und damit unerreichbar war. Elias ging nicht ans Telefon, weil er vermutlich noch auf irgendwelchen Baustellen unterwegs war, und von Yusuf hatte sie eine Nachricht erhalten, dass es Mina nicht gut ginge. Nawal konzentrierte sich deshalb auf ihre Mutter, und besorgte ihr etwas zu essen und zu trinken.

Sie selbst lenkte sich durch das Ausfüllen von Formularen und googeln nach »Schädel-Hirn-Trauma« und »Offener Bruch« ab. Ihr Vater war von einem Baugerüst drei Meter in die Tiefe gefallen und bewusstlos eingeliefert worden. Er hatte sich beide Unterarme gebrochen bei dem Versuch, den Sturz mit den Armen abzufedern.

Nach einer gefühlten Ewigkeit trat ein Arzt zu ihnen und erklärte, dass die Operation zufriedenstellend verlaufen sei. Ihr Vater hätte kein Schädel-Hirn-Trauma, sondern nur eine schwere Gehirnerschütterung. Jedoch habe er sich die Unterarme so kompliziert gebrochen, dass vermutlich später weitere Operationen nötig sein würden. Er empfahl ihnen, nach Hause zu gehen, weil sie hier nichts für ihn tun könnten.

Diese Informationen ließen ihre Mutter für einen Moment aus ihrer Schockstarre aufwachen. Mit einem entschiedenen »Nein« lehnte sie den Vorschlag des Arztes ab. Der musste erkannt haben, dass sie sich nicht umstimmen lassen würde, und so hatte sich Nawal darum gekümmert, dass ihre Mutter bei ihrem Vater im Zimmer schlafen konnte.

Gegen Mitternacht kam sie zu Hause an, nachdem sie sich vergewissert hatte, dass ihre Mutter etwas gegessen hatte. Sie vollzog die Gebetswaschung, betete das Nachtgebet und fiel erschöpft ins Bett. Sie schaffte es gerade noch so, ihre Bittgebete und Dhikr zu sprechen, da fielen ihr auch schon die Augen zu.

Dienstag, Tag 5

Der Wecker klingelte schrill und riss Nawal aus einem traumlosen Schlaf. Mit klopfendem Herzen schaltete sie das Gepiepse ab und sammelte sich. Genau drei Sekunden später sprang sie aus dem Bett, eilte ins Wohnzimmer, wo sie ihr Handy gestern Nacht hingelegt hatte, und scrollte durch ihre Nachrichten.

Mit einem Seufzen ließ sie sich über die Armlehne in den Sessel plumpsen. Ihre Mutter schrieb, dass ihr Vater vor einer halben Stunde aufgewacht war und es ihm den Umständen entsprechend gutging. Erleichtert dankte sie Allah und schickte Nachrichten an Elias und Yusuf. Danach legte sie das Handy zur Seite, um sich zu duschen.

Nach dem Morgengebet las sie im Quran, bevor sie sich auf ihr Fahrrad schwang, um auf dem Weg ins Krankenhaus bei ihrer Lieblingsbäckerei vorbeizufahren. Sie hatte seit gestern Morgen nichts mehr gegessen und war entsprechend hungrig. Die Bäckersfrau hatte sie nur wissend angesehen und ihr zusätzlich zu den Brötchen und dem Kaffee für ihre Eltern einen belegten Bagel mit Frischkäse in die Tüte gesteckt sowie einen Schokoladenmuffin.

Ihre Mutter saß auf dem Bettrand ihres Vaters und unterhielt sich leise mit ihm. Dabei hielt sie mit beiden Händen seine Fingerspitzen, die gerade noch so aus dem Gips herauslugten.

»As salamu alaikum, Habibti«, begrüßte ihre Mutter sie erfreut, stand auf und zog sie in eine Umarmung.

»Wa alaikum assalam wa rahmatuh Allahi wa barakatuhu«, erwiderte Nawal und war erleichtert, dass ihre Mutter wieder ganz die Alte zu sein schien. »Ich habe Frühstück mitgebracht«, sagte sie und hielt die Tüte mit den Brötchen hoch.

»Alhamdulillah, ich kann einen guten Kaffee vertragen«, rief ihre Mutter erfreut aus und nahm ihr die Tasche ab.

Während ihre Mutter damit beschäftigt war, das Frühstück vorzubereiten, drehte sie sich zu ihrem Vater, der sie unverwandt ansah. Seine Augen hatten dunkle Schatten, die Haare waren ungewohnt stumpf und klebten an seinem Kopf. Beide Arme waren von den Fingern bis zu den Oberarmen eingegipst.

»Wird schwierig, in nächster Zeit ein weichgekochtes Ei zu essen, was?«, scherzte sie, um der Situation die Schwere zu nehmen, und zeigte auf seinen Gips.

Er lachte. »Wie gut, dass ich hartgekochte Eier bevorzuge«, erwiderte er und bedeutete ihr mit einem Blick, sich zu ihm aufs Bett zu setzen.

Sie beugte sich über ihn und gab ihm einen Kuss auf die Stirn. Dann klopfte sie prüfend auf seinen linken Arm und wühlte in ihrem Rucksack. Triumphierend hielt sie einen grünen Folienstift hoch. »Dir ist schon klar, dass ich mir diese Chance nicht entgehen lasse und dich von oben bis unten künstlerisch gestalten werde, oder?«

»Nichts anderes habe ich erwartet«, antwortete er und legte seinen Arm vorsichtig auf ihren Schoß.

Ihre Mutter trat mit einem Kaffeebecher an die andere Seite des Bettes und hielt ihn ihrem Mann an den Mund.

»Was genau ist eigentlich gestern passiert?«, fragte Nawal wie beiläufig und zog mit dem Stift die ersten Linien. Aus dem Augenwinkel nahm sie wahr, wie sich ihre Mutter versteifte.

»Das würde ich auch gern wissen«, erklang Elias' Stimme von der Tür, »und wieso ich erst vor zwei Stunden informiert wurde«, setzte er knurrend hinzu und erdolchte Nawal mit seinem Blick.

»Elias«, rief ihre Mutter, stellte den Becher ab und eilte zu ihm. »Alhamdulillah, dass du gekommen bist.« Sie umarmte ihn und Nawal sah, dass sie ihm etwas ins Ohr flüsterte.

Er stellte sich an die Stelle, an der eben noch ihre Mutter gestanden hatte, und begrüßte ihren Vater genau wie sie mit einem Kuss auf die Stirn. »Papa, du wolltest gerade erzählen, was passiert ist?«, sagte er und räusperte sich.

Er holte zwei Stühle für sich und ihre Mutter, und setzte sich zu ihm. Aber Nawal entging nicht, wie fahrig seine Bewegungen waren. Elias war noch nie gut darin gewesen, seine Gefühle zu verbergen. Ihr Vater wirkte dünn und zerbrechlich und sie konnte sich nicht erinnern, ihn jemals krank gesehen zu haben. Stoisch konzentrierte sie sich auf die Bemalung seines Gipses.

»Wir haben seit ein paar Tagen einen neuen Azubi«, begann ihr Vater. »Felix, der Sohn des Chefs. Er wurde mir zugeteilt und wir haben ein Gerüst aufgestellt. Als ich es überprüft habe, bin ich gestolpert und gefallen. Alhamdulillah, habe ich den Sturz mit den Armen abfedern können, aber ich muss dennoch mit dem Kopf aufgekommen sein, und dann war alles schwarz.«

Ihre Mutter hatte Tränen in den Augen, sagte aber nichts.

»Wie lange wirst du den Gips tragen müssen?«, wollte Elias wissen.

»Etwa vier Wochen.«

Nawal malte mit einem schwarzen Stift weiter. Hatte nur sie das Gefühl, dass ihr Vater ihnen wesentliche Teile der Erzählung verschwiegen hatte? Die Geschichte mit dem Sohn des Chefs klang merkwürdig, so als fehlte ein wichtiger Teil. Ihr Vater war seit vierzig Jahren Gerüstbauer und noch nie irgendwo heruntergefallen. Wieso jetzt?

Ihre Mutter stand auf, verteilte das Essen und für die nächsten Minuten war jeder mit seinen eigenen Gedanken beschäftigt.

Nach einem zackigen Klopfen wurde plötzlich die Tür aufgerissen und ein Mann mit Glatze und Brille, gefolgt von einer Schwester und drei weiteren Männern in weißen Kitteln, stürmte ins Zimmer. Elias und Nawal sprangen auf und verließen fluchtartig den Raum.

»Wieso hast du mich nicht früher angerufen?«, überfiel Elias sie, kaum dass sie die Zimmertür hinter sich geschlossen hatte.

»Habe ich doch versucht«, beschwichtigte sie ihn. »Hast du meine verpassten Anrufe nicht gesehen?«

Stirnrunzelnd holte er sein Handy hervor, starrte auf das Display und nickte. »Und wieso hast du Tasniem nicht Bescheid gegeben?«

»Ich hatte alles im Griff«, wich sie aus. »Wenn es zu Komplikationen gekommen wäre, hätte ich deine Frau angerufen.« Sie verschwieg, dass sie Tasniem nichts gesagt hatte, weil diese mit Krisensituationen nicht besonders gut umgehen konnte. Und wenn sie mit den drei Kindern ins Krankenhaus gekommen wäre, hätte das ihre Mutter nur zusätzlich belastet.

Er betrachtete sie für einen Moment und brummte dann: »Mir gefällt das nicht.« Mit hochgehobener Hand hielt er sie davon ab, zu antworten. »Ich weiß, dass Tasniem manchmal ein bisschen hektisch reagiert.«

Nawal betrachtete ihre Fußspitzen. Das war die Untertreibung des Jahrhunderts.

»Aber wir zwei brauchen einen Code oder so etwas für solche Situationen, jetzt, wo Adam nicht da ist.« Er fuhr sich mit einer Hand durch seine dichten Haare. »Wo ist überhaupt Yusuf?«

»Mina hatte wahrscheinlich Übungswehen … da fällt mir ein, ich sollte mal nachfragen, wie es ihr geht.« Nawal holte nun ihrerseits das Handy heraus und tippte eine Nachricht an ihren Bruder. Es dauerte keine zwei Minuten, da erhielt sie auch schon seine Antwort. »Er sagt, es waren Übungswehen«, bestätigte Nawal. »Soll ich Yusuf wegen Papa auf den aktuellen Stand bringen?«

»Lass mich das machen. Musst du nicht ins Büro?«

Sie sah auf ihr Handy und unterdrückte ein Stöhnen. Drei verpasste Anrufe in den letzten fünf Minuten. »Ja, das wäre prima. Bist du sicher, dass du noch hierbleiben kannst?«

»Du hast genug getan, jetzt bin ich dran. Geh schon«, bekräftigte er. »Ach, und Nawal?«, rief er ihr hinterher.

»Ja?«

»Nur weil du noch zu Hause wohnst, heißt das nicht, dass du alles allein regeln musst. Verstanden?«

Sie nickte und winkte ihm zu. Sobald sie außer Sichtweite war, eilte sie los. Unterwegs presste sie sich das Handy ans Ohr und hörte Trixies Nachrichten ab.

»Wo warst du denn?«, empfing Trixie sie am Eingang und ruderte mit den Armen.

»Was ist schiefgelaufen?«, stellte Nawal eine Gegenfrage, um keine Zeit mit unnützen Erkundigungen zu verlieren und herauszufinden, welcher Notfall vorlag.

»Das fragst du am besten Jasleen«, erwiderte Trixie ungewöhnlich ausweichend.

Abrupt blieb sie stehen. »Rück schon raus damit. Jasleen werde ich gleich auch noch fragen«, forderte sie die Entwicklerin auf.

»Mir wäre lieber, du fragst Jasleen gleich. So genau weiß ich es nämlich nicht«, druckste Trixie herum und klemmte sich eine Strähne hinter ihr Ohr. Ein untrügliches Zeichen dafür, dass sie nervös war.

Der Fahrstuhl schien im zweiten Stock festzustecken, weswegen Nawal mit ausladenden Schritten zum Treppenhaus ging. Sie hörte Trixie hinter sich herrennen. Zwei Stufen auf einmal nehmend hetzte sie in den fünften Stock. Erst vor Jasleens Schreibtisch hielt sie an.

»Guten Morgen, Jasleen«, sagte sie und musste ihre ganze Willenskraft aufbringen, zu lächeln und leise zu reden. Am liebsten hätte sie die Kollegin gepackt und die Informationen aus ihr herausgeschüttelt. »Was ist gestern passiert, nachdem ich weggegangen bin?«

Jasleen sah sich hektisch um und schob sie in einen der Meetingräume. Gerade als sie die Tür schließen wollte, schlüpfte Trixie hinein und ließ sich keuchend auf einen Stuhl fallen.

»Hast du deine E-Mails gecheckt?«, fragte Jasleen drängend und schaute Nawal durchdringend an.

»Nein.«

»Herr Münk hat heute Morgen eine Nachricht geschickt, in der er sich über das unprofessionelle Verhalten beschwert.«

»Wovon redet er?«, fragte Nawal verwirrt.

Jasleen schloss ihr Tablet bereits an und kurz darauf erschien die Kundenanwendung auf dem großen Bildschirm. Sie tippte etwas ein und Nawal brauchte nicht mehr zu sehen.

»Trixie?«

»Ich habe keine Ahnung, wie das passiert sein kann!«, rief diese aus.

»Wieso bist du nicht längst an der Behebung?«

Trixie knibbelte an ihrer Unterlippe.

»Sie kommt nicht mehr an den Code ran«, sprang Jasleen ein.

Nawal dachte nicht nach, sondern stürmte aus dem Raum.

»Ich bin schon dran, Nawal«, empfing Emre sie, dem ihre Erregung nicht entgangen war.

»Wie ...?«

»Weiß ich nicht!«

Frustriert stöhnte sie auf.

»Frau El Abbasi? Hätten Sie fünf Minuten Zeit für mich?« In ihrer Erregung hatte sie Herrn Baum nicht kommen hören. Er stand hinter ihr und hatte auf dem Weg zu ihr Jasleen und Trixie aufgegabelt, die sie mit aufgerissenen Augen ansahen.

»Selbstverständlich«, antwortete Nawal und warf Emre noch einen auffordernden Blick zu, bevor sie sich umdrehte und Herrn Baum nacheilte.

»Sie können sich sicherlich denken, weswegen ich Sie alle hierhergebeten habe«, eröffnete Herr Baum das Gespräch, sobald er die Tür hinter ihnen geschlossen hatte.

Wie die anderen beiden nickte Nawal.

»Herr Münk ist einer unserer wichtigsten Kunden. Ich brauche Ihnen wohl nicht zu erklären, welche katastrophalen Folgen es hätte, wenn er seine Zusage für die weiteren Projekte in diesem Jahr rückgängig machen würde.« Herr Baum hatte seine Stimme nicht erhoben, aber das machte es fast noch schlimmer. »Ich erwarte, dass Sie das Problem lösen, und zwar umgehend.« Er schaute auf seinen Schreibtisch und schien damit das Gespräch als beendet zu betrachten. »Auf ein Wort, Frau El Abbasi.«

Jasleen drückte ihr aufmunternd die Hand und quetschte sich hinter Trixie durch die Tür.

»Wie mir zu Ohren gekommen ist, haben Sie gestern das Meeting einfach verlassen?«

»Ja, das stimmt. Ein privater Notfall.«

»Ist dieser private Notfall nun geklärt?«

»Ja.«

»Frau El Abbasi, ich halte Sie für eine unserer besten Projektmanagerinnen.« Er sah sie eindringlich an. »Sie können jederzeit zu mir kommen, wenn Sie etwas bedrückt.«

»Vielen Dank«, antwortete Nawal und hörte selbst, wie hölzern das klang.

»Und was die Challenge betrifft …«, begann er und setzte sich in seinen Stuhl.

»Ich werde nicht daran teilnehmen«, wiederholte sie, was sie Julia bereits mitgeteilt hatte.

»Nun, die Frist läuft bis morgen Abend – falls Sie es sich doch noch anders überlegen. Was ich sehr begrüßen würde.«

»Das werde ich nicht, aber vielen Dank für ihre freundlichen Worte«, sagte sie und wandte sich um. Sie hatte momentan ein viel größeres Problem zu lösen.

✓⅔₀ₗ

Emre winkte ihr und kam ihr auf halbem Weg entgegen. »Die Kundenanwendung läuft wieder. Jasleen testet gerade, ob die heutigen Anpassungen auch alle funktionieren.«

»Was war das Problem?«

»Der Link führte zu einer uralten Beta-Version«, gab er zerknirscht zu.

»Das heißt, es ist beim letzten Update passiert?«

»Nein, das ist es ja. Jasleen und Amber haben die Kundenanwendung wie üblich getestet und dann freigegeben. Wie sich die alte Version eingeschlichen hat, ist mir ein Rätsel.« An seinem Hals hatten sich rote Flecken gebildet.

»Amber? Wieso denn Amber?«

»Jasleen wollte ganz sicher sein und hat Amber gebeten, mit ihr zu testen, weil Trixie keine Zeit hatte«, erklärte Emre verwundert. »Wusstest du das nicht?«

Nawal schüttelte den Kopf, schnappte sich ihr Tablet und setzte sich neben Jasleen. Schweigend klickten sie sich durch die Kundenanwendung und wechselten die Plätze, nachdem sie jeweils fertig waren, um ganz sicher zu sein, dass sie nichts übersehen hatten.

Jasleen wollte den Link verschicken, doch Nawal hielt sie zurück. »Hast du es gestern genauso mit Amber gemacht?«

»Ja, wieso?«

»Ihr habt zweimal getestet und dann hast du den Link verschickt?«

»Auch wenn ich mich wiederhole, ja. Warum fragst du?«

Nawal öffnete ihre E-Mails und hielt ihr Tablet Jasleen unter die Nase. »Siehst du das?«, fragte sie und tippte mit ihrem Finger auf den Absender der E-Mail, der fälschlicherweise ihren Namen anzeigte und nicht Jasleens.

»Wie kann das sein?«

Sie war bereits aufgestanden und schlängelte sich an den Tischen der anderen Entwickler vorbei zu Emre. »Wer kann E-Mails abfangen?«

»Jeder, der sich Zugang zu unserem E-Mail-Server verschafft. Also niemand.«

»Und jemand innerhalb unserer Firma? Wer könnte es rein theoretisch?«

»Jeder Admin … oder Entwickler«, gab Emre zögerlich zu und musterte sie. »Hast du einen konkreten Verdacht?«

»Kannst du es herausfinden?«

Er schnaubte. »Wenn du recht hast, wird derjenige sich wünschen, sich nicht mit mir angelegt zu haben«, grollte er und starrte auf den Bildschirm.

»Kann das vorerst zwischen uns bleiben?«

»Nawal, ich muss das melden.«

»Falls du etwas findest, sagst du es mir zuerst?«

»Das kann ich machen«, willigte er ein und nickte.

»Prima – mehr will ich gar nicht. Und jetzt würde ich gern eine E-Mail versenden und sicherstellen, dass sie auch genauso beim Kunden ankommt.«

Sie rief Frau Andres fünf Minuten später an, entschuldigte sich für den falschen Link und vereinbarte einen neuen Termin. Nach einer halben Stunde legte sie auf, schnappte sich ihren Gebetsteppich und verschwand im Ruheraum. Sie betete das Mittagsgebet, setzte sich danach hin und machte Dhikr, bis sie spürte, wie sie wieder durchatmen konnte.

Langsam kehrte sie an ihren Platz zurück, nickte Piet und Amber zu. Inzwischen war sie sich sicher, dass jemand ihre Projekte sabotierte.

ENTSCHEIDUNG

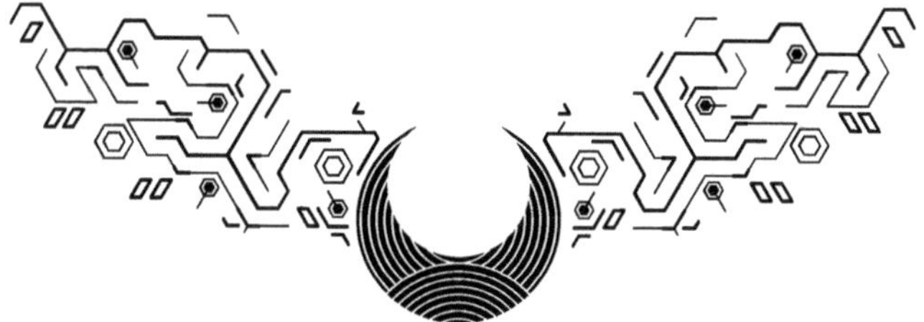

In der Mittagspause ging sie mit Jasleen und Trixie zu ihrem Lieblingsitaliener. Der war zwar gar kein Italiener, sondern ein Kroate, backte aber die beste Pizza in der ganzen Stadt. Adam hatte sie einmal nach einem Debattierwettbewerb dorthin eingeladen, nachdem er ihr tagelang von dem Essen vorgeschwärmt hatte. Wo er jetzt wohl gerade war? Sie hatte sich gestern mehrmals dabei ertappt, seine Nummer wählen zu wollen, sich aber im letzten Moment beherrscht. Er war erst einen Tag weg und schon brauchte sie ihn!

»Wieso bist du eigentlich gestern aus dem Meeting verschwunden?«, holte sie Trixies Frage zurück ins Jetzt.

Jasleen sah auffällig unauffällig in die Speisekarte, die sie auswendig kannte.

»Mein Vater ist vom Gerüst gestürzt und liegt im Krankenhaus«, erklärte sie betont nüchtern.

»Geht es ihm gut?«, erkundigte sich Trixie sofort und spielte mit einer ihrer blauen Haarsträhnen.

Jasleen hatte die Speisekarte fallen lassen und die Hand auf ihren Mund gepresst.

»Den Umständen entsprechend. Er hat sich beide Arme gebrochen, aber zum Glück kein Schädel-Hirn-Trauma.« Nawal fand sich in einer von Jasleens Umarmungen wieder und roch einen Hauch Kokos. Unbeholfen klopfte sie ihrer

Kollegin auf den Rücken. Die Bedienung brachte die Pizzas und Jasleen setzte sich wieder auf ihren Platz.

»Können wir dann heute live gehen, wenn Frau Andres das Projekt freigibt?«, lenkte Nawal von ihrem Privatleben ab und schnitt sich ein Stück von ihrer Pizza Margherita ab.

»Ich habe schon alles vorbereitet«, sagte Trixie kauend und steckte sich ein weiteres Stück Pizza in ihren bereits vollen Mund.

Jasleen musterte ihre Kollegin mit gerümpfter Nase. »Wir essen dir nichts weg, das weißt du schon, oder? Es gibt also keinen Grund, sich gleich die ganze Pizza auf einmal in den Mund zu stopfen.«

Fasziniert betrachtete Trixie die Pizza auf ihrem Teller und schien tatsächlich in Gedanken durchzuspielen, wie sie diese so geschickt falten konnte, dass sie auch noch in ihren Mund passte.

»Gut, dann lass uns gleich live gehen, sobald wir wieder im Büro sind.«

»Wieso die Eile?«, erkundigte sich Trixie, die ihre Augen nicht von der Pizza nahm.

»Nur so«, antwortete Nawal ausweichend und behielt ihren Verdacht für sich, dass momentan alle Livegänge gefährdet waren. Sie beugte sich zu Trixie, schnitt zweimal in deren Dreiviertelpizza und hielt daraufhin ein zusammengefaltetes Viertel in der Hand. »Das ist zwar nicht die ganze Pizza auf einmal ...«

Trixie hatte es ihr längst aus der Hand gerissen und verdrückte es mit aufgeblähten Hamsterbacken. Frech grinste sie Jasleen an, die ein Würgegeräusch von sich gab und stur auf ihren Teller schaute.

»Wieso ermutigst du sie auch noch dazu und woher kannst du so etwas?«, zischte Jasleen und vermied es, Trixie anzusehen.

»Drei Brüder«, antwortete Nawal lapidar und zuckte mit den Schultern.

Erst beim Herausgehen entdeckte sie Jakob, den vierten Junior-Projektmanager, an einem Nebentisch. Ob er wohl ihr Gespräch über den Livegang mitbekommen hatte?

Ohne Probleme stellten sie die Kundenanwendung online und Nawal atmete auf. Vielleicht war es nur eine unglückliche Aneinanderreihung von Vorfällen gewesen, die nichts miteinander zu hatten. Manchmal kam das vor.

Sie hatte Frau Andres angerufen, um sich zu erkundigen, ob die Tests zufriedenstellend verlaufen waren, was ihr bestätigt wurde. Offenbar war es wirklich nur einer dieser Tage gewesen, die man am besten gleich wieder aus seinem Gedächtnis strich.

Erleichtert packte sie daher um sechs Uhr ihren Rucksack, schwang sich auf ihr Fahrrad und radelte zum Krankenhaus. Auf dem Weg dorthin hielt sie an der Moschee, betete das Abendgebet, besorgte etwas zu essen und stand schließlich vor dem Zimmer ihres Vaters. Die Tür war nur angelehnt und sie hatte schon den Zeigefinger gekrümmt, um anzuklopfen, als sie die Stimmen ihrer Eltern vernahm.

»Das kann er doch nicht machen!«, ereiferte sich ihre Mutter gerade.

»Vermutlich habe ich ihn nur falsch verstanden«, versuchte ihr Vater, seine Frau zu beschwichtigen.

»Was gibt es denn an ›Vielleicht ist Frührente für Sie das Beste‹ falsch zu verstehen?«

Nawal sog zischend die Luft ein und huschte von der Tür zur Wand, damit ihre Eltern sie nicht sahen.

»Chair inschallah, Lina«, sagte ihr Vater sanft.

»Du hast den Arzt vorhin gehört. Es ist ein komplizierter Bruch und eine weitere Operation nötig, damit du deine Hand wieder normal bewegen kannst. Wir werden die neue Methode ausprobieren und in die Schweiz fahren.«

»Inschallah.«

»Also das Auto?«

Was meinte ihre Mutter damit? Nawal rutschte näher an die Tür und spähte durch den Spalt ins Zimmer. Ihre Mutter stand mit dem Rücken zu ihr und sah aus dem Fenster.

»Magst du nicht zu mir kommen?«, fragte ihr Vater und schaute ihre Mutter bittend an. »Wir schaffen das inschallah.«

Nawals Mutter setzte sich auf den Bettrand und seufzte. »Ich werde mir inschallah unbezahlten Urlaub nehmen, aber dann fällt mein Gehalt weg. Bleibt das Auto oder die Wohnung. Wichtig ist nur, dass du wieder gesund wirst. Wir haben früher auch in einer kleinen Wohnung gewohnt, das können wir wieder«, sagte sie leise und strich ihrem Vater zärtlich über die Wange.

Nawal lehnte sich mit dem Rücken an die Wand und schaute an die Decke, während ihre Gedanken rasten. Sie zahlte keine Miete, hatte sich aber angewöhnt, die Einkäufe zu übernehmen, um etwas zum Haushalt beizusteuern. Ihr Gehalt war nicht hoch, aber sie gab nur wenig aus und hatte jeden Monat einen Teil zur Seite gelegt. Ob das für eine offenbar geplante, teure Operation in der Schweiz ausreichen würde, wusste sie nicht, doch es war besser als nichts. Ihre Eltern würden nicht wollen, dass sie ihnen finanziell aushalf, aber Elias‹ Firma kam gerade mal so über die Runden, Yusufs Gehalt musste bald für drei reichen und Adam war derzeit unerreichbar. Sie war die Einzige, die übrigblieb.

Eine Krankenschwester lief an ihr vorbei und musterte sie mit hochgezogenen Augenbrauen.

»Würden Sie das bitte meinen Eltern geben?«, fragte sie und drückte der verdutzten Frau den Beutel mit dem Essen in die Hand. »Ich muss noch einmal weg.« Mit großen Schritten, die ihr Kleid um ihre Beine tanzen ließ, stürmte sie zur Treppe. Dort drehte sie sich um, winkte der verwunderten Krankenschwester und verschwand.

Im Treppenhaus fischte sie ihr Handy aus dem Rucksack und wählte eine Nummer.

»Herr Baum, Nawal El Abbasi hier. Ich habe es mir überlegt. Ich würde doch gern an der Challenge teilnehmen.«

KUCHEN
Mittwoch, Tag 6

Nach dem Morgengebet war sie länger in der Moschee geblieben und genoss die Ruhe, während sie ausgiebig Dhikr machte und im Quran las. Die Stille zu Hause hatte sie bedrückt, aber hier war sie genau da, wo sie sein wollte. Sie war gestern Abend nach ihrem Gespräch mit Herrn Baum wieder ins Krankenhaus gefahren und Elias hatte sie nach Hause begleitet. Er hatte ihr angeboten, im Gästezimmer seiner Wohnung zu übernachten, damit sie nicht so allein war, aber sie hatte dankend abgelehnt.

Nawal zog ihren Mantel etwas enger um sich, als eine Windböe mit ihrem Kleid spielte. Es war ein herrlicher Spätherbstmorgen, aber der Wind, der die Blätter zusammenblies und zu einem Wirbel hochwehte, brachte bereits die ersten Vorboten des anstehenden Winters mit sich. Um viertel nach sieben schloss sie ihr Fahrrad ab und betrat das Bürogebäude. Sie wechselte ein paar Worte mit Frau Schucker, bevor sie auf den Aufzug wartete. Herr Baum hatte gestern Abend eine E-Mail an die Junior-Projektmanager geschickt und zu einem Kick-off-Meeting für die Challenge heute Morgen um acht Uhr gebeten.

»Er wird die Rangfolge bekanntgeben«, erklang eine tiefe Stimme neben ihr, die sie überall erkannt hätte.

Sie drehte sich zu Jakob um. »Guten Morgen«, presste sie hervor und sah zu Frau Schucker, die telefonierte.

»Guten Morgen, Nawal«, erwiderte er.

Und dann entstand eine Pause, die man nur als unangenehm bezeichnen konnte. So war es immer zwischen ihnen. Jakob war der Nerd unter den Projektmanagern. Er sprach nie viel und war meistens allein unterwegs. Aber bei Kunden blühte er regelrecht auf. Keiner verstand so gut wie er, was diese wirklich wollten.

Der Aufzug schien wieder in irgendeinem Stockwerk festzuhängen und Nawal überlegte gerade, wie schon so oft, die Treppen zu nehmen.

»Ich komme mit. Ein wenig Frühsport schadet nicht«, sagte Jakob da.

Verwirrt sah sie ihm hinterher. Konnte er Gedanken lesen? Unentschlossen blieb sie stehen und fuhr erleichtert herum, als der Fahrstuhl seine Tür öffnete.

»Wir sehen uns oben«, antwortete sie ein wenig zu schnell und drückte die Türschließentaste.

»Da hat es aber jemand eilig«, hörte sie Herrn Baum sagen, der seinen Fuß in die Aufzugtür gestellt hatte.

»Dieser Aufzug hat ein Eigenleben. Da mische ich mich nicht ein«, erwiderte sie scherzhaft und sah, wie Amber und Piet sich hinter Herrn Baum in den Aufzug quetschten.

»Schön, dass der Nachwuchs bereits vollständig anwesend ist. Und Jakob habe ich doch auch eben noch gesehen.«

Der Aufzug hielt im fünften Stock und Herr Baum verschwand in seinem Büro.

»Hast du dich jetzt doch entschieden, an der Challenge teilzunehmen?«, sprach Amber sie auf dem Weg zu ihren Schreibtischen an.

Nawal zuckte nur mit den Schultern. Es würde nichts bringen, Amber zu erklären, dass sie wenig Lust auf diesen Wettkampf hatte. Letztlich waren die Beweggründe ihre Privatsache.

»Dann wird es wenigstens interessant. Konkurrenz belebt das Geschäft«, sagte Piet und zwinkerte ihr zu.

Sofort dachte sie an ihr Projekt, das erst gestern live gegangen war, und unwillkürlich schoss ihre Augenbraue nach oben, was ihm nur ein belustigtes Lachen entlockte.

Herr Baum kam als Letzter in den Meetingraum und schloss mit Schwung die Tür hinter sich.

»Es freut mich, dass Sie alle an der Challenge teilnehmen«, begann er und sein Blick blieb ein wenig länger an Nawal hängen. »Sie haben bewiesen, dass Sie das Zeug dazu haben, ein Großprojekt wie das Projekt Neptun zu leiten.« Er lehnte sich an den Präsentiertisch und schlug seine Beine übereinander. »Normalerweise übergeben wir die Leitung eines solchen Projektes nur an Mitarbeiter, die schon mindestens drei Jahre bei uns sind.« Er nahm sein Tablet in die Hand und öffnete eine Datei. »Oder«, er machte eine Pause und vergewisserte sich, dass er ihre volle Aufmerksamkeit hatte, »wenn der Mitarbeiter mehr als dreißig Projekte erfolgreich umgesetzt hat – und mit erfolgreich meine ich, dass der Kunde mit dem Ergebnis zufrieden war, auch wenn es vielleicht teurer geworden oder später als geplant online gegangen ist.«

Nawal hatte keine genaue Vorstellung davon, wie viele Projekte sie bereits betreut und abgeschlossen hatte. Sie hatte nicht mitgezählt, aber es waren einige.

»Piet«, fuhr Herr Baum fort und betrachtete ihren Kollegen, »Sie haben seit ihrem Firmeneintritt siebenundzwanzig Projekte umgesetzt.«

Nawal schaute zu Piet, der bei dieser beeindruckenden Anzahl breit grinste.

»Amber – Sie haben achtundzwanzig beendet.«

Ihr Kopf ruckte zu Amber, die sich eine nicht vorhandene Fluse von ihrer makellos sitzenden Hemdbluse strich.

Herr Baum wandte sich an Nawal: »Sie und Jakob haben bisher jeweils neunundzwanzig Projekte livegestellt.«

Nawal konzentrierte sich auf Herrn Baum, aber sie spürte Ambers und Piets stechende Blicke. Ein Grund dafür, warum sie solche Wettkämpfe verabscheute.

»Damit qualifizieren Sie sich alle für die Mindestanzahl von dreißig, wenn Sie bis Monatsende vier Projekte abschließen.« Er stellte sich neben das Whiteboard und schrieb ihre Namen alphabetisch aufgelistet untereinander, dahinter notierte er die Anzahl der Projekte. »Diese Liste hier wird täglich aktualisiert werden und die Rangfolge anzeigen. Derjenige, der zuerst vier Projekte vollständig entwickelt und dem Kunden übergeben hat, ist der Sieger.«

Nawal fühlte, wie sie ganz ruhig wurde. Ihr Herz schlug kräftig und regelmäßig und ihre Fingerspitzen kribbelten. Außer Herrn Baums Stimme und ihrem eigenen Atem hörte sie keine Geräusche mehr, völlig fokussiert auf die vor ihr liegende Aufgabe.

»Haben Sie noch Fragen?«

»Wenn die Liste einmal am Tag aktualisiert wird«, meldete sich Jakob zu Wort, »und ...«

»Jakob, hast du auch eine Frage, die nicht schon beantwortet worden ist? Wenn nicht, hätte ich nämlich eine echte«, schoss Amber dazwischen und warf Jakob einen verächtlichen Blick zu. »Was passiert, wenn zwei Projektmanager am gleichen Tag ihr letztes Projekt online stellen? Entscheidet dann der Zeitpunkt des Livegangs?«

Herr Baum ignorierte Ambers Einwurf, was diese mit einem verkniffenen Gesichtsausdruck zur Kenntnis nahm. »Das wollte Jakob vermutlich fragen«, sagte Herr Baum, und Amber rollte mit den Augen. »Die Antwort ist, es kommt darauf an. In solch einem Fall werde ich mich mit den Teamleitern beratschlagen.«

»Sie erwähnten vorhin, dass man ab dreißig erfolgreichen Projekten die Leitung von Großprojekten übernehmen kann. Werden wir danach alle vier den Rang eines Projektmanagers erhalten? Unabhängig davon, ob wir die Challenge gewonnen haben oder nicht?«, fragte Amber weiter, und Nawal horchte auf.

»Wenn Sie diese Voraussetzung erfüllen, ist das in der Tat der Preis, den Sie alle bekommen. Allerdings steht momentan nur ein Großprojekt an.« Herr Baum schaute in die Runde. »Haben Sie noch weitere Fragen?« Alle schüttelten den Kopf. »Dann wünsche ich Ihnen viel Erfolg«, schloss Herr Baum das Meeting und verabschiedete sich mit einem aufmunternden Nicken.

Zurück an ihrem Platz vergrub Nawal sich die nächsten drei Stunden in der Arbeit und beantwortete E-Mails, vereinbarte Meetings und aktualisierte Listen. Das war das A und O, das hatte Julia ihr immer wieder eingetrichtert: Verstehe, was der Kunde wirklich erreichen will, und stelle sicher, dass sich niemand in Details verliert. Nawal nahm ihr Handy in die Hand, fotografierte ihren Schreibtisch und schickte das Bild an Julia. Sie hatte nur »1 von 4« geschrieben. Die Antwort ihrer Chefin kam sofort in Form eines hochgehobenen Daumens und einem breiten Grinse-Smiley.

Nawal beschloss, dass es Zeit für ein Frühstück war. Ein kurzer Blick auf Trixies hin und her fliegende blaue Haarspitzen genügte, um zu wissen, dass jetzt kein guter Zeitpunkt war, die Entwicklerin zu stören. Jasleen unterhielt sich mit Emre. Auch das wollte Nawal nicht unterbrechen und schlenderte daher allein zur Küche.

»... stell dich nicht so an«, wehte Ambers gedämpfte Stimme zu ihr.

»Ihr Projekt ist schon verschoben worden«, erwiderte Piet und der Rest des Satzes ging im Knattern der Kaffeemaschine unter.

Sie blieb stehen. Worüber redeten die beiden?

»Janet ist in den letzten Zügen. Und bei dir?«

»Felix ist auch fast fertig, braucht allerdings die Anpassung von Janet. Wie sieht es aus? Kann sie das heute oder morgen einschieben?«, fragte Piet und ein Stuhl knarrte.

»Kein Problem, wenn du mir dafür den Livegang nächsten Dienstag garantierst«, antwortete Amber sofort.

Es war nicht ungewöhnlich, sich mit seinen Kollegen abzusprechen, um Entwickler wie Janet und Felix zu koordinieren. Und Amber arbeitete öfter mit Piet zusammen. Warum nur bildete sich dennoch ein Knoten in Nawals Magen, je länger sie den beiden zuhörte? Sie hatte genug mitbekommen und drehte sich ruckartig um, nur um heftig mit Jakob zusammenzustoßen. Schmerzerfüllt hielt sie sich die immer noch empfindliche Nase.

»Hast du dir wehgetan?«, fragte Jakob besorgt und beugte sich zu ihr herunter.

»Nein, ich prüfe immer mal wieder, ob meine Nase noch in meinem Gesicht ist«, murmelte sie undeutlich hinter ihrer Hand und rollte mit den Augen.

»Dann kann ich dich beruhigen – sie ist genau da, wo sie sein sollte«, antwortete er belustigt.

Nawals Augenbraue zuckte von ganz allein nach oben und sie trat einen Schritt zurück. Mit dem Ärmel wischte sie sich die Tränen ab, die ihr der Aufprall in die Augen getrieben hatte. »Wieso stehst du überhaupt so dicht hinter mir?«, fragte sie und bemerkte selbst, wie feindselig sie klang.

»Du hast dort schon eine Weile wie angewurzelt gestanden und ich wollte nur fragen, ob alles in Ordnung ist«, sagte er achselzuckend. »Das mit deiner Nase tut mir leid«, fügte er hinzu und klang aufrichtig zerknirscht.

Sie spürte, wie ihre Wangen heiß wurden, und wandte sich abrupt um. »Nichts passiert«, gab sie zurück und flüchtete zu ihrem Schreibtisch. Dabei betastete sie vorsichtig ihre pochende Nase.

»Tut es sehr weh?«, fragte Jasleen und hielt ihr eine Tube mit einer Salbe hin. »Nimm das, damit sie nicht anschwillt.«

»Woher weißt du ...?«, begann sie und sah sich hektisch um, als sie Jasleens unauffälliges Kopfnicken sah. Alle im Büro hatten sich zu ihr umgedreht, und sie seufzte innerlich. »Es geht mir gut«, rief sie und stand auf. »Ich danke euch für eure Aufmerksamkeit. War mir ein Vergnügen, euch zu unterhalten, und wer sich erkenntlich zeigen möchte, kann mir gern ein Stück Kuchen bringen.« Sie verbeugte sich theatralisch und erntete Applaus sowie allgemeines Lachen.

»Arnika wirkt Wunder bei stumpfen Verletzungen«, sagte Jasleen. »Wenn du die Salbe gleich aufträgst, wird es weder dick noch blau.«

Nawal nahm die Tube und verschwand im Bad. Jasleen war eine wandelnde Apotheke und sie vertraute ihr. Sie betrachtete ihre Nase im Spiegel, die rot und tatsächlich bereits ein wenig angeschwollen war. Bevor sie die Salbe auftrug, machte sie Wudu, die Gebetswaschung, richtete ihr Kopftuch und kehrte zurück an ihren Platz. Dort fand sie Kekse, Schokolade, Trauben, eine Banane und tatsächlich ein Stück Kuchen auf ihrem Tisch. Sie schluckte.

»Marokkanischen Tee kann ich dir leider nicht anbieten, dafür aber einen Latte macchiato.« Jakob stellte den Kaffeebecher neben dem Teller mit dem Stück Käsekuchen ab.

»Danke«, sagte sie und hoffte, dass er weitergehen würde, nachdem er sein Wiedergutmachungsgeschenk abgeliefert hatte. Stattdessen schnappte er sich einen Stuhl, setzte sich ihr gegenüber und starrte auf den Kuchen. »Bedien dich«, forderte sie ihn auf und als er sich nicht rührte, halbierte sie das Kuchenstück und legte ihm den Kuchen auf eine Serviette, während sie sich bereits den ersten Löffel in den Mund schob. Ein genüsslicher Seufzer entfuhr ihr. »Wo hast du den gekauft? Der ist lecker.«

»Das Geheimnis ist der Frischkäse«, erklärte Jakob und grinste verschmitzt.

»Woher kennst du dich so gut mit Käsekuchen aus?«, fragte sie und nahm den nächsten Bissen. Sie liebte Käsekuchen, aber oft genug hatte sie erlebt, wie der bestaussehende Kuchen trocken war, einen zu dicken Boden hatte oder nach gar nichts schmeckte. Dieser hier war aber definitiv unter ihren Top drei.

»Jahrelanges Experimentieren ... und eine kritische Großmutter.«

»Du kannst backen?«

»Ja, klar. Was ist daran so ungewöhnlich?«

Sie murmelte etwas Unverständliches und trank einen Schluck Kaffee.

»Nawal?«, hakte er nach.

»Nichts ... ich hätte dich nur nicht als Kuchenbäcker eingeschätzt.«

Jakob schnaubte. »Jasleen?«, rief er über seine Schulter. »Wer hat den Käsekuchen gebacken?«

»Na, du. Wieso fragst du?«, antwortete diese verwirrt und runzelte die Stirn.

»Emre?«

»Hier!«

»Kann ich Kuchen backen?«

»Die besten, Mann! Die Heidelbeertorte letzte Woche war der Hammer«, rief Emre zurück und ein paar andere fielen ein und nannten ihre Favoriten.

»Siehst du?«, wandte er sich wieder Nawal zu.

Die war bei der Nennung der Kuchen tiefer in den Stuhl gesunken. Die Heidelbeertorte war wirklich lecker gewesen und sie hatte sich überhaupt nicht gefragt, woher sie gekommen war.

»Okay, okay – du kannst backen«, gab sie zu und stellte den leeren Teller auf den Tisch. »Habe ich nicht gewusst.«

»Würdest du es denn überhaupt wissen wollen, Nawal?« Damit erhob er sich und ging gemächlich zu seinem Schreibtisch.

Nachdenklich sah sie ihm hinterher.

AUF UND AB

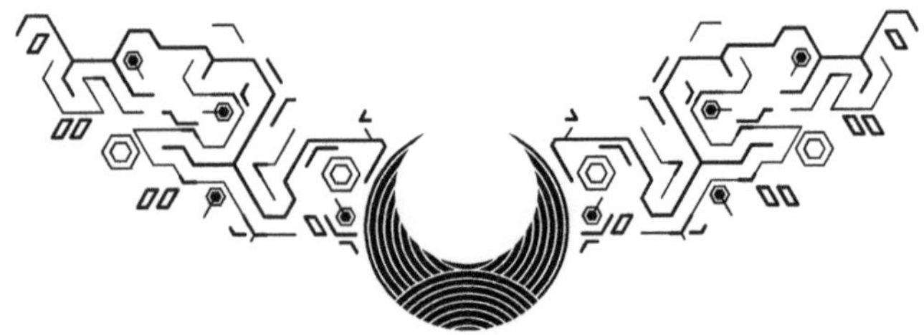

Das Telefon klingelte. Es war Frau Andres, die ihr mitteilte, dass ihr und Herrn Münk die letzten Anpassungen zusagten und sie beschlossen hatten, eine weitere, diesmal neue Applikation, noch diese Woche zu launchen. Im Klartext hieß das morgen. Auf die harte Tour hatte sie gelernt, dass Livegänge an Freitagen auf jeden Fall zu vermeiden waren. Wenn irgendetwas schieflief, war am Wochenende niemand da, um das Problem zu lösen. Nach dem knapp einstündigen Telefonat mit Frau Andres beraumte sie daher eine spontane Sitzung an.

»Der Kunde plant, morgen live zu gehen«, eröffnete sie das Meeting und ließ ihren Blick über die Versammelten gleiten. Trixie lümmelte wie immer auf ihrem Stuhl und kaute Kaugummi. Emre hatte seinen Laptop vor sich stehen und starrte auf den Bildschirm. Jasleen drehte einen Kugelschreiber zwischen ihren schlanken Fingern und nickte ihr aufmunternd zu. Der Teamleiter der Entwickler saß neben Emre, und der Change Manager, Fin, rückte seine Brille zurecht.

»Wir haben die Änderungen ja bereits besprochen, Fin«, sagte Nawal. »Und ich habe nachgesehen. Für morgen sind keine anderen Livegänge geplant. Kannst du das bestätigen?«

Fin schaute hoch und wollte gerade antworten, als die Tür schwungvoll geöffnet wurde. Jakob hob die Hand zu einem stummen Gruß und setzte sich neben Fin, der seinen Mund daraufhin wieder schloss.

Mit gerunzelter Stirn betrachtete sie Jakob. Was hatte er hier zu suchen? Doch bevor sie ihn fragen konnte, öffnete sich erneut die Tür und Henning, einer der Senior-Entwickler, kam herein. Trixie schnaubte genervt und drehte ihm demonstrativ den Rücken zu.

»Hallo Jakob, hallo Henning«, begrüßte Nawal die beiden, »wir besprechen gerade einen für morgen geplanten Livegang …«

»Zwei«, unterbrach sie Jakob.

»Ja, äh … das wollte ich gerade erwähnen«, sagte Fin hastig. »Jakob hat für morgen auch einen Livegang geplant – zur gleichen Zeit.«

»Klar hat er das«, giftete Trixie, fixierte aber Henning, der sie mit geröteten Wangen ansah.

»Okay, das kommt zwar unerwartet, sollte aber kein Problem sein, oder haben unsere Applikationen Abhängigkeiten zueinander?«, fuhr Nawal fort und sah Fin an.

Der teilte seinen Bildschirm und sie war froh, mit dem Rücken zu den Teilnehmern stehen zu können. Es war offensichtlich, dass es einen Konflikt gab und der Livegang nicht mehr so stattfinden würde, wie sie ihn noch vor fünf Minuten geplant hatte.

»Emre? Irgendwelche Vorschläge?«

Der wandte sich an Henning und Trixie. »Habt ihr nicht miteinander gesprochen?«

Trixie setzte sich langsam auf und legte die Unterarme auf den Tisch. Dabei ließ sie Henning nicht eine Minute aus den Augen. Das hier würde ganz schnell eskalieren, wenn Nawal es nicht aufhielt.

»Ich gehe davon aus, dass die beiden Applikationen zwar die gleiche Datenbank nutzen, aber unterschiedliche Tabellen. Korrekt?«

Für einen kurzen Augenblick sagte niemand ein Wort, dann entbrannte zwischen den beiden Entwicklern eine hitzige Debatte. Fin rückte immer wieder seine Brille zurecht und notierte sich etwas, Jasleen und Emre beruhigten abwechselnd Trixie oder Henning. Jakob saß zurückgelehnt mit ausgestreckten Beinen in seinem Stuhl und war die Ruhe selbst. Nach einer halben Stunde war das ganze Ausmaß des Desasters sichtbar. Weder sie noch Jakob würden morgen live gehen können, wenn der Code nicht angepasst wurde.

»Wie wäre es, wenn ihr beide euch hier in dem Raum zusammensetzt, damit ihr euch direkt austauschen könnt?«, schlug Jakob vor und sah die beiden Streithähne an.

»Das ist eine sehr gute Idee«, stimmte Nawal zu. »Und ich bestelle euch etwas zu essen. Von Tino?« Henning aß nur vegan und Tino hatte eine leckere Auswahl an Speisen, die auch Trixie schätzte.

√‾‾‾

Um 22 Uhr packte Jasleen ihre Sachen. »Wenn noch etwas sein sollte, schick mir eine Nachricht. Ich logge mich von zu Hause ein«, sagte sie und schulterte ihre Handtasche.

»Mache ich. Danke«, erwiderte Nawal und rieb sich über ihre müden Augen. »Bist du mit dem Auto da?«

»Ich werde gefahren. Wie kommst du nach Hause?«

Normalerweise hätte sie Adam angerufen, der sie schon öfter von einer Nachtschicht vom Büro abgeholt hatte. »Ich werde mir ein Taxi rufen«, antwortete sie ausweichend und ging in Gedanken durch, ob sie nicht doch lieber mit dem Fahrrad fahren sollte.

»Der Park ist an einigen Stellen nicht beleuchtet. Vergiss es«, sagte Jasleen.

Hatte sie etwa laut gesprochen?

»Versprich mir, dass du dir ein Taxi rufst«, beharrte Jasleen. Sie würde nicht von der Stelle weichen, wenn sie das Gefühl hatte, dass Nawal plante, doch das Fahrrad zu nehmen.

Seufzend hob sie die Hände. »Inschallah rufe ich mir ein Taxi. Zufrieden?«

Jasleen drückte ihre Schulter, nickte und verabschiedete sich. Sie wusste, dass Nawal sich daran halten würde, wenn sie ihr einmal ihr Wort gegeben hatte.

Im Meetingraum war es verdächtig ruhig. Entweder waren die beiden Entwickler eingeschlafen oder hatten sich ohnmächtig gestritten. Nawal klopfte an und trat ein. Trixie und Henning saßen einander gegenüber und tippten friedlich auf ihren Tastaturen. Sie schienen förmlich in ihrer Arbeit versunken zu sein. Jakob saß zwischen den beiden und las in einem Buch. Als Nawal eintrat, blickte er auf und gab ihr per Handzeichen zu verstehen, dass sie noch eine halbe Stunde benötigten.

Es war schließlich Mitternacht, bis sie beide Applikationen getestet hatten. Zufrieden fuhr sie den Rechner runter und schnappte sich ihren Rucksack.

»Du willst jetzt wohl nicht noch mit dem Fahrrad fahren, oder?«, fragte Trixie und zeigte auf die Hosenklammern, die sie unbewusst angelegt hatte.

»Nein, natürlich nicht«, antwortete sie und zückte ihr Handy.

»Lass mal. Ich fahr dich«, sagte Trixie entschlossen und wartete nicht einmal, ob Nawal ihr folgte.

Überrascht musterte Nawal kurz darauf Trixies Auto in der Tiefgarage. Die Entwicklerin fuhr ein silbernes Cabrio, das aussah, als käme es frisch aus dem Verkaufsraum.

»Jetzt guck nicht so verdutzt – hast du etwa gedacht, ich würde eine alte Kiste fahren?«

»Mhm«, brummte Nawal ausweichend. Wenn sie ehrlich war, hatte sie genau das erwartet. Einen uralten Käfer oder einen Mini, aber keinen pingelig gepflegten Sportwagen. Doch als Trixie das Verdeck aufklappte und mit quietschenden Reifen die leere Hauptstraße entlangschoss, revidierte sie ihre Meinung. Das Auto gab Trixies Persönlichkeit eins zu eins wieder. Ein wenig grün um die Nase stieg sie zehn Minuten später vor ihrer Wohnung aus. Ihre Finger waren eiskalt vom Fahrtwind, aber Trixie schien das nichts auszumachen.

»Vielen Dank fürs Nachhausebringen«, sagte Nawal und unterdrückte ein Gähnen. »Wir sehen uns«, sie drückte auf ihr Handydisplay, »in sechs Stunden wieder.«

Trixie winkte und brauste davon.

Leise schlich Nawal in die Wohnung, bis ihr einfiel, dass niemand zu Hause war. So wie sie war, legte sie sich auf die Couch, zog sich eine Decke über und schlief sofort ein.

Donnerstag, Tag 7

Um fünf Uhr war sie hellwach. Sie duschte, betete und las im Quran. Ihre Mutter hatte ihr gestern noch eine Nachricht geschrieben und sie hörte deren Sorge heraus, ob bei ihr denn wirklich alles in Ordnung sei. Da sie ihr Fahrrad im Büro gelassen hatte, trat sie um halb sieben vor die Tür und nahm den Bus zum Krankenhaus.

Ihre Eltern waren wach und hatten wie sie bereits gebetet. Ihr Vater streckte die Nase in die Luft und seine Augen leuchteten. Der Geruch der frisch gebackenen Brötchen überdeckte kurz darauf die sonst so sterile Luft des Krankenzimmers. Sie erzählte ihren Eltern von dem heutigen Livegang und wieso sie gestern erst spät nach Hause gekommen war.

Ihre Mutter wechselte mit ihrem Vater einen Blick und innerlich wappnete Nawal sich gegen das, was nun unweigerlich kommen würde.

»Dein Papa wird heute inschallah entlassen«, sagte ihre Mutter gedehnt und knetete ihre Finger – ein untrügliches Zeichen dafür, dass sie ihr etwas Unangenehmes mitteilen wollte. Doch bevor sie dazu kam, klopfte es zackig, zeitgleich kam Elias herein und winkte mit einer Brötchentüte. Er hatte die gleiche Idee gehabt wie Nawal und sie grinsten einander an.

»Chair inschallah«, sagte er und rieb sich die Hände. »Bleibt mehr für mich. Ich habe einen Bärenhunger.« Fasziniert beobachtete sie, wie Elias innerhalb kürzester Zeit zwei Brötchen verdrückte und sich zuletzt über ein Croissant hermachte.

»Was wolltest du über Papas Entlassung sagen, Mama?«, griff Nawal das unterbrochene Gespräch auf.

»Ja, ähm«, stotterte ihre Mutter und ihr Vater legte ihr beruhigend seinen eingegipsten Arm auf das Bein.

»Ich werde heute entlassen«, übernahm er. »Allerdings werde ich in ein paar Tagen in die Schweiz fahren.«

Elias legte das angebissene Croissant zurück auf den Teller und sah zwischen seinem Vater und seiner Mutter hin und her. »Was machst du denn in der Schweiz?«, fragte er und runzelte die Stirn.

»Meine Operation ist gut verlaufen – bis zu einem gewissen Grad. Die rechte Hand hat einen komplizierten offenen Bruch davongetragen und um eine vollständige Wiederherstellung zu erreichen, ist eine spezielle Operationstechnik nötig, die ganz neu und vielversprechend ist, aber nur von einem bestimmten Arzt in einer Klinik in Zürich durchgeführt wird«, erklärte ihr Papa.

Nawal wartete, ob ihre Eltern über die Kosten der Behandlung reden würden, oder darüber, wie sie gedachten diese aufzubringen, aber ihr Vater wechselte rasch das Thema. Momentan war nur wichtig, dass ihr Vater entlassen wurde. Dann würden sie sich um die Reiseplanung kümmern.

Unauffällig warf Nawal einen Blick auf ihr Handy. Sie wurde bei einem Livegang zwar nicht direkt benötigt, aber ihr war es wichtig, vor Ort zu sein.

»Bist du mit dem Fahrrad da?«, fragte Elias und schreckte sie aus ihren Gedanken.

»Nein, es ist gestern Abend spät geworden und Trixie hat mich nach Hause gefahren.«

»Gut, dann bringe ich dich in die Firma«, bot ihr Bruder an, schnippte die Krümel in den Papierkorb und stand auf. Er lehnte sich über das Bett und küsste seinen Vater auf die Stirn. Ihre Mutter lachte kurz darauf in seiner Umarmung und es war das erste Mal seit dem Unfall, dass Nawal sie so heiter erlebte. Die Aussicht darauf, dass ihr Mann nach Hause entlassen wurde und die anstehende Operation inschallah zu seiner vollständigen Heilung führen würde, schien eine enorme Belastung von ihren Schultern genommen zu haben. Nawal würde sich darum kümmern, dass sie sich nicht um das dafür benötigte Geld sorgen mussten. Entschlossen drehte sie sich um, winkte ihren Eltern zu und folgte Elias zu seinem Auto.

»Unsere Eltern verschweigen doch etwas«, stellte ihr Bruder fest, kaum dass er ausgeparkt hatte. »Wieso erzählen sie erst jetzt von dieser Operation? Was ist mit den Kosten? Für das Krankenhaus, die Narkose, die ärztliche Versorgung und Mamas Unterbringung. Das übernimmt ja wohl kaum Papas Krankenversicherung.« Er schaute konzentriert auf die Straße.

»Mir haben sie nichts gesagt«, antwortete Nawal ausweichend. Das war sogar die Wahrheit, denn eingeweiht hatten ihre Eltern sie nicht.

Aber ihrem Bruder konnte sie nichts vormachen. Er musterte sie von der Seite. »Und was hast du – rein zufällig – gehört?«

»Wie kommst du …«

»Nawal, rück einfach damit raus. Wir wissen beide, dass du mehr weißt. Woher du es hast, spielt keine Rolle. Das war schon immer eine deiner Superkräfte«, feixte er und hielt sich lachend den Oberarm, nachdem Nawal ihn dorthin gezwickt hatte.

»Papas Chef nutzt anscheinend die Gelegenheit, um Papa in den Vorruhestand zu schicken. Und Mama und Papa planen, das Auto zu verkaufen, um die Kosten für die

Behandlung aufbringen zu können«, presste sie hervor und schaute aus dem Fenster.

Für einen Moment hörte sie nur das monotone Brummen des Motors, bis sie es nicht mehr aushielt und zu ihrem Bruder schaute. Elias nagte an seiner Unterlippe. Das machte er immer, wenn er nachdachte.

»Ich habe einen Freund, der Rechtsanwalt ist. Den werde ich fragen, ob Papas Chef das so einfach machen kann.« Er fuhr sich durch seine Haare. »Eigentlich bin ich mir ziemlich sicher, dass das nicht legal ist, aber ich will eine qualifizierte Auskunft haben. Und jemanden, der uns von Anfang an richtig berät.«

»Das wäre super«, antwortete Nawal und war erleichtert, dass Elias diesen Part übernahm. Sie hatte keinen blassen Schimmer von Arbeitsrecht und hätte auch nicht gewusst, wen sie fragen sollte.

»Was das Geld für die Operation betrifft ...«, begann er und verstummte. Seine Augenbrauen waren zusammengezogen, seine Lippen nur noch ein Strich und sie sah förmlich, wie er in Gedanken seine Finanzen durchging. Er hatte früher schon immer alle beschützt und beschenkt. Selbst die Nachbarn oder jeden anderen, der es nötig hatte. Elias half gern und ohne zu zögern. Dass ihm ausgerechnet jetzt – bei der Hilfe für die eigenen Eltern – die Hände gebunden waren, musste enorm schwer für ihn sein. Vielleicht verschwiegen ihre Eltern genau deshalb, wie es um ihre Finanzen stand.

»Das lass mal meine Sorgen sein«, sagte sie daher bestimmt. »Du kümmerst dich um Papas Job, ich mich um das Geld.«

Elias blinzelte. »Wann bist du eigentlich so erwachsen geworden, Küken?«, sagte er und schaute starr auf die Straße.

»Pft, direkt, als ich aus dem Ei geschlüpft bin, natürlich«, erwiderte sie und grinste.

Er lachte tief aus dem Bauch und sein eben noch besorgtes Gesicht entspannte sich, während er ihre Hand nahm und sie liebevoll drückte.

Nawal spürte, dass etwas nicht stimmte, sobald sie das Großraumbüro betrat. Wegen der beiden geplanten Livegänge waren die meisten Kollegen schon da, obwohl es erst halb acht war. Gespräche verstummten, Köpfe duckten sich tiefer hinter ihre Bildschirme und doch verfolgten sie mehr als ein Dutzend Augenpaare auf dem Weg zu ihrem Schreibtisch. Was war passiert?

Sie zog ihren Mantel aus, da rief Herr Baum sie zu sich. Wieso war er so früh schon hier?

Zehn Minuten später stand sie in der Küche und versuchte, das Zittern ihrer Finger bei dem Versuch, sich einen Becher aus dem Regal zu nehmen, zu unterdrücken.

»Ich helfe dir«, erklang Jakobs leise Stimme neben ihr. Er hielt ihr die Tasse hin, und als sie sich nicht rührte, schenkte er ihr einen Kaffee ein.

Irgendetwas sagte Jakob, aber alles, was Nawal hörte, war das überlaute Schaben des Bechers, den er auf der Anrichte zu ihr hinüberschob. Fasziniert folgte sie mit den Augen der Bewegung.

»Nawal?« Jasleen stand auf einmal vor ihr und musterte sie besorgt.

Wieso schauten alle so betroffen? Ein Lachen formte sich in ihrem Hals und sie prustete los. Erst der Geruch von Kokos holte sie in die Gegenwart zurück.

»Lass uns eine Runde um den Block gehen, ja?«, schlug Jasleen vor, wartete ihre Antwort jedoch nicht ab, sondern zog sie sanft, aber bestimmt hinter sich her. So viel Kraft hätte Nawal ihr gar nicht zugetraut.

»Wir sind heute im Partnerlook«, witzelte sie und kicherte.

Jasleen trug einen türkisfarbenen Sari mit einem dunkelblauen Muster. Sie verstärkte nur den Druck ihrer Hand, ließ sich auf eine Bank fallen und bedeutete Nawal, es ihr gleichzutun. Unwillkürlich lief Nawal ein Schauer über den Rücken. Die Sonne war dabei, sich an den Hausdächern vorbei in den Himmel zu schieben, und ein kühler Wind wirbelte die Blätter auf. Ohne ihren Mantel würde sie bei den herbstlichen Temperaturen bald frieren.

»Was ist passiert?« Jasleen setzte sich leicht schräg, um ihr direkt ins Gesicht sehen zu können.

»Das fragst du am besten Jakob«, sagte Nawal heftiger als beabsichtigt und presste die Lippen zusammen.

»Ich würde es aber gern von dir erzählt bekommen«, sagte Jasleen unbeirrt. »Gestern Nacht war doch alles in Ordnung – oder nicht?«

»Das dachte ich auch, aber so kann man sich täuschen.« Sie schnaufte und drückte den Daumen so tief in den Handballen, dass es schmerzte.

»Hast du dir das Testprotokoll nochmal angesehen?«

»Wann denn?«

»Dann machen wir das jetzt! Noch ist nichts verloren.« Jasleen war aufgesprungen.

»Nein.«

»Nein? Was meinst du mit ›Nein‹?«, wiederholte Jasleen ungläubig und hielt mitten in der Bewegung inne.

»Amber übernimmt mein Projekt ab sofort.«

»Das ist doch wohl ein Scherz, oder?«

»Nein.« Fiel ihr eigentlich kein anderes Wort mehr ein?

Jasleen tippte ungeduldig mit dem Fuß auf den Boden und stemmte ihre Hände in die Hüften.

»Herr Münk persönlich hat heute Morgen die Applikation aufgerufen, weil sie ein wichtiges Meeting um elf Uhr haben und er sicher sein wollte, dass alles problemlos läuft. Du kannst dir vorstellen, wie begeistert er gewesen sein muss, festzustellen, dass die Applikation nicht fehlerfrei lief. Er hat

Herrn Baum direkt angerufen und nicht nur verständlicherweise auf sofortiger Behebung bestanden, sondern auch darauf, dass eine fähigere Angestellte an die Behebung gesetzt wird. Daher übernimmt jetzt Amber.« Nawal erwähnte nicht, dass Herr Baum beschrieben hatte, wie Herr Münk am Telefon gebrüllt habe und dass er, der sich selbst als Morgenmuffel bezeichnete, daraufhin entsprechend übelgelaunt ins Büro gefahren war. Nur eine Sache nagte an ihr: Wieso lief die Applikation nicht? Sie hatte diese gestern Abend nicht nur einmal, sondern mehrmals mit verschiedenen Kombinationen getestet. Dabei hatte alles funktioniert.

»Was sagt Frau Andres dazu, dass du ausgetauscht werden sollst?« Jasleen wusste, wie gut sie sich mit Frau Andres verstand.

»Ich hatte noch keine Möglichkeit, mit ihr zu sprechen, aber sie wird gegen ihren Chef nichts ausrichten können.«

»Und wieso Amber?«

»Na, weil sie am Montag für mich eingesprungen ist und vermutlich einen guten Eindruck hinterlassen hat.«

Es war nicht ungewöhnlich, dass Kunden einen Austausch des Projektmanagers verlangten. Das passierte meistens, wenn sie unhaltbare Forderungen stellten und der Projektmanager ihnen zu erklären versuchte, wieso das nicht machbar war. Normalerweise stand das Büro immer hinter den Entscheidungen des jeweiligen Projektmanagers, weil er oder sie alles richtig gemacht hatte. Das war Teil der Firmenphilosophie.

»Mhm«, brummte Jasleen und rollte mit den Augen.

Nawal wartete geduldig und betrachtete die Hände ihrer Kollegin, die hin und her huschten.

»Amber hat in dem Meeting nicht mehr als einen Satz gesagt. Den Rest habe ich übernommen«, stieß Jasleen schließlich hervor.

Das war in der Tat merkwürdig, aber Nawal schüttelte den Kopf. »Ist auch egal. Fakt ist, Amber übernimmt mein

Projekt und geht mit Jakob in Führung.« Sie erhob sich, rieb sich über ihre Arme und streckte das Kinn nach vorn. »Chair inschallah. Lass uns wieder reingehen, bevor wir uns noch erkälten.«

Jasleen nickte und sie eilten Arm in Arm zurück ins Büro. Als sie den Blick hob, sah sie Jakob mit einem undurchschaubaren Ausdruck am Fenster stehen.

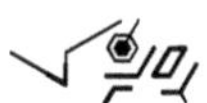

AUTOKAUF

Auf ihrem Schreibtisch stand eine ihr unbekannte, schwarze Thermoskanne und sie sah sich suchend nach demjenigen um, der sie dort platziert hatte, doch alle Kollegen waren beschäftigt und niemand erwiderte ihren Blick. Achselzuckend öffnete sie die Kanne und schenkte sich die Flüssigkeit in ihren Becher ein. Marokkanischer Tee. Unwillkürlich seufzte sie, schloss die Augen, murmelte »Bismillah« und trank einen Schluck, der sie wohlig wärmte.

Sie öffnete Outlook, beantwortete E-Mails und widmete sich dann dem Testprotokoll von gestern Abend. Es bestätigte nur, was sie längst ahnte, aber nicht wahrhaben wollte. Jemand manipulierte ganz gezielt ihre Projekte! Nur, was brachte ihr diese Erkenntnis? Sie könnte natürlich das gestrige Testprotokoll Herrn Baum vorlegen und versuchen, ihre Weste reinzuwaschen, aber das änderte nichts daran, dass der Kunde verärgert war. Außerdem würde sie dadurch auch nicht erfahren, wer dahintersteckte.

Beim ersten Projekt war es Piet gewesen, der davon profitiert hatte, und sie sah zu ihm rüber. Ungewöhnlich grimmig hackte er auf seine Tastatur ein und erdolchte seinen Bildschirm mit einem finsteren Blick. Offenbar war er nicht begeistert von der Tatsache, dass Amber und Jakob an ihm vorbeigezogen waren. Als hätte er ihre Gedanken gehört, schaute er auf und sofort verzogen sich seine Lippen zu einem süffisanten Grinsen.

»Na, lief wohl nicht so toll?«

Sie zuckte mit den Achseln. »Wie man's nimmt«, antwortete sie betont desinteressiert. »Jetzt habe ich mehr Zeit, mich um meine anderen Projekte zu kümmern.«

Und genau das hatte sie vor zu tun. Mit neuem Elan vertiefte sie sich in ihre Arbeit und verbrachte den Rest des Tages damit, sich auf den aktuellen Stand bringen zu lassen.

Manche Projekte hatte sie auf Halde gelegt, weil sie keine Kapazitäten mehr freigehabt hatte. Da aber ihr schwierigster Kunde, Herr Münk, nicht mehr die Hälfte ihrer Zeit beanspruchte, arbeitete sie mit Hochdruck an kleineren Anpassungen für andere Kunden.

Durch die weggefallenen Meetings betete sie das Mittags- und Nachmittagsgebet pünktlich zu Beginn seiner Zeit und nahm ihre Mittagspause entsprechend. Normalerweise schaffte sie es immer gerade mal so eben, innerhalb der jeweiligen Gebetszeit zu beten. Zufrieden fuhr sie ihren Rechner herunter und warf einen Blick auf ihr Handy, das fünf Nachrichten von ihrer Mutter anzeigte.

Mit gesenktem Kopf antwortete sie, dass sie auf dem Weg nach Hause sei, als Amber ihr auf die Schulter tippte.

»Ich hatte nichts damit zu tun.«

Nawal sah auf. Amber war einen halben Kopf größer als sie. Ihre langen blonden Haare hatte sie heute zu einem strengen Haarknoten hochgesteckt, doch ein paar Strähnen hingen heraus. Sie machte einen derangierten Eindruck, den Nawal noch nie bei ihr gesehen hatte. Ihre weiße Bluse war unordentlich in ihre schwarze Anzughose gesteckt und ein erbsengroßer Fleck zierte ihren Kragen.

»Wie hältst du diesen Münk nur seit sechs Monaten aus?«, fragte sie und strich sich mit der Hand über die Augen.

»Normalerweise habe ich mit Frau Andres zu tun und sie ist wirklich nett.«

Amber murmelte etwas, das sie nicht verstand, aber ganz nach Worten klang, die sie lieber nicht hören wollte. Sie unterdrückte ein Schmunzeln.

»Läuft die Applikation wieder?«

»Ja, wir haben es rechtzeitig vor der Präsentation geschafft.« Amber stockte.

»Herzlichen Glückwunsch«, füllte Nawal die Lücke. Trotz allem, was hier gerade passierte, war sie erleichtert, dass kein Schaden beim Kunden entstanden war. Dafür hatten sie die letzten Monate zu viel Zeit investiert, und auch wenn sie das Projekt nicht persönlich livegestellt hatte, war es ihr dennoch lieber, es war erfolgreich, als dass es ein Fehlschlag wurde. »Schönen Abend noch.«

»Hättest du morgen kurz Zeit für mich?«, stieß Amber hektisch hervor und hielt sie am Ellbogen fest. »Ich habe nur ein paar Fragen, damit ich das Projekt abschließen kann«, schob sie hinterher.

Verwundert drehte sich Nawal zu ihr. Was auch immer Herr Münk heute zu Amber gesagt hatte, es schien sie sehr verunsichert zu haben. »Ja, klar«, antwortete sie. »Komm einfach vorbei.«

Amber schluckte, strich sich eine Strähne hinter ihr Ohr und nickte. »Wir sehen uns morgen. Und komm nicht zu spät«, sagte sie und schien sich rasch erholt zu haben. Abrupt wandte sie sich ab und stöckelte zurück zu ihrem Schreibtisch.

Nawal schüttelte den Kopf und grinste. Im Flur stand Jakob vor dem Fahrstuhl und sie stöhnte innerlich. Sie ging an ihm vorbei und hoffte, dass er sie in Ruhe lassen würde.

»Hat dir der Tee geschmeckt? Ich war mir nicht sicher, ob du ihn mit Zucker trinkst.«

»Ich trinke ihn nur so gern, weil er so süß ist«, erwiderte sie lapidar. Dass er ihr den Tee hingestellt hatte, darauf hätte sie auch selbst kommen können.

Die Fahrstuhltür öffnete sich und Jakob trat, ohne zu zögern, hinein. Über seine Schulter rief er ihr zu: »Wir sehen uns morgen.«

Inschallah, dachte Nawal und trabte die Treppe hinunter.

Ihre Eltern unterhielten sich leise in der Küche, als sie ihre Schuhe im Flur auszog. Unwillkürlich atmete sie auf und merkte, wie wenig es ihr gefallen hatte, abends in eine verlassene, stille Wohnung zurückzukehren. Nawal war es nicht gewohnt, allein zu sein.

Mit einem breiten Grinsen begrüßte sie ihre Eltern mit dem Friedensgruß. Ihre Mutter schloss den Deckel der Tajine und sie schnupperte in der Luft. Es gab Lammfleisch mit getrockneten Früchten. Sie liebte diese marokkanischen Eintöpfe, aber vor allem die Pflaumen, die mit Sesam bestreut wurden. Nawal freute sich auf das Essen, welches in den letzten Tagen eher spärlich ausgefallen war.

Sie schnappte sich Gläser und Getränke und deckte den Tisch. Ihr Vater stand unbehaglich daneben und überlegte offensichtlich, wie er helfen konnte, aber sie drückte ihn auf einen Stuhl und schenkte ihm Wasser ein. Er war mit den eingegipsten Armen und den fast unbeweglichen Fingern nicht in der Lage, sein Glas zu greifen. Deswegen holte sie einen Strohhalm, damit er sich nur etwas vornüberbeugen musste, um trinken zu können. Dankbar sah er sie an.

Der Adhan, der Gebetsruf, ertönte und sie beteten zusammen im Wohnzimmer. Nawal hatte ihre Eltern und das gemeinsame Gebet wirklich vermisst.

»Wie war dein Tag, Schatz?«, fragte ihre Mutter und setzte die Tajine vorsichtig in der Mitte des Esszimmertischs ab.

»Alhamdulillah«, antwortete sie und war nicht zum ersten Mal dankbar für dieses eine Wort, das nicht nur »Alles Lob gebührt Allah« bedeutete, sondern eine schöne Antwort auf

Fragen nach dem Wohlbefinden oder einer Situation war, die die Zufriedenheit widerspiegelte für alles, was passierte. Auch wenn es, so wie heute, nicht einfach war. »Wie läuft es mit dem Gips, Papa?«, fragte sie unschuldig und versuchte, von sich abzulenken.

»Alhamdulillah«, erwiderte er und zwinkerte ihr zu.

Sie wurde ein wenig rot, weil er natürlich ahnte, dass sie etwas verschwieg, ihr es aber nicht übelnahm. »Ich kann die Finger ein wenig bewegen, sodass ich zumindest die Gabel halten und mir selbst die Zähne putzen kann«, fuhr er fort.

»Wobei der Arzt ausdrücklich darauf hingewiesen hat, dass du weder das eine noch das andere tun sollst. Je mehr du die Finger stillhältst, desto besser ist es«, tadelte ihn seine Frau sanft. »Es ist inschallah nur für eine kurze Zeit und es macht mir nichts aus, dir zu helfen. Im Gegenteil.« Sie drückte seine Schulter und hielt ihm ein Stück Brot zum Abbeißen hin.

»Habt ihr inzwischen schon einen Termin, wann ihr in die Schweiz fahrt?«

Ihre Eltern tauschten einen kurzen Blick. »Wir müssen erst noch ein paar Dinge klären, aber das sollte nicht allzu lange dauern«, wich ihre Mutter aus und konzentrierte sich auf das Essen vor ihr.

»Fahrt ihr mit dem Auto?«

»Nein«, sagte ihr Vater, und »Ja« ihre Mutter.

»Wir wollen das Auto vielleicht verkaufen«, erklärte ihr Vater. Ihre Mutter schwieg.

»Ich verdiene ja jetzt schon seit zwei Jahren mein eigenes Geld«, sagte Nawal langsam und fischte mit einem kleinen Stück Brot eine Pflaume aus der Tajine. »Während ihr weg seid, würde ich gern alle Zahlungen übernehmen, die so anfallen, damit ich ein Gefühl dafür bekomme, was da später auf mich zukommt.« Sie steckte das Brot mit der Pflaume in den Mund und kaute bedächtig.

Ihr Vater musterte sie still und spannte den Kiefer an.

»Wovon redest du da?«, fragte ihre Mutter und runzelte die Stirn.

»Wenn ich irgendwann inschallah eine eigene Familie habe, sollte ich wissen, was auf mich zukommt«, fuhr Nawal seelenruhig fort. Ihr Herz klopfte aufgeregt und sie dankte Allah dafür, dass sie so viel Erfahrung im Debattieren hatte. Da war es auch immer wichtig gewesen, ein Pokerface zu bewahren und niemandem zu zeigen, wie aufgeregt man innerlich wirklich war.

»Sollten wir irgendetwas wissen?«, hakte ihre Mutter nach, doch ihr Vater stupste seine Frau unauffällig mit seinem eingegipsten Ellbogen an.

»Ich denke, das ist eine fabelhafte Idee.« Seine Stimme war sachlich, beiläufig, und sein Blick auf das Stück Fleisch gerichtet, das seine Frau gerade zu seinem Mund führte.

»Außerdem brauche ich vermutlich in Zukunft ein Auto. Ich kann ja nicht ewig mit dem Fahrrad fahren.«

»Woran hast du gedacht?«

»Na ja, wenn ihr euer Auto loswerden wollt, wäre es doch eine gute Idee, es an mich zu verkaufen. Ich mag unser Auto.«

Ihr Vater hustete. »Ist das so?«, sagte er und betrachtete sie.

»Ja, das wäre mir am liebsten«, antwortete Nawal undeutlich zwischen zwei Bissen.

»Ich gehe davon aus, dass die Option des Rückkaufs unsererseits besteht?«

»Selbstverständlich!«, antwortete sie etwas zu hastig. »Dann sind wir uns einig?« Sie wagte es nicht, hochzusehen.

»Das sind wir wohl.« Ihr Papa grinste sie wissend an. »Dann werden wir den Termin nächste Woche Mittwoch annehmen.«

»Ich kümmere mich darum und schreibe eine E-Mail
an das Krankenhaus«, stimmte ihre Mutter zu. »Und
wenn ich das nächste Mal eine vertrauliche Unterhaltung
mit deinem Vater führe, werde ich sicherstellen, dass alle
Türen geschlossen sind«, schob sie trocken hinterher.

VERTRAUEN

Nach dem Abendessen schickte Nawal ihre Eltern ins Wohnzimmer, während sie das Geschirr abwusch. Ihre Mutter würde es nie zugeben, aber Nawal hatte die Schatten unter ihren Augen bemerkt. Sie schaltete die Geschirrspülmaschine an und setzte sich zu ihnen.

»Wir fühlen uns nicht wohl dabei, Geld von dir anzunehmen«, nahm ihr Vater das vorherige Thema wieder auf. Er schluckte.

»Es ist damals meine Idee gewesen, diese Wohnung hier zu kaufen«, erinnerte sie die beiden. »Vor zwei Jahren habt ihr mich nicht helfen lassen, sondern alles alleine bezahlt, aber wozu ist denn eine Familie da, wenn sie sich nicht gegenseitig unterstützt?«

Ihr Vater nickte, aber seine gerunzelte Stirn und seine zusammengepressten Lippen zeigten deutlich, wie wenig es ihm gefiel.

»Ich werde mich für unbestimmte Zeit freistellen lassen«, verkündete ihre Mutter. »Das ist nicht verhandelbar«, sagte sie und erstickte jegliche Gegenwehr ihres Mannes im Keim. »Glaub nicht, ich sehe nicht, wie du die Schmerzen unterdrückst. Du kannst momentan deine Arme nicht benutzen und wenn du es doch tust, schädigst du dich womöglich für immer. Willst du das?« Ihre Mutter war die sanfteste Person, die Nawal kannte. Eigentlich. Bis man gegen die

Granitwand lief. Wenn sich ihre Mutter etwas in den Kopf gesetzt hatte, war sie nicht mehr umzustimmen. Nawal kannte das zu gut. Ihre ganze Debattierkunst hatte keine Chance gegen ihre Mutter. Daher schaute sie fasziniert zu, wie ihr Vater darauf reagieren würde, denn noch nie hatte sie erlebt, dass die beiden uneins waren.

Er hob die Augenbrauen und betrachtete seine Frau intensiv. Eine Ader an seinem Hals pochte und Nawal hielt unbewusst den Atem an. Und dann … lachte er. Kein lautes kehliges Lachen, sondern ein breites Lächeln, das sein ganzes Gesicht strahlen ließ und mit einem tiefen Rumpeln.

»Chair inschallah«, quetschte er hervor und wischte sich eine Lachträne von der Wange. »Du hast ja recht und wir bekommen sowieso nur das, was Allah für uns geschrieben hat«, sagte er und legte vorsichtig einen seiner schweren Gipsarme um die Schultern seiner Frau.

Sie unterhielt sich noch mit ihren Eltern, verabschiedete sich aber wenig später, weil ihr die Augen immer wieder zufielen. Die gestrige kurze Nacht und der turbulente Tag forderten ihren Tribut.

Freitag, Tag 8

Am nächsten Morgen schleppte sie sich ins Bad und nur eine kurze kalte Dusche half, dass ihre Augenlider nicht mehr betonschwer waren. Obwohl sie gestern Abend körperlich zerschlagen gewesen war, hatte ihr Geist erst nach Stunden Ruhe gefunden. Immer wenn sie gerade dabei war, einzuschlafen, tauchte entweder das Gesicht von Amber, Piet oder Jakob auf und sie ging in Gedanken durch, wer von den dreien hinter der Sabotage ihrer Projekte stecken könnte. Denn dass jemand absichtlich die Livegänge manipulierte, stand außer Frage. Nur wer? Bisher hatten alle davon profitiert. Erst Piet, dann Jakob und irgendwie auch Amber, wobei diese dafür einen arbeitsreichen Tag abbekommen hatte. Wer hatte den größten Vorteil am Gewinn der Challenge und wem traute sie zu, einem Mitkonkurrenten derart zu schaden? Wie sie es auch drehte und wendete, die Antwort war, dass sie ihre Kollegen zu wenig kannte. Als sie dann endlich eingeschlafen war, hatte kurz darauf der Wecker geklingelt.

»Nicht gut geschlafen?«, fragte ihre Mutter, nachdem sie einen kurzen Blick auf sie geworfen hatte.

Nawal gab nur ein »Hmm« von sich und fing an zu beten. Als der Adhan ertönte, schaute sie sich um.

»Wo ist Papa?«

»Elias hat ihn abgeholt, damit sie Fajr in der Moschee beten können«, erklärte ihre Mutter. »Sie waren nicht gerade leise, als es darum ging, wer Papas Schuhe bindet.« Sie lächelte. »Ich dachte, das hätte dich geweckt.«

Mit großen Augen betrachtete sie ihre Mutter. Sie hatte nichts davon mitbekommen und schüttelte daher stumm den Kopf.

Ihre Mutter tätschelte ihre Hand und gab ihr einen Kuss auf die Stirn. »Falls ich es dir nicht gesagt haben sollte: Ich habe dich sehr lieb, mein Schatz, und auch wenn du bereits eine erwachsene junge Dame bist, kannst du jederzeit mit mir über alles reden.«

Ihre Mutter spürte, dass Nawal etwas verbarg – war ja klar. Ihre klugen braunen Augen musterten sie liebevoll und Nawal war drauf und dran, ihr von der Challenge und den schiefgelaufenen Livegängen zu erzählen. Doch bevor nur ein Wort ihre Lippen verließ, zauberte sie sich ein Lächeln ins Gesicht. Ihre Mutter hatte gerade ganz andere Sorgen und, wie sie eben zurecht festgestellt hatte, war Nawal erwachsen, und dazu gehörte, dass man sich den Aufgaben stellte, die Allah für einen bereithielt.

»Ich bin also eine junge Dame?«, erwiderte sie und drehte kokett ihren Kopf.

Ihre Mutter rollte mit den Augen und schmunzelte.

»Ich habe dich auch sehr lieb, Mama«, fügte Nawal, wieder ernst, hinzu und half ihrer Mutter hoch. Schweigend beteten sie erst zwei Rakat, Gebetseinheiten, bevor ihre Mutter das Morgengebet leitete.

Ihr Vater kam aus der Moschee zurück und ihre Eltern legten sich nochmal schlafen. Im Krankenhaus waren sie nachts alle zwei Stunden geweckt worden, und bevor sie in ein paar Tagen in die Schweiz fahren würden, versuchten sie, den verlorenen Schlaf nachzuholen. Nawal setzte sich im Schneidersitz auf den Gebetsteppich und las die Sure Al-Kahf. Leise deckte sie den Frühstückstisch für ihre Eltern und besorgte frische Brötchen.

Auf dem Weg zur Arbeit schlug sie den Kragen ihres Mantels hoch und trat fröstelnd in die Pedale. Es war einer dieser nasskalten, grauen Herbsttage – noch nicht kalt genug für eine Winterjacke, aber zu kalt, um sich mit der Übergangsjacke wirklich wohlzufühlen.

Kaum betrat Nawal das Foyer, beschlug ihre Brille. Als sie mit einer ausladenden Bewegung ihren Rucksack von der Schulter nahm, ertönte ein gedämpftes Grunzen und ihr Rucksack landete nicht wie geplant vor ihrem Bauch, sondern knallte mit einem lauten Schlag auf den Boden. Irritiert riss sie sich die Brille von der Nase.

»Entschuldigung«, sagte sie und suchte in ihren Kleidtaschen fahrig nach einem Tuch, damit sie die Brille putzen konnte.

»Warte«, ertönte Emres Stimme und die Brille wurde ihr vorsichtig aus der Hand genommen.

»Ich hatte dir doch gesagt, du sollst sie nicht erschrecken«, tadelte Jasleen ihn und kicherte erstickt. »Hier ist dein Rucksack.« Sie nahm Nawals Hand und drückte ihr den Riemen hinein.

»Jetzt kannst du wieder was sehen«, brummte Emre entschuldigend und hielt ihr die Brille hin.

»Leute! Die Quarkbällchen sind nun bestimmt total zerdrückt«, sagte Nawal und zog die Bäckertüte aus ihrem Rucksack.

»Zeig her!«, forderte Emre und riss ihr fast die Tüte aus der Hand.

»Wenn Quarkbällchen im Spiel sind, setzen bei ihm immer ein paar Synapsen aus«, stellte Jasleen fest und rollte die Augen.

»Deswegen habe ich sie ja mitgebracht«, erklärte Nawal und lachte.

»Schmecken tun sie auf jeden Fall – rund oder platt. Wenn du willst, hübsche ich sie ein bisschen auf. Dann fällt gar nicht auf, dass sie einen Unfall hinter sich haben«, bot Emre an und leckte sich genüsslich den Zucker von den Fingern.

»Die sind für uns alle!«, antwortete Jasleen pikiert und gab Nawal die Tüte zurück. »Wenn er jedes einzeln anfasst, will ich keines mehr davon.« Tadelnd schaute sie Emre an, der nur mit den Achseln zuckte und breit grinste.

Sie gingen zum Fahrstuhl, der sich überraschenderweise sofort öffnete. »Was macht ihr eigentlich schon so früh hier?«, fragte Nawal und steckte die Tüte wieder in ihren Rucksack. Damit das Gebäck nicht noch weiteren Schaden nahm, legte sie ihr Tablet flach auf den Taschenboden und stellte die Quarkbällchen darauf.

Erst dann fiel ihr auf, dass keiner von beiden auf ihre Frage geantwortet hatte, und sie hob den Kopf.

Jasleen wippte auf den Zehenspitzen und Emre strich sich über seinen Dreitagebart.

»Was ist jetzt schon wieder los?«, fragte Nawal und stöhnte.

Jasleen drückte absichtlich auf den zehnten Stock, um ihnen Zeit für ein Gespräch zu verschaffen. Was immer es war, sollte offensichtlich unter ihnen bleiben.

»Emre hat da was gefunden«, presste Jasleen hervor.

Nawals Kopf ruckte zu Emre.

»Der Code ist tatsächlich manipuliert worden«, bestätigte er Nawals Verdacht. »Allerdings hat derjenige seine Spuren gekonnt verwischt«, fuhr er fort.

»Das heißt?«

»Jemand will die Challenge beeinflussen«, sagte Jasleen aufgeregt.

»Aber wir wissen noch nicht, wer es ist«, ergänzte Emre.

»Habt ihr das Herrn Baum gemeldet?«

Wie vorhin auch tauschten die beiden einen Blick. Es war Jasleen, die zuerst sprach: »Noch nicht.«

»Wir wollen demjenigen nicht verraten, dass wir eine Spur haben, um ihn nicht aufzuschrecken, weißt du?«, erklärte Emre. »Aber du solltest vorsichtig sein und es wissen.«

Nawal nickte. »Weiß außer uns dreien noch jemand davon?«

»Nein«, sagten sie gleichzeitig. »Und dabei soll es auch bleiben. Je weniger Leute eingeweiht sind, desto besser.«

Der Fahrstuhl war im zehnten Stock angekommen und ein älterer Herr stieg zu. Er begrüßte sie freundlich und begann mit Emre ein Gespräch über Fußball. Jasleen grinste, und als sie im fünften Stock ausstiegen und sich die Fahrstuhltür hinter ihnen geschlossen hatte, prusteten sie los.

»Ehrlich, ich versteh nicht, warum jeder denkt, ich sei ein Fußballfan«, sagte Emre entrüstet, während sie zu ihren Plätzen gingen. »Das ist doch wirklich ein Klischee hoch zehn.«

»Nur gut, dass Jasleen diesmal dabei war«, warf Nawal ein.

»Wieso?«

»Vor etwa einem Jahr hat einer aus dem achten Stock so ziemlich das gleiche Gespräch mit Emre geführt, in das ich mich wohl zu engagiert eingemischt habe.«

»So kann man es auch sagen. Selbst ich war nach deinem einminütigen Monolog zum Thema Abseits eingeschüchtert«, brummte Emre und lachte gutmütig, als Nawal ihm mit dem Finger drohte.

»Es war mal Thema in meinem Debattierclub«, sagte sie und zuckte mit den Schultern. »Auf jeden Fall war es danach totenstill, bis wir ausgestiegen sind, und seitdem spricht der Mann übers Wetter, wenn er mich sieht. Vermutlich ist er meinetwegen schon richtig sportlich.«

»Ähm?«

»Na ja, nachdem ich ihm letzte Woche zugewinkt habe, ist er ins Treppenhaus geflüchtet, obwohl ich den Fahrstuhl vor dem Türenschließen gar nicht mehr erreicht hätte. Wenn er das jedes Mal macht, sobald er mich sieht, oder glaubt, mich zu sehen, dürfte er mittlerweile beachtlich fit sein.«

Jasleen kicherte immer noch, als sie längst ihren Rechner hochgefahren hatte.

Freitags ließ Nawal für gewöhnlich die Mittagspause ausfallen und ging stattdessen in die Moschee. Das heutige Thema des Freitagsgebets beschäftigte sich mit Spekulationen und dass Mutmaßungen zu unterlassen seien, wenn es keine Beweise gab. Ein Schauer lief ihr über den Rücken. Sie wusste zwar jetzt, dass tatsächlich jemand die Livegänge sabotierte, aber nicht, wer es war. Und solange Emre nicht herausfand, wie jemand den Code manipuliert hatte, beschloss sie, sich auf die Fertigstellung der anderen Projekte zu konzentrieren.

Als sie die Moschee verließ, ging sie in einem großen Pulk von Menschen, die sich anschließend in alle Himmelsrichtungen verstreuten. Gedankenverloren ließ sie ihren Blick über die Menge gleiten und blieb an einem blonden Hinterkopf hängen, der sie an Jakob erinnerte. War er es wirklich? Was machte der denn in der Moschee?

Sie versuchte, die entsprechende Person nicht aus den Augen zu verlieren, aber sie verschwand in der Menge. Vermutlich hatte sie sich getäuscht, aber etwas bedenklich war es schon, dass sie auf einmal glaubte, ihre Arbeitskollegen überall zu sehen. Achselzuckend betrat sie das Bürogebäude.

Amber fing sie im Flur ab und so verbrachte sie den Rest des Nachmittags damit, ihr altes Projekt abzuschließen. Sie erhielt einen Anruf von Frau Andres, die sich dafür entschuldigte, dass Herr Münk sie hatte auswechseln lassen. Das war mehr als ungewöhnlich – und auch großherzig – und der Knoten in Nawals Magen löste sich einfach so auf, weil ihre Kundin verstand, dass dieser Livegang nicht Nawals gewohnter Qualität entsprach. Und offenbar machte sie Nawal dafür nicht verantwortlich.

Um siebzehn Uhr packte sie ihre Sachen zusammen und schloss ihr Fahrrad zehn Minuten später vor einer Buchhandlung an. Julia langweilte sich bestimmt schon, also kaufte sie ihr den neuesten Thriller von Ursula Poznanski. Irgendwann hatte sie herausgefunden, dass ihre Chefin Mystery-Thriller liebte – was Nawal verwunderte. Als ob in ihrem Beruf nicht schon genug Spannung vorherrschte.

Aus Julias Zimmer kam ihr eine Schwester entgegen und hielt ihr die Tür auf.

»Hallo Boss, wie geht es dir?«, begrüßte Nawal ihre Chefin.

»Nawal!«, rief Julia aus. »Komm, setz dich zu mir.« Sie klopfte auf den Bettrand. »Ich freue mich, dass du an der Challenge teilnimmst«, sagte sie mit einem Lächeln in der Stimme. »Wie läuft es?«

Nawal war hin und hergerissen. Einerseits brannte sie darauf, ihre Beobachtungen mit Julia zu teilen, andererseits wollte sie ihre Chefin in ihrem Zustand nicht unnötig beunruhigen. »Gut«, sagte sie daher und schob, wie bei ihrem letzten Besuch, einen Stuhl an Julias Bett. »Ein Projekt habe ich bereits abgeschlossen und an den anderen arbeite ich. Aber es sieht vielversprechend aus.« Den Rucksack hatte sie sich zwischen die Beine gestellt und sie bückte sich, um ihr Geschenk herauszuholen. Die Verkäuferin hatte es in blau glitzerndes Geschenkpapier verpackt und ein Lesezeichen beigelegt.

»Ohhh, das ist aber lieb von dir«, quietschte Julia und öffnete vorsichtig die Klebestreifen. »Nein!«, rief sie aus und klatschte mit der Hand auf ihren Nachttisch, sodass die Tasse klirrte.

Nawal machte einen kleinen Hüpfer auf ihrem Stuhl, während ihre Chefin bereits gierig den Klappentext verschlang.

»Den wollte ich schon die ganze Zeit lesen«, hauchte Julia und sah sie mit schimmernden Augen an.

Okay, eindeutig die Hormone, dachte Nawal und strich Julia über die Hand, die diese ausgestreckt hatte. »Freut mich, dass ich das richtige Buch ausgesucht habe.«

»Es ist perfekt und es rettet mir den morgigen Tag – wobei ich vermutlich nachher schon anfangen werde zu lesen.« Erneut drehte Julia das Buch in den Händen und strahlte, als hätte sie einen verlorenen Schatz gefunden.

»Soll ich euch zwei dann mal allein lassen?«, zog Nawal ihre Chefin auf.

»Ha, das würde dir so passen. Mir ist schon klar, dass du nur von dir ablenken willst«, erwiderte Julia und legte das Buch vor sich auf der Bettdecke ab. »So leicht lasse ich mich aber nicht abbringen.«

Nawal grinste verschmitzt. »Hast du die Signatur gesehen?« Das Buch war eigentlich vergriffen gewesen, aber die Verkäuferin hatte im Lager nachgesehen und ihr ein signiertes Exemplar gegeben, dessen Bestellung kurzfristig storniert worden war.

»Was?«, kreischte Julia schrill und klappte hektisch das Buch auf. »Das gibt es ja nicht! Wie hast du denn das gemacht?«

»Geheimnis«, sagte Nawal nur und freute sich über Julias leicht gerötete Wangen und den wachen Blick. Für Julia, ein wahres Energiebündel, mussten diese Wochen, in denen sie an das Bett gefesselt war, eine echte Herausforderung darstellen. Umso mehr freute Nawal sich, das bekannte Funkeln in ihren Augen wiederzusehen.

»Auf der letzten Buchmesse in Frankfurt habe ich zwei Stunden in der Schlange gestanden, um ihr voriges Buch signiert zu bekommen.« Kopfschüttelnd starrte sie auf die Signatur. Dann, wie aus dem Nichts, fragte sie plötzlich: »Wieso hat Amber dein Projekt livegestellt?«

Nawal blinzelte. »Woher …?«

»Frau Andres hat mich gestern Morgen angerufen und wir haben uns ein wenig unterhalten. Was ist passiert? Deine Version!«

Ihre Chefin würde nicht aufgeben, bis sie alle Details kannte, und Nawal hatte ihre Trümpfe zur Ablenkung schon ausgespielt. Daher erzählte sie ihr von der übersehenen Abhängigkeit zu Jakobs Projekt, dem nächtlichen Test und dem verpatzten Livegang.

»Hast du dir das Testprotokoll nochmal angesehen und mit dem aufgetretenen Fehler verglichen?«

Nawal nickte.

Julia musterte sie intensiv und seufzte. »Ist Emre dran?«

»Ja.« Die Scharfsinnigkeit ihrer Chefin schätzte sie am meisten und offensichtlich glaubte auch diese nicht an Zufälle.

»Lass dich davon nicht beeinflussen. Du hast alles richtig gemacht«, sagte Julia und tätschelte ihre Hand.

»Danke«, nuschelte Nawal und schluckte. Es tat gut, es von jemandem bestätigt zu bekommen, der sich damit auskannte. »Wie geht es mit den Vorbereitungen für deine Hochzeit voran?«

»Bis auf die Torte ganz gut«, erwiderte Julia und verzog den Mund.

Nawal wartete auf eine nähere Erklärung, doch auf einmal schienen ihrer Chefin die Worte zu fehlen.

Es klopfte an der Tür und Tom streckte seinen Kopf herein. »Hallo, ihr beiden. Dienstbesprechung? Braucht ihr noch einen Moment?«, fragte er und strahlte seine Julia an.

»Nein, nein«, wehrte Nawal ab. »Ich bin schon viel zu lange hier.«

»Wir haben uns Proben von drei Konditoreien bringen lassen, aber keine hat mich überzeugt«, antwortete Julia verspätet auf ihre Frage und knibbelte an ihren Fingern.

»Ah, die Torte«, sagte Tom und trat mit ausladenden Schritten ans Bett, um Julia mit einer kurzen Umarmung zu begrüßen. »Ich habe unter meinen Kollegen und in der Verwandtschaft herumgefragt. Wir finden eine Torte«, beruhigte er seine Verlobte, die sich auf die Lippen biss.

»Ich kenne da jemanden«, sagte Nawal und tippte auf ihrem Handy. »Hier – ein paar ihrer Torten, die sie natürlich individuell gestaltet.« Sie hielt das Display so, dass die beiden darauf schauen konnten.

»Darf ich?«, fragte Julia und Nawal reichte ihr das Handy.

»Die sehen wirklich toll aus!« Julia tauschte mit Tom einen Blick, bevor sie Nawal das Handy zurückgab. »Würde es ... also meinst du ...«

»Elif ist ein Schatz und eine fantastische Tortenbäckerin. Ich frage, ob sie Zeit hat«, sagte Nawal und tippte eine kurze Nachricht an sie. »Sobald sie sich meldet, gebe ich euch Bescheid.«

Ihre Chefin knetete wieder ihre Hände. Nawal sah von ihr zu Tom und hob die Augenbrauen.

»Es ist nur ... Tom arbeitet und ich kann ja hier nicht weg«, sagte Julia leise. Er drückte ihre Hand und legte einen Arm um ihre Schulter.

»Wie gut, dass ich Projektmanagerin bin und von der Besten lernen durfte«, erwiderte Nawal und grinste verschmitzt. »Lass mich nur machen, ich habe da schon eine Idee.« Sie bat Tom um seine Handynummer und verabschiedete sich kurz darauf.

TORTE

Am nächsten Morgen wurde sie von einem Klopfen geweckt.

»Du hast Besuch, Habibti.«

»Ist es schon so spät?«, fragte Nawal verschlafen und schlug die Bettdecke zur Seite. Ein kurzer Blick auf den Wecker ließ sie blinzelnd zurück. Es war gerade mal halb acht. »Mama?«

»Sie sind im Wohnzimmer«, sagte ihre Mutter und verschwand.

Wer war im Wohnzimmer? Sie hatte wirklich Besuch? Hektisch sauste sie ins Bad, nur um kurz darauf zurückzukommen und Sachen zum Anziehen mitzunehmen. Ihre nassen Haare steckte sie zu einem unordentlichen Dutt hoch, den sie unter einem weißen Kopftuch versteckte. Ein wenig außer Atem schlitterte sie ins Wohnzimmer und blieb abrupt stehen.

»Was machst du denn hier?«

»Guten Morgen, Nawal«, begrüßte Piet sie und grinste.

»Ich habe ihn vor deiner Tür stehen sehen und dachte, ihr seid verabredet«, sagte Elif und sah sie mit aufgerissenen Augen an. Die stumme Frage, ob sie ihn nicht hätte mit hochbringen sollen, waberte durch die Luft.

Nawal bedachte Piet mit hochgezogener Augenbraue, lief in einem großen Bogen um ihn herum und fiel Elif in die Arme.

Die beiden Frauen waren in der Schule unzertrennlich gewesen, sahen sich aber mittlerweile nur noch sehr selten.

Während Elif von der Schule abgegangen war und sich zur Konditormeisterin hatte ausbilden lassen, war Nawal auf dem Gymnasium geblieben, hatte ihr Abitur gemacht und studiert. Elifs Eltern betrieben eine Bäckerei und Elif hatte sich auf Events und Hochzeiten spezialisiert. Ihre Torten waren sehr gefragt und es existierte eine lange Warteliste.

»Wie geht es dir?«, fragte Nawal ihre ehemalige Schulfreundin und musterte sie. Elif war genauso groß wie Nawal und hatte die gleichen grün-blauen Augen, weswegen sie mehr als einmal in der Schule verwechselt worden waren. Nur ihre Kleidung unterschied sich. Nawal trug Abayas, diese langen, weiten Kleider, und Elif bunte Röcke.

»Alhamdulillah, gut und dir? In den letzten Tagen habe ich oft an dich gedacht und als ich dann deine Nachricht erhalten habe, wollte ich dich unbedingt gleich sehen«, antwortete Elif und zog Nawal neben sich auf die Couch.

Sie unterhielten sich so angeregt über Elifs Arbeit und alte Freunde, dass Nawal Piet kurzzeitig vergaß, bis ihre Mutter mit einem Tablett ins Zimmer kam – darauf die leckersten Backwaren aus der Bäckerei von Elifs Eltern. Und drei Tassen Tee. »Lasst es euch schmecken«, sagte sie.

»Ihr kennt euch wohl schon lange?«, bemerkte Piet und biss genüsslich in ein Croissant, dessen blättrig-luftige Oberfläche unter seinen Zähnen zerbrach.

»Seit wir auf der Welt sind«, sagte Elif unbekümmert und schnitt sich ein Brötchen auf. Erst als sie hochsah, bemerkte sie Nawals stumme Aufforderung, nicht zu viel zu erzählen, und biss sich auf die Lippe.

»Woher weißt du eigentlich, wo ich wohne?«, fragte Nawal, an Piet gewandt.

»Von Trixie«, gab er unumwunden zu und zeigte ihr sein strahlendes Lächeln, mit dem er jeden dazu brachte, zurückzulächeln.

Sie runzelte die Stirn und nahm sich vor, mit der Entwicklerin ein ernstes Wort zu wechseln. »Und was verschafft mir die Ehre an einem frühen Samstagmorgen?«

»Ich will dir helfen.«

»Wobei?«, fragte sie argwöhnisch und spürte Elifs Blick im Nacken. Vermutlich wunderte sich die Freundin über Nawals unterkühltes Benehmen.

»Na, bei der Tortenauswahl«, sagte er gedehnt, als wäre sie ein wenig begriffsstutzig.

»Bitte?«

»Ich war eben bei Julia, die mir davon erzählt hat, dass du jemanden für die Torte gefunden hast. Und da dachte ich, ich helfe dir, eine auszusuchen«, fuhr er im Plauderton fort. »Und wie ich sehe, ist mein Timing wie immer perfekt und die Tortenmeisterin schon vor Ort.« Er strahlte Elif an, die prompt zurücklächelte.

Nawal rollte mit den Augen und stieß ihrer Freundin den Ellbogen in die Seite. Zu Piet sagte sie: »Das ist sehr nett von dir, aber …«

»Da Julia nicht zu Elif kommen kann – ich darf doch Elif zu dir sagen?« Elif nickte und Nawal stöhnte. »Und ich ein großer Tortenkenner bin …«

Da war aber jemand schwer von sich überzeugt, fand Nawal.

»… dachte ich, wir treffen die Vorauswahl zusammen.«

»Eine gute Idee«, stimmte Elif zu.

Nawal blinzelte. »Dazu muss Elif erst mal bestätigen, dass sie bis nächsten Samstag überhaupt eine Hochzeitstorte herstellen kann, und außerdem sollte Tom bei der Auswahl ein Wörtchen mitzureden haben, findest du nicht?« Wieso wollte Piet unbedingt dabei sein? Nawal hätte über Zoom Julia miteinbezogen und dann Tom die Kostproben mitgegeben. So viel zu ihrem Plan.

»Ich würde sehr gern die Torte für eure Chefin backen«, bestätigte Elif und strich ihr beruhigend über den Arm. »Deswegen bin ich hier. Ich habe heute eine besonders große

Auswahl im Laden und hatte eine ganz ähnliche Idee wie Piet.« Die beiden grinsten einander an.

»Gut, dann rufe ich Tom an. Vielleicht hat er Zeit.«

»Er überlässt uns die Auswahl. Ich habe genaue Instruktionen erhalten«, erklärte Piet.

Nawal öffnete den Mund und schloss ihn wieder.

»Sollen wir los?«, fragte Elif unternehmungslustig.

Piet stellte sich tatsächlich als Tortenkenner heraus und war eine größere Hilfe, als Nawal erwartet hätte. Innerhalb kürzester Zeit hatten sie sich für drei verschiedene Sorten entschieden: eine Sachertorte, einen Vanillecreme-Biskuit und eine dritte Torte mit Schokolade. Über Zoom zeigten sie Julia die ganze Auswahl an Torten und ihre Chefin erklärte sich mit der Vorauswahl einverstanden. Elif beantwortete ein paar Fragen von Julia und überreichte Nawal dann die Box mit Kostproben.

»Woher kennst du dich so gut mit Torten aus?«, wollte Nawal von Piet wissen. Sie hatten sich ein Taxi genommen, damit die Tortenstücke unterwegs nicht zu sehr hin und her geschüttelt wurden.

»Ich habe drei jüngere Schwestern, die alle in den letzten zwei Jahren geheiratet haben«, gab er zu. »Ich bin sozusagen der ungekrönte Experte für Hochzeitsvorbereitungen.«

»Wie witzig«, entfuhr es Nawal und sie biss sich auf die Lippen.

»Was ist witzig? Dass ich mich mit Hochzeiten auskenne?«

»Nein, dass du drei jüngere Schwestern hast. Ich habe drei ältere Brüder.«

»Und? Sind sie auch alle verheiratet?«

»Der älteste nicht«, erwiderte sie und dachte sofort an Adam und dass sie immer noch nichts von ihm gehört hatte.

Piet war ihr drastischer Stimmungswandel nicht entgangen. »Was ist los?«, fragte er und musterte sie besorgt.

»Nichts«, winkte sie ab und zeigte auf die Box. »Welche ist dein Favorit?«

»Ich bin eher der klassische Typ«, wich er der Frage ungewohnt schüchtern aus.

»Also die Sachertorte? Wobei mir Elifs Variante mit weißer Schokolade, Vanillefrischkäsecreme und Erdbeeren viel besser schmeckt«, tastete sie sich heran.

»Mhm«, brummte er nur.

»Die Vanillecreme mit Rosenwasser und Himbeeren auf dem Pistazienboden war wirklich außergewöhnlich«, fuhr sie fort.

»Die Variante kannte ich auch noch nicht«, gab er zu.

»Aber das Highlight ist wirklich der Schokoboden mit Mascarpone und Beeren«, schwärmte sie und schmeckte immer noch die fruchtige Creme auf ihrer Zunge.

»Ja, das ist definitiv auch mein Favorit«, stimmte er zu. »Die perfekte Kombination aus Schokolade und Frucht.«

»Ich hätte dich nicht als Schokoladenmenschen eingestuft.«

»Wieso denn nicht?«

Nawal dachte an ihre Brüder, die alle zwar auch mal ein Stück Schokolade aßen, aber Deftiges bevorzugten. Daher zuckte sie nur mit den Schultern.

Julia war von allen drei Sorten begeistert und schon wieder fast den Tränen nahe – diesmal, weil sie sich nicht entscheiden konnte.

»Wie viele Leute kommen denn zu der Hochzeit?«, fragte Piet.

»Zwanzig«, antwortete Julia und legte die Kuchengabel frustriert zur Seite.

»Dann reicht eine zweistöckige Torte«, sinnierte Piet und tippte sich mit dem Finger an die Lippen.

»Wie wäre es, wenn du ergänzend Cupcakes, Macarons und Donuts anbietest?«, schlug Nawal vor.

»Dann nimmst du zwei Sorten für die verschiedenen Stockwerke der Torte«, spann Piet die Idee weiter.

»Und die dritte für die Cupcakes. Elif hat uns so einen Sweet Table gezeigt. Das ist ein kleiner Tisch mit süßen Leckerbissen, die man ganz leicht mit der Hand essen kann. Der würde hier ins Zimmer passen und du hättest eine schöne Auswahl, an der sich die Gäste bedienen können.« Nawal grinste Piet an, drehte sich zu Julia und wartete schweigend.

Ihre Chefin begann zu weinen und Nawal eilte an ihr Bett. »Wir können dir auch noch andere Geschmacksrichtungen bringen«, versicherte sie hastig und tätschelte Julias Hand. »Wir laufen uns ja gerade erst warm.«

»Nein! Es ist … jetzt schon … perfekt«, schluchzte Julia und griff dankbar nach dem Taschentuch, das Piet ihr völlig unbeeindruckt von ihrem emotionalen Ausbruch hinhielt.

»Hast du dir schon die Farben für den Zuckerguss überlegt?«, fragte er Julia stattdessen und reichte ihr ein Glas Wasser.

»Weiß und rosa«, erwiderte ihre Chefin mit erstickter Stimme.

Noch nie hatte Nawal Julia weinerlich erlebt. Sie hatte bei den Hochzeiten ihrer Brüder tatkräftig mitgeholfen, aber dabei war niemand in Tränen ausgebrochen und entsprechend hilflos stand sie jetzt einer aufgelösten Braut gegenüber.

»Sehr schön. Ich denke, mehr braucht Elif nicht, um dir eine wunderschöne Torte zu kreieren«, beruhigte Piet ihre Chefin und erzählte ein paar Anekdoten. Dabei lächelte er, machte Julia Komplimente, hörte aufmerksam zu und war humorvoll, sodass selbst Nawal sich dabei ertappte, wie sie ihm fasziniert lauschte. Es war ihr nicht neu, dass Piet ein Charmeur war, aber sie hatte ihn nie »live in Aktion« erlebt. Beim Debattieren hatte sie gelernt, zuzuhören, Themen durchzudenken und tolerant gegenüber den Meinungen der anderen zu bleiben. Wenn sie Piet jetzt so zuhörte, wandte er all das auch an, nur auf eine andere Art. Vielleicht hatte sie ihn bisher falsch eingeschätzt.

Er musste ihren Blick gespürt haben, denn er sah hoch und zwinkerte ihr zu. Augenrollend wandte sie sich an Julia. »Bist du dann mit der Torte zufrieden?«

»Mehr als zufrieden, und das verdanke ich euch. Tom wird begeistert sein.« Julia hatte sich wieder gefangen und lehnte sich strahlend in ihrem Bett zurück.

»Wir lassen dich dann mal allein«, sagten Nawal und Piet gleichzeitig und ihre linke Augenbraue schoss unkontrolliert nach oben.

Sie verabschiedeten sich und erst als sie an der Tür waren, fiel ihr ein, dass sie Julia ein Buch mitgebracht hatte, und eilte zurück an ihr Bett.

»Ich vermute, dass du mit ›Oracle‹ schon durch bist?«, fragte sie und legte den Kopf schief.

Julia nickte.

»Dann habe ich was für dich«, sagte Nawal und hielt ihr »Der Lehrmeister« von Catherine Shepherd hin.

»Oh, das ist lieb von dir. Ich wollte Tom nicht damit belästigen, er hat momentan schon so viel anderes, um das er sich kümmern muss«, sagte Julia und ihre Augen glänzten wieder verdächtig.

»Keine Ursache«, antwortete Nawal leichthin und zwinkerte ihr zu.

»Ihr zwei arbeitet wirklich gut zusammen«, flüsterte Julia und deutete mit dem Kopf in Piets Richtung.

Nawal schnaubte, drückte Julias Hand und war mit drei Schritten bei Piet, der an der Tür gewartet hatte.

Mit einem letzten Winken verabschiedeten sie sich endgültig. Auf der Straße blieben sie nebeneinander stehen und wussten sich plötzlich nichts mehr zu sagen.

»Ich muss dann mal zurück nach Hause«, sagte Nawal.

»Hör mal«, sagte Piet fast gleichzeitig, »ich habe dein Projekt nicht sabotiert.«

»Okay«, war alles, was Nawal spontan dazu einfiel. Ihr Debattiercoach würde verzweifelt den Kopf schütteln.

»Was hat Julia dir eigentlich gerade zugeflüstert?«, wollte er wissen und steckte seine Hände in die Hosentaschen.

»Ach, nur eine Beobachtung – nichts Wichtiges«, antwortete Nawal vage, ohne zu lügen.

»Dachte ich mir schon.« Er nickte. »Wir sehen uns dann am Montag.«

»Ja, bis Montag«, erwiderte Nawal und sah ihm für einen Moment hinterher, wie er gemächlich die Straße entlangschlenderte. Der Morgen war ganz anders verlaufen, als sie gedacht hatte. Piet war charmant, aber er hatte seinen Charme heute nur eingesetzt, damit Julia sich entspannte und die ganze Situation nicht eskalierte. Ähnlich wie sie, wenn sie auf Argumente oder Vorschläge auswich. Aus irgendeinem Grund glaubte Nawal ihm, dass er nichts mit dem verschobenen Livegang zu tun hatte. Nur, wer war es dann gewesen?

Jakobs Worte hämmerten auf einmal gegen ihre Stirn »Würdest du es denn überhaupt wissen wollen?« Wusste er denn mehr?

FAMILIE

Nawal hatte abends noch zwei Stunden mit Elif telefoniert. Seit Adam weg war, wurde ihr immer mehr bewusst, dass sie kaum Freunde hatte. Mit jeder neuen Lebensphase waren es ein paar weniger geworden. Es war gar keine aktive Entscheidung, kein Rückzug ihrerseits, der Verlust an Freunden war stattdessen schleichend gewesen. Meistens war sie an den Werktagen abends zu müde, um sich mit jemanden zu treffen oder gar an sportlichen Aktivitäten teilzunehmen.

Deswegen fuhr sie mit dem Fahrrad zur Arbeit, damit sie sich wenigstens ein bisschen bewegte. Alle zwei Wochen organisierte sie eine Mädchengruppe in der Moschee, aber auch das hatte sie schleifen lassen. Spontane Treffen war bei vielen Freundinnen, die mittlerweile verheiratet waren und Kinder hatten, schwierig zu realisieren oder schlicht gar nicht mehr möglich.

Daher war sie meistens mit Adam unterwegs gewesen. Sie gingen gemeinsam joggen, in den Kletterwald, zu einer Debatte, essen oder einkaufen. Einmal hatte er sie nicht nur zu einem Kurs im Porzellanmalen begleitet, sondern selbst eine Schüssel gestaltet. Diese hatten sie zusammen mit Nawals großem Teller ihren Eltern zum Einzug in die neue Wohnung geschenkt.

Nicht mal eine Woche war er nun weg und sie vermisste ihn schmerzlich. Es war daher schön gewesen, mit Elif zu reden. Obwohl es eine Weile her war, dass sie miteinander gesprochen hatten, hatten sie einfach dort weiter gemacht, wo sie sich irgendwann aus den Augen verloren hatten.

Am Sonntagmorgen fand sie ihren Vater nach dem Frühstück im Wohnzimmer. Wie immer wusste er sofort, was in ihr vorging, auch wenn sie noch kein Wort gesagt hatte.

»Adam wird sich inschallah melden, sobald er Empfang hat«, sagte er und sah von seinem Tablet hoch.

»Ich weiß«, antwortete sie, rang sich ein Lächeln ab und setzte in Gedanken *Inschallah* dazu.

»Komm mal her«, forderte er sie auf und deutete mit dem Gips auf den Platz neben sich auf der Couch.

Sie setzte sich zu ihm und kuschelte sich unter seinen Gips-Arm an seine Brust. Das hatte sie als kleines Mädchen schon so gemacht und einfach beibehalten.

»War das gestern Elif, die dich besucht hat?«

»Ja. Sie backt inschallah die Torte für die Hochzeit meiner Chefin nächste Woche.«

»Davon hast du gar nichts erzählt.«

»Ich hatte ihr eine Nachricht geschrieben und Elif ist spontan vorbeigekommen. Ich war selbst überrascht«, sagte sie und legte ihren Kopf nach hinten, um ihrem Vater ins Gesicht zu sehen.

»Das meinte ich gar nicht, sondern dass deine Chefin heiratet. Liegt sie nicht im Krankenhaus?« Reflexartig hatte er die Hand gehoben, um ihr über den Kopf zu streichen. Er starrte den Gips an, der ihn daran hinderte, blinzelte verwirrt und senkte den Arm wieder.

»Ja, sie ist schwanger und soll bis zur Geburt im Bett liegen bleiben. Die Hochzeit findet am Samstag in ihrem Krankenzimmer statt und sie hat ein paar Leute von der Firma eingeladen. Mich auch. Als ich sie am Freitag besucht habe, sind wir auf die Torte zu sprechen gekommen und da fiel mir Elif ein, die sofort zugesagt hat und gestern spontan eine Verköstigung ermöglicht hat«, erklärte sie und drehte den Kopf zurück.

»Allahs Wege sind groß«, sinnierte ihr Papa und drückte ihr einen Kuss auf die Schläfe.

Das Familienessen verlief wie immer, außer dass Jamila sich wie eine Klette an sie klammerte.

»Du bist heute aber besonders verschmust«, neckte sie ihre Nichte und gab ihr einen Kuss auf ihren Kopf.

Mit gerunzelter Stirn und gekräuselter Nase betrachtete sie Nawal, als wäre sie schwer von Begriff. »Onkel Adam ist weg und ich helfe dir, nicht mehr traurig zu sein.«

»Richtig«, antwortete Nawal mit völlig unbewegtem Gesicht, »das ist sehr lieb von dir.« Um sie herum war es ungewöhnlich still und sie brauchte gar nicht hochsehen, um zu wissen, dass alle ihrem Gespräch mit Jamila lauschten.

»Klaro«, antwortete Jamila, »dafür ist Familie schließlich da.«

Sie gab Jamila daraufhin einen dicken Kuss auf die Wange und warf sie in die Luft, bis diese vor Vergnügen quietschte. So sah niemand, wie sie nach Fassung rang. Danach rannte Jamila zu ihren Eltern, die vor Stolz geradezu platzten, und Nawal sagte leise maschallah, das Elias grinsend entgegennahm, bevor er seine Tochter hochhob und auf seine Schultern setzte.

Montag und Dienstag vergingen rasend schnell, doch wenn man Nawal gefragt hätte, was sie gemacht hatte, wäre ihr nichts Konkretes eingefallen. Sie hetzte von einem Termin zum nächsten, schlichtete Uneinigkeiten, passte ihre Planungen und Übersichten an und bereitete den für Mittwoch anstehenden Livegang vor. Alles wichtige kleine Rädchen, die, wenn sie nicht reibungslos ineinandergriffen, die ganze Maschine anhalten lassen würden. Das versuchte sie ihrem Team immer zu erklären: Es gab keine unwichtigen Aufgaben. Jede hatte ihren Sinn. Auch wenn sie nicht als bedeutungsvoll oder gar spannend angesehen wurde, war sie manchmal genau das, was den Unterschied zwischen Erfolg und Fehlschlag ausmachte.

Nawal nahm den Hadith, die Überlieferung darüber, was der Prophet Muhammad gesagt, getan oder stillschweigend geduldet hatte, dazu sehr ernst. Wenn man einen Auftrag annahm, führte man ihn zu einhundert Prozent aus, oder man übernahm ihn gar nicht erst. Die Welt war voll von zu achtzig oder neunzig Prozent erfüllten Aufgaben, die täglich Unmengen an Reparaturen nach sich zogen.

Dieses Mal sorgte Nawal persönlich dafür, dass es keine Verzögerung gab. Den Livegang hatte sie erst am Dienstag im Änderungsberatungsmeeting angekündigt. Fin, als Change Manager der Verantwortliche für dieses Meeting, hatte sie zwar mit seinen Blicken erdolcht, aber sie würde es später wiedergutmachen. Jetzt war nur wichtig, dass ihr niemand mehr in letzter Minute dazwischenfunkte.

Als sie um halb acht zu Hause die Tür aufschloss, prallte sie gegen einen Koffer, der im Flur stand.

»As salamu alaikum wa rahmatuh Allahi wa barakatuhu«, rief sie. »Soll ich den Koffer ins Auto bringen?«

Ihre Mutter streckte ihren Kopf aus der Küche. »Wa alaikum assalam wa rahmatuh Allahi wa barakatuhu, Habibti«, antwortete sie und trocknete sich die Hände ab. »Das wäre prima – ansonsten stößt sich noch jemand die Zehen«, witzelte sie.

Der Koffer war schwerer als gedacht und Nawal war dankbar, dass er Rollen hatte und es einen Aufzug im Haus gab. Im Untergeschoss angekommen, hallte das Klackern der Plastikräder überlaut von den Wänden zurück. Ein Schauer lief ihr über den Rücken. Sie war noch nie mehr als ein paar Tage allein zu Hause gewesen. Erst verschwand Adam, jetzt ihre Eltern. Mit Schwung hievte sie den Koffer in den Kofferraum und eilte zurück in die Wohnung. Doch das beklemmende Gefühl, das sich auf ihre Brust gelegt hatte und sie flach atmen ließ, verschwand leider nicht.

»Ich habe dir ein bisschen vorgekocht und eingefroren«, sagte ihre Mutter beim Abendessen.

Ihr Vater lachte auf.

»Was heißt ›ein bisschen‹, Mama?«, fragte Nawal nach und stellte verwundert fest, wie ihre Mutter rot wurde.

»Komm, sag es ihr«, forderte ihr Vater seine Frau auf.

»Ein wenig Suppe, Msemen und Pastilla«, nuschelte ihre Mutter und betrachtete intensiv den Teller vor sich.

»Drei verschiedene Suppen und jeweils drei verschiedene Füllungen für die Msemen und Pastilla«, klärte ihr Vater sie auf und schüttelte den Kopf. »Damit kannst du dich locker zwei Wochen ernähren.«

Sie griff nach der Hand ihrer Mutter und drückte sie. »Djazaki Allahu chairan – möge Allah dich mit Gutem belohnen«, bedankte sie sich.

Nawal behauptete nicht, dass das nicht nötig gewesen wäre, denn sie war ehrlich froh, sich während der Abwesenheit ihrer Eltern nicht um das Einkaufen und Kochen kümmern zu müssen. Außerdem hatte ihre Mutter dafür bestimmt den ganzen Tag in der Küche gestanden, obwohl sie die Koffer zu packen und die Reise vorzubereiten hatte. »Mama, du bist einfach die Beste!« Sie strahlte ihre Mutter an und küsste ihren Handrücken.

»Wa iaki, Habibti – wenn du schon alleine sein musst, sollst du wenigstens gut essen«, erwiderte ihre Mutter sanft.

Ihr Vater öffnete den Mund, überlegte es sich dann aber anders und räusperte sich. Irgendetwas verschwiegen ihre Eltern ihr und sie sah zwischen den beiden hin und her.

»Wir fahren vor dem Fajr-Gebet los und legen den ersten Halt in der Abu Bakr-Moschee ein. Die kenne ich noch von früher«, sagte ihr Vater und schob ihr ungelenk ein Blatt Papier hin. »Das ist unsere Route und die Adresse des Krankenhauses. Wir melden uns inschallah, sobald wir dort angekommen sind.«

Nawal nickte und steckte den Zettel wortlos ein. Sie unterhielten sich noch eine Weile, aber ihre Eltern wollten früh zu Bett gehen und deshalb beteten sie kurz darauf zusammen. Anschließend räumte Nawal den Tisch ab.

Weil sie selbst müde war, stieß sie mit dem Fuß gegen ein Sideboard und eine Box, in der Quittungen, Bargeld und Briefe aufbewahrt wurden, landete mit einem lauten Knall auf dem Boden. Sie humpelte in die Küche, stellte das Geschirr ab und hüpfte auf einem Bein zurück.

Ihr Zeh pochte wie wild und sie rieb vorsichtig darüber. Seufzend hob sie die Schachtel auf und sammelte den verstreuten Inhalt auf. Dabei fiel ihr ein Brief in die Hände, Absender war das Krankenhaus Zürich. Er war nicht an sie gerichtet und Nawal wollte gar nicht hinsehen, aber dennoch stachen ihr ein paar Zahlen ins Auge. Deswegen überflog sie das Schreiben, setzte sich auf die Couch und las es ein zweites Mal. Es erklärte das merkwürdige Verhalten ihrer Eltern.

»Du hast den Brief also gefunden«, sagte ihre Mutter, die unbemerkt von Nawal an sie herangetreten war.

»Seit wann wisst ihr das?«

»Der Brief war heute in der Post.« Ihre Mutter setzte sich zu ihr. »Ich habe angerufen und eine Ratenzahlung vereinbart.«

»Hier steht, dass aber auch dann fünfzig Prozent fällig sind.« Sie zog ihr Handy hervor. »Ich werde das Geld jetzt sofort überweisen. Wie lange haben wir Zeit für die nächste Rate?«

Ihre Mutter antwortete nicht sofort und Nawal sah von ihrem Display auf.

»Eine Woche nach der Operation und der Rest zwei Wochen nachdem Papa entlassen worden ist«, sagte ihre Mutter tonlos. »Wir wissen, dass du nicht so viel Geld hast.«

Noch nicht, dachte Nawal, nickte aber nur. »Wir können das Auto immer noch an einen Fremden verkaufen«, fing ihre Mutter an, doch Nawal unterbrach sie.

»Mach dir keine Sorgen. Ich kümmere mich inschallah darum. Konzentriere du dich ganz auf Papas Genesung, das hat jetzt oberste Priorität.«

»Ach mein Schatz, wann bist du nur so erwachsen geworden?«, versuchte ihre Mutter zu scherzen und nahm ihre Tochter in den Arm.

»Und als so schrecklich erwachsene Tochter schlage ich vor, dass du jetzt ins Bett gehst«, sagte Nawal lachend. »Du siehst müde aus und schließlich müsst ihr morgen lange Auto fahren und entsprechend ausgeschlafen sein.«

Ihre Mutter lächelte, dankte ihr schweigend und verschwand im Schlafzimmer.

Auch Nawal ging in ihr Zimmer, trat ans Fenster und starrte gedankenverloren in die Dunkelheit. Sie musste morgen unbedingt zu den anderen aufschließen mit ihrem Livegang. Denn nur mit der Prämie würde sie das Geld für die Operation ihres Vaters aufbringen können.

GEWISSHEIT
Mittwoch, Tag 11

Es war einer dieser trüben Herbstmorgen, der mit seinen klammen Nebelfingern einen Schleier dicht vor die Sonne zog. Nawal fröstelte und wickelte sich förmlich in ihren Mantel, bevor sie das Fahrrad bestieg, um ins Büro zu fahren. Beim Betreten des Gebäudes beschlug ihre Brille und selbst auf ihren Wimpern waren winzigen Tröpfchen, die sie mit einem Taschentuch abwischte.

»Was machst du denn so früh hier?«, schreckte sie Ambers Stimme auf.

»Ich wünsche dir auch einen schönen guten Morgen«, trällerte Nawal zurück und schob sich die Brille wieder auf die Nase. Amber trug heute eine graue Hose mit einem schwarzen Rollkragenpullover und einem roséfarbenen Mantel. Sie gingen nebeneinander zum Fahrstuhl und Ambers Pumps knallten auf die Fliesen wie Peitschenhiebe.

»Hast du heute einen Livegang?«, fragte Amber barsch und ganz offensichtlich nicht in der Stimmung für höflichen Smalltalk.

Normalerweise störte Nawal diese ruppige Art nicht, aber heute Morgen schaffte sie es nicht, Ambers Tonfall auszublenden, und reagierte entsprechend sarkastisch. »Was meinst du: Schaffen es all diese bemitleidenswerten Blätter, die nur eine Saison zu leben haben, zurück auf den Baum, wenn wir sie ankleben?«, antwortete sie daher und betrachtete interessiert Ambers Reaktion auf ihr verklausuliertes »Das geht dich nichts an«.

Amber glotzte sie mit großen Augen an und hatte dabei sogar ein klein wenig den Mund geöffnet.

Hinter ihr ertönte ein belustigtes Schnauben und sie drehte sich um. Jakob war unbemerkt herangetreten. Nawal hatte seine Schritte unter Ambers Schuhgeklacker nicht gehört. Seine dunkelblonden Haare waren heute sorgfältig gestylt, genauso wie sein Bart. Er trug einen weißen Hoodie und dunkelblaue Jeans. Nur wenn er Kundentermine hatte, tauschte er seine Jeans gegen einen Anzug.

»Was?«, blaffte Amber ihn an.

»Oh, gar nichts. Ich wollte mich nicht in eure ›Unterhaltung‹ einmischen. Tut einfach so, als wäre ich gar nicht da«, antwortete er unbekümmert.

Nawal zog eine Augenbraue nach oben.

»Also hast du jetzt einen Livegang oder nicht?«, wiederholte Amber ihre Frage.

Das bewunderte Nawal so an ihr – ihre Beharrlichkeit. Sie blendete einfach alles aus, was sie nicht hören wollte, und verfolgte unbeirrt ihr Ziel. Normalerweise umschiffte Nawal diplomatisch Ambers direkte Fragen, aber heute war ihre Haut einfach zu dünn. »Tatsächlich wärest du die Letzte, der ich das auf die Nase binden würde«, antwortete sie gefährlich leise. »Reicht es nicht, dass du mir mein Projekt weggenommen hast? Oder dass urplötzlich alle meine Projekte schiefgehen?«

Amber starrte sie an.

Doch Nawal war noch nicht fertig. »Glaub ja nicht, dass ich mich so leicht geschlagen gebe. Von jetzt an solltest du vorsichtig sein.« Mit einem Ruck drehte sie sich um und stürmte ins Treppenhaus. Sie hörte noch, wie Amber zu Jakob mürrisch nachhakte: »Also hat sie jetzt einen Livegang?«

Nawal hetzte die Treppen hinauf. Ihr Herz klopfte ihr bis zum Hals und Scham flutete ihren Körper. Als sie gestern Abend das Geld überwiesen hatte, hatte sie festgestellt, dass es eng werden würde, die zweite Rate zu bezahlen. Sie hatte vergessen, dass sie letztes Jahr Elias Geld geliehen hatte und ihr Fahrrad auch nicht gerade günstig gewesen war.

Heute Morgen hatte sie das schmerzverzerrte Gesicht ihres Vaters gesehen, als er dachte, sie wäre mit den Taschen beschäftigt, und die Ringe unter den Augen ihrer Mutter sprachen ihre eigene Sprache. Adam war nicht da und zum ersten Mal war sie diejenige, auf die sich ihre Eltern verließen. Das war sie nicht gewohnt und entsprechend verunsicherte sie diese neue Situation. Was würde passieren, wenn sie das Geld nicht aufbringen konnte?

Nachdem ihre Eltern losgefahren waren, war sie seltsam rastlos und deswegen schon so früh ins Büro gefahren. Sie hatte sich beim Fahrradfahren richtig verausgabt, doch es hatte nichts genutzt. Sie hatte ein Ventil gebraucht und es gefunden – in Amber. Sie atmete ein paar Mal tief ein und aus, bevor sie die Tür in den Flur öffnete und zu ihrem Schreibtisch ging.

Um zehn Uhr dreizehn stand Fin mit geröteten Wangen vor ihr. »Hast du kurz Zeit?«, brachte er hervor.

»Worum geht es?«

»Das würde ich gern mit dir und all den anderen besprechen«, sagte er ausweichend und zeigte mit der Hand zum Konferenzraum. Von dort schauten Amber, Henning, Emre und Trixie zu ihr.

Sie murrte vor sich hin, stand aber auf und folgte Fin, der nervös wie ein Zirkuspferd vor dem Auftritt vor ihr zum Meetingraum tänzelte.

Wortlos setzte sie sich neben Trixie, die wie immer in ihrem Stuhl mehr hing als saß und schmatzend Kaugummi kaute. Als Henning zu ihr hinsah, ließ sie eine besonders große Blase so laut platzen, dass Fin zusammenzuckte.

»Wir haben heute zwei Livegänge«, fing Fin an und deutete an die Wand, an die er die Details projiziert hatte. »Und ein Problem.«

»Schon wieder?«, entfuhr es Nawal scharf.

»Ja, äh, also, ich kann es mir auch nicht erklären, aber …«, stotterte Fin und fuhr sich durch die Haare.

»Es ist nicht wirklich tragisch«, sprang Henning ein und erntete dafür ein Grunzen von Trixie, das er geflissentlich ignorierte. »Wir müssen die Livegänge nur zeitlich aufeinander abstimmen.«

»Willst du mir damit sagen, dass erneut eine Abhängigkeit übersehen worden ist?«, hakte Nawal nach.

»Das würde ich jetzt so nicht sagen«, sagte Fin, doch seine angespannten Schultern erzählten eine andere Geschichte.

»Ja, das wurde es.« Alle sahen Henning an, der mit den Achseln zuckte. »Wieso um den heißen Brei herumreden?«

Nawal nickte. »Und was genau heißt das jetzt für die Livegänge?«

»Koordination«, sagte Amber lapidar.

Alle Härchen stellten sich bei ihr auf. »Genauer, Amber. Was meinst du mit Koordination?«

Statt Amber preschte Henning voran. »Erst stellen wir einen Teil unseres Projekts live, dann ihr und …«

»Nein«, unterbrach Nawal ihn.

Henning sah sie entgeistert an. »Aber nur so bekommen wir den Livegang beider Projekte problemlos hin.«

»Das ist so nicht ganz richtig«, mischte sich Trixie ein und setzte sich aufrecht hin. »Euer Livegang steht in Abhängigkeit zu unserem, nicht umgekehrt.«

Henning kniff die Lippen zusammen.

»Wir können also wie geplant live gehen«, sagte Nawal mit dem Blick auf Trixie.

Die nickte.

»Du weißt genau, dass das bedeutet, dass ich den Code nochmal anpassen muss«, presste Henning hervor.

»Das sollte doch für dich kein Problem sein«, konterte Trixie und sah ihn herausfordernd an. »Oder soll ich dir helfen?«

»Es wäre viel einfacher, wenn wir einen koordinierten Livegang haben«, warf Amber ein.

Nawal reichte es. »Fin, eine Frage, wann genau hat Amber ihren Livegang angekündigt?«

»Heute Morgen«, antwortete Fin, ohne zu zögern.

»Was hat das damit zu tun?«, fauchte Amber und funkelte Nawal an.

»Spricht irgendetwas dagegen, es so zu machen, wie Trixie vorgeschlagen hat – außer natürlich ein wenig mehr Umstände für euch, die ihr euren Livegang viel später als wir angekündigt habt?«

Nawal sah erst Emre an, der verneinend den Kopf schüttelte, und danach Henning, dessen Hals mittlerweile rote Flecken aufwies. »Nein«, presste Henning hervor, stand auf und stieß dabei seinen Stuhl so heftig zurück, dass er fast umfiel. Dann riss er die Tür auf.

»Da kann einer wohl nicht so gut verlieren«, bemerkte Trixie und erhob sich ebenfalls. »Dann mache ich mich jetzt mal an die Arbeit.«

Amber war bereits gegangen und Fin stöpselte seinen Laptop ab. Nawal starrte auf die offenstehende Tür. Wieso nur konnte sie sich über den gerade eben errungenen Sieg nicht freuen?

Trixie teilte ihr eine Stunde später per firmeninternem Chat mit, dass sie die Änderungen live gestellt hatte. Konzentriert testete Nawal, dass alles funktionierte, bevor sie es dem Kunden mitteilte. Sie streckte sich und setzte ihre Brille ab, um sich über die Augen zu wischen. Jetzt, wo das Adrenalin nicht mehr durch ihre Adern gepumpt wurde, machte sich der Schlafmangel bemerkbar. Ein Blick auf ihr Handy war allerdings ernüchternd. Keine Nachrichten – weder von ihrem Vater noch von Adam.

Sie öffnete die Karten-App, um zu sehen, wo ihre Eltern waren, und ging mit gesenktem Blick in die Firmen-Küche. Den Brief des Krankenhauses hatte sie fotografiert und während sie darauf wartete, dass das Wasser für ihren Tee kochte, rechnete sie verschiedene Möglichkeiten durch.

»Glückwunsch«, riss sie eine Stimme aus ihren Gedanken.

»Wofür?«, antwortete sie automatisch und drehte sich um. Hinter ihr stand Piet.

»Zum erfolgreichen Livegang natürlich«, sagte er und legte den Kopf schräg.

»Danke«, erwiderte Nawal abwesend, denn sie überlegte gerade, ob sie irgendetwas von Wert besaß, das sie verkaufen konnte, um die Gebühren für die Operation ihres Vaters aufzubringen.

»Ich muss mich wohl bei dir bedanken«, fuhr Piet fort und stellte seine Tasse unter den Auslass der Kaffeemaschine.

»Wieso das denn?«, fragte Nawal verwirrt und runzelte die Stirn.

»Na, wir sind jetzt nicht mehr die Schlusslichter.«

Sie sah ihn nur stumm an.

»Hast du heute schon mal auf die Liste geschaut?«

Nein, hatte sie nicht.

»Ich werde aus dir einfach nicht schlau«, fuhr Piet fort. »Erst willst du gar nicht mitmachen, dann sagst du in letzter Minute zu, ziehst so eine Nummer ab, aber interessierst dich nicht für den Stand der Challenge?« Er hob die Augenbrauen und schüttelte leicht den Kopf.

»Du sprichst in Rätseln, Piet«, sagte Nawal und fischte das Sieb mit dem grünen Tee aus der Kanne. Sie füllte den Minztee in eine Thermoskanne um und schnappte sich ihre Lieblingstasse, bereit, an ihren Platz zurückzukehren.

»Mir soll es recht sein«, antwortete er achselzuckend. Er nickte ihr zu, schlürfte an seinem Kaffee und schlenderte aus der Küche.

Für einen Moment war sie versucht, ihm hinterherzurufen, was er damit gemeint hatte, aber ihr Handy brummte und so hastete sie an ihren Schreibtisch, um die Hände frei zu bekommen. Eine Nachricht von ihrem Vater, dass sie die deutsch-schweizerische Grenze erreicht hatten. Sie wünschte den beiden weiterhin eine gute Reise und beendete den Chat mit einem Lächeln im Gesicht.

»Na, zufrieden? Schämst du dich denn gar nicht?«, zischte Amber und stieß beim Vorbeigehen Nawals Stiftehalter um. Es knallte, als Schere, Lineal und Textmarker auf die Tischplatte fielen, sich ein paar Kugelschreiber ein Wettrennen über die Tischkante lieferten und schließlich zu Boden fielen. Genervt bückte sich Nawal und sammelte die Ausreißer ein.

»Ich helfe dir.« Jasleen kniete sich neben sie und streckte ihr zwei Stifte hin.

»Warum hat sie das gemacht?«, raunte Nawal ihrer Kollegin zu, die heute ausnahmsweise keinen Sari trug, sondern einen Zweiteiler mit Blumenmuster.

»Es ist zwar selbst für Amber etwas übertrieben, aber ich kann sie irgendwie verstehen«, flüsterte Jasleen zurück.

»Was heißt ›du kannst sie verstehen‹?«, erwiderte Nawal schärfer als beabsichtigt. »Sie kann doch nicht einfach meine Stiftebox umschmeißen. Das ist ja wie im Kindergarten.«

»Du weißt doch, wie sie ist«, versuchte Jasleen, sie zu beschwichtigen.

Warum nur entschuldigte Jasleen Ambers Verhalten?, fragte Nawal sich. »Und deswegen hat sie eine Freikarte für rüdes Benehmen?«

»Natürlich nicht.« Jasleen spielte an einem ihrer Armreifen. »Aber es hätte dir schon klar sein müssen, dass sie sauer ist.«

Sie schnaufte. »Woher hätte ich denn das wissen sollen? So gut kenne ich sie nun auch wieder nicht.«

»Ich meine, du behältst die Nerven bei einem verpatzten Livegang. Aber was erwartest du denn da von Amber?«

»Was? Wie, verpatzter Livegang?«

»Sag bloß, du hast es nicht mitbekommen?«

Nawal wurde heiß.

»Amber wollte heute live gehen, aber sie mussten den Code zurückrollen, weil die Statistiken fehlerhaft waren«, erzählte Jasleen und Nawal hielt die Luft an. »Und zwar so gründlich, dass sie vermutlich erst nächste Woche live gehen können. Aber das ist noch nicht das Schlimmste«, wisperte Jasleen und schaute über ihre Schulter, ob ihnen jemand zuhörte.

Nawal kniff sich in den Nasenrücken und wappnete sich für den Rest.

»Jakobs Projekt ist auch betroffen. Sein ursprünglich für morgen geplanter Livegang ist erstmal auf unbestimmte Zeit verschoben worden, bis sie wissen, was der Grund ist.«

Ihre Gedanken rasten. Nun verstand sie auch, was Piet ihr in der Küche erzählt hatte. Aber was viel wichtiger war – jetzt hatte sie Gewissheit. Am Anfang waren es nur ihre Projekte gewesen, doch mittlerweile betraf es alle – bis auf Piets.

Manipulierte er doch die Livegänge?

SPONTANES TREFFEN

Was macht ihr da?«, fragte Emre neugierig und schaute zu ihnen unter den Tisch, wo Nawal und Jasleen vorgaben, immer noch Stifte einzusammeln.

»Hast du etwas Neues bezüglich ... du weißt schon?«, flüsterte Nawal zurück und legte sich einen Finger auf den Mund. Emre hatte von Natur aus eine durchdringende Stimme und es sollte nicht jeder mitbekommen, was sie besprachen.

Emre hockte sich nieder, tat so, als ob er helfen wolle, die Stifte einzusammeln, und kratzte sich am Kinn. »Es ist ganz offensichtlich, dass wir ein Problem haben. Aber wer auch immer es ist, der hier Projekte sabotiert, der- oder diejenige geht extrem clever vor und ist mir immer einen Schritt voraus.« Den letzten Satz hatte er so laut »geflüstert«, dass Jasleen und Nawal gleichzeitig »Shh« machten.

»Findet hier ein Treffen statt, von dem ich wissen sollte?«, fragte Piet und ließ sich zwischen Emre und Jasleen nieder. Grinsend hielt er eine Packung Kekse in die Runde.

»Natürlich nicht«, antwortete Nawal und rollte mit den Augen.

»Braucht es wirklich zwei Projektmanager, einen Admin und eine Datenwissenschaftlerin, um ein paar heruntergefallene Stifte aufzuheben?«, ertönte Jakobs tiefe Stimme neben Nawal. Erschrocken fuhr sie hoch und stieß sich den Kopf an der Unterseite der Schreibtischplatte.

»Habt ihr eigentlich sonst nichts zu tun?«, entschlüpfte es ihr und sie rieb sich den Kopf.

»Nö. Wie du sicherlich inzwischen mitbekommen hast, bin ich unerwartet arbeitslos geworden, weil mein Livegang für morgen abgeblasen wurde«, erwiderte Jakob ruhig, betrachtete sie aber mit hochgezogenen Augenbrauen.

»Das ist nicht meine Schuld«, brummte Nawal.

»Nicht? Das heißt, du hast dich heute Morgen nicht dafür ausgesprochen, deinen Livegang durchzuziehen?«

»Es gab ein Änderungsberatungsmeeting und niemand hat erwähnt, dass es solche Risiken gibt«, sagte sie lahm.

Emre sprang ihr bei. »Nawal hat recht. Ich habe es auch durchgewunken. Henning war nicht begeistert, aber es war nie die Rede davon, dass der ganze Livegang in die Hose gehen könnte.«

»Ich bin froh, dass du mal dein Ding durchgezogen hast, ohne immer nach den anderen zu sehen, wie es Amber erwartet hat«, sagte Trixie, die sich zu ihnen gesellte und grinsend einen Keks von Piet annahm. »Wer weiß, womöglich wären wir dann auch nicht live gegangen. Was ich gehört habe, ist, dass unser Wunderkind den Code vermurkst hat.« Sie schnaubte. Nur gut, dass Henning das nicht gehört hatte. »Nicht auszudenken, wenn wir die Livegänge verknüpft hätten.« Beruhigend tätschelte sie Nawals Knie.

Jakob hatte die Augen zusammengekniffen und betrachtete nachdenklich Trixies blaue Haarspitzen.

»Soll ich es als Erster laut aussprechen?«, fragte Piet in die Untertisch-Runde und sah jeden einzeln an.

»Was aussprechen?«, knurrte Amber und steckte ihren Kopf ebenfalls unter den Tisch. Dann schubste sie Piet, damit er ihr Platz machte.

»Ihr wisst schon, dass wir für Meetings Meetingräume haben?«, warf Jasleen ein, aber keiner rührte sich.

Nawal starrte auf die Stifte in ihrer Hand.

»Aber wer sollte daran ein Interesse haben?«, wandte sich Jakob an Piet. Offenbar wusste er, wovon Piet sprach.

»Das ist ja wohl ziemlich einfach zu beantworten«, entgegnete Piet ungerührt. Er genoss die Unwissenheit der anderen und schien sich prächtig zu amüsieren.

»Kann mich *bitte* mal jemand aufklären, worum es hier geht?«, wiederholte Amber gereizt und wedelte mit ihrer Hand vor Piets Gesicht herum.

»Jemand sabotiert die Livegänge, falls du es noch nicht mitbekommen haben solltest«, antwortete Trixie und gluckste. »Ich hatte schon lange nicht mehr so einen Spaß.« Krachend biss sie in einen weiteren Keks und ignorierte die Krümel, die sich unter Nawals Tisch anzusammeln begannen. »Und zu deiner Frage, Amber …«, sie war richtig in Fahrt, »… einer von euch vieren ist es.« Dabei zeigte sie mit ihrem Finger erst auf Piet und Amber, dann auf Jakob und schließlich auf Nawal.

Bis auf Trixies Schmatzen war es still unter dem Tisch.

»Das ist der größte Blödsinn, den ich je gehört habe«, sagte Amber. »Ich bin es bestimmt nicht.« Ihr Blick huschte zu Nawal, und Trixie fing an zu lachen.

»Alles hat damit angefangen, dass Piets Projekt als wichtiger eingestuft worden ist«, sinnierte Nawal und ignorierte sowohl Amber als auch Trixie.

»Bitte?«, entrüstete sich Piet. »Du hast doch ausdrücklich darum gebeten, dass mein Projekt vorher live gehen soll!«

Emre warf Nawal einen Blick zu. »Wer hat dir das gesagt?«, fragte er Piet.

»Na, Jakob«, antwortete der und alle Augen richteten sich auf Jakob.

»Charlotte von Business hat mich im Flur abgepasst und mich gebeten, dir auszurichten, dass sie dringend die neue Suchfunktionalität benötigen«, verteidigte Jakob sich mit erhobenen Händen.

»Und warum hat Charlotte mir das nicht selbst gesagt?«, fragte Piet.

»Sie meinte, du wärst nicht am Platz gewesen und hättest auch nicht auf ihre E-Mail reagiert.« Jakob zückte sein Handy, tippte eine Nummer ein und hielt es sich ans Ohr. Nach dreimaligem Klingeln ertönte eine Frauenstimme. Er fragte, ob Charlotte zu sprechen sei, nickte und verabschiedete sich. »Charlotte ist die nächsten drei Wochen in Urlaub.«

»Es spielt sowieso keine Rolle, womit es begonnen hat«, sagte ausgerechnet Amber. »Was machen wir jetzt?«

»Äh, wenn ich hier einhaken dürfte?« Alle Köpfe ruckten zu Henning, der sich unbemerkt hinter Emre gestellt hatte und sich nach vorn beugte, um die anderen sehen zu können. »Ich habe da eine Idee …«, er räusperte sich, »… bräuchte aber Hilfe.« Sein Blick heftete sich auf Trixie, die sich gerade einen ganzen Keks quer in den Mund stopfte.

»Wff?«, sagte sie undeutlich und spuckte dabei ein paar Krümel aus, die Nawal pikiert von ihrem Kleid wischte.

Hennings Hals war voller roter Flecken und es war offensichtlich, wie wenig ihm die Situation gefiel. »Ich wäre dir dankbar, wenn du dir da mal etwas ansehen könntest«, sagte er und biss die Zähne zusammen, sodass sein Kaumuskel scharf hervortrat.

»Ich denke ja gar nicht …«, fing Trixie an, aber Nawal stieß ihr den Ellbogen in die Seite.

»Trixie hilft dir sehr gern, damit eure Projekte so schnell wie möglich live gehen. Wir besprechen nachher, welche deiner Aufgaben sich dadurch verzögern.«

»Du bist so ein Spielverderber«, maulte Trixie, erhob sich aber, nachdem sie festgestellt hatte, dass die Keksrolle leer war.

»Prima«, sagte Henning erleichtert und richtete sich ebenfalls auf. Emre und Jasleen schlossen sich den beiden an und so blieben nur die Projektmanager zurück.

»Also«, fing Piet erneut an, »einer von uns, mhm?«

»Nur weil wir in dieser Challenge Konkurrenten sind, heißt das nicht, dass wir zu unfairen Mitteln greifen«, stellte Amber pikiert fest und erntete die verblüfften Blicke dreier Augenpaare. Sie warf ihre blonden Haare über die Schulter und trottete den anderen hinterher.

»Coole Idee, spontane Brainstormings unter dem Tisch abzuhalten.« Piet grinste und klopfte sich Kekskrümel von der Hose. »Mal was anderes und sehr erkenntnisreich.« Er zwinkerte Jakob und Nawal zu und schlenderte zu seinem Platz, nicht ohne seine leere Keksrolle vorher wie einen Basketball in hohem Bogen souverän in ihrem Mülleimer zu versenken.

Nawal stellte ihren Stiftebecher wieder auf und ließ die Stifte hineingleiten.

Jakob hielt ihr die Schere und das Lineal hin. »Danke, dass du mir Trixie ausleihst«, sagte er leise.

»Es war nicht meine Absicht, eure Projekte zu verzögern«, verteidigte sie sich und biss sich auf die Lippe. Sie hatte das gar nicht sagen wollen, aber seit sie erfahren hatte, was das für die anderen bedeutet hatte, hatte sie ein schlechtes Gewissen. Wie Trixie richtig festgestellt hatte, war sie heute Morgen nicht bereit gewesen, mit Ambers später Projektankündigung so flexibel umzugehen wie sonst. Normalerweise versuchte sie, es jedem leicht zu machen. Nur heute nicht – und prompt hatte es in einem Desaster geendet.

»Ich weiß.« Jakob drehte sich um und verschwand in Richtung Küche.

Nawal wischte die Krümel mit einem Taschentuch zusammen und holte ihren Gebetsteppich aus dem Rollcontainer. Sie betete nicht nur das Nachmittagsgebet im Ruheraum, sondern nutzte die Stille dort, um nachzudenken. Sie kannte die Dynamik von Wettkämpfen und war früher ziemlich gut darin gewesen, sich nicht in irgendwelche Intrigen reinziehen zu lassen.

Was heute passiert war, gefiel ihr nicht – aber wie Piet gesagt hatte: Sie waren nun alle gleichauf und nur das zählte – oder nicht?

DIE OPERATION

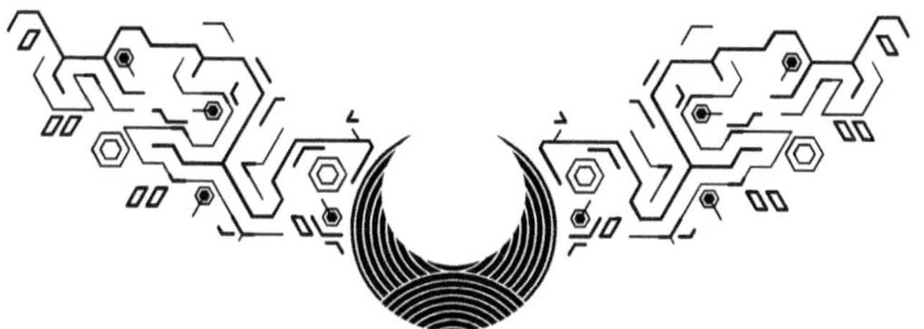

Nawal hörte das Telefon schon im Treppenhaus. Sie rannte die letzten Stufen hinauf, schloss hektisch die Wohnungstür auf und hetzte ins Wohnzimmer. »Hallo?«, japste sie und versuchte, zu Atem zu kommen.

»Nawal?«, antwortete ihre Mutter. »As salamu alaikum wa rahmatuh Allahi wa barakatuhu. Ist alles in Ordnung bei dir? Du klingst so außer Atem …«

»Wa alaikum assalam wa rahmatuh Allahi wa barakatuhu – ich bin eben erst nach Hause gekommen«, erklärte sie und klemmte sich das Telefon zwischen Ohr und Schulter. Sie ging zurück in den Flur und stellte ihre Schuhe, die sie im Hereinrennen von den Füßen gekickt hatte, ordentlich zur Seite. »Wie geht es Papa? Wurde er operiert?«

»Alhamdulillah, er schläft gerade, deswegen bin ich auch in den Flur gegangen. Aber laut den Ärzten ist die erste Operation verlaufen wie geplant. Die zweite ist nächste Woche Montag angesetzt. Morgen kommt bereits der Physiotherapeut, der direkt mit Übungen anfangen soll.«

»Alhamdulillah, das klingt gut«, sagte Nawal und war erleichtert. »Warst du schon im Hotel?«

»Ich habe vorhin eingecheckt.«

»Wäre jetzt nicht ein guter Zeitpunkt, auch ein wenig zu schlafen?«, fragte Nawal ihre Mutter, deren kurzes Zögern sie sehr wohl mitbekommen hatte.

»Ich möchte bei ihm sein, wenn er aufwacht.«

»Das ist sicher das Beste. Du kannst ja im Stuhl ein wenig schlafen.«

»Du weißt, dass ich das nicht kann«, erinnerte ihre Mutter sie.

»Es gibt Menschen, die schlafen sogar im Stehen – oder du schläfst gar nicht. Das ist natürlich auch möglich.«

»Nawal«, drohte ihre Mutter scherzhaft, »lass das. Du willst mich nur dazu bringen, ins Hotel zu gehen.«

»Und? Gehst du?«

»Was, wenn dein Papa gleich aufwacht?«

»Wie lange bist du wach? Sechzehn Stunden? Das ist der erste Tag. Du brauchst deine Kräfte noch. Ruh dich aus und bitte eine Krankenschwester, dir sofort Bescheid zu geben, wenn er aufwacht.«

»Vielleicht mache ich das«, lenkte ihre Mutter ein. »Jetzt aber zu dir – alles in Ordnung?«

»Wenn du ins Hotel gehst, erzähle ich dir alles über meinen Tag.«

»Das nennt man Erpressung.«

»Ich würde es eher als Handel bezeichnen. Du gehst ins Hotel und dafür beantworte ich dir alle deine Fragen über meinen Tag – was sagst du?«

»Alle meine Fragen?«, versicherte sich ihre Mutter mit einem lauernden Unterton.

Nawals Nackenhärchen stellten sich auf. »Über den heutigen Tag, ja«, sagte sie einschränkend und lachte auf.

»Gut – dann rufe ich dich inschallah an, sobald ich auf meinem Zimmer bin.«

Nawal holte sich eine Fisch-Pastilla aus dem Gefrierschrank und wärmte sie im Backofen auf. Diese Blätterteigspezialität mit Glasnudeln und Fisch oder, in einer anderen Variante mit Hähnchen und Mandeln, gab es sonst nur im Ramadan. Umso mehr freute sie sich, dass ihre Mutter diese extra für sie gebacken hatte. Sie bereitete sich einen Rucolasalat mit Äpfeln, Rosinen und Cashewkernen zu und fing an zu essen. Elias und Yusuf hatten ihr beide Nachrichten geschickt, die sie beantwortete, bevor das Telefon erneut klingelte.

»Ich rufe dich auf dem Handy zurück, das ist billiger«, sagte Nawal zu ihrer Mutter und legte auf. Sie startete einen Videoanruf und sah kurz darauf ein Bett.

»Hier ist ein Schrank, der Balkon und hier ... das Bad«, hörte sie ihre Mutter sagen. »Das wolltest du doch als Beweis sehen, nicht wahr?«

Nawal grinste breit. »Ein sehr schönes Zimmer«, stellte sie fest und verkniff sich ein Lachen. Ihrer Mutter konnte sie nichts vormachen.

»Alhamdulillah«, antwortete ihre Mutter und wechselte die Kameraperspektive, sodass Nawal nun in ihr müdes Gesicht blickte.

»Hast du gegessen?«, fragte sie mit schlechtem Gewissen und schaute auf den Backofen, in dem die Pastilla jeden Moment fertig sein würde.

»Ich habe mir unterwegs eine Pizza mitgenommen.« Sie hielt den Karton in die Kamera. »Stört es dich, wenn ich esse?«

»Nein, gar nicht. Mein Essen ist auch gleich fertig und dann essen wir zusammen.«

Sie machten es sich gemütlich, und nachdem sie den ersten Hunger gestillt hatten, wollte ihre Mutter wissen, wie es im Büro gelaufen war. Nawal erzählte ihr von ihrem Livegang, ließ aber die Details weg.

»Und was war das andere Projekt?«, fragte ihre Mutter.

»Was meinst du?«

»Du hast gesagt, dass du heute Morgen dieses Änderungsberatungsmeeting hattest.«

»Richtig.«

»Wie ist das andere Projekt gelaufen?«

»Geht so«, wich sie aus und stocherte in ihrem Salat herum.

»Hattest du etwas damit zu tun?«

»Womit?« Sie runzelte die Stirn und wunderte sich, worauf ihre Mutter hinauswollte.

»Na, dass das andere Projekt offensichtlich nicht erfolgreich online gestellt wurde.«

Um Zeit zum Nachdenken zu gewinnen, schob Nawal sich mehrere Gabeln mit Pastilla in den Mund, bis sie wie ein Hamster aussah. Wieder einmal fiel Nawal auf, wie gut ihre Mutter ihr über die letzten zwei Jahre zugehört hatte, wenn sie von ihrer Arbeit sprach, und wie gut sie kombinierte. Sie war extrem aufmerksam und hatte sich das mit dem Änderungsberatungsmeeting richtig zusammengereimt.

»Das andere Projekt wurde sehr kurzfristig heute Morgen noch aufgenommen«, erwiderte sie und hörte selbst, wie lahm die Ausrede klang.

»Das ist doch aber nicht ungewöhnlich«, sagte ihre Mutter prompt. »Dafür habt ihr doch die, wie heißt das, na, diese Notfall-Änderungs-Meetings, oder nicht?«

Nawal runzelte die Stirn – Mütter sollten sich nicht so gut auskennen.

»Also, warum ist das andere Projekt schiefgegangen?«

»Das wissen wir noch nicht.«

»Aber hättest du irgendwie beeinflussen können, dass es besser läuft?«

Nawal rutschte auf ihrem Stuhl hin und her. »Vermutlich schon«, gab sie zu.

Ihre Mutter schwieg für einen Moment und kaute gedankenverloren an einem Stück Pizza. »Warum hast du es nicht gemacht?«

»Weil«, fing sie an und trank einen Schluck Wasser, »ich gewinnen wollte.« Trotzig schaute sie in die Handykamera.

»Was denn gewinnen, Habibti?«, fragte ihre Mutter sanft und zeigte keinerlei Regung.

»Die Challenge, Mama«, gab sie kleinlaut zu. »Bei uns läuft ein Wettbewerb. Wer zuerst vier Projekte abschließt, bekommt einen Bonus und darf das nächste Großprojekt leiten.« Die Höhe des Bonus verschwieg sie.

»Wie viele Projekte hast du bereits abgeschlossen?«

»Zwei.«

»Und die anderen?«

»Auch zwei.«

»Verstehe«, murmelte ihre Mutter und schloss den Deckel der Pizzabox.

»Jemand sabotiert die Livegänge, Mama«, rechtfertigte sie sich. »Amber hat nur deshalb zwei Projekte abgeschlossen, weil eines davon mein Projekt war.«

»Wenn du heute anders entschieden hättest, wären dann beide Projekte live gegangen?«, stellte ihre Mutter genau die Frage, die sie selbst den ganzen Tag beschäftigt hatte.

»Das weiß ich nicht – kann sein. Könnte aber auch sein, dass mein Projekt dann genauso wie die anderen beiden hätte verschoben werden müssen.«

»Deine Entscheidung hat also nicht nur ein, sondern zwei andere Projekte beeinflusst?«

»Ja«, gab sie zerknirscht zu. Ihre Mutter ließ nicht locker. Das nächste Mal würde sie sich nicht darauf einlassen, alle Fragen ihrer Mutter zu beantworten.

»Die Taten sind entsprechend ihren Absichten«, sagte ihre Mutter und erinnerte sie an den entsprechenden Hadith des Propheten Muhammad. »Hattest du beabsichtigt, den anderen zu schaden?«

»Nein!«, rief Nawal und wies die Frage entrüstet von sich. Doch dann schlichen sich Zweifel in ihre Gedanken. Hatte sie insgeheim doch gewollt, dass Ambers Projekt scheiterte?

Nawal war der Appetit vergangen und sie schob den Teller mit der halben Pastilla von sich.

Als sie eine Stunde später im Bett lag, hallten die Worte ihrer Mutter noch lange nach.

AUSGEWÄHLT
Freitag, Tag 13

Am Freitagmorgen trafen sie sich im Meetingraum, wo Herr Baum vor der versammelten Mannschaft den Plan für den nächsten Monat vorstellte.

»Die Verhandlungen zu Projekt Neptun laufen besser als geplant.« Er machte eine Pause und wandte sich den vier Junior-Projektmanagern zu. »Das bringt mich direkt zum nächsten Thema: unsere Challenge.« Er stellte sich vor das Whiteboard mit der Tabelle. »Es sieht ganz nach einem Kopf-an-Kopf-Rennen aus. Sie haben alle zwei Projekte abgeschlossen und damit, bis auf Sie«, er deutete mit dem Stift auf Piet, »die dreißig Projekte-Marke geknackt.« Applaus brandete auf. »Es fehlen also nur noch zwei weitere Abschlüsse, und dann kann der- oder diejenige sich direkt in das neue Großprojekt einarbeiten.«

Nawals Herz schlug bei seinen Worten heftiger, obwohl sie den Stand kannte. Piet hatte gestern sein Projekt ohne Komplikationen live gestellt. Und bevor sie zu dem Meeting gingen, hatte Trixie sie darüber informiert, dass Ambers und Jakobs Projekte am Montag, spätestens aber am Dienstag live gehen würden. Sie wusste nicht, wie weit deren andere Projekte vorangeschritten waren, aber Nawals eigener nächster Livegang war frühestens am Mittwoch möglich.

»Wollen wir zusammen Mittag essen gehen?«, flüsterte Jasleen neben ihr. »Die anderen kommen auch alle mit.«

»Wer sind die anderen?«, wisperte Nawal zurück und hörte Herrn Baum, der gerade über eine anstehende Konferenz sprach, nur mit einem Ohr zu.

»Emre, Piet, Amber, Jakob und Henning.«

»Was ist mit Trixie?«

»Sie überlegt es sich noch. Du weißt schon, wegen Henning.«

Als Nawal vor zwei Jahren in die Firma gekommen war, waren Henning und Trixie unzertrennlich gewesen. Die beiden klügsten Entwickler hatten sich gegenseitig zu Höchstleistungen angespornt. Doch dann hatte es einen Bruch gegeben. Niemand wusste Genaueres. Von einem Tag auf den anderen sprachen die beiden nicht mehr miteinander. Seitdem gab es zwei Gruppen: eine mit Henning als führenden Kopf und eine zweite, die Trixie anführte.

»Inschallah komme ich später dazu«, raunte Nawal zurück, weil sie vorhatte, zum Freitagsgebet in die Moschee zu gehen.

Herr Baum räusperte sich und warf einen Blick in die Runde, wie ein Lehrer über eine Horde ungezogener Schulkinder. Sofort verebbte das Geflüster.

Es waren nur etwa zwanzig Frauen in der Moschee und so fand jede einen Platz an der Wand, um sich anlehnen zu können. Ein kleines Mädchen lief von Frau zu Frau, stellte sich vor jede, legte den Kopf schief und betrachtete sie einen Augenblick. Dann lief sie zur Nächsten.

Nawal lächelte sie an und musste automatisch daran denken, wie sie als kleines Mädchen ihre Mutter oder auch manchmal ihren Vater in die Moschee begleitet hatte. Noch heute sah sie ihre Brüder, wie sie sie beim Gebet in die Mitte genommen hatten. Der ernste Elias, der mit ihr den Platz getauscht hatte, als ein Mann sie verscheuchen wollte, oder ihre Eltern, wie sie sie nach dem Niederwerfen hochhoben, damit sie beim Gebet ganz dicht bei ihnen sein konnte.

Etwas kitzelte sie an der Nase und verblüfft stellte Nawal fest, dass das Mädchen sich in ihren Schoß gesetzt hatte. Die Kleine drehte ihren Kopf und legte ihren Zeigefinger auf den Mund. Nawal grinste und nickte. Verschwörerisch ahmte sie die Geste nach und beide lauschten weiter der Stimme des Vorbeters. Sie fand es bemerkenswert, dass die Kleine bereits wusste, dass man während der Chutba nicht sprechen sollte, und sich daran hielt.

Als zum Gebet gerufen wurde, nahm das Mädchen Nawals Hand und tapste neben ihr zu der Reihe, die sich gebildet hatte. Ihr Gesicht war hochkonzentriert und sie betete die zwei Rakat, Gebetseinheiten, ohne Fehler mit. Sie wartete, bis Nawal nach dem Gebet ihr Dhikr gesprochen hatte, gab ihr dann einen Kuss auf die Wange und hüpfte freudestrahlend zu ihrer Mutter, die am Ende der Reihe saß und zu ihnen herübersah. Die fing ihren Wirbelwind auf und drückte sie liebevoll an sich. Über die Schulter ihrer Tochter lächelte sie Nawal freundlich an.

Nawal wollte gerade die Straße vor der Moschee überqueren, als die Mutter des kleinen Mädchens sie zurückhielt. »Es ist das erste Mal, dass sie jemanden ausgewählt hat.«

Nawal drehte sich um. »Sie haben eine ganz wunderbare Tochter, maschallah. Ein echter Sonnenschein«, antwortete sie und beobachtete, wie das Mädchen zu einem größeren Jungen rannte, der ihr sehr ähnlichsah. »In dem Alter Ihrer Tochter war ich Fremden gegenüber schrecklich schüchtern.«

»Oh, schüchtern ist Aisha wirklich nicht«, antwortete ihre Mutter und ein spitzbübisches Lächeln umspielte ihren Mund. »Aber sehr wählerisch.«

»Dann fühle ich mich geehrt«, sagte Nawal und beobachtete, wie Aisha Handzeichen gab und daraufhin zu ihr zeigte.

Nawal winkte ihr zu.

»Aisha ist fast taub« erklärte die Mutter, »aber den Gebetsruf oder wenn jemand Quran rezitiert, das hört sie. Sie hat
außerdem ein unglaubliches Gespür für gute Menschen und
irrt sich nie mit ihrer Einschätzung.«

»Möge Allah sie segnen«, erwiderte Nawal und verstand
jetzt, wieso Aisha die Menschen in ihrer Umgebung so
intensiv musterte. Sie las in deren Gesichtern.

»Amin – und Sie auch«, antwortete die Mutter und rieb
ihr kurz über den Oberarm. »Passen Sie auf sich auf. Es hat
mich sehr gefreut, Sie kennenzulernen.« Sie drehte sich um
und ging mit ausladenden Schritten zu ihren Kindern.

»Mich auch«, murmelte Nawal und sah den Dreien mit
einem Lächeln hinterher.

Emre und Jakob holten sie kurz vor dem Restaurant ein.
Sie traf Emre manchmal, wenn sie in die gleiche Moschee
gingen. Offenbar hatten er und Jakob sich unterwegs
getroffen.

»Hast du Aisha kennengelernt?«, wollte Jakob wissen
und hielt ihr die Tür auf.

»Woher kennst du Aisha?«, fragte sie ihn mit gerunzelter
Stirn zurück und blieb stehen.

»Sie kommt häufig zusammen mit ihrem Bruder, Musa«,
erwiderte Jakob.

»Auch auf die Gefahr hin, dass ich mich wiederhole:
Woher kennst du die beiden?«

»Aus der Moschee.«

»Was machst du denn in der Moschee?«

»Beten. Wieso?«

»Beten?«, wiederholte Nawal und verstand nur Bahnhof.

»Was machst du denn so in der Moschee? Stricken?«,
fragte er und betrachtete sie amüsiert.

»Kommt ihr noch rein oder wollt ihr vor der Tür stehen bleiben?«, rief Emre und winkte sie zu ihrem Tisch. »Es wird langsam kalt.«

Nawal stolperte durch die Tür und setzte sich neben Jasleen, die sie besorgt musterte. Wieso betete Jakob in der Moschee? Sie hätte ihn gern gefragt, wollte sich aber nicht vor allen anderen danach erkundigen. Achselzuckend wandte sie sich ab und griff nach der Speisekarte.

Henning saß nicht nur neben Trixie, sondern zu Nawals größter Überraschung waren die beiden sogar in ein Gespräch verwickelt.

»Was geht hier vor sich?«, flüsterte sie Jasleen zu und deutete unauffällig mit dem Kinn auf die beiden ungewöhnlich friedlichen Entwickler.

»Das weiß keiner so genau. Sie waren schon hier, als ich mit Amber und Piet angekommen bin«, wisperte Jasleen hinter der vorgehaltenen Speisekarte zurück.

»Euch ist schon klar, dass ich euch sehen kann, oder?«, rief Trixie und funkelte sie an.

»Nimmst du wie immer den Chef-Burger?«, trällerte Jasleen und zeigte vor lauter Hektik auf eine Pizza.

Nawal räusperte sich und biss sich auf die Lippen, um nicht laut loszulachen. »Heute werde ich mal die vegetarische Bowl nehmen«, presste sie hervor, »und du?«

Es war Amber, die ihr, ohne es zu wissen, zu Hilfe kam. »Das ist definitiv die wesentlich bessere Wahl. So ein Burger ist nicht nur klimatechnisch eine Katastrophe, sondern liegt einem wie ein Klotz im Magen, hat Unmengen von Kalorien und sättigt nur für kurze Zeit!«, ereiferte sie sich.

»Das heißt, du mümmelst wieder Salat, oder bist du diesmal verwegen und wagst, eine Scheibe Baguette dazu zu essen?«, frotzelte Trixie.

»Pah, es ist mir ein Rätsel, wie du nach diesem Fast-Food-Zeugs überhaupt noch denken kannst.«

»Das ist einfach erklärt«, erwiderte Trixie ungerührt.

Nawal winkte hastig die Bedienung heran, aber es war bereits zu spät.

»Da bin ich ja mal gespannt«, sagte Amber in ihrem üblichen, leicht genervten Tonfall, der einem das Gefühl vermittelte, ihre wertvolle Zeit zu verschwenden.

Trixie lümmelte auf ihrem Stuhl, legte den Ellbogen auf die Rückenlehne und kaute dabei Kaugummi. Sie sah Amber mit leicht schrägem Kopf an: »Ich denke nicht, ich verstehe einfach. Solltest du auch mal versuchen, vielleicht …«

»Was kann ich Ihnen bringen?« Die Bedienung rettete die brenzlige Situation und nachdem alle bestellt hatten, war das Thema vergessen.

»Sag mal, was hattest du denn vorhin eigentlich mit Jakob zu besprechen?«, wollte Jasleen auf dem Weg zurück ins Büro wissen. Ihr entging wirklich gar nichts.

»Ach nichts, ich war nur überrascht, dass er jemanden aus der Moschee kennt«, sagte Nawal leichthin.

»Das wundert mich nicht«, erwiderte Jasleen. »Er ist ziemlich aktiv dort und Emre hat erwähnt, dass die Kids ihn lieben.«

»Warum sollte Jakob in der Moschee aktiv sein?« Das war jetzt das zweite Mal, dass sie sich wie ein Papagei vorkam, der alles nachplapperte. Aber scheinbar fehlten ihr ein paar relevante Informationen.

»Ich nehme an, weil es ihm Spaß macht. Emre hilft auch regelmäßig aus.« Jasleen zuckte mit den Schultern und hakte sich bei Nawal unter.

»Ich betreue auch eine Mädchengruppe und Emre ist Muslim.«

Jasleen schwieg und sah sie von der Seite an. »Du weißt schon, dass Jakob Muslim ist, oder?«

»Nein!«, sagte sie lauter als beabsichtigt. »Ist er konvertiert, beziehungsweise, wann ist er konvertiert?«

»Gar nicht.«

Nawal blieb stehen. »Könntest du bitte aufhören, in Rätseln zu reden?«, bat sie ihre Kollegin, die sie unbeabsichtigt wegen ihres unerwarteten Halts geschubst hatte.

»Ich dachte, ihr kennt euch von früher.«

»Wir waren auf der gleichen Schule, aber ich hatte nie etwas mit ihm zu tun.«

Jasleen sah sie ungläubig an.

»Was? Das ist die Wahrheit. Wir haben auch gleichzeitig Abitur gemacht, aber wir hatten keine gemeinsamen Kurse.« Sie verschwieg, dass sie penibel darauf geachtet und sogar Lehrer gewählt hatte, die es ihr nicht leicht gemacht hatten, nur um ihm aus dem Weg zu gehen.

»Habt ihr nicht gemeinsam bei Mpact angefangen?« Jasleen ließ nicht locker.

»Zusammen mit noch drei anderen, ja. Amber war damals auch dabei. Aber du lenkst ab – seit wann ist Jakob Muslim?« Nawal unterdrückte ein Schaudern, als sie an ihren ersten Arbeitstag zurückdachte. Anfangs hatte sie ihn gar nicht erkannt wegen seines Barts, und weil er nicht mehr so dürr und schlaksig war, wie sie ihn in Erinnerung hatte. Und dann hatte sie die gleiche Taktik wie in der Schule angewandt und ihn einfach ignoriert.

»Wieso fragst du ihn das nicht selbst?«, entgegnete Jasleen und sah sie unschuldig an.

»Weißt du was, ist nicht so wichtig«, winkte Nawal ab.

»War ja klar, dass du nicht darüber sprichst.« Jasleen seufzte. »Er ist wirklich nett und ich verstehe nicht, wieso ihr zwei nicht miteinander redet.«

»Wir reden miteinander!«, stellte Nawal fest. Wenn es sich nicht vermeiden ließ, aber das behielt sie lieber für sich. »Wann bist du morgen bei der Hochzeit?«

»Oh, richtig – das wollte ich dich auch schon die ganze Zeit fragen. Die Zeremonie fängt um zehn an und ist nur für die Familie gedacht. Wir sollen danach dazu kommen. Soll ich dich um elf Uhr abholen?«

»Ja, das wäre prima.«

»Redet ihr über morgen?«, ertönte Jakobs Stimme hinter ihnen.

»Ich habe euch gar nicht kommen gehört«, sagte Nawal und störte sich nicht daran, dass der unterschwellige Vorwurf darin deutlich zu hören war.

»Geheimnisse?«, fragte Emre und wackelte mit den Augenbrauen.

»Wenn wir welche hätten, wäre es doch kontraproduktiv, das jetzt zu bestätigen, richtig?«, erwiderte Nawal. Sie waren mittlerweile am Büro angekommen und sie wollte gerade die Eingangstür aufziehen, doch Jakob war schneller. Er öffnete die Tür für sie alle und bedeutete ihnen mit großer Geste, hindurchzugehen. Jasleen kicherte und machte mit Emre den Anfang.

Peinlich berührt, dass Jasleen sie einfach mit Jakob zurückgelassen hatte, betrat sie das Bürogebäude.

»Um deine Frage zu beantworten: Meine Mutter ist zum Islam konvertiert, als sie Anfang zwanzig war.«

Nawal blieb stehen und betrachtete ihre Fußspitzen. Zumindest hatte sie jetzt Gewissheit, dass er ihr Gespräch mitangehört hatte. Als er nichts mehr sagte, nickte sie und setzte an, weiterzulaufen, doch er hielt sie zurück.

»Das mit deiner Mutter ... sie hat es verstanden und es ...«

»Lass es gut sein«, fiel sie ihm ins Wort. »Alte Geschichten, die niemanden mehr interessieren.« Brüsk wandte sie sich ab und eilte mit ausladenden Schritten Jasleen und Emre hinterher, die schon am Fahrstuhl warteten.

Jasleen hob die Augenbrauen, woraufhin Nawal nur unmerklich den Kopf schüttelte. Im Fahrstuhl füllten Emre und Jasleen die erdrückende Stille, indem sie über Julias

Hochzeit redeten, aber Nawal hörte nicht zu. Sie starrte auf Jakobs Hinterkopf und presste die Lider zusammen, in dem Versuch, die Bilder zu verdrängen, die bei seinen Worten aufgetaucht waren. Seine blutige Nase, die entsetzten Augen, ihre Wut und dann ihre Scham. Zittrig holte sie Luft.

Jakobs Gesicht erschien vor ihr und er musterte sie besorgt. Der Fahrstuhl hatte längst angehalten und die anderen waren ausgestiegen.

»Es tut mir sehr leid, was damals passiert ist. Wirklich.«

Nawal schnaubte und versuchte, sich an ihm vorbeizuschieben.

»Nein, diesmal wirst du mir bitte bis zum Ende zuhören«, sagte er leise, aber bestimmt, und versperrte ihr den Weg. Vorsorglich drückte er nochmal auf die »Tür auf«-Taste des Fahrstuhls.

Nawal verschränkte die Arme vor der Brust und zog die linke Augenbraue so hoch, dass sie fast unter ihrem Kopftuch verschwand. »Ich höre«, forderte sie ihn auf und tappte mit dem Fuß.

»Was ich damals hatte sagen wollen, bevor du mich unterbrochen hast …«, er strich sich über die Nase, »… war, dass, auch wenn deine Mutter eine Putzfrau ist …«

Nawal knurrte, aber Jakob ließ sich davon nicht beirren.

»… ich niemanden mehr schätze als sie«, beendete er den Satz, den sie ihn damals nicht hatte aussprechen lassen.

Nawal blinzelte und sagte kein Wort.

»Hast du dich nie gewundert, warum mir deine Mutter Nachhilfe gegeben hat?«

»Sie wusste nicht, was du getan hast.«

»Oh doch, das wusste sie. Ich habe es ihr erzählt.«

Nawal wurde bleich und hörte für einen Moment nur Rauschen in ihren Ohren. Wieso hatte ihre Mutter davon nie etwas gesagt?

»Ich war nie dein Feind, Nawal – ich wusste nur nicht, wie ich dein Freund sein konnte.« Er drehte sich um und ließ sie mit ihren Gedanken allein.

HOCHZEIT

Nawals Handy brummte und hüpfte auf ihrem Nachttisch munter vor sich hin. Wer auch immer ihr nicht gönnte, am Samstag auszuschlafen, schämte sich nicht, so oft nacheinander anzurufen, dass das Handy von der Kante sprang und auf dem Teppich landete. Ihre Mutter rief nur auf dem Festnetz an, also konnte es kein Notfall sein. Dennoch tastete sie nach ihrem Telefon und nahm den Anruf entgegen.

»Wer du auch bist, ich hoffe, dass du eine gute Erklärung parat hast«, nuschelte sie mit geschlossenen Augen und wälzte sich zum Nachtisch herum. Sie war erst nach Mitternacht ins Bett gegangen, nachdem sie ruhelos in der leeren Wohnung herumgetigert war. Vor dem Morgengebet hatte sie Tahajjud gebetet, danach lange im Quran gelesen und schließlich um acht Uhr beschlossen, sich noch einmal schlafen zu legen. Sie hob ein Augenlid, sah auf den Wecker und stellte fest, dass es halb neun war. Stöhnend zog sie ein Kissen über ihren Kopf und hätte dabei beinahe den Anrufer überhört.

»Ich freue mich auch, dich zu hören, Schlafmütze.«

Nawal quietschte, schleuderte das Kissen von sich und setzte sich ruckartig auf. »Adam!«, rief sie und war schlagartig hellwach. »Wie geht es dir? Wo bist du? Wie ist es?«

»Alhamdulillah, sehr gut – etwas müde, aber es ist unglaublich. Wir sind derzeit in Manaus, werden aber inschallah in einer Stunde aufbrechen«, beantwortete er ihre Fragen.

»Warst du schon im Regenwald?«

»Ja, wir haben bereits erste Proben eingesammelt und gleich geht es auf den Amazonas«, erzählte er und seine Begeisterung war beinahe physisch greifbar.

Sie fragte ihn über die Gruppe aus, welche Pflanzen und Tiere er gesehen hatte, wie das Wetter war und was es zu essen gab. In ihrem Kopf war sie bei ihm, denn sie hatte während seiner Reisevorbereitung alles, was sie über die Terra preta, den Amazonas und den Regenwald im Internet hatte finden können, aufgesogen.

»Jetzt aber genug von mir«, sagte Adam nach einer halben Stunde und lachte. »Wie geht es dir?«

»Alhamdulillah, auch gut«, antwortete sie und schluckte. Auf gar keinen Fall würde sie ihm erzählen, dass ihr Vater im Krankenhaus und sie in Geldnöten war. Adam sollte diese lange geplante Reise unbeschwert genießen können.

»Und jetzt nochmal die ungeschönte Wahrheit, Schwesterherz. Nur weil ich ein paar tausend Kilometer entfernt bin, heißt das noch lange nicht, dass ich nicht merke, wenn du mir etwas verschweigst.«

Sie war einfach keine gute Schauspielerin. Aber dennoch würde es ihn nur unnötig ablenken, wenn sie ihm alles erzählte. Daher entschied sie sich für einen Zwischenweg. »Julia, meine Chefin, ist unerwartet ausgefallen«, sagte sie und hörte Adam tief Luft holen. »Nichts Schlimmes, im Gegenteil – sie ist schwanger, muss aber bis zur Geburt im Bett liegen.«

»Verstehe.« Adam hatte Julia ein paar Mal getroffen, wenn er Nawal vom Büro abgeholt hatte. »Sag ihr herzlichen Glückwunsch von mir.«

»Das mache ich gern – sie heiratet heute.«

Adam lachte. »Ich sehe schon, du hast viel zu tun. Was wirst du anziehen?«

Sie beschrieb ihm ihre zweiteilige Abaya, bei der sie über dem cremefarbenen weiten Kleid einen vorne offenen altrosafarbenen Kimono tragen würde.

»Fährt dich Papa?«

»Jasleen holt mich inschallah ab«, wich Nawal aus. »Weißt du, wer die Hochzeitstorte backt?«, fragte sie, um ihn von ihren Eltern abzulenken. »Elif.«

»Alhamdulillah, das freut mich. Hast du mit ihr gesprochen?«

Sie erzählte ihm von ihrem Treffen mit Elif, und hörte dann, wie jemand im Hintergrund nach Adam rief.

»Es tut mir leid, aber ich muss los«, sagte er. »Ich habe unsere Eltern telefonisch nicht erreicht. Gib ihnen bitte einen Kuss von mir.«

»Das mache ich inschallah. Pass auf dich auf«, quetschte sie hervor und spürte, wie ihre Kehle eng wurde.

»Kopf hoch, Kleine«, munterte Adam sie auf. »Wir sehen uns inschallah bald.«

»Inschallah.«

»Ach, und Nawal?«

»Ja?«

»Wenn ich das nächste Mal anrufe, würde ich mich freuen, wenn du mir all das erzählst, was du mir heute verschwiegen hast. Hab dich lieb.«

Sie ließ das Handy langsam sinken und starrte auf das schwarze Display, während ihr Herz auf einmal das Zehnfache zu wiegen schien. Offenbar hatten auch Elias und Yusuf Adam nichts vom Unfall ihres Vaters erzählt. Ihr Handy brummte erneut. »Elif?«

»Alhamdulillah, du bist wach!«, schrie ihr Elif entgegen und Nawal hielt das Handy weg vom Ohr. Bevor sie etwas erwidern konnte, fragte Elif hastig: »Kannst du bitte sofort in die Bäckerei kommen?«

»Bin unterwegs.« Nawal kannte niemanden, der so entspannt und ruhig war wie Elif. Wenn ihre Freundin also derart aufgelöst klang, hielt Nawal sich nicht mit unnötigen Fragen auf. Sie hatte sich bereits ihre Abaya über den Kopf gezogen und rannte in den Flur. Vor dem Spiegel steckte sie das Kopftuch fest, zog ihre Sneaker an, schnappte sich ihre Schlüssel und zog die Tür hinter sich zu.

Zehn Minuten später sah sie das Ausmaß der Katastrophe.

»Was ist passiert?«, fragte sie und näherte sich vorsichtig Elif, die mit leerem Gesichtsausdruck auf den eingedrückten Tortenkarton starrte.

»Kennst du noch Tante Trudi?«

Nawal musste schmunzeln. »Tante Trudi« war eine Stammkundin der Bäckerei und zu ihrer Schulzeit schon alt gewesen. Sie kaufte jeden Morgen genau zwei Brötchen. Nur am Samstag gab es zusätzlich ein Hefehörnchen. Tante Trudi gehörte zu dieser Bäckerei wie Kaffee zum Kuchen.

»Sie trägt jetzt ein Hörgerät.« Elif schluckte. »Aber sie schaltet es meistens aus ... ein anderer Kunde wollte nur helfen, aber es war wohl zu laut eingestellt und sie hat sich erschreckt und ihren Gehstock hochgerissen – gerade, als ich unserem Fahrer die Torte übergeben wollte ...«

Nawal hatte bei Elifs Erzählung die Lippen zusammengepresst. Ihr Gehirn schaltete automatisch in den Lösungsfindungsmodus. »Hast du nachgeschaut, wie groß der Schaden ist?«

»Nein«, krächzte Elif, hob einen Arm und ließ ihn kraftlos wieder sinken. »Dazu hatte ich noch nicht den Mut.«

»Okay, ich mache das.« Nawal öffnete die Box und betrachtete die Torte. »Wir werden sie herausheben müssen und ...« Sie drehte sich zu Elif, »du musst mir sagen, wie groß der Schaden wirklich ist.«

Elif nickte und wandelte wie in Trance zu ihr. Zusammen entfernten sie den Karton und betrachteten die Torte, als das Glöckchen über der Bäckereitür erklang.

»Geschlossen«, sagte Nawal, verärgert darüber, dass sie Elif nicht gebeten hatte, hinter sich abzuschließen. Kunden konnten sie gerade überhaupt nicht gebrauchen.

Doch es war nur Piet. »Der untere Teil scheint nichts abbekommen zu haben, nur der obere ist hinüber«, stellte er nach einem Blick auf die verunglückte Torte fachmännisch fest.

Elifs Unterlippe fing an zu zittern und Nawal zog sie schnell in eine Umarmung. Über Elifs Schulter hinweg erdolchte sie Piet mit ihrem Blick.

Doch Piet war längst zur Theke geschlendert und betrachtete die dort ausgestellten Torten.

»Diese hier könnte doch passen.« Er winkte Elif zu sich und zeigte auf eine Torte. »Etwas Ähnliches ist nämlich auf der Hochzeit einer meiner Schwestern passiert.« Geschickt band er Elif mit ein und sprach sanft, aber bestimmt, dabei verknüpfte er lustige Anekdoten mit hilfreichen Vorschlägen, die Elif fortführte.

Nawal sah, wie deren Schultern sich entspannten und sie aus ihrer Starre erwachte. Minuten später hatten sie einen Plan und trugen die Torte nach hinten in den Backraum.

»Ich werde vermutlich eine Stunde benötigen«, verkündete Elif mit gerunzelter Stirn und stellte bereits Zutaten und Geräte bereit.

Nawal nickte. »Dann nutze ich die Zeit, mich umzuziehen, und komme inschallah wieder zu dir, um die Torte mitzunehmen.«

Piet folgte ihr durch die Backstube hinaus auf die Straße.

»Was hast du eigentlich hier gemacht?«, fragte sie ihn.

»Als ich joggen war, bist du wie eine Irre mit dem Fahrrad an mir vorbeigeflitzt. In Richtung Bäckerei. Da hatte ich schon so eine Ahnung, dass mit der Torte etwas schiefgegangen sein könnte«, sagte er und schmunzelte. Erst jetzt bemerkte Nawal, dass er eine Jogginghose trug.

»Bringt dich eigentlich irgendetwas aus der Ruhe?« Sie ging zu ihrem Fahrrad und schloss die Kette auf.

»Oh, da gibt es einiges – aber für mich hat sich einfach bewährt, in Krisensituationen die Nerven zu behalten.« Seine Grübchen waren nicht mehr zu übersehen und er wackelte mit den Augenbrauen.

Nawal lachte und schüttelte den Kopf. »Danke, dass du Elif beruhigt hast.«

»Immer wieder gern.« Er steckte seine Hände in die Hoodietasche. »Hast du eigentlich ein Auto?«

»Nein!« Ruckartig blieb sie stehen und rammte dabei fast den Lenker in Piets Bauch, der im letzten Moment zurücksprang. »Entschuldige«, murmelte sie, war aber in Gedanken längst dabei, ihre Optionen durchzugehen. Yusuf würde sie nicht fahren können, weil bei Mina jederzeit die Wehen einsetzen konnten, und Elias war sicherlich schon auf dem Sportplatz mit den Zwillingen bei einem Fußballspiel.

Piet schaute sie fragend an. »Ich hole dich in einer Stunde ab«, sagte er dann. »Elif wird vermutlich die Torte persönlich ausliefern wollen – nach dem Debakel heute Morgen.«

»Macht dir das auch nichts aus?«

»Nein, kein Problem.«

»Prima, dann treffen wir uns gleich wieder bei Elif.« Sie setzte den Helm auf, hob die Hand zum Gruß und fuhr los. Zu Hause reichte die Zeit gerade eben, zu duschen und sich feierlich anzuziehen – das Frühstück würde ausfallen müssen. Sie schickte Jasleen eine Nachricht, dass sie sich bei Julia trafen, und fünfundvierzig Minuten später brauste sie den gleichen Weg zurück.

Als sie die Tür zur Bäckerei öffnete, saß Piet bereits an einem der zwei Tische direkt am Fenster, für Kunden, die hier frühstücken oder Kuchen essen wollten, und winkte sie heran. Vor ihm stand ein Korb mit Brötchen und Croissants, zwei Tassen Kaffee, Milch, Butter, Honig und Marmelade.

»Setz dich«, forderte er sie auf. »Du hast sicher auch noch nichts gegessen. Ich habe für uns beide Frühstück bestellt. Elif braucht noch einen Moment.« Er biss in ein Brötchen und wandte sich seinem Handy zu. Seine schwarzen Haare waren noch feucht und fielen ihm in die Augen. Nawal wusste nicht, wo er wohnte, er hatte aber offenbar weniger Zeit gehabt, sich zu duschen und anzuziehen, als sie, und war dennoch vor ihr angekommen. Das passte so gar nicht zu dem Bild, das sie von ihm hatte, weil er häufig erst gegen zehn ins Büro kam und nie gehetzt zu sein schien.

»Ich habe Tom eine Nachricht geschickt, dass wir die Torte bringen – weil wir sie ja auch ausgesucht haben«, sagte Piet.

»Hat er Verdacht geschöpft?«

»Nein, er fand es prima. Elif hatte schon alles andere aufgebaut und nur die Torte fehlt.« Er zeigte ihr ein Foto, auf dem der Sweet Table mit den Donuts, Cupcakes und Macarons zu sehen war. Elif hatte sie auf roséfarbenen Tellern und Etageren angerichtet, um die herum Teelichter in Windgläsern, vereinzelte Blumen und Vasen in verschiedenen Größen und zur Torte passenden Farben platziert waren. Hinter dem Tisch hatte sie einen runden Hochzeitsbogen aus Messing aufgestellt und eine Stoffbahn durch die Sprossen des Doppelbogens gewoben. An der linken Seite war ein riesiges Blumengesteck angebracht, das den Herbstfarben angepasst war und zu dem Weiß-Rosé der Torte passte. Zwei bauchige Glasvasen mit den Blumen des Gestecks standen links und rechts des Hochzeitsbogens und rahmten den Kuchentisch ein. Elif hatte das Krankenzimmer für einen Tag in einen Festsaal verwandelt.

»Magst du keinen Käse?«, fragte sie, nachdem sie sich in die Bank geschoben und ein Croissant aufgeschnitten hatte.

»Doch – ich mag Wurst und Käse sogar lieber als Süßes«, antwortete er, während er sich Honig auf die andere Brötchenhälfte träufelte.

Sie ließ ihr Croissant sinken und sah ihn stumm an.

»Ich wollte Elif nicht mit irgendwelchen Sonderwünschen zusätzlich stressen. Und du magst Süßes«, erklärte er und trank einen Schluck Kaffee.

Für einen Moment war sie sprachlos.

»Joggst du häufiger früh am Morgen?«

»Ja, eigentlich jeden Tag«, bestätigte er zwischen zwei Bissen.

»Das heißt, du bist eher ein Morgenmensch?«

»Mhm«, brummte er und sah auf. »Warum fragst du?«

»Weil ich dich selten vor zehn im Büro sehe«, erwiderte sie vage und goss Milch in ihrem Kaffee.

»Da ist aber jemand sehr aufmerksam.«

»Du meinst, so ähnlich wie jemand, der sich merken kann, was ein anderer zum Frühstück bevorzugt?«, gab sie zurück. »Ich würde sagen, das ist eine Berufskrankheit bei uns.«

»Touché«, sagte er und lehnte sich zurück. Er musterte sie für einen Moment schweigend. »Ich habe noch einen kleinen Bruder«, erzählte er zögerlich und mied ihren Blick. »Er hatte vor ein paar Jahren einen schweren Unfall und ist noch nicht wieder vollständig genesen. Wenn das überhaupt jemals passiert.«

Nawal umfasste die Tasse, die sie im Begriff gewesen war, abzustellen, fester und unterdrückte jegliche Reaktion. So wie sie Piet einschätzte, wollte er kein Mitleid und das war wohl auch der Grund, warum er seinen Bruder erst jetzt erwähnte. Sie biss in ihr Brötchen und kaute etwas länger als sonst.

»Ich fahre ihn fast jeden Morgen zur Physiotherapie, zu Nachuntersuchungen oder in die Schule.«

»Verstehe«, war das einzige, das sie erwiderte, bevor sie sich über die bevorstehende Hochzeit unterhielten.

»Danke«, sagte er ernst und stellte die Teller zusammen. Es war das erste Mal, dass er nicht dabei schmunzelte.

»Wofür? Ich habe dir zu danken«, antwortete sie und holte ein Tablett, um die Kaffeetassen und den Korb darauf zu stellen.

»Normalerweise reagieren die Leute immer schockiert, wenn sie von Vincent erfahren und ... das regt mich auf.«

Nawal nickte. Piet hatte vier Geschwister und nach allem, was sie bisher gehört hatte, nahm sie an, dass er sich um diese mehr wie ein Vater als wie ein Bruder kümmerte.

Elif rief aus der Backstube und sie bestaunten die Torte, der man die gerade noch überlebte Katastrophe überhaupt nicht mehr ansah. Zusammen hoben sie das gute Stück in eine stabile Box und Elif wich ihrem Kunstwerk nicht mehr von der Seite.

Julias Zimmertür war geschlossen, aber sie hörten die Stimmen der Gäste schon im Flur. Niemand reagierte auf Nawals Klopfen und so öffnete sie die Tür. Rosa und weiße Rosenblüten lagen auf dem Boden, und etwa zwanzig Leute standen in Grüppchen um Julias Bett herum oder an einem der Stehtische, die mit langen Tischdecken versehen waren.

Amber, Jasleen und Jakob waren bereits da, sowie Herr Baum und zwei andere Kollegen ihrer Chefin. Erst als sie näherkamen, sahen sie Julia in ihrem Bett sitzen. Ihr längerer Pony war streng nach links frisiert und ein Haarreif aus weißen Blüten suggerierte eine Hochsteckfrisur. Sie trug ein langärmeliges weißes Kleid, welches schlicht, aber elegant wirkte und Nawal ein wenig an einen Kaftan erinnerte. Tom stand neben ihr, und auch wenn sie mit verschiedenen Personen sprachen, hielten sie einander die ganze Zeit an den Händen und tauschten ab und zu kurze Blicke. Julia war eine von diesen Menschen, die ein enormes Arbeitspensum stemmten, es aber immer leicht aussehen lassen konnten. Doch jetzt, neben ihrem Ehemann, vibrierte sie zum ersten Mal nicht vor Energie, sondern strahlte eine tiefe innere Ruhe aus.

»Sie kennen sich schon seit der Schulzeit«, raunte Piet ihr zu. Auch er betrachtete interessiert das Paar.

Elif neben ihr gab einen gequälten Laut von sich.

»Was ist los?«, flüsterte Nawal.

»Mir fällt gerade ein: Sie darf ja gar nicht aufstehen. Wie soll sie denn ihre Torte anschneiden?« Elifs Blick huschte vom Kuchentisch zu Julia. Sie wirkte verzweifelt.

»Warte, ich habe eine Idee.« Nawal verließ das Krankenzimmer und kam kurz darauf mit einem Rollstuhl zurück.

Tom ging mit ihnen den geplanten Ablauf durch. Es würde ein paar Ansprachen geben, bevor die Torte angeschnitten werden sollte. Das Ganze sollte nicht mehr als zwanzig Minuten dauern.

Doch eine Freundin des Brautpaars hatte eine Diashow vorbereitet und einer von Toms Arbeitskollegen hielt eine längere Rede, sodass sie nach einer Stunde froh war, sich mit Elif den Rollstuhl teilen zu können.

Piet und Jakob hatten in der Zwischenzeit unauffällig weitere Stühle besorgt. Nawal trug neue Schuhe, die an der Seite drückten, und sie beugte sich gerade nach unten, um das Leder an der Seite ein wenig zu dehnen, als Elif ihr unsanft den Ellbogen in die Seite stieß. Hastig setzte sie sich auf und warf ihrer Freundin einen fragenden Blick zu. Es war ihrem jahrelangen Debattiertraining zu verdanken, dass sie weder einen Schmerzlaut noch etwas anderes von sich gab.

»Die Torte«, zischte Elif und Nawal stand mit einer fließenden Bewegung auf. Tom hob Julia vorsichtig aus dem Bett, setzte sie in den Rollstuhl und fuhr sie feierlich an den Sweet Table. Die Fotografin machte Bilder davon, wie die beiden die Torte anschnitten, vor dem Hochzeitsbogen

posierten und schließlich gemeinsam von einem Teller von
der Hochzeitstorte naschten.

Der Kuchen schmeckte absolut köstlich und Julia
bedankte sich mit Tränen in den Augen bei Elif. Sie verabschiedeten sich am Nachmittag gegen drei und ließen
eine glückliche Chefin zurück. Einmal mehr hatte Julia
bewiesen, dass man mit wenig viel erreichen konnte. Nawal
war nicht die Einzige, der diese kleine, herzliche Hochzeit
besser gefallen hatte als manch eine pompöse Feier, die steri-
ler gewesen war als das Krankenhauszimmer.

Piet fuhr sie beide zu Elifs Bäckerei, und das, obwohl
Nawal beobachtet hatte, wie er mehrmals unauffällig auf
seine Uhr gesehen hatte. Beim letzten Mal schien er ihren
Blick gespürt zu haben und hatte hochgesehen, worauf
Nawal leise »Vincent?« geflüstert und er mit dem Kopf
genickt hatte.

Als sie von Elif mit dem Fahrrad nach Hause fuhr, wanderten ihre Gedanken unbewusst zu der Challenge und den
sabotierten Livegängen. Sie war immer noch davon überzeugt, dass einer der Projektmanager dahintersteckte. Aber
je besser sie die anderen kennenlernte, desto schwerer fiel es
ihr, einen von ihnen damit in Verbindung zu bringen.

UNERWARTETER BESUCH

Sonntag. Endlich ausschlafen. Als ihr Handy erneut munter auf dem Nachttisch brummte, schaltete sie es einfach aus. Einige Zeit später erwachte sie davon, dass sie etwas an der Nase kitzelte. Sie wischte die vermeintliche Fliege mit der Hand fort und erntete ein Kichern.

Hassan quiekte, als sie mit einer fließenden Bewegung aufsprang und ihn sich über die Schulter legte.

»Wow, Schwesterherz – du kannst meinen Ältesten wieder loslassen«, ertönte Elias‹ Stimme vom Türrahmen. »Und dir, mein Freund, sollte es eine Lehre sein, Schlafende zu ärgern«, wandte er sich an Hassan, der mit dem Kopf nach unten hing.

»Was macht ihr hier?«, stieß Nawal hervor und fuhr sich durch die Haare.

»Es ist Sonntag!«, stellte Jamila mit einem entrüsteten Unterton fest.

Sie blinzelte. »Seid ihr etwa zum Essen hier?«, fragte Nawal entgeistert.

»Es ist Sonntag«, wiederholte ihre Nichte und rümpfte ihre Nase. »Da sind wir immer bei den Großeltern.«

»Genau – aber die Großeltern sind nicht da.«

»Aber du bist doch hier«, fuhr Jamila fort. »Wir können dich ja schlecht allein essen lassen.« Sie schüttelte den Kopf ob Nawals offensichtlicher Unfähigkeit, die Lage zu überschauen, und fragte dann: »Was hast du denn gekocht?«

Nawal drehte sich hilfesuchend zu ihrem Bruder.

»Ja, genau – was hast du gekocht? Das würde mich jetzt auch interessieren«, fiel er ihr in den Rücken und verschränkte die Arme vor der Brust.

»Das ist ein Geheimnis«, erklärte sie und schnappte sich ihre Abaya. Sie hastete ins Bad und gesellte sich wenig später zu den anderen, die bereits in der Küche saßen.

Jemand hatte den Tisch gedeckt und im Backofen brutzelten Msemen und Pastilla. Eine riesige Salatschüssel und etwas, das wie Pudding aussah, stand auf dem Tresen.

Ihre beiden Brüder grinsten breit.

»Ihr hättet mich ruhig mal vorwarnen können«, brummte sie und verteilte den Salat in kleine Schälchen.

»Haben wir ja versucht – aber jemand ist nicht an sein Telefon gegangen«, erwiderte Elias und zwinkerte ihr zu. »Aber wir wussten, dass Mama genug vorgekocht hat.«

»Und wir wollten uns von dir verabschieden. Wann fliegst du?«, erkundigte sich Yusuf.

»Fliegen? Wohin soll ich denn fliegen?« Schlief sie immer noch? Wie viel Uhr war es überhaupt? Erstaunt stellte sie fest, dass sie bis zwölf Uhr geschlafen hatte.

»Na, zu Opa – hast du das vergessen?« Yusuf öffnete eine Schublade und nahm einen Eisportionierer heraus.

»Mama hat gestern Abend erzählt, dass du dieses Jahr beim Quranwettbewerb hilfst, weil sie nicht hinfahren kann«, ergänzte Elias und verschwand, bevor sie etwas erwidern konnte. Hussein war gerade dabei, sich Murmeln in die Nase zu stecken.

»Wo sind eigentlich eure Frauen?«, fragte Nawal reichlich verspätet.

»Tasniem freut sich über ein paar freie Stunden ohne ihre Kinder und trifft sich mit einer Frauengruppe, und Mina schläft«, erklärte Yusuf und schaltete den Backofen aus. »Du hast es nicht gewusst, oder?«

»Was meinst du?«

»Dass du Opa helfen sollst.«

Nawal schüttelte stumm den Kopf.

»Wann hast du das letzte Mal mit Mama telefoniert?«

»Am Mittwoch – nach Papas Operation. Diese Woche war in der Arbeit viel los und ich bin abends so spät nach Hause gekommen, dass wir uns nur kurze Nachrichten geschrieben haben. Gestern war dann noch die Hochzeit meiner Chefin«, verteidigte sie sich, aber gestern Abend hätte sie Zeit gehabt, und doch hatte sie nicht bei ihren Eltern angerufen. Stattdessen hatte sie sich in ihren Bürorechner eingeloggt und an ihren Projekten weitergearbeitet.

Yusuf musterte sie stumm und ließ sich mit einer Antwort Zeit. »Arbeit tendiert dorthin zu gehen, wo sie erledigt wird«, sagte er schließlich und fing an, die Salatschälchen auf den Esszimmertisch zu stellen.

»Was willst du mir damit sagen?«, fragte sie und schnitt für jeden ein Stück Pastilla ab. Die Msemen legte sie auf einen großen Teller.

»Pass einfach auf dich auf und übernimm dich nicht, okay?«

»Was mein kleiner Bruder hier meint, ist, dass du deinen Tag in möglichst gleich große Teile einteilen solltest. Acht Stunden für dich, dazu gehört Schlaf, Sport, Freunde treffen oder sonstige Erholung. Dann acht Stunden für die Arbeit. Und acht Stunden Ibadat, wie Gebete, Quran lesen, Dhikr, aber auch alles, was du mit bismillah beginnst«, erklärte Elias ungewöhnlich ernst.

»Wir haben das alles schon erlebt, beziehungsweise müssen uns selbst immer wieder daran erinnern«, sagte Yusuf und reichte Elias die Salatschälchen.

»Ihr habt auch Familie«, brummte Nawal mehr zu sich selbst, aber ihre Brüder hatten es dennoch gehört.

»Du doch auch. Was ist mit Mama und Papa? Uns? Adam?« Er wedelte mit der Hand hin und her.

Jamila kam kreischend in die Küche gerannt und versteckte sich hinter Nawals Beinen. »Oder mit deinen Nichten und Neffen?«

»Manchmal hilft es, einen Schritt zurückzutreten«, fügte Yusuf leise hinzu, warf sich Jamila über die Schulter, die vor Vergnügen kreischte, und ging mit ihr ins Wohnzimmer.

Nawal rief ihre Mutter sofort an, nachdem ihre Brüder sich verabschiedet hatten, doch sie konnte sie nicht erreichen. Das war nicht ungewöhnlich. Meistens stellte ihre Mutter das Telefon auf lautlos und schaute manchmal tagelang nicht nach Nachrichten. Deshalb versuchte sie, ihren Papa anzurufen, hatte jedoch auch hier keinen Erfolg.

Achselzuckend legte sie ihr Handy zur Seite und verdrängte, darüber nachzudenken, was ihre Brüder ihr gesagt hatten. Sie brauchte das Geld, und wenn das bedeutete, dass sie dafür ein paar Wochen etwas mehr arbeiten musste, dann würde sie das in Kauf nehmen. Es war ja nicht für immer und schließlich auch nicht so, dass sie sich dadurch veränderte. Richtig?

SOFTWARE
Montag, Tag 14

Am Montagmorgen kettete sie um viertel nach sieben ihr Fahrrad an den Laternenmast vor ihrem Büro. Die Stille in der Wohnung nach dem Morgengebet hatte sie förmlich aus dem Haus getrieben. Kurzentschlossen war sie bei Elif in der Bäckerei vorbeigefahren und hatte sich nicht nur einen belegten Bagel besorgt, sondern sich außerdem mit ihr für heute Abend verabredet, worauf sie sich jetzt schon freute.

Gutgelaunt marschierte sie an ihren Schreibtisch und nahm die Kopfhörer ab. Da bemerkte sie das geschäftige Gemurmel und sah sich um.

Amber stand mit ein paar Entwicklern an Hennings Tisch und diskutierte lebhaft mit ihnen. Wortfetzen drangen an ihr Ohr und es fiel ihr wieder ein, dass für heute oder morgen die Wiederholung des verpatzten Livegangs geplant war.

»Willst du auch einen?«

Nawals Kopf ruckte herum und sie starrte Jakob an, der ihr einen Donut hinhielt.

»Nein, danke«, lehnte sie ab. »Ich mache mir einen Tee in der Küche.«

Er musterte sie einen Augenblick, bevor er nickte und sich mit einem »Man sieht sich« verabschiedete.

Sie zwickte sich in den Handballen, um sich die Erwähnung zu verkneifen, dass es in einem Großraumbüro nahezu unmöglich war, sich nicht zu sehen. Seit wann war sie eigentlich so schnippisch? Es war nett von Jakob, ihr einen Donut anzubieten. Hastig eilte sie in die Küche und atmete erst tief durch, als der Wasserkocher zu knattern anfing.

»Tee ist viel besser als Kaffee«, sagte Amber mit diesem leicht anklagenden Tonfall.

»Ich mag beides«, antwortete Nawal und goss das heiße Wasser in die Kanne.

»Ist da etwa Zucker drin?« Amber hatte ihr über die Schulter geschaut und rümpfte jetzt angewidert die Nase.

»Ja – Grüntee, Minze, Zucker – sozusagen ein Geheimrezept«, erwiderte sie und lächelte breit.

»Weißt du eigentlich, wie ungesund Zucker ist? Davon kannst du Diabetes Typ 2, Herz-Kreislauferkrankungen, Schlafstörungen oder Konzentrationsschwäche bekommen.«

»Was trinkst du?«, stellte Nawal eine Gegenfrage, um einer Diskussion zu entgehen, die von Anfang zum Scheitern verurteilt war.

»Grünen Tee natürlich!«

Nawal nickte. »Antioxidativ, antiinflammatorisch, unterdrückt Müdigkeit, verbessert die Cholesterinwerte, senkt den Blutzuckerspiegel – habe ich etwas vergessen?« Diese Debattierkurse waren wirklich hilfreich.

Amber starrte sie für einen Moment mit offenem Mund an, fing sich aber sofort. »Du hast vergessen, dass er Vitamin C und Zink enthält und damit das Immunsystem stärkt«, sagte sie triumphierend und zog den Wasserkessel zu sich.

Nawal schmunzelte und rührte ihren Tee um, bevor sie ihn ziehen ließ. Das würde noch fünf Minuten dauern und sie überlegte, zurück an ihren Platz zu gehen.

»Wie es aussieht, schaffen wir den Livegang heute noch.«

»Das freut mich zu hören.« Nawal drehte sich um, lehnte sich an den Tresen und verschränkte die Arme vor der Brust.

Sie würde sich nicht dafür entschuldigen, ihr Projekt vorrangig behandelt und live gestellt zu haben, falls Amber das jetzt von ihr erwarteten sollte. Doch die überraschte sie.

»Meine Eltern«, sie räusperte sich, »beziehungsweise mein Vater war dagegen, dass ich hier zu arbeiten anfange. Ich soll später mal seine Firma übernehmen und für ihn ist das, was ich hier mache, komplette Zeitverschwendung.« Sie schwieg und schaute gedankenverloren auf ihr Tee-Ei.

»Das tut mir leid zu hören.«

»Versteh mich nicht falsch: Ich denke auch, dass das hier nur zweitklassig ist«, fuhr Amber fort. »Und im Gegensatz zu euch, werde ich so oder so aufsteigen.«

Nawal stöhnte innerlich. Für eine halbe Minute war ihr Amber fast sympathisch gewesen. Wieso machte sie dann überhaupt bei der Challenge mit? War sie vielleicht doch diejenige, die die anderen sabotierte?

»Aber eines sollte dir klar sein – ich werde auf gar keinen Fall verlieren.« Sie sah Nawal in die Augen, das Kinn vorgereckt, der Blick eine Kampfansage.

Amber überragte Nawal ohne Pumps um einen halben Kopf und so musste sie notgedrungen hochsehen. »Wenn du meinst«, entgegnete Nawal achselzuckend.

»Wie ich dir vorhin gesagt habe – wir gehen heute live und damit fehlt mir nur noch ein Projekt.«

»So wie Jakob auch.«

»Ganz genau«, zischte Amber. »Also lass dir das eine Warnung sein – dein kleines Manöver hat dir gar nichts gebracht!« Damit nahm sie ihren Tee und stolzierte an ihr vorbei.

Mit gerunzelter Stirn sah Nawal ihr nach. Amber schien tatsächlich zu glauben, dass sie hinter der Sabotage steckte!

»Na, das war ja mal ein interessanter Schlagabtausch«, sagte Trixie und pfiff leise durch die Zähne.

»Was machst du so früh hier?«, fragte Nawal und hob eine Augenbraue.

»Euch belauschen – was sonst?« Trixie gluckste und öffnete den Schrank, um sich eine Tasse herauszuholen.

»Wie viel hast du mitbekommen?«

»Genug. Lass dich von der bloß nicht einschüchtern. Es schadet ihr nichts, wenn sie hier mal nicht alles bekommt. Das ist sie ja offensichtlich von zu Hause gewohnt.«

»Wie kommt sie darauf, dass ich hinter der Sabotage stecken würde? Sie hat immerhin mein Projekt erhalten und geht nur deshalb in Führung.« Nawal strich sich über den Kopf und steckte die Nadel an ihrem mintgrünen Kopftuch fest. »Selbst sie müsste inzwischen verstanden haben, dass es dazu jemanden mit Programmierkenntnissen braucht.«

»Na ja, aber du kannst ja auch programmieren.«

»Aber keine Schadprogramme!«, entrüstete Nawal sich.

»Ansichtssache.« Trixie stellte seelenruhig ihre Tasse unter die Kaffeemaschine und wählte einen Milchkaffee aus. »Ich bin immer wieder schwer beeindruckt, was für kleine Tools du dir baust.«

»Das ist doch nicht zu vergleichen«, verteidigte sie sich und spürte zu ihrem Ärger, dass sich ihre Wangen röteten.

»Ich sag's ja nur.« Trixie hob beide Hände und fing an zu lachen. »Müsstest mal dein Gesicht sehen. Das pure Entsetzen.«

»Nicht hilfreich, Trixie! Wirklich nicht hilfreich«, erwiderte Nawal und fragte sich selbst, seit wann sie ein freundschaftliches Geplänkel zwischen Kollegen so ernst nahm.

»Ich denke nicht, dass du der Saboteur bist – wenn dich das beruhigt.«

Nawal brummte nur.

»Aber du könntest natürlich jemanden angestiftet haben.«

»Da ich die anderen Entwickler nicht so gut kenne und hauptsächlich mit dir zusammenarbeite, lässt sich das wohl ausschließen.«

»Dann sind wir beide wohl unschuldig. Lass uns mal an die Arbeit gehen. Schließlich wollen wir Amber nicht einfach die Führung überlassen, oder?« Trixie zwinkerte ihr zu und ging mit wippenden Schritten zu ihrem Platz.

Nachdenklich folgte Nawal ihr und ließ ihren Blick über Piets noch leeren und Jakobs besetzten Schreibtisch gleiten.

Nicht nur sie konnte programmieren.

HIN UND HER

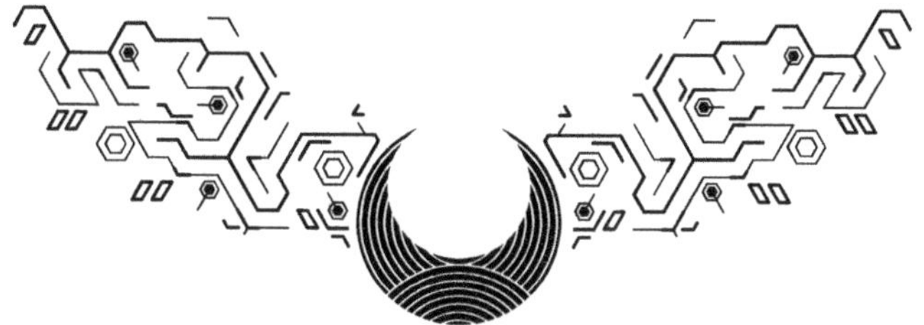

Sie hörte das Telefon laut und deutlich durch die Haustür, als sie diese um neun Uhr abends aufschloss. Elif hatte sie mit dem Auto um halb sieben vom Büro abgeholt. Eigentlich hatten sie nur das Nachtgebet in der Moschee beten wollen, doch nach dem Gebet kam eine Frau auf sie zu und hatte sie um Hilfe gebeten. Eine Lehrerin für den Grundkurs zum Erlernen des arabischen Alphabets war kurzfristig ausgefallen und die Frau hatte gefragt, ob sie beide kurzfristig einspringen könnten.

Die Stunde hatte ihr Spaß gemacht und weil Elif um drei Uhr morgens wieder in der Backstube würde stehen müssen, waren sie nicht mehr in ein Café gegangen, sondern hatten sich in der Moschee bei einem Tee unterhalten.

Eilig kickte sie die Schuhe von den Füßen und nahm den Hörer ab: »Hallo?«

»As salamu alaikum wa rahmatuh Allahi wa barakatuhu, Habibti«, begrüßte ihre Mutter sie. »Bist du jetzt erst nach Hause gekommen?«

»Wa alaikum assalam wa rahmatuh Allahi wa barakatuhu, Mama«, antwortete sie und zog ihren Mantel aus. »Elif hat mich nach Hause gefahren. Wir waren in der Moschee und haben uns ein wenig unterhalten. Wie geht es Papa und dir?«

»Alhamdulillah, die zweite Operation ist genauso gut verlaufen wie die erste. Jetzt müssen wir abwarten, was die

Physiotherapie bringt und ob noch ein kleiner Eingriff nötig ist«, erzählte ihre Mutter und klang hörbar erleichtert.

»Alhamdulillah!«, sagte Nawal und setzte sich auf die Bank im Flur. Das waren gute Nachrichten. »Wie geht es dir?«

»Alhamdulillah, die Schwestern hier sind wirklich nett zu Papa und mich versorgen sie mit dem leckersten Essen.«

Daran zweifelte Nawal nicht eine Minute. Egal, wohin ihre Mutter ging, sie schaffte es innerhalb kürzester Zeit, dass die Menschen ihr ihre Lebensgeschichten anvertrauten. Früher hatte sie es die »Superkraft« ihrer Mutter genannt, aber es war weit mehr als das. Ihre Mutter hatte echtes Interesse an den Menschen und vergaß nie ein Gesicht.

»Wie läuft es im Büro?« Die Frage, die Nawal am meisten fürchtete.

»Alhamdulillah, die Projekte gehen gut voran und inschallah kann ich demnächst ein paar Projekte abschließen«, antwortete sie im festen Ton ihrer Debattierstimme.

»Sind die Projekte von Amber und Jakob heute live gegangen?«

Und natürlich hatte ihre Mutter selbst das nicht vergessen, obwohl sie eindeutig müde klang und vermutlich die letzten Nächte im Stuhl am Bett ihres Vaters gewacht hatte. »Ja, das sind sie.«

»Alhamdulillah.« Es entstand eine Pause und Nawal schloss die Augen. *Bitte lass sie es nicht sagen*, flehte sie und überlegte fieberhaft, womit sie ihre Mutter ablenken könnte. »Elias und Yusuf waren gestern zum Essen hier.« Sie setzte ein gezwungenes Lächeln auf, obwohl ihre Mutter es nicht sehen konnte.

»Ich hatte sie gebeten, nach dir zu sehen.«

Ah! Nun, das hatten ihre Brüder vergessen zu erwähnen.

»Wir werden mindestens noch eine Woche hierbleiben müssen und deswegen brauche ich deine Hilfe, Habibti«, fuhr ihre Mutter fort.

Nawal ließ den Kopf hängen und schwieg.

»Bist du noch da?«

»Ja, ich bin noch da«, erwiderte sie resigniert.

»Ich habe mit Opa telefoniert und wie du weißt, findet nächste Woche am Samstag der Quranwettbewerb statt.«

Sie nickte, bis ihr einfiel, dass ihre Mutter das nicht sehen konnte, und schob ein hastiges »Ja, ich weiß« hinterher.

»Papas Arme müssen noch geschont werden und ich kann ihn unmöglich allein lassen.«

»Was soll ich tun?«, fragte Nawal schicksalsergeben und zwickte sich in den Nasenrücken. Es gab niemanden, der statt ihrer hätte einspringen können.

»Opa ein wenig unter die Arme greifen – du weißt ja, wie … kreativ er organisiert.«

Allerdings. »Ich schaue, ob ich nächste Woche Donnerstag einen Flug bekomme.«

Auf der anderen Seite der Leitung war es verdächtig still.

»Ummi?«, fragte Nawal und benutzte das arabische Wort für Mama.

»Also … ich hatte ja bereits einen Flug gebucht und den habe ich auf dich umschreiben lassen«, gab ihre Mutter zu.

»Und wann ist der Flug?«

»Ich hatte ihn schon vor drei Monaten gebucht. Du weißt doch, da gab es ein Angebot und dein Vater und ich wollten ein wenig Zeit miteinander verbringen«, wich ihre Mutter aus.

»Mama?«

»Am Mittwoch.«

Nawal atmete erleichtert auf. »Dann habe ich noch eine Woche – das schaffe ich.«

»Übermorgen.«

»Wie bitte?«

»Mittwoch diese Woche, nicht nächste. Opa freut sich schon, dich mal länger als nur ein paar Tage zu sehen«, stellte ihre Mama fest und ließ ihre Stimme dabei freudig klingen. Wie jemand, der einem anderen eine angenehme Überraschung unterbreitet.

»Mama, ich bin mir nicht sicher, ob ich ausgerechnet jetzt so kurzfristig Urlaub bekomme.« Sie war sich sogar ziemlich sicher, dass sie keinen genehmigt bekommen würde.

»Wer sagt denn etwas von Urlaub? Du kannst doch von Granada aus arbeiten. Nimm deinen Laptop mit und setz dich in Opas Büro oder auf die Terrasse. Das ist doch heute alles viel leichter als noch vor ein paar Jahren.«

Nawal biss sich auf ihre Lippe. Ihre Mutter hatte recht. Wenn Herr Baum es genehmigte, konnte sie von überall arbeiten. Doch mit all den merkwürdigen Vorkommnissen rund um die Challenge zog sie es definitiv vor, im Büro zu sein. »Ich kann dir wirklich nichts versprechen, Mama. Inschallah rede ich morgen früh mit Herrn Baum.«

Dienstag, Tag 15

Nawal stand um halb fünf auf, betete Tahajjud, ein freiwilliges Gebet im letzten Drittel der Nacht, und machte sich bereit, nach dem Morgengebet ins Büro zu fahren. Sie war hin und hergerissen, ob sie lieber hierbleiben oder zu ihrem Großvater nach Spanien fliegen sollte, und daher hellwach. Erneut fuhr sie bei Elif vorbei.

»Was mache ich denn jetzt?«, fragte sie Elif, nachdem sie ihr erzählt hatte, in was für einer Zwickmühle sie steckte.

»Einen Schritt nach dem anderen«, beruhigte ihre Freundin sie. »Finde heraus, ob Herr Baum dich überhaupt von Spanien aus arbeiten lässt. Der Rest ergibt sich inschallah von allein.«

Sie umarmte Elif, steckte ihr belegtes Brötchen ein und verabschiedete sich.

Nach dem Gespräch schrieb Nawal eine Kurznachricht an ihre Freundin.

Nawal
Herr Baum hat zugestimmt, dass ich remote arbeiten darf.

Elif

Das ist doch super! Weißt du, wann dein Flieger morgen geht?

Nawal

Nein, und ich erreiche meine Mutter nicht (!) … Ich muss noch packen, aber ich kann hier nicht vor 17 Uhr weg …

Elif

Gib mir ihre Nummer – ich kümmere mich darum.

Nawal

Djazaki Allahu chairan, möge Allah dich mit Gutem belohnen (!)

Elif

Wa iaki, und dich auch – wie wäre es, wenn ich dir beim Packen helfe? Um halb sechs?

Nawal

Du bist ein Schatz! Dann bis nachher, inschallah.

Als sie nach der Arbeit um viertel nach fünf die Wohnungstür gerade hinter sich geschlossen hatte, klingelte es. Ein kurzer Blick auf die Überwachungskamera zeigte ihr, dass es Elif war, und sie drückte auf den Türöffner.

Ihre Freundin hatte einen Reiserucksack geschultert und fiel ihr direkt um den Hals.

»Also – unser Flieger geht morgen früh um zehn. Das heißt, wir sollten spätestens um halb acht losfahren.« Sie setzte den Rucksack ab, zog ihre Schuhe aus und ging an Nawal vorbei ins Wohnzimmer.

»Unser Flieger«, wiederholte Nawal perplex. »Was meinst du damit?«

»Deine Mutter hatte ja zwei Tickets gekauft – für sich und deinen Papa.«

Nawal nickte.

»Und da ich dieses Jahr noch keinen Urlaub hatte und es schade wäre, das Ticket verfallen zu lassen, dachten wir, du würdest dich über eine Reisebegleitung freuen.« Elif strahlte sie an.

»Dachtet ihr das? Wessen Idee war das?«, hakte Nawal nach und zog die Augenbrauen hoch.

»Ich weiß es nicht mehr. Letztlich haben wir es beide gleichzeitig vorgeschlagen«, sagte Elif und zog die Schultern hoch. »Wir sind davon ausgegangen, dass du dich freust ...« Verkrampft hielt sie ihr Lächeln, das nun einer Grimasse glich, knetete wie wild ihre Hände und rieb sie dann an ihren Beinen. Ein untrügliches Zeichen dafür, dass sie mehr als unsicher war.

»Nur damit ich das richtig verstehe: Meine Mutter will, dass ich mitten in der Challenge nach Spanien fliege, um meinem Großvater zu helfen, der schon seit zehn Jahren diesen Wettbewerb perfekt allein organisiert«, fasste sie zusammen. Sie stand nur noch zwei Schritte von Elif entfernt, die zu schrumpfen schien. »Und schickt dich mit, damit du ihr alles berichtest?«

Elif riss die Augen auf und schluckte. »Nein, Nawal, von berichten war nie die Rede«, hauchte sie.

Nawals Mundwinkel zuckten und sie fing an zu kichern.

Es dauerte einen Moment, bis Elif in ihr Lachen einfiel. »Ich muss mich erst setzen und kann nur hoffen, dass mir nicht in die Hose gerutscht ist, was meine Mutter mir schon vor zwei Jahrzehnten abgewöhnt hat.« Sie wischte sich die Lachtränen von der Wange. »Du bist mir also nicht böse?«

»Darüber, dass du mich begleitest? Ganz sicher nicht. Im Gegenteil – ich freue mich riesig.«

»Weißt du noch, wie ich das erste Mal bei dir übernachtet habe?«

Nawal nickte. Ihr Vater war mit ihren Brüdern zelten gegangen und sie hatte die Gelegenheit genutzt, Elif zu sich einzuladen. Sie waren damals zwölf gewesen und kamen sich furchtbar erwachsen vor, weil sie bis Mitternacht aufgeblieben waren und Süßigkeiten genascht hatten. Nawals Mutter war längst zu Bett gegangen, hatte sie aber um vier Uhr zum Morgengebet geweckt. Mit geschlossenen Augen und halb schlafwandelnd waren sie ins Bad geschlurft, um sich zu waschen. Während des Gebets nickten sie immer wieder ein und warteten nur darauf, wieder schlafen gehen zu dürfen.

Später beim Frühstück hatte ihre Mutter sie dann gelobt, dass sie gebetet hatten und ihnen erklärt, wie wichtig gerade das Morgengebet war und wie viel Belohnung sie dafür bekommen würden. Nawal hatte sich geschämt, weil sie sich beim Gebet keine Mühe gegeben hatte. Ihre Mutter hatte ihr daraufhin über die Wange gestrichen und gesagt, wenn Allah nicht gewollt hätte, dass sie betete, sie weitergeschlafen hätte. Seitdem war sie speziell beim Morgengebet stets aufmerksam, hatte sich dieses Wochenende doch in ihr Gedächtnis gebrannt.

»Nur, dass wir diesmal ganz allein sind.« Sie grinsten einander an, bis Nawals Blick auf Elifs Rucksack fiel. »Ich muss ja noch packen«, rief sie aus und eilte in ihr Zimmer. »Mach es dir im Wohnzimmer bequem. Mama hat Msemen und Pastilla eingefroren – falls du Hunger hast«, fügte sie hinzu und riss den Koffer vom Kleiderschrank herunter. Sie hustete, als eine wahre Staubwolke auf sie niedersank, und wischte ihn ab. Es war eine Weile her, seit sie das letzte Mal verreist war.

Im September herrschten tagsüber üblicherweise um die zwanzig Grad in Granada, deswegen packte sie zusätzlich zu warmer Bekleidung für die Abende auch zwei dünnere Abayas ein. Eine Viertelstunde später stellte sie ihren Koffer zufrieden neben Elifs Rucksack und hob schnuppernd die Nase. Aus der Küche hörte sie Elif mit Töpfen und Blechen hantieren.

»Du hättest doch nicht kochen müssen!«

»Stimmt, aber da für die nächsten zehn Tage niemand hier ist, wäre das Gemüse nur verfault.«

Nawal öffnete den Kühlschrank, um nachzusehen, was noch alles während ihrer Abwesenheit ablaufen würde. »Ich schreibe Elias, damit er den Rest abholt.«

Elif hatte Auberginen, Paprika und Zucchini in kleine Stücke geschnitten und auf einem Backblech in den Backofen geschoben. Dazu gab es selbstgebackenes Fladenbrot, das sie in weiser Voraussicht für das Abendbrot aus der Bäckerei mitgebracht hatte.

»Mhm, schmeckt köstlich.« Nawal seufzte glücklich und nahm sich noch ein wenig von der Joghurtsoße.

»Hast du schon einen Plan?«, fragte Elif und tupfte sich mit einer Serviette den Mund.

»Plan wofür?« Sie runzelte die Stirn.

»Na, für den Quranwettbewerb«, half ihr Elif auf die Sprünge.

»Ich glaube nicht, dass mein Opa mich wirklich braucht«, antwortete sie und zuckte mit den Achseln. »Außerdem habe ich morgen früh einen Livegang, den ich irgendwie koordinieren muss, und dann geht es in den Endspurt. Ich habe für Opas Wettbewerb eigentlich überhaupt keine Zeit.«

»Okay«, sagte Elif gedehnt und zupfte an ihrem Brot.

Nawal sah hoch. »Hat Mama etwas gesagt?«

»Nicht direkt – aber du weißt ja, wie sie ist. Es ist eher das, was sie nicht sagt.«

Für einen Moment schwiegen sie.

»Aber ich kann mich natürlich täuschen«, wiegelte Elif ab und begann Nawal über Granada auszufragen.

Als sie – dieses Mal recht früh – ins Bett gingen, dachte Nawal über Elifs Worte nach. Denn mit einem hatte ihre Freundin recht – das, was ihre Mutter nicht sagte, war das Entscheidende, und sie wurde das Gefühl nicht los, etwas Wichtiges übersehen zu haben.

Nawal hatte kaum geschlafen und war gegen vier Uhr aufgestanden, um Tahajjud zu beten.

»Was machst du?«, fragte Elif verschlafen und zeigte auf den Laptop, der vor Nawal auf dem Tisch stand.

»Ich habe die Zeit genutzt und die letzten Tests durchgeführt. Trixie wird …«, sie schaute auf die Uhr, »in zehn Minuten im Büro sein und dann gehen wir nochmal alles durch. Wegen des Livegangs ist sie extra früh im Büro.«

»Hast du etwas gegessen?«

»Nein. Wir können uns doch am Flughafen etwas kaufen.«

»Oder ich mache uns ein ordentliches Frühstück«, erwiderte Elif und verschwand in der Küche.

Bevor sie antworten konnte, leuchtete ihr Handy auf. Trixie.

»Guten Morgen«, begrüßte sie die Entwicklerin und strahlte in die Kamera. »Du bist aber früh dran.«

»Es gib ein Problem«, knurrte die Entwicklerin.

Nawal legte den Kopf in den Nacken und atmete tief durch. »Was ist es diesmal?«

»Oh, nix am Code. Ich bin ja schließlich nicht Henning.« Sie schnaubte verächtlich.

Nawal packte ihren Laptop rechts und links, bis ihre Fingerknöchel weiß hervortraten. Abrupt stand sie auf und lief einmal um die Couch. Sie versuchte, den Rat des Propheten, Friede und Segen seien auf ihm, umzusetzen. Wenn man verärgert war, sollte man seine Position wechseln oder Wudu machen. Da Letzteres gerade nicht möglich war, hatte sie sich für Ersteres entschieden.

»Was machst du da?«, fragte Trixie.

»Darauf warten, dass du mich einweihst«, gab sie verkniffen zurück und setzte sich wieder.

»Amber holt dich ab.«

Nawal blinzelte.

»Hast du mich gehört?«

»Die Botschaft hör ich wohl, allein mir fehlt der Mittelteil.«

»Hör auf, Goethe zu zitieren, und dann auch noch falsch. Amber hat mich gefragt, wo du bist, und als ich ihr sagte, dass du heute nach Granada fliegst, hat sie ihren Autoschlüssel geschnappt und ist rausgerannt.« Trixies blaue Haarspitzen flogen um ihren Kopf. Manche Leute redeten mit ihren Händen, Trixie mit den Haaren.

»Wieso?«

»Das wirst du bestimmt gleich herausfinden.«

Wenn Nawal es nicht besser wüsste, könnte sie fast glauben, Trixie hatte Amber absichtlich geschickt. »Der Worte sind genug gewechselt, lasst mich auch endlich Taten sehen«, sagte sie und kam damit zum viel wichtigeren Teil zurück.

»Wenn du mir heute noch einmal den ollen Faust um die Ohren haust, sabotiere ich ganz offiziell deinen Livegang.«

»Das ist also des Pudels Kern«, sprudelte es aus Nawal heraus, bevor sie sich zurückhalten konnte.

»Nawal!«, drohte ihr Trixie da auch schon mit erhobenem Zeigefinger.

»Das ist der Schlafmangel«, antwortete sie erstickt und unterdrückte ein Kichern.

»Ich leg jetzt auf – ist ja unerträglich, so ein Spaßvogel am frühen Morgen.« Damit beendete Trixie das Telefonat und Nawal stand kopfschüttelnd auf.

Was Amber wohl von ihr wollte?

KOFFER

Elif hatte nicht zu viel versprochen und ein ordentliches Frühstück mit Rührei, Oliven, Käse, Brot und Joghurt vorbereitet. Selbst einen Obstsalat aus Äpfeln, Bananen und Trauben hatte sie gezaubert. »Damit bleibt fast nichts an verderblichen Lebensmitteln übrig«, sagte sie stolz.

»Djazaki Allahu chairan«, erwiderte Nawal und freute sich darüber, dass ihre Freundin sie begleitete.

Sie waren gerade dabei, das Geschirr wegzuräumen, als es an der Tür klingelte.

»Hast du schon ein Taxi gerufen?«, fragte Elif und drehte sich zu ihr.

»Nein – das könnte meine Kollegin sein«, antwortete sie und eilte in den Flur.

»Wann ist dein Flug?«, fragte Amber ohne ein Wort der Begrüßung und drängte sich an ihr vorbei in den Flur.

»Guten Morgen, Amber – komm doch rein«, erwiderte Nawal und sah ihrer Kollegin mit gerunzelter Stirn hinterher.

»Ich habe Unterlagen dabei«, sie hielt einen DIN-A4-Umschlag hoch. »Um was es geht, erkläre ich dir unterwegs zum Flughafen.«

Elif trat in den Flur.

»Und wer ist das?«, wollte Amber wissen und deutete mit dem Daumen auf Elif.

»Elif, das ist meine Arbeitskollegin Amber – Amber, das ist meine Freundin Elif, die mich nach Spanien begleiten wird«, stellte sie die beiden einander vor.

»Ich dachte, das wäre kein Urlaub!«, sagte Amber in diesem leicht vorwurfsvollen Unterton, der Nawal nach einer Weile Kopfschmerzen bereitete.

»Ist es auch nicht«, erwiderte sie gelassen. »Wir rufen uns ein Taxi. Gib mir einfach die Unterlagen, dann kannst du wieder ins Büro zurück.«

»Es ist jetzt zehn Minuten nach sieben. Hast du dir schon ein Taxi bestellt?«, hakte Amber nach.

»Nein, aber …«

»Dann wird auch keines mehr pünktlich hier sein, um euch zum Flughafen zu bringen«, unterbrach Amber sie und schaute gelangweilt auf ihre Fingernägel.

Elif war bereits mit dem Handy am Ohr auf dem Weg ins Wohnzimmer. Ihr Gesicht sagte alles, als sie kurz darauf zurückkam. Sie schüttelte wortlos den Kopf.

»Also fahre ich euch. Sind das eure Gepäckstücke?« Amber zeigte auf ihren Koffer und Elifs Rucksack.

»Ja.« Nawal ging in die Küche und kontrollierte, dass alle Geräte ausgeschaltet waren, bevor sie eine Runde durch die anderen Zimmer drehte. Elif hatte sich ihre Jacke angezogen und zurrte den Rucksack fest.

»Dann los – wir wollen doch nicht, dass ihr zu spät kommt«, sagte Amber, schritt an ihnen vorbei zur Tür hinaus und ging die Treppe hinunter.

»Was will sie hier?«, zischte Elif und zog ihre Schuhe an.

»Ich habe keine Ahnung. Angeblich irgendwelche Unterlagen, aber ich wüsste nicht, wofür diese sind«, wisperte Nawal zurück.

Amber stand in der geöffneten Fahrertür, als sie am Auto ankamen. »Wenn ihr weiter so trödelt, könnt ihr euch eine andere Mitfahrgelegenheit suchen.« Sie tippte sich theatralisch mit ihrem Zeigefinger an die Wange. »Ach, ich vergaß – das habt ihr ja schon versucht.« Mit einem spöttischen Grinsen stieg sie ein und startete den Wagen.

Elif rannte förmlich die letzten Meter zu Ambers Wagen und verstaute Nawals Koffer im Kofferraum. »Bereitet dir das eigentlich ein besonderes Vergnügen?«, japste sie, nachdem sie die Tür hinter sich geschlossen hatte und Amber ausparkte.

»Was genau?«, fragte Amber und sah in den Rückspiegel.

»Andere anzutreiben«, murrte Elif, wand sich aus den Rucksackgurten und schnallte sich an.

»Ich würde es nicht antreiben nennen«, sagte Amber amüsiert, »sondern eher eine Erinnerung an das höhere Ziel, das es zu erreichen gilt. Ist quasi immanenter Teil eines erfolgreichen Projektmanagers, nicht wahr, Nawal?«

»Das sehe ich anders«, widersprach Nawal.

»Wer hätte das gedacht«, murmelte Elif und zwinkerte ihr zu.

»Wenn das Ziel klar ist und der Weg, wie dieses zu erreichen ist, dann agieren alle Beteiligten eigenverantwortlich. Wichtig ist nur, dass es am Ende passt – und dafür sorgt der Projektmanager. Ich würde mich unwohl fühlen, wenn ich die Leute, mit denen ich arbeite, ständig anschieben müsste.«

»Das ist vielleicht der Grund, warum du nicht in Führung liegst«, ätzte Amber und verzog verächtlich ihren Mund.

»Gestern hast du mir noch unterstellt, ich wäre ein Saboteur. Heute unterstellst du mir schlechtes Projektmanagement. Du solltest dich langsam mal entscheiden«, gab Nawal zurück und schüttelte den Kopf.

Elif pfiff leise durch die Lippen.

Nawal schaute auf das Briefkuvert auf dem Beifahrersitz. »Was wolltest du überhaupt mit mir besprechen?«

Amber rutschte unmerklich etwas tiefer und spannte den Kiefer an. »Die Andres hat um einen ausführlichen Projektbericht gebeten«, begann sie und fädelte sich in den morgendlichen Verkehr ein.

Nawal achtete darauf, sich äußerlich nichts anmerken zu lassen, doch ihre Gedanken rasten. Was hatte das zu bedeuten?

Frau Andres hatte noch nie einen schriftlichen Bericht angefordert. »Verstehe. Aber was hat das mit mir zu tun? Alle Projektdetails sind dokumentiert und dir zugänglich.«

»Ja … nein«, stotterte Amber.

Nawal hatte keine Ahnung, worum es ging, und zuckte daher mit den Schultern. Amber würde schon konkreter werden müssen.

»Sie hat ausdrücklich verlangt, dass du ihn erstellst und ihr per Post schickst.«

Oh. »Du hast ihr hoffentlich gesagt, dass ich in den nächsten zwei Wochen in Spanien sein werde?«

»Wann hätte ich das denn machen sollen? Ich habe doch erst vorhin von Trixie erfahren, dass du nach Granada fliegst«, entgegnete Amber genervt.

»Na, du hättest sie auf dem Weg hierher informieren können«, mischte sich Elif ein. »Anruf, Sprachnachricht oder kurze E-Mail – geht alles in unter einer Minute«, führte sie aus und hielt Ambers Blick im Spiegel.

Nawal drehte sich zur Seite, um ihr Schmunzeln zu verbergen. Sie war stolz auf ihre Freundin.

»Ich kläre das mit der Andres. Aber schreibst du jetzt den Bericht?«, fragte Amber im Nörgelton und hielt Nawal das Kuvert hin.

»Sicher«, sagte sie und steckte die Papiere in ihr Handgepäck. Sie würde sich das im Flugzeug in aller Ruhe ansehen.

Amber parkte ihr Auto vor dem Flughafen und begleitete sie hinein. Auf Elifs leise Frage, wieso sie überhaupt mitkam und nicht gleich weiter ins Büro fuhr, hatte Nawal keine Antwort.

Schweigend begaben sie sich zu den Check-in-Schaltern und klickten sich durch die Anweisungen, bis sie ihre Bordkarten in den Händen hielten. Amber ging sogar bis zu den Gepäckabgabeautomaten mit und als Nawal vor dem Display stand und die Anweisungen las, riss sie ihr genervt die Bordkarte aus der Hand, tippte auf dem Bildschirm herum und hievte kurz darauf Nawals Koffer auf das Band. »Wann bist du denn das letzte Mal geflogen?«, fragte sie und rollte mit den Augen.

»Ist eine Weile her«, antwortete Nawal wahrheitsgemäß und beobachtete, wie Elif ihren Rucksack abgab.

»Ich brauche heute noch eine Antwort. Am besten, du scannst den Bericht ein, damit ich ihn an Frau Andres weiterleiten kann und sie nicht mehrere Tage auf die spanische Post warten muss.«

Nawal nickte. Sie hatte ohnehin vorgehabt, die knapp drei Stunden Flugzeit zu nutzen, um zu arbeiten. Ihr Handy zeigte acht Uhr. Trixie würde bestimmt schon auf ihre Freigabe warten. »Danke, dass du uns gefahren hast«, sagte sie zu Amber, nur um festzustellen, dass diese bereits auf dem Weg zum Ausgang war. »Danke!«, rief sie ihr hinterher, aber Amber drehte sich nicht um, sondern hob lediglich die Hand.

»Das ist also deine Arbeitskollegin«, sagte Elif und hakte sich bei Nawal unter.

»Yep.« Sie machten sich auf den Weg zum Boarding.

»Es war nett von ihr, uns zum Flughafen zu bringen«, sagte Elif unschuldig.

»Ja, das war es.« Und genau deshalb hatte Nawal so ein merkwürdiges Gefühl dabei. Ihre Eile und Hilfsbereitschaft hatten gewirkt, als wolle sie Nawal unbedingt schnell loswerden und sichergehen, dass sie wirklich im Flugzeug saß. Wieso war Amber wirklich gekommen?

Nawal seufzte. Seit den Sabotage-Vorfällen stellte sie alles und jeden in Frage und misstraute selbst freundlichen Gesten. Das gefiel ihr überhaupt nicht und es war ein weiterer Grund, wieso sie aus dieser ganzen Challenge-Sache am liebsten aussteigen wollte. Aber sie hatte ihren Eltern versprochen, das Geld aufzutreiben, und sie hielt ihre Versprechen immer ein.

Während sie am Gate ihren Laptop aufklappte, um zu arbeiten, setzte Elif sich Kopfhörer auf und schloss die

Augen. Trixie hatte Nawal mehrere E-Mails mit Fragen geschickt und konzentriert beantwortete sie eine nach der anderen. Als der Aufruf zum Boarding ertönte, flogen ihre Finger nur so über die Tastatur. Sie wollte die Freigabe auf jeden Fall noch abschicken, bevor sie ins Flugzeug stieg.

»Bereit?«, erkundigte sich Elif neben ihr und hängte sich den Kopfhörer um den Hals.

»Gib mir noch zwei Minuten«, presste sie hervor und führte fieberhaft die letzten Tests durch. Sie schickte die Freigabe und als sie hochsah, zeigten am Gate gerade die letzten Passagiere ihre Bordkarten vor. Außer ihnen war niemand mehr im Wartebereich. Hektisch stand sie auf, schnappte sich ihr Handgepäck und klemmte sich ihren Laptop unter den Arm. Die Frau am Schalter lächelte sie verständnisvoll an und schloss direkt hinter ihnen das Gate.

Elif setzte sich ans Fenster. Eine junge Frau nahm neben Nawal Platz und schlief fast augenblicklich ein.

»Was hörst du?«, fragte Nawal ihre Freundin und zeigte auf ihre Kopfhörer.

»Eine Serie über die Gefährten des Propheten«, antwortete ihre Freundin und strahlte. Elif war früher schon diejenige mit dem meisten Wissen über den Islam gewesen. Begeistert erzählte sie ihr von Abu Ubaida, der nicht nur als der Vertrauenswürdige bekannt war, sondern sich nie in den Vordergrund gespielt hatte, obwohl er äußerst eloquent gewesen war. Doch er wollte kein Gespräch dominieren, sprach nicht laut und war daher exzellent im Führen von Verhandlungen, obwohl er lispelte, seit er zwei Zähne verloren hatte. Fasziniert lauschte Nawal, wie bescheiden er gelebt, Krankenhäuser gebaut und den Quran auswendig gelernt hatte.

Sie musste eingeschlafen sein, denn das Nächste, was sie vor sich sah, waren Elifs Augen und ihren fragenden Blick. Offensichtlich waren sie bereits gelandet.

»Komm, du Schlafmütze«, neckte ihre Freundin. »Ich finde es ja an sich klug, antizyklisch zu handeln, aber bald steigen die nächsten Passagiere schon wieder ein.«

Nawal packte hastig ihre Sachen zusammen und lief Elif hinterher.

An der Gepäckausgabe ruckelten bereits die ersten Koffer und Taschen über das Band. Elif entdeckte ihren Rucksack und kam grinsend mit ihm zurück. Nawals Koffer allerdings ließ auf sich warten. Sie checkte ihre E-Mails und atmete erleichtert auf, als sie Trixies Nachricht las, die einen erfolgreichen Livegang bestätigte. Jetzt war Nawal gleichauf mit Jakob und Amber.

Nawal
Hey Jasleen, wir sind gerade in Malaga angekommen. Wie geht es dir?

Jasleen
Super, wie warm ist es?

Nawal
Keine Ahnung, wir warten noch auf meinen Koffer. Könntest du mir einen Gefallen tun?

Jasleen
Logisch.

Nawal
Kennst du den Stand der Challenge? Und könntest du nachschauen, wer den nächsten Livegang geplant hat?

Jasleen
Warte kurz.

Nawal sah sich um und fing Elifs Blick auf. Irgendetwas stimmte nicht, denn ihre Freundin nagte an ihrer Unterlippe und wippte auf den Fersen.

»Was ist los?«

»Ähm – es kommen schon eine ganze Weile keine Koffer mehr und deiner ist immer noch nicht da …«

»Was?« Sie lief an Elif vorbei und schaute auf das Gepäckband, das inzwischen angehalten hatte. Erst jetzt bemerkte sie, dass sie die einzigen waren, die noch am Band standen. »Aber – das gibt es doch nicht!«, stieß Nawal genervt aus und lief einmal um das Laufband herum.

»Komm, lass uns herausfinden, wo wir melden können, dass dein Koffer nicht angekommen ist«, bestimmte Elif resolut und zog sie mit sich.

Nawal rief ihren Großvater an, um zu sagen, dass sie sich verspäten würden, und meldete ihren Verlust am Lost-and-Found-Schalter. Eine Dreiviertelstunde später traten sie vor dem Flughafengebäude in die warme Sonne Malagas.

»Mein Opa sollte hier irgendwo sein«, sagte Nawal und sah sich um, das Handy bereits am Ohr. Obwohl sie erst seit ein paar Minuten vor dem Gebäude stand, fing sie schon an zu schwitzen. Sie zog ihren Mantel aus und ging die Straße hinauf, um nach ihrem Großvater zu suchen.

»Nawal«, hörte sie ihn rufen und drehte sich um. »Hier!« Etwas versteckt hinter einer Reihe Taxis sah sie ihren Großvater bei seinem Auto stehen und winken. Sie eilte über die Straße, quetschte sich zwischen zwei Taxis durch und fiel ihm in die Arme.

»As salamu alaikum wa rahmatuh Allahi wa barakatuhu«, sagte er mit seiner tiefen, immer etwas rauen Stimme an ihrem Ohr. »Ich freue mich so sehr, dass du hier bist.« Er hielt sie ein Stück von sich, musterte sie kurz und zog sie direkt nochmal an sich. »Maschallah, du bist groß geworden.«

Sie musste unwillkürlich lachen. Das sagte ihr Großvater immer, wenn er sie sah. »Ich bin mir ziemlich sicher, dass ich nicht mehr gewachsen bin, seit ich achtzehn bin.«

»Vielleicht sehe ich etwas, das dir verborgen bleibt«, erwiderte er feixend und sein Blick fiel auf Elif. »Es ist schön, dich zu sehen. Wie geht es deinem Großvater?« Nawals Großvater hatte für ein paar Jahre in Deutschland gelebt, bevor er zurück nach Andalusien gezogen war, und kannte Elif und ihre Familie.

»Alhamdulillah, es geht ihm gut und ich soll Sie von ihm grüßen.«

»Aber nicht doch, Kindchen«, sagte er. »Wenn du mich siezt, komme ich mir uralt vor – und das bin ich ja nun wirklich nicht.« Er wackelte mit den Augenbrauen. Dass er fast achtzig Jahre alt war, sah man ihm nicht an. »Dann wollen wir mal euer Gepäck verstauen. Wo ist dein Koffer, Nawal?«

»Das ist der Grund, weswegen wir so lange gebraucht haben. Mein Koffer macht anscheinend woanders Urlaub, denn im Flieger war er nicht«, sagte sie und seufzte.

»Chair inschallah«, antwortete er sofort. »War irgendetwas Lebenswichtiges drin?«

»Wenn man meine Kleidung und mein Waschzeug nicht als lebenswichtig einstuft, dann nicht.« Sie grinste schief.

»Wir besorgen dir einfach, was du brauchst. Wie ich sehe, hast du deine elektronischen Geräte bei dir und das ist doch für euch jungen Leute das Wichtigste, nicht wahr?«, sagte er und zuckte mit den Achseln. »Dein Koffer taucht inschallah wieder auf – den wird schon niemand absichtlich fehlgeleitet haben«, scherzte er und nahm Elif ihren Rucksack ab.

Nawal wurde bei seinen Worten ganz still. Amber hatte ihren Koffer aufgegeben. Sie würde doch nicht …? Und wenn ja, warum?

»O die ihr glaubt, meidet viel von den Mutmaßungen; gewiss, manche Mutmaßung ist Sünde«, zitierte ihr Großvater und Nawals Herzschlag setzte für einen Moment aus. »Dann lasst uns mal losfahren«, sagte er unbekümmert und stieg in sein Auto.

VERLOREN UND GEFUNDEN

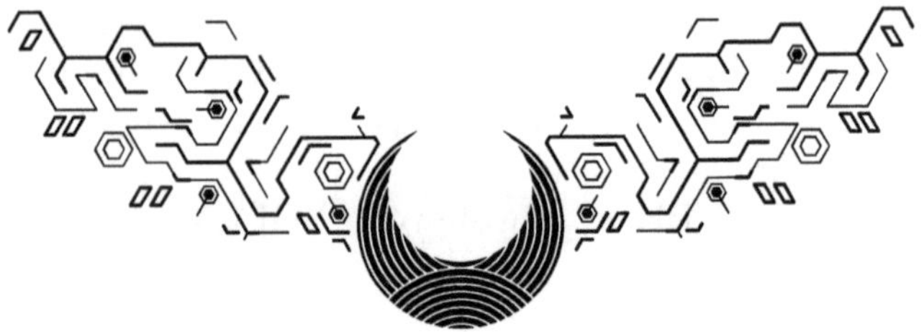

Sie fuhren ein Stück die Küste entlang, bevor es ins Landesinnere ging. Der heiße, trockene Sommer hatte seine Spuren hinterlassen. Steinige braun-rot-gelbe Formationen und großflächige Olivenfelder, die in ihrer schachbrettartigen Anordnung monoton wirkten, prägten den Weg nach Granada. Elif klebte förmlich am Fenster und saugte die ihr unbekannte Landschaft Andalusiens in sich auf, während Nawal immer wieder auf ihr Handy schaute. Jasleen hatte sich bisher noch nicht wieder gemeldet.

Die eineinhalbstündige Autofahrt verging rasend schnell. Ihr Opa beantwortete geduldig Elifs Fragen zur Sierra Nevada, dem Nationalpark Granadas. Im Winter verwandelte sich diese Gegend in das südlichste Skigebiet Europas und den einzigen Ort der Welt, von dem man beim Skifahren das Mittelmeer sehen konnte. Nawal hörte den beiden zu, war aber mit ihren Gedanken bei der Challenge und dachte darüber nach, warum Jasleen so lange brauchte, ihr den aktuellen Stand zu schicken.

»Ich habe übrigens Karten für uns für eine Alhambra-Führung gekauft«, sagte Elif und schaute Nawal an.

»Okay«, erwiderte sie gedehnt. Sie hatte ihren Groß-vater schon häufig besucht, aber eine Führung hatte sie noch nie mitgemacht. »Wann?«

»Samstagvormittag, damit du morgen und übermorgen in Ruhe arbeiten kannst.«

»Das hört sich prima an – oder hast du etwas anderes geplant, Opa?«

»Ganz im Gegenteil. Ich bin am Samstag mit dem Organisationsteam verabredet und du hast noch nie eine offizielle Führung mitgemacht. Das wird bestimmt interessant. Ich glaube, ich habe sogar noch ein paar Bücher zu Hause liegen.«

»Sollte ich nicht lieber dabei sein? Also, bei dem Treffen mit dem Orga-Team, meine ich?«, fragte Nawal. Immerhin war sie von ihrer Mutter ja deswegen hierhergeschickt worden.

»Elif hat die Karten schon besorgt, und es wäre schade, wenn du das verpasst. Ich stelle dich dem Team inschallah am Sonntag vor«, winkte ihr Opa ab und Nawal nickte.

Er bog in die enge Gasse ein, die zu dem Apartmenthaus führte. Es befand sich im Albaicin, dem ältesten Stadtteil Granadas. Dieser Teil galt als Erweiterung der Alhambra und lag auf einem Hügel gegenüber der Burganlage. Enge Gassen, weißgetünchte Häuser und kleine Läden mit marokkanischer Ware kennzeichneten das Viertel, das im dreizehnten Jahrhundert viele Villen, Paläste und Moscheen beherbergt hatte. Heutzutage war es sehr touristisch und die Plätze, von denen man eine beeindruckende Sicht auf die Alhambra hatte, wurden entsprechend häufig besucht.

Der Wagen ihres Großvaters rumpelte über das Kopfsteinpflaster und hielt vor einem Gebäude an. Die hinter ihm fahrenden Autos tuckerten langsam an ihnen vorbei. Hier stand ein Haus am nächsten, Bürgersteige gab es entweder gar keine oder sie waren so schmal, dass maximal eine Person darauf Platz hatte.

Nawal stieg aus, öffnete den Kofferraum und schulterte Elifs Rucksack.

»Der Code für die Haustür ist immer noch der gleiche«, teilte ihr Großvater ihr durch das geöffnete Fenster mit. »Ich parke das Auto und komme dann zu euch. Pablo weiß Bescheid und zeigt euch euer Apartment.« Und bevor Nawal fragen konnte, wer Pablo war, war ihr Großvater bereits losgefahren.

Nur ein unauffälliges Schild war neben einem Tastenfeld angebracht. Nawal tippte den vierstelligen Code ein und stand kurz darauf am Empfang.

»Hola«, begrüßte sie ein älterer Herr und schaute von seinem Bildschirm auf. »Oh, Muhammads Enkelin und Freundin«, sagte er und musterte sie und Elif neugierig.

»Freut mich, Sie kennenzulernen«, erwiderte Nawal auf Spanisch. »Ich bin …

»…Linas Tochter. Sie sind Ihrer Mutter wie aus dem Gesicht geschnitten.«

»Sie kennen meine Mutter?« Wieso war sie selbst diesem Mann noch nie vorher begegnet?

»Seit ihrer Geburt. Ihr Großvater und ich kennen uns schon ein ganzes Leben lang, aber ich bin erst seit sechs Monaten wieder hier«, sagte er und ein Schatten huschte über sein Gesicht. »Wollen Sie Ihr Zimmer sehen?«

»Sehr gern«, antwortete Nawal. »Und das ist Elif«, stellte sie ihre Freundin vor.

Pablo lächelte. »Pablo Fernandez, aber ihr könnt mich einfach nur Pablo nennen.« Er ging vor ihnen durch den Innenhof, der mit weißen Fliesen und Sitzbänken an den Seiten sowie einem kleinen Garten zum Verweilen einlud. Pablo war in einem Eingang verschwunden und Nawal und Elif hasteten ihm hinterher.

»Wie kann er in dem Alter noch so flink sein, maschallah?«, schnaufte Elif neben ihr.

»Er ist in den ersten Stock gerannt – gut, dass es nicht fünf Stockwerke gibt«, gab Nawal zurück und grinste.

Eine Tür stand offen und sie klopften an den Türrahmen. »Pablo?«

»Si«, antwortete er und streckte seinen Kopf aus einem Zimmer. »Kommt rein, ich führe euch kurz herum.«

Das Apartment bestand aus einer Küche, einem Schlafzimmer mit einem Doppelbett und einem separaten Wohnraum sowie einem Bad. Die hohen dunklen Holzdecken harmonierten mit den weißen Wänden und den hellen Marmorfußböden. Elif drehte sich einmal im Kreis und strahlte.

»Wenn ihr noch etwas braucht, sagt mir einfach Bescheid«, verabschiedete sich Pablo und schloss die Tür hinter sich.

»Und – was sagst du?«, fragte Nawal ihre Freundin.

»Also, ein bisschen enttäuscht bin ich schon.«

»Okay«, sagte Nawal gedehnt.

»Ich dachte, wir schlafen mit mehreren anderen zusammen in einem Zimmer und habe mir extra so eine ultraschicke, neue Schlafmatte gekauft, die sich von selbst aufbläst und super komfortabel sein soll«, erklärte sie mit ernstem Gesicht. »Die kann ich ja jetzt gar nicht ausprobieren. Und niemandem vorführen.«

»Kein Problem – du kannst dich gerne auf den Boden legen. Ich schlafe auch allein in dem Bett. Quer, wenn es sein muss«, erwiderte Nawal und wehrte gerade noch ein Kissen ab.

»Dann lass uns mal beten und danach für dich ein paar Sachen besorgen«, schlug Elif vor, praktisch wie immer. Sie zückten zeitgleich ihre Handys und suchten mit der Gebetszeiten-App nach der Qibla, der Gebetsrichtung, bevor sie sich nebeneinanderstellten und sich darauf einigten, wer vorbetete.

Als sie gerade fertig waren, klopfte es dreimal an der Tür und nach einer kurzen Pause noch einmal. Das war das bekannte Klopfzeichen von Nawals Großvater.

»Ist mit dem Zimmer alles in Ordnung?«, erkundigte er sich, nachdem Nawal ihm geöffnet hatte.

»Alhamdulillah, Opa – alles bestens. Djazak Allahu chairan für dieses schöne Apartment«, bedankte sie sich. In den Jahren zuvor hatte sie auf der anderen Seite des Innenhofes in einer Wohnung mit zwei Schlafzimmern übernachtet, die sie sich mit ihren Eltern geteilt hatte. Sie unterdrückte ein Seufzen und lächelte ihren Großvater an.

»Habt ihr Hunger? Alberta hat etwas für euch vorbereitet.« Alberta war die gute Seele des Apartmenthauses und bekochte die Gäste mit den leckersten Gerichten.

Nawals Blick huschte zu ihrem Handy. Sie hatte noch drei Meetings, musste dringend den Abschlussbericht für Frau Andres erstellen und hatte zum Essen eigentlich so gar keine Zeit. Doch Elifs Magen knurrte plötzlich so laut, dass sowohl sie als auch ihr Großvater es gehört hatten.

»Das muss an der Wärme liegen«, entschuldigte Elif sich mit rotem Kopf. »Sonst bekomme ich nicht so schnell Hunger. Und mein Magen gibt auch nicht solche Töne von sich.«

»Wieso gehst du nicht zu Alberta? Sie macht die besten Tapas«, schlug Nawal vor.

»Und was ist mit dir?«

»Ich komme inschallah nach«, sagte sie vage.

»Bist du sicher?« Elif rieb sich die Hände und schaute zwischen ihr und ihrem Großvater hin und her.

»Du hast Urlaub und wie könnte man diesen besser beginnen als mit lokalem Essen? Alberta kann übrigens auch ganz toll backen. Ich denke, ihr zwei werdet euch hervorragend verstehen.« Sie sah, wie Elif bereits in Gedanken die spanischen Gebäcke durchging.

»Ob sie wohl Piononos zubereitet hat, weil die Süßspeise hier aus Granada stammt? Aber ich würde sehr gern auch Medialunas probieren ... ich hätte da eine Idee für eine Torte«, murmelte Elif vor sich hin, und Nawals Großvater lächelte.

»Ich weiß mit Sicherheit, dass sie Piononos frisch gebacken hat und sie sich damit brüstet, die besten Pastel cordobés überhaupt zu kredenzen«, sagte er und ließ Elif an sich vorbeigehen. Zu Nawal sagte er: »Lass Alberta nicht zu lange warten. Du weißt, wie sehr sie sich freuen wird, dich zu sehen.« Bevor er den Raum verließ, zwinkerte er ihr zu.

Sie sah den beiden nach, wie sie fachsimpelnd die Treppe nebeneinander herunterliefen und im Innenhof verschwanden, bevor sie die Tür schloss.

Kaum hatte sie ihren Laptop auf dem Esszimmertisch abgestellt und die Unterlagen, die ihr Amber mitgegeben hatte, herausgezogen, erhielt sie auch schon einen Anruf für eine Videokonferenz.

»Hey, Nawal, bist du gut angekommen?«, fragte Jasleen.

»Was ist passiert?«, entgegnete sie, ohne auf die Frage einzugehen, denn Jasleens viel zu hoher Ton und das nervöse Knibbeln an ihrer Unterlippe waren ihr nicht entgangen.

»Wie ...«, begann sie, drehte sich um und beugte sich dann näher an die Kamera. »Piets Projekt ist schiefgegangen, und zwar so richtig. Wir haben hier erneut einen Major Incident, und die Auswirkung dieser Großstörung ist viel schlimmer als beim letzten Mal. Seit einer Stunde dreht sich absolut alles nur um die Behebung dieses Ausfalls«, flüsterte sie und schaute erneut über die Schulter. »Es gibt bereits eine Krisensitzung und Jakob und Amber betreiben Schadensbegrenzung«, fuhr sie fort.

»Wieso gerade die beiden?«, fragte Nawal erstaunt.

»Klick hier drauf«, drängte Jasleen und schickte ihr einen Link in den Chat. »Prüf nach, ob irgendwelche Applikationen von deinen Kunden betroffen sind. Es wurden zwar alle Kunden benachrichtigt, aber eventuell hast du Rückfragen erhalten.«

Sie verabschiedeten sich und Nawal ging ihre E-Mails durch, deren Menge sich tatsächlich in den letzten sechzig

Minuten verdoppelt hatten. Konzentriert bearbeitete sie diese und bekam nicht einmal mit, wie Elif zurückkam und ihre Sachen in den Schrank einräumte.

Erst als der Adhan für Maghreb, der Gebetsruf für das Abendgebet, aus ihrem Handy ertönte, sah sie hoch.

»Alberta ist schon nach Hause gegangen«, berichtete Elif. »Ich soll dich lieb von ihr grüßen und sie hat mir so viel Essen mitgegeben, dass es für drei Tage reicht. Machst du Schluss für heute?«, fragte Elif und zeigte auf den Esszimmertisch, auf dem Ambers Briefumschlag ungeöffnet lag.

Nawal schüttelte den Kopf. »Nein, das geht leider nicht. Du hast Amber ja gehört. Sie braucht den Bericht heute noch. Aber lass uns erst beten und essen.« Sie reckte sich und rieb sich über ihren schmerzenden Nacken. »Wie war es mit Alberta?«

»Ich habe so viele neue Ideen«, schwärmte Elif sofort und hielt einen Teller hoch. »Die sind von mir. Alberta hat darauf bestanden, zusammen mit mir ein paar Sachen zu backen. Und mir die Rezepte dafür zu geben.«

Nawal entdeckte erst jetzt, dass Elif nicht nur die Piononos mitgebracht hatte, sondern auch Pastel cordobés und ein rundes, flaches Gebäck, das sie nicht kannte.

»Das sind Mostachón«, erklärte Elif. »Sie stammen aus der Gegend um Sevilla. Es ist ein Biskuit arabischen Ursprungs, der aus Mehl, Honig, Ei, Zimt und Zucker hergestellt wird.«

Nawal steckte sich ein Stück in den Mund und seufzte begeistert. »Lckr«, murmelte sie undeutlich und schluckte. »Dir ist aber schon klar, dass du Urlaub hast? Du musst hier nicht dauernd backen.«

»Neue Rezepte von Einheimischen gezeigt zu bekommen, ist für mich definitiv Urlaub«, versicherte ihre Freundin ihr und grinste breit. »Komm, lass uns beten. Ich habe Hunger.«

»Hast du noch nichts gegessen?«, fragte Nawal und riss die Augen auf.

»Doch, aber ich habe schon wieder Hunger und wollte außerdem mit dir zusammen essen. Allein schon, um sicherzustellen, dass du auch etwas isst.«

Ertappt wandte Nawal den Blick ab. Sie hätte nur ein paar der Küchlein gegessen und dann weitergearbeitet.

Elif verschwand im Bad, während sie in die Küche schlenderte und Albertas Essen herausholte. Sie hatte Pinchos morunos, marinierte Hähnchenspieße mit Safran, Kreuzkümmel und Koriander gebraten – eines ihrer Lieblingsgerichte.

Ihre Mutter hatte ihr vor ein paar Jahren erzählt, dass Zutaten wie Safran, Aprikosen, Artischocken, Johannisbrot, Auberginen, Grapefruits, Mandeln, Karotten, Koriander und Reis durch achthundert Jahre arabischen Einflusses Einzug in die spanische Küche gehalten hatten. Auch wenn das Emirat in Granada vor über fünfhundert Jahren geendet hatte, erkannte man noch heute die Rezepte an dem Beinamen »moruno«, was »maurisch« bedeutete.

Alberta hatte dazu den typischen Ensaladilla Rusa zubereitet, der aus Kartoffeln, Thunfisch, Oliven, Ei, Möhren, Erbsen und Mayonnaise bestand und ein wenig an deutschen Kartoffelsalat erinnerte. Sie stellte den Backofen an und schob die Hähnchenspieße hinein. Die Schüssel mit dem Salat nahm sie mit ins Esszimmer.

Sie wartete, bis Elif fertig war, und ging dann ins Badezimmer, um Wudu, die Gebetswaschung, zu vollziehen. Nach dem Gebet genoss sie das längere Dhikr. Elif stellte das Essen auf den Tisch und hielt eine Flasche Wasser in der Hand, als Nawals Großvater an der Tür klopfte.

»Du kommst genau zur rechten Zeit«, begrüßte sie ihn und küsste seinen Handrücken. »Hast du heute schon gegessen?«

»Genug«, wich er aus und Nawal dankte Alberta stumm dafür, dass sie so viel gekocht hatte. Wortlos holte sie ein weiteres Gedeck und verteilte die Hähnchenspieße auf drei Teller.

»Wie geht es mit dem Wettbewerb voran?«, erkundigte sie sich bei ihrem Großvater, nachdem sie ihren ersten Hunger gestillt hatten.

»Alhamdulillah«, antwortete er und konzentrierte sich auf seinen Salat.

Sie ließ die Gabel sinken und sah ihn so lange schweigend an, bis er hochblickte. »Werden die Schiedsrichter wieder hier schlafen?«

»Inschallah«, erwiderte er und drehte das Wasserglas in seiner Hand.

Sie überlegte, wie sie ihre nächste Frage formulieren sollte, doch sein Handy klingelte. Er hob nicht ab, aber beeilte sich, fertig zu essen, und mit vollem Mund würde er keine Frage beantworten. Sie wartete geduldig und Elif füllte die Pause, indem sie von ihrem Nachmittag mit Alberta erzählte.

Sein Handy brummte jetzt ununterbrochen und er erhob sich.

Ein kurzes, lautes Klopfen an der Tür durchschnitt die ungemütliche Stille.

Nawal öffnete die Tür und bat Pablo herein. »Sie kommen gerade richtig – es gibt Albertas leckeren Nachtisch«, begrüßte sie ihn und wartete, bis er eintrat.

Pablo hob abwehrend die Hände. »Ich bin leider nur hier, um Muhammad mitzunehmen.« Er warf ihrem Großvater einen flehentlichen Blick zu.

»Bei Albertas Piononos findet sich bestimmt eine Lösung für das dringende Problem«, versicherte Nawal ihm und zeigte mit einer einladenden Bewegung zum Tisch. Ihr Großvater zuckte mit den Achseln und setzte sich wieder.

Pablo zog seine Schuhe aus und setzte sich zu ihnen an den Esszimmertisch.

Nawal wartete, bis er in das Küchlein gebissen hatte und fragte dann: »Wer ist verloren gegangen?«

Pablo hustete und ein Stück der karamellisierten Creme landete neben seinem Teller. Unbeeindruckt hielt sie ihm ein Glas Wasser hin. Mit großen Augen sah er zwischen ihr und ihrem Großvater hin und her und schluckte hörbar.

Ihr Opa schüttelte den Kopf und schmunzelte. »Seit wann weißt du es?«

»Ich habe es vermutet, als du mit ›inschallah‹ auf die Übernachtungsfrage geantwortet hast«, sagte sie achselzuckend. »Wer ist es?«

»Imam Hamza – er ist fast achtzig Jahre alt und von einem Ausflug durch die Stadt nicht wiedergekommen«, erzählte Pablo. »Das ist jetzt zwei Stunden her.«

»Habt ihr Omar schon geschickt?«, fragte Nawal. Omar verkaufte seit fünf Jahrzehnten Obst und Gemüse und kannte nicht nur jede Ecke, sondern auch die ganze Nachbarschaft.

Pablo nickte und sah ein wenig grün um die Nase aus.

»Wie wäre es, wenn ihr hierbleibt, falls er zurückkommt«, Nawal deutete auf Pablo und ihren Großvater, »und Elif und ich laufen die Strecke ab?«

»Nawal wollte mir sowieso das Albaicin zeigen«, kam Elif ihr zu Hilfe und stand auf. »Und ein wenig Bewegung nach diesem leckeren Essen tut mir gut.«

»Wie sieht denn der Verlorengegangene aus?«, fragte Nawal und steckte ihr Handy und den Geldbeutel ein.

»Weißer Bart, graue Djellaba, eine marokkanische knöchellange Robe mit spitzer Kapuze und langen Ärmeln. Er spricht nur Arabisch«, zählte ihr Großvater auf.

»Hm. Ihr habt nicht zufällig ein Foto?«

»Leider nein«, sagte ihr Großvater zerknirscht.

»Wo wurde er denn zuletzt gesehen?«, fragte Elif.

»In der Moschee«, erwiderte Pablo.

»Dann fangen wir dort an zu suchen«, beschloss Nawal. »Inschallah sind wir bald wieder zurück. Mit dem Imam.«

Die Straßen waren hell erleuchtet, hatte der Abend ja erst begonnen. Restaurants sowie unzählige Läden mit Ledertaschen, Tüchern, Kleidern, Karten, Tassen, Gewürzen und allerlei Krimskrams reihten sich dicht an dicht wie eine farbige Perlenkette. Überall gab es Repliken der typischen Alhambra-Fliesen zu kaufen.

Nawal und Elif schlängelten sich zwischen den vielen Menschen hindurch, die schwatzend, lachend und feilschend Souvenirs erwarben. Aber ein achtzigjähriger Imam mit grauer Djellaba war nicht unter ihnen. Nawal fiel ein, dass sie sich später noch einen Pyjama besorgen musste. Eine Zahnbürste hatte ihr Opa vorhin mitgebracht.

Sie kamen schließlich am Mirador de San Nicolás, einem der Aussichtspunkte in Albaicin, an. Gegenüber davon thronte die Alhambra und selbst zu dieser Stunde tummelten sich hier Touristen, die den beleuchteten Palast von allen Seiten fotografierten oder Selfies machten. Nawal beschloss, mit Elif noch einmal bei Tageslicht herzukommen, damit sie die dahinter liegenden Berge der Sierra Nevada, die zu dieser Jahreszeit bereits schneebedeckt sein sollten, sehen konnte.

»Maschallah«, hauchte Elif überwältigt.

»Ich weiß«, antwortete Nawal. »Wieso bleibst du nicht hier und genießt den Ausblick, während ich kurz in der Moschee nachfrage, wohin Imam Hamza gegangen ist?«

»Bist du sicher, dass ich nicht mitkommen soll?« Elifs Stimme klang zweifelnd und sie schaute zwischen Nawal und der Alhambra hin und her.

»Die Moschee ist gleich dahinten. Ich bin maximal zehn Minuten weg«, beruhigte Nawal ihre Freundin und drehte sich um, als diese schließlich zustimmend nickte.

Mit weit ausholenden Schritten eilte sie an den Touristen vorbei und umrundete einmal die Kirche San Nicolás, bis sie vor der Moschee stand. Der Garten der Moschee war für Besucher geöffnet, aber sie suchte geradewegs den Vorraum auf. Ein kurzer Blick in den Gebetsraum mit seinen roten Teppichen und dem Torbogen über der Gebetsnische, der an Cordoba erinnerte, zeigte ihr, dass er leer war. Bisher hatte sie noch niemanden entdeckt, der ihr hätte weiterhelfen können.

Mangels Alternativen ging sie in den Garten, an einem der Brunnen vorbei, der inmitten eines sternenförmigen Beckens dahinplätscherte und einen atemberaubenden Blick auf die dahinterliegende Alhambra freigab. Im Gegensatz zu dem quirligen Mirador, das vor lauter Geräuschen nur so summte, hörte man hier nur das Rauschen des Wassers.

Für einen Moment setzte Nawal sich auf die kniehohe weiße Mauer, die den Brunnen im gleichen sternenförmigen Muster umgab und saugte den Anblick in sich auf. Automatisch machte sie Dhikr und spürte, wie sich ihre Schultern senkten und die Spannung in ihrem Kiefer, die ihr nicht mal bewusst gewesen war, nachließ. Sie atmete tief ein und schloss die Augen, als sie ein Rascheln vernahm. Ein Mann saß im Gras und lehnte mit dem Rücken an der Steinwand, die den Garten einsäumte. Er machte Dhikr, was sie daran erkannte, wie sein Daumen an den Fingergliedern der rechten Hand entlangglitt. Leider passte er nicht auf die Beschreibung des Imams, aber das wäre ja auch zu einfach gewesen.

Ein Windhauch streifte sie und erinnerte sie daran, dass Elif auf sie wartete, und sie immer noch niemanden nach dem Imam gefragt hatte. »Sind Sie vielleicht von dieser Moschee?«, sprach sie den Mann deshalb an.

»Nein, tut mir leid«, sagte er in bedauerndem Ton.

Sie nickte und stand auf. »Trotzdem vielen Dank«, sagte sie und wandte sich zum Gehen.

»Macht es Ihnen etwas aus, wenn ich Sie nach innen begleite?«, fragte er und erhob sich.

Nawal sah zum Gebäude, wo ein paar Touristen herumstanden, und zu ihm, wie er mit langsamen Schritten zu ihr kam. Er schien Schwierigkeiten mit seinem Gleichgewicht zu haben. »Ganz im Gegenteil«, sagte sie etwas verspätet. »Vielleicht können Sie mir sogar helfen.« Sie hatte vorgehabt, bei dem Restaurant, das es neben der Moschee gab, vorbeizuschauen, um nach Imam Hamza zu fragen. Dort konnte sie ihn im Warmen lassen und dafür sorgen, dass er etwas zu essen bekam.

»Wobei helfen?«, hakte der Mann nach, während er neben ihr herging.

»Hasanat sammeln«, antwortete sie. In letzter Zeit war die Menge ihrer guten Taten überschaubar gewesen.

Sie drückte die Tür der marokkanischen Gaststätte auf und wurde sofort mit einem Aufschrei begrüßt.

»Nawal!«, rief die rundliche, pausbäckige Frau hinter dem Tresen aus und eilte ihr entgegen. Ihre Rippen wurden einmal kräftig gequetscht und sie in die Wange gekniffen. »Wo ist Lina? Wann seid ihr gekommen? Hast du schon gegessen?« Die Wirtin hatte Nawal an der Hand hinter sich hergezogen und auf einen Stuhl gedrückt.

»Mama ist mit Papa in der Schweiz«, antwortete sie und fuhr hastig fort: »Ich habe jemanden mitgebracht«, und zeigte auf den älteren Mann, der sich in aller Ruhe im Restaurant umsah. »Er hat noch nichts gegessen. Könntest du ihm deine Spezialität servieren?«

Anissa war der herzlichste Mensch, den Nawal kannte, aber wenn man sie ließ, redete sie ohne Punkt und Komma. Konnte sie aber jemanden bemuttern und vor allem bekochen, war sie in ihrem Element und vergaß sogar, zu reden.

Sofort eilte Anissa zu ihm und überschüttete ihn mit Fragen. Er blickte Nawal über Anissas Schulter mit hochgezogenen Augenbrauen an, aber sie streckte nur beruhigend den Daumen hoch. Er war hier in guten Händen. In der Ecke des Lokals hatte Nawal den Obst- und Gemüseverkäufer Omar entdeckt. Zielstrebig ging sie auf ihn zu.

»As salamu alaikum wa rahmatuh Allahi wa barakatuhu, Omar«, sprach sie ihn an. Er freute sich wie Anissa, sie zu sehen, und nach der Beantwortung der üblichen Fragen nach ihren Eltern und Brüdern kam sie zum eigentlichen Grund ihres Gesprächs. »Hast du den Imam schon gefunden?«

»Leider nein. Er ist wie vom Erdboden verschluckt«, sagte er und kratzte sich am Kopf. »Nach dem Besuch in der Moschee sind die anderen Mitglieder seiner Gruppe zu einer Stadtführung aufgebrochen und dass er fehlte, ist erst sehr spät aufgefallen.«

»Ist er ... du weißt schon, vielleicht ...«, begann Nawal zögerlich und suchte nach Worten, wie man diesen besonderen Geisteszustand beschrieb, ohne unhöflich zu sein.

»Du meinst, ob er verwirrt ist?«, erlöste Omar sie. »Soweit ich weiß, ist er noch bei extrem klarem Verstand.«

Das beruhigte sie, denn mittlerweile wurde der Mann seit drei Stunden vermisst und es war sehr kühl geworden. Hoffentlich saß er wohlbehalten in einem Café und wartete darauf, dass man ihn fand.

»Wer ist der Mann, mit dem du gekommen bist?«, fragte Omar und nickte in Richtung des älteren Herrn, der sich bereits über einen Teller mit Anissas berühmtem Couscous beugte.

»Er saß im Garten der Moschee«, erklärte Nawal, war aber in Gedanken immer noch bei dem vermissten Imam. Bis ihr Handy klingelte. »Elif!«, rief sie. »Warte, ich komme zu dir.« Sie hatte ihre Freundin total vergessen! Hastig verabschiedete sie sich von Omar, raunte Anissa zu, dass sie für den Mann bezahlen würde und gleich wieder da sei. Dann hetzte sie zurück zum Mirador, wo Elif auf der Mauer saß und die Beine baumeln ließ.

»Hast du den Imam gefunden?«, begrüßte Elif sie und klopfte neben sich.

Nawal schüttelte den Kopf. »Nein – es tut mir leid, dass ich dich so lange habe warten lassen«, sagte sie und knetete ihre Finger. »Normalerweise bin ich nicht so chaotisch.«

»Macht nichts«, sagte Elif leichthin. »Ich habe inzwischen die Alhambra bestimmt zwanzigmal fotografiert. Schau mal: Der Mond steht wie ein riesiger Ball hinter dem Palast am Himmel. Das sieht richtig toll aus.«

Nawal ließ sich die Fotos zeigen, die wirklich gelungen waren, und berichtete dann von ihrem Gespräch mit Omar.

»Was machen wir jetzt?«, fragte Elif und zog ihre Jacke etwas enger.

»Zuerst trinken wir einen Tee bei Anissa, damit du dich aufwärmen kannst. Danach klappern wir die Cafés und Restaurants rund um die Moschee ab.« Sie hakte Elif unter und ging mit ihr zurück zu Anissa.

Der Mann, den Nawal zu Anissa gebracht hatte, war gerade bei seinem Dessert, als Nawal und Elif eintraten. Sie setzten sich zu ihm und bestellten eine Kanne Tee sowie Gebäck.

Er begann, ein wenig von der Geschichte Andalusiens zu erzählen, und Nawal schwirrte bereits nach fünf Minuten der Kopf. Was sie sich merkte, war, dass Anfang des achten Jahrhunderts der Umayyaden-Kalif al-Walid I. die iberische Halbinsel eroberte und die Nasriden Anfang des dreizehnten Jahrhunderts Granada übernommen hatten. In dieser Zeit war sowohl die Alhambra erbaut als auch die Gärten Generalife angelegt worden.

Der Mann schien sich sehr gut mit der Geschichte Andalusiens auszukennen und er wiederholte geduldig, wenn Elif oder sie nachhakten. Im Gespräch mit dem Mann hatte Nawal die Zeit – und ihre Aufgabe, den Imam zu finden – komplett vergessen und fuhr herum, als Omar auf einmal neben ihr stand.

»Dein Großvater hat mich gerade angerufen«, sagte er leise. »Der Imam ist noch nicht aufgetaucht und er fragt, ob du schon weitergekommen bist.«

Nawal spürte, wie ihr die Hitze in den Kopf schoss. Während ihr Opa sich auf sie verließ, saß sie hier und hörte sich Geschichten an. Hastig stand sie auf.

»Entschuldigen Sie, wenn ich mich einmische«, begann der Mann, »aber ich kam nicht umhin, Ihr Gespräch mitanzuhören. Sie suchen jemanden?«

»Ja«, erwiderte Omar. »Einen der Juroren für den Quranwettbewerb – Imam Hamza.«

»Ah«, sagte der Mann und nickte lächelnd. »Da kann ich vielleicht aushelfen. Ich habe mich noch gar nicht vorstellt. Mein Name ist Hamza Lahlou.«

VORWÜRFE

Nawal blinzelte. Der Mann vor ihr sah beileibe nicht wie achtzig aus und passte auch nicht auf die Beschreibung, die sie von ihrem Großvater bekommen hatte. Bis auf den weißen Bart stimmte nichts überein. Er trug eine dunkle Hose und ein blaues Hemd und wenn sie nicht alles täuschte, hatte er auch verstanden, was sie und Anissa auf Spanisch miteinander gesprochen hatten.

»Es ist mir sehr unangenehm, dass ich einen solchen Wirbel verursache«, fuhr Hamza fort. »Mir ist ein kleines Malheur widerfahren, das mich dazu gezwungen hat, meine Kleidung zu wechseln. Als ich dann zurück in den Gebetsraum gekommen bin, waren die anderen bereits gegangen.«

»Und niemand von der Moschee hat Ihnen weitergeholfen?«, fragte Omar und sprach aus, was Nawal dachte.

»Wissen Sie, das mit dem Alter ist so eine Sache. Der Flug hierher hat seinen Tribut gefordert und deshalb habe ich die Zeit genutzt, mich ein wenig auszuruhen.«

Nawal drehte den Kopf leicht zur Seite, damit niemand sah, dass sie schmunzelte, und bemerkte dabei, wie Elif das Gleiche tat.

»Aber vor oder nach dem Maghreb-Gebet war doch zumindest der Imam da, den Sie hätten ansprechen können«, versuchte es Omar erneut und wirkte ein wenig verzweifelt, weil er zu verstehen versuchte, wieso der Imam nicht auf sich aufmerksam gemacht hatte.

»Ja, nun – auch da bin ich vermutlich nicht ganz unschuldig«, erklärte Hamza und Nawal biss sich auf die Lippen. »Er war ein wenig in Eile und die jungen Leute sind heutzutage wirklich schnell, maschallah. Also, auf jeden Fall war er weg, bevor ich mich bemerkbar machen konnte.«

»Aber ich war auch in der Moschee – wieso haben Sie mich nicht angesprochen?«, ließ Omar nicht locker.

»Ich nutze die Zeit nach Fajr und Maghreb für längere Duas und Dhikr. Bis ich damit fertig war, hatte sich die Moschee geleert. Und dann habe ich mich einfach in den Garten gesetzt«, sagte Hamza. »Von dort hat man einen ganz wunderbaren Blick«, ergänzte er und zwinkerte Nawal zu.

»Haben Sie kein Handy?«, mischte sich Elif ein.

Hamza zog ein etwas älteres Modell aus seiner Hemdtasche. »Doch, habe ich. Mein Enkelsohn hat es mir geschenkt«, erklärte er stolz. »Aber er ist auf Geschäftsreise und hatte vorher keine Zeit, die für mich wichtigen Telefonnummern einzuspeichern.«

»Aber mein Großvater hat Sie mehrmals angerufen«, sagte Nawal.

»Ja, das hat er bestimmt«, sagte Hamza zerknirscht. »Ich hatte nur das Ladekabel in den Koffer gesteckt, der sich im Bus befand …«

»Nun, wir haben Sie ja jetzt gefunden«, unterbrach Nawal ihn, um ihm weitere Erklärungen zu ersparen. »Wollen wir dann vielleicht zu Ihrer Unterkunft gehen?«

»Das würde ich wirklich sehr gern«, erwiderte Hamza erleichtert.

»Ich gebe meinem Opa Bescheid«, sagte Nawal und rief ihren Großvater an, um ihm mitzuteilen, dass sie den Imam gefunden hatten und auf dem Nachhauseweg waren.

Sie verabschiedeten sich von Anissa und Omar und gingen die Straße hinunter. Hamza war ein wandelndes

Geschichtslexikon und verkürzte ihnen die Zeit mit Erzählungen, wie es hier früher gewesen war. Der Stadtteil Albaicin war das muslimische Viertel gewesen, mit vierzigtausend Bewohnern und dreißig Moscheen. Die islamische Architektur erkannte man noch immer an den engen Gassen, manchem Fundament oder an den unterirdischen Zisternen, die der Wasserspeicherung gedient hatten. Das arabische Flair hatte sich das Albaicin bis heute bewahrt. Manches von Hamzas Erzählungen war Nawal schon bekannt gewesen, aber anderes war ihr neu und so lauschte sie ihm aufmerksam.

»Wir haben am Samstag eine Tour durch die Alhambra gebucht«, teilte Elif ihm mit, als sie vor der Tür zu den Apartments standen. »Wollen Sie nicht mitkommen?«

Nawal musterte ihre Freundin überrascht.

»Da sage ich nicht Nein«, nahm Hamza das Angebot, ohne zu zögern, an. »Ich war das letzte Mal vor zwanzig Jahren dort.«

»Dann buche ich für Sie noch eine Karte«, sagte Elif und strahlte.

Nawals Großvater erwartete sie bereits und führte den Imam in dessen Zimmer. Über seine Schulter warf er seiner Enkelin einen dankbaren Blick zu.

»Wieso wolltest du ihn unbedingt am Samstag dabeihaben?«, wandte Nawal sich an ihre Freundin.

»Er weiß bestimmt mehr als unser Guide und wenn ich schon mal hier bin, will ich so viel wie möglich an Wissen mitnehmen«, erklärte Elif achselzuckend.

Nawal hatte nie verstanden, wieso ihre Freundin nicht das Abitur gemacht hatte. Schon zu Schulzeiten war Elif immer die Schlauere von ihnen gewesen. Sie musste Nawals Gedanken in ihrem Gesicht abgelesen haben, denn Elif wandte sich abrupt ab und ging die Treppen zu ihrem Zimmer hinauf.

»Du kannst ein T-Shirt von mir haben«, sagte sie.

»Das habe ich total vergessen!«, rief Nawal aus und hatte in der Tat keine Lust mehr, nochmal loszugehen, um sich einen

Pyjama zu kaufen – dafür war sie viel zu müde. »Danke dir«, sagte sie zu Elif und schloss die Tür hinter sich. Ein Blick auf ihr Handy zeigte ihr mehrere Nachrichten von Jasleen, die sie sich noch ansehen wollte. Sie zog sich um und wollte sich nur ganz kurz hinlegen, aber sie schlief sofort tief und fest ein.

Donnerstag, Tag 17

Am nächsten Morgen weckte sie ein nicht enden wollendes Gerüttel an ihrer Schulter. »Wsss?«, brachte sie hervor.

»Seit wann bist du so eine Schlafmütze?«, ertönte Elifs muntere Stimme. »Dein Handy tanzt Salsa – vielleicht solltest du da mal rangehen. Kaffee gibt es in der Küche.«

Sie zog sich das Kissen über den Kopf. Welcher Tag war heute? Donnerstag? Und wie spät war es überhaupt? Hatte sie verschlafen? Sie stemmte die Augenlider hoch, die sich anfühlten, als würde jemand darauf sitzen, und schaute auf die Uhr. Halb sechs – es war gerade mal halb sechs! Sie schnaubte frustriert.

»Das habe ich gehört.« Das Lächeln in Elifs Stimme war nicht zu überhören. Wenn Nawal es nicht besser wüsste, würde sie ihrer Freundin eine diebische Freude über ihre abgrundtiefe Müdigkeit unterstellen.

»Pfft«, war daher alles, was sie dazu sagte.

Elif lachte und hielt ihr dann ihr Handy ans Ohr, aus dem der Adhan ertönte. Nawal ruckte hoch. »Unlautere Mittel«, sagte sie indigniert und blinzelte durch ihre bleischweren Lider.

»Du brauchst definitiv eine Dusche«, kommentierte Elif und drückte ihr ein Bündel in die Hand. »Es ist zwar keine Abaya, aber bis deine Sachen ankommen oder du dir etwas Neues gekauft hast, sollte es ausreichen.«

»Djazaki Allahu chairan«, nuschelte sie und tappte ins Bad. Elif hatte Nawal einen ihrer bunten Röcke mit einem hellblauen Oberteil und passendem Kopftuch gegeben, während sie selbst einen identischen Rock trug, nur dass das Oberteil grün war.

»Das ist fast wie damals in der achten Klasse – weißt du noch?«, fragte Nawal nach einem Blick in den Spiegel.

»Oh ja, ich erinnere mich. Wir haben die Lehrerin ordentlich verwirrt.« Elif lachte. »Ihr Gesichtsausdruck war herrlich.«

Sie beteten zusammen Fajr und während Nawal sich vor ihren Laptop setzte, briet Elif Rühreier in der Küche. Der Duft von frischen Brötchen wehte durch die Wohnung und Nawal freute sich auf das Frühstück. Doch ihr verging der Appetit in dem Moment, in dem sie Jasleens Nachrichten las, vier an der Zahl, alle von gestern Abend.

Jasleen
Bist du da?

Jasleen
Wenn du meine Nachricht siehst, ruf mich bitte an.

Jasleen
Amber tobt! Du musst ihr unbedingt die Unterlagen schicken!!

Jasleen
Ich rufe dich morgen früh an.

Hastig zog sie den Umschlag unter dem Laptop hervor und öffnete ihn. Frau Andres hatte Nawal einen Brief geschrieben und darin ausdrücklich erwähnt, dass sie die Unterlagen nur von ihr, Nawal, zurückhaben wollte. Verwundert las sie sich die Seiten des Berichts durch. Noch nie hatte sie einen ausgedruckten schriftlichen Projektbericht erstellen müssen. An ein paar Stellen hatte Frau Andres bereits Kommentare eingefügt, aber die zehn Seiten auszufüllen, würde sie mindestens eine Stunde beschäftigen. Sie schrieb Jasleen eine Nachricht und als sie gerade mit dem Bericht beginnen wollte, brummte ihr Handy. Jasleen.

»Guten Morgen«, sagte Nawal. »Wieso bist du schon so früh wach?«

»Deinetwegen natürlich«, antwortete Jasleen und gähnte. »Ich habe Emre extra gefragt, wann Fajr ist, damit ich dich erwische.«

»Oh – das ist aber lieb von dir«, erwiderte Nawal und war für einen Moment verblüfft darüber, dass Jasleen nach der Gebetszeit gefragt hatte.

»Hast du dir die Unterlagen mittlerweile angesehen?«

»Ja, gerade eben. Und ich werde Amber schreiben, dass Frau Andres darauf besteht, den Bericht von mir zu erhalten. Ich werde ihn also nicht einscannen und an Amber schicken, sondern direkt an Frau Andres.«

»Das wird Amber nicht gefallen.«

»Vermutlich nicht«, stimmte Nawal zu und konnte Ambers Schmollmund bildlich vor sich sehen. Darum würde sie sich kümmern, wenn sie den Bericht abgeschickt hatte. »Wie ist es gestern gelaufen?«

»Ja, also ...«, druckste Jasleen herum und Nawal horchte augenblicklich auf. »Sie haben eine Behelfslösung gefunden, aber Herr Baum hat der vollständigen Behebung dieser temporären Lösung oberste Priorität eingeräumt.«

Es war üblich, direkt nach einem weitreichenden Ausfall eine permanente Lösung umzusetzen, die verhinderte, dass sich das Problem wiederholte. Doch etwas an Jasleens Tonfall sagte Nawal, dass das noch nicht alles war.

»Klingt plausibel.«

»Ja, ist es auch«, stimmte Jasleen zu. »Ich hatte dir ja gestern erzählt, dass Jakobs und Ambers Projekte vom Ausfall betroffen waren.«

»Ja – und?«, drängte Nawal. Worauf wollte ihre Arbeitskollegin hinaus?

»Herr Baum hat ihnen die Fertigstellung der Projekte untersagt, bis eine dauerhafte Lösung gefunden ist«, sagte Jasleen in doppelter Geschwindigkeit und schwieg dann.

Nawal verstand sofort, dass die beiden dadurch im Prinzip aus dem Rennen waren.

»Dir ist klar, dass du damit allein auf der Zielgeraden bist?«, hakte Jasleen nach.

Sie nickte, bis ihr einfiel, dass Jasleen das nicht sah. »Ja, schon.«

»Amber hat eine ganz neue Tonhöhe erreicht, Jakob ist noch schweigsamer als sonst und Piet ist Piet. Hat nur mit den Schultern gezuckt und Kaffee für alle besorgt.«

Sie musste an Piets Bruder Vincent denken und daran, wie aufopfernd sich Piet um seine Geschwister kümmerte. »Danke für die Info. Ich werde mich nachher bei ihnen melden.«

Das Schweigen am anderen Ende der Leitung nahm ein geradezu hörbares Eigenleben an.

»Was ist?«

»Also – vielleicht solltest du damit warten«, sagte Jasleen zögerlich.

Nawal konnte sie förmlich an ihrer Lippe herumknibbeln sehen. »Weil?«, hakte sie nach.

»Ich meine ja nur«, drückste Jasleen herum.

»Jetzt sag schon, Jasleen. Warum?« Nawal konnte nicht verhindern, dass ihr Herz wie wild klopfte. Irgendetwas stimmte nicht, und zwar überhaupt nicht.

»So ziemlich alle sind inzwischen der Meinung, dass du hinter den Sabotageakten steckst«, rückte Jasleen schließlich mit der Sprache heraus.

Ihr Herz schlug weiter, in normalem Tempo, so als wäre sie nicht gerade im freien Fall, und für einen Moment hörte sie nur ihren Herzschlag. Sie räusperte sich. »Und du? Denkst du das auch?«

»Quatsch!«, antwortete Jasleen sofort. »Emre übrigens auch nicht! Aber es sieht nicht gut aus, solange wir nicht wissen, wer wirklich dahintersteckt. Dass du ausgerechnet jetzt verreist bist, hat auch nicht gerade dazu beigetragen, die Wellen zu glätten. Im Gegenteil.«

Nawal schluckte den Kloß herunter, der sich in ihrer Kehle gebildet hatte. »Danke«, stieß sie hervor.

»Lass dich davon nicht unterkriegen. Wir hören nachher voneinander, ja?«

Sie verabschiedete sich von Jasleen und starrte mit leerem Blick auf ihren Laptop.

»Schlechte Neuigkeiten?«, fragte Elif und musterte sie mit gerunzelter Stirn.

»Hah«, sagt Nawal mit einem freudlosen Auflachen, »so könnte man es nennen.«

»Willst du darüber reden?«

Sie war aufgewühlt und überrascht, wie schwer es sie traf, für etwas beschuldigt zu werden, das sie nicht getan hatte. Mit zusammengepressten Lippen schüttelte sie den Kopf. »Es tut mir leid, Elif – ich brauche einen Moment für mich.« Hastig stand sie auf, schnappte sich ihr Handy und ging zur Tür. Die Hand bereits auf der Türklinke drehte sie sich um und eilte zu Elif zurück, die sich nicht von der Stelle bewegt hatte. Sie umarmte ihre Freundin stürmisch und spürte, wie diese aufatmete. Es war wie früher, als sie noch Kinder gewesen waren. Elif würde sie nie drängen, und deswegen flüsterte Nawal an ihrem Ohr: »Ich erzähle dir nachher alles, versprochen. Ich muss es nur erst für mich selbst sortieren.«

Nawal stürmte die Treppe hinunter und überquerte den Innenhof, als sie eine Stimme vernahm, die Quran las. Abrupt blieb sie stehen und neigte den Kopf, um sie zu verstehen.

Und wer eine Verfehlung oder eine Sünde begeht und sie hierauf einem Unschuldigen vorwirft, der lädt damit Verleumdung und deutliche Sünde auf sich.

Sie lauschte, wie es weiterging, denn sie kannte nur ein paar Ayat, Teile einer Sure, der Sure An-Nisa auswendig.

Wie von selbst bewegten sich ihre Beine und sie ging wie von einem Gummiband gezogen in den kleinen Garten. Dort saß Hamza mit dem Rücken zu ihr und war in den Quran vertieft. Schon als Kind hatten ihre Eltern mit ihr und ihren Brüdern Suren, Quran-Kapitel, auswendig gelernt. Jeder von ihnen hatte einen Lieblingsrezitator und noch heute lernte sie Quran über das Gehör besser als durch eigenes Lesen.

Aber Hamza live zu hören, jagte ihr einen wohligen Schauer über den Rücken. Sie hatte längst vergessen, wieso sie aus der Wohnung gestürzt war, so gefangen hielten sie seine Stimme und die Worte des Qurans, die fast augenblicklich den Druck in ihrer Brust linderten.

»Magst du dich zu mir setzen und mir Quran vorlesen?«, fragte Hamza und deutete auf den Platz neben sich.

Woher hatte er gewusst, dass sie hinter ihm stand? Sie setzte sich zu ihm und er hielt ihr ein Taschentuch hin, zeigte mit der anderen Hand auf ihre Wange. Ihr war nicht bewusst gewesen, dass sie weinte.

»Ich bin so daran gewöhnt, Geschwister im Islam zu duzen, dass ich gar nicht gefragt habe: ist das in Ordnung? Können wir uns duzen?«

»Ja, sehr gerne«, erwiderte Nawal.

Für einen Moment schwiegen sie beide und lauschten den gedämpften Geräuschen, die von der Straße hereinwehten.

»Unterstellungen sind eine schwerwiegende Sache«, sagte er leise und hielt sein Gesicht mit geschlossenen Augen in die aufgehende Sonne.

Völlig überrumpelt von seinen Worten, starrte sie ihn mit offenem Mund an und wartete darauf, dass er fortfuhr, aber er sagte nichts mehr. Stattdessen hielt er ihr den aufgeschlagenen Mushaf hin, das Buch, in dem Allahs Worte – der Quran – festgehalten waren.

Zögernd fing sie an zu rezitieren und warf ihm nervöse Seitenblicke zu, doch er saß einfach nur still da und rührte sich nicht. Sie las eine Seite, dann noch eine weitere und vergaß erneut, wo sie war. Erst als sich Hamza neben ihr bewegte, beendete sie die Aya und schloss den Mushaf.

»Hier seid ihr«, ertönte die Stimme ihres Großvaters. »Die Gruppe ist abfahrbereit«, sagte er zu Hamza, der sich daraufhin erhob.

»Wir besichtigen erst den Austragungsort des Wettbewerbs und gehen dann die Teilnehmerlisten durch, um die Gruppeneinteilungen vorzunehmen«, erklärte ihr Großvater an Nawal gewandt.

»Soll ich mitkommen?«, fragte sie.

»Nein, kümmere du dich um deine Arbeit. Ich zeige es dir am Wochenende«, erwiderte er und strich ihr über den Arm.

Nawal nickte und war dankbar, dass er Verständnis hatte. Denn Jasleens Nachricht bedeutete, dass sie sich keinen Fehler leisten durfte, was alles dramatisch verkomplizierte.

Sie verabschiedete sich von ihrem Großvater und trat zur Seite, damit Hamza an ihr vorbeigehen konnte.

»Vielen Dank für die wunderschöne Rezitation«, sagte er zu ihr.

Das Lob traf sie unvorbereitet und sie errötete.

»Die Wahrheit findet ihren Weg – immer«, fügte er so leise hinzu, dass nur sie es hörte.

Hamza legte seinen Arm um die Schulter ihres Großvaters und schlenderte mit ihm zur Tür, während er ihm eine Anekdote erzählte.

Verblüfft schaute Nawal ihm hinterher, bevor sie sich losriss, tief einatmete und die Treppe hinauf zurück in die Wohnung sprintete.

EINMAL MALAGA
UND ZURÜCK

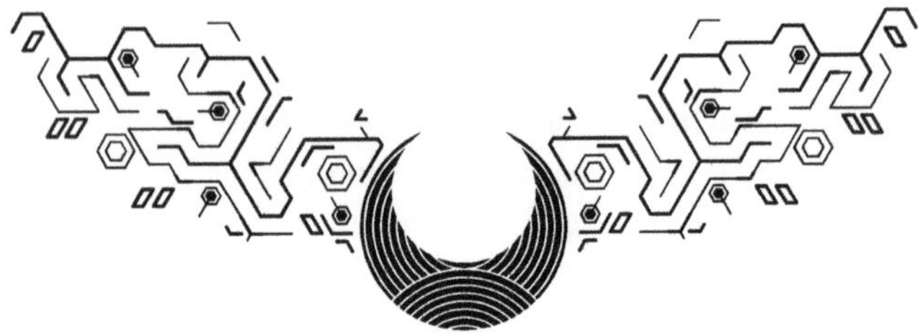

Sie füllte den Projektbericht für Frau Andres aus und schrieb die Adresse auf ein Briefkuvert, das Pablo ihr gab. Über eine Online-Plattform buchte sie einen internationalen Kurierdienst, der den Brief per Express zustellen würde und ihr zudem den Weg zum Postamt ersparte. Danach schickte sie Frau Andres eine E-Mail, dass der Bericht, wie gewünscht per Post, auf dem Weg zu ihr sei, und informierte in einer weiteren E-Mail Amber darüber.

Am Nachmittag hatte sie drei Meetings, in denen sie schweigenden Kollegen virtuell gegenübersaß, die sie weitgehend ignorierten. Um fünf Uhr fuhr sie resigniert den Rechner herunter und machte sich auf die Suche nach Elif, die ihr eine Nachricht hinterlassen hatte, dass sie sich zum Abendgebet in der Moschee treffen würden.

Langsam spazierte sie den Hügel hinauf und kaufte unterwegs zwei lange Kleider, Leggings, lange T-Shirts und einen längeren Hoodie. Die Fluggesellschaft hatte sich nicht gemeldet und sie wollte nicht noch mehr von Elifs Garderobe beschlagnahmen. Der Gebetsraum war leer und so schlenderte Nawal in den Garten der Moschee und setzte sich auf eine der Mauern mit direktem Blick auf die Alhambra. Sie war tief in Gedanken, als Elif neben ihr auftauchte.

»Wie ich sehe, warst du fleißig«, sagte ihre Freundin und zeigte auf die Einkaufstaschen zu Nawals Füßen. »Ich habe mich auch schon mit Geschenken für meine Eltern eingedeckt«, ergänzte sie und lachte. Sie zog Honig, Olivenöl und Gebäck aus ihrem Rucksack. »Dein Opa hatte mir die Adresse für einen Laden gegeben, der das alles selbst herstellt, und da will ich auf jeden Fall nochmal hin.«

»Ich würde sehr gern mitkommen«, erwiderte Nawal, die die dahinterliegende stumme Frage verstanden hatte.

Elif lachte glücklich. »Inschallah. Ich bin so froh, hier zu sein«, sagte sie und drehte sich im Kreis. »Das ist mein erster Urlaub seit sieben Jahren.«

Nawal neigte den Kopf zur Seite und rechnete nach. »Das heißt, du hast, nachdem du die Schule verlassen hast, keine Ferien mehr gehabt?«

Ein Schatten huschte über Elifs Gesicht, aber er war so schnell wieder verschwunden, dass Nawal sich fragte, ob sie sich ihn nur eingebildet hatte. »Wir sind gerade mal einen Tag hier, aber ich habe das Gefühl, als wäre es eine Woche. Meinst du, man kann sich von jetzt auf gleich in einen Ort verlieben?«

»Definitiv«, erwiderte Nawal, ohne zu zögern. »Warte, bis ich dir die Eisdiele gezeigt habe – dann willst du hier gar nicht mehr weg.«

»Niemand kann Alonsos Pistazieneis toppen«, behauptete Elif und grinste.

Als Kinder hatten sie ihr ganzes Taschengeld im Sommer für Eis ausgegeben. Sie und Elif waren nachmittags mit ihren Fahrrädern zu Alonso gefahren, hatten sich ihre Lieblingssorte in der Waffel gekauft, sich unter die uralte Kastanie gesetzt und darüber gesprochen, was sie alles zusammen machen und wohin sie reisen würden, wenn sie groß waren.

»Du wirst schon sehen«, entgegnete Nawal grinsend und zuckte mit den Schultern.

Der Adhan hallte aus dem Gebetsraum in den Garten, sodass sie ihre Taschen nahmen und zur Moschee eilten. Nach dem Gebet schlenderten sie zum Eingang und Nawal überlegte gerade, was sie mit Elif unternehmen konnte, als ihr Großvater zu ihnen trat.

»Habt ihr heute Abend etwas vor?«, erkundigte er sich.

»Noch nichts Konkretes – wieso?«, fragte Nawal und betrachtete ihn von der Seite.

»Zwei weitere Imame landen in einer halben Stunde in Malaga und übernachten nun doch nicht dort, wie ursprünglich geplant, sondern wollen direkt hierherkommen.« Er fuhr sich über seine kurzgeschnittenen Haare. »Ich habe Pablo schon Bescheid gegeben und er richtet die Zimmer her, während Alberta kocht.« Erneut machte er eine Pause und schaute gehetzt auf die Straße, wo eine Gruppe von Männern stand, die offensichtlich auf Nawals Großvater warteten.

»Wie können wir helfen?«, fragten Elif und Nawal gleichzeitig. Sie sahen einander an und grinsten breit. Es war wie früher und ein warmes Gefühl breitete sich in Nawal aus.

»Also ... wenn es euch nichts ausmacht«, druckste Nawals Großvater herum, »könntet ihr die beiden vom Flughafen abholen? Ich würde es selbst machen, aber ich habe den anderen Imamen eine Nachtführung durch die Alhambra versprochen und so kurzfristig keinen Ersatz gefunden.«

»Mach dir keine Sorgen, Opa – wir kümmern uns. Wie heißen die beiden?«, fragte Nawal und drückte seine Hand.

»Pablo schreibt dir die Namen auf und gibt dir auch den Autoschlüssel«, versprach ihr Großvater. »Ich danke euch von Herzen«, sagte er erleichtert und sprach für beide ein Dua. Dann eilte er zu seiner Gruppe und führte diese zu einem bereitstehenden Minibus.

Elif und Nawal gingen die Straße hinunter, was um diese Uhrzeit – am frühen Abend – einem Hindernislauf glich. Überall blockierten Menschen die schmalen Gassen und mehr als einmal waren sie in einer Menschentraube gefangen. Ein wenig außer Atem tippte Nawal schließlich den Code an der Haustür ihres Großvaters ein. Pablo empfing sie und drückte ihnen sofort den Autoschlüssel in die Hand. Elif nahm den Zettel mit den Namen entgegen und sie eilten zum Parkhaus. Kurz darauf lotste Elif Nawal mit ihrer Handy-App durch Granada, bis sie auf der Autobahn waren und sich ein wenig entspannen konnten.

»Sie landen in einer halben Stunde. Bis sie ausgestiegen sind und ihr Gepäck geholt haben, sollten wir inschallah am Flughafen sein«, informierte Elif sie.

»Inschallah«, murmelte Nawal. »Haben wir eine Handynummer, damit wir sie erreichen können, falls wir uns verspäten?«

»Natürlich nicht«, stellte Elif mit einem Blick auf den Zettel – und dessen Rückseite – von Pablo fest. Sie versuchte, ihn anzurufen, aber er ging nicht dran. »Dann sollten wir einfach nicht zu spät kommen«, erklärte Elif resolut, und Nawal lachte.

»Zumindest haben wir einen Plan«, sagte Nawal und kicherte immer noch. Nicht, dass Elifs Kommentar besonders lustig gewesen war, aber sie war den ganzen Tag so angespannt gewesen, dass sie ein Ventil benötigte, den Druck abzulassen.

»Außerdem sind es erwachsene Männer. Die verfallen nicht gleich in Panik, wenn die Abholer noch nicht parat stehen – richtig?«, mutmaßte Elif.

»Mhm«, brummte Nawal und starrte auf die Rücklichter des vor ihnen fahrenden Autos. »Nach zwei Jahren im Projektmanagement setze ich gar nichts mehr voraus.«

Elif knuffte sie in den Oberarm. »Seit wann bist du so ...«

»Realistisch? Unvoreingenommen?«, half Nawal aus.

»Verbissen?«, hielt Elif dagegen und sah sie fragend an.

Verblüfft drehte Nawal ihren Kopf und runzelte die Stirn.

»Was ich meine – du warst schon immer ehrgeizig. Aber eher, weil du verstehen wolltest, wie etwas funktioniert oder aus welchen Beweggründen etwas passiert ist. Du hast Wissen aufgesaugt wie ein Schwamm ein umgekipptes Getränk. Und dann hast du sichergestellt, dass alle davon profitierten, indem du mit Engelsgeduld die kompliziertesten Sachverhalte erklärt hast, damit niemand zurückbleibt. Das mochte ich am meisten an dir.« Ihre Freundin schaute aus dem Fenster.

Nawal blinzelte und schluckte. Vielleicht war die Verbissenheit, die sie neuerdings an den Tag legte, ja der Grund dafür, wieso nun alle glaubten, dass sie hinter der Sabotage steckte. Sie war sich nicht sicher, ob sie wollte, dass Elif fortfuhr, und umklammerte das Lenkrad, bis ihre Fingerknöchel weiß hervortraten.

Doch Elif holte ihr Handy hervor, tippte darauf herum und Nawal nahm an, ihre Freundin sei mit WhatsApp oder irgendeiner Social-Media-App beschäftigt, bis auf einmal eine Stimme ertönte. Für den Rest der Fahrt hörten sie schweigend einen Podcast über Abu Ubaida.

In Malaga standen sie prompt im Stau und kamen mit fünfundvierzigminütiger Verspätung am Flughafen an.

»Sie könnten mittlerweile überall sein«, sagte Elif und ließ ihren Blick über die in alle Richtungen wuselnden Menschen gleiten.

»Lass uns zum Ankunftsbereich gehen – vielleicht warten sie dort auf uns.« Eine Anzeigentafel wies ihnen den Weg und sie schauten sich um. Viele Familien, eine Jugendgruppe, einzelne Geschäftsleute, Flughafenpersonal und Crewmitglieder mit Rollkoffern gingen an ihnen vorbei, aber von den zwei Imamen war nichts zu sehen.

»Was machen wir jetzt?«, fragte Elif und drehte sich einmal im Kreis.

»Wir fragen am Informationsschalter, ob sie eine Nachricht hinterlassen haben«, schlug Nawal vor.

Während sie hinter einem Ehepaar warteten, las Nawal die Anzeigetafel, die angab, in welcher Richtung sich was befand, erneut durch. »Ich bin gleich wieder da«, sagte sie zu Elif und eilte, ohne deren Antwort abzuwarten, nach rechts.

Vor dem Gebetsraum für Männer blieb sie stehen. Ein Mann kam heraus, zog seine Schuhe an und ging an ihr vorbei. Zögerlich schlich sie an den Türrahmen und spähte in den Raum, doch da war niemand. Sie zog den Kopf zurück, da hörte sie leises Gemurmel. Dieses Mal stellte sie sich in den Türrahmen und suchte den Raum ab. Hinter einem Regal, in dem Mushafs lagen, ragten Füße heraus, die definitiv vorher noch nicht dort gewesen waren. Jemand hatte es sich bequem gemacht und lehnte offensichtlich an der Wand.

»Kann ich Dir helfen, Schwester?«, ertönte eine Stimme neben ihr.

Ein Mann in einem dunkelgrauen Anzug strich sich über seinen Bart, der nass glänzte. Erst jetzt bemerkte sie den Waschraum hinter ihm.

»Ich suche zwei ältere Herren. Haben Sie sie vielleicht gesehen?«, fragte sie und hörte selbst, wie unpräzise sie sich ausdrückte.

»Nein, außer uns ist niemand hier«, sagte der Mann, der nicht viel älter sein konnte als ihr Vater, bedauernd.

»Djazak Allahu chairan«, bedankte sie sich bei ihm und drehte sich um. »Wäre ja auch zu einfach gewesen, wenn ich die Imame hier gefunden hätte«, murmelte sie und wollte eben davoneilen, als der Mann sie stoppte.

»Haben Sie gerade Imame gesagt?«

»Ja?«

Er räusperte sich. »Mein Kollege und ich sind Imame.«

»Imam Yahya und Imam Karim?«, hakte Nawal nach.

»Dieselben«, bestätigte er und grinste. »Ich sage meinem Kollegen Bescheid, dass wir abgeholt werden.« Er verschwand im Gebetsraum.

Nawal schickte eine Nachricht an Elif, beschrieb ihr, wo sie sich aufhielt, und keine zwei Minuten später düste ihre Freundin um die Ecke.

»Wo sind sie?«, fragte sie atemlos.

»Wir sind hier«, sagte der Mann, mit dem Nawal gesprochen hatte, und zeigte auf den älteren Herrn neben sich. »Ich bin Imam Yahya«, stellte er sich vor.

»Und ich Imam Karim«, ergänzte der ältere Herr, der eine beigefarbene Djellaba trug und einen weißen Bart hatte.

»Es freut mich sehr, Sie kennenzulernen«, erwiderte Nawal und stellte sich und Elif ebenfalls vor. »Mein Großvater, der Sie abholen wollte, ist leider verhindert. Das Auto steht draußen und die Köchin hat etwas für Sie vorbereitet. Oder möchten Sie unterwegs etwas trinken oder essen?«

Beide verneinten und zehn Minuten später saßen alle im Auto. Elif lotste Nawal erneut durch Malaga, bis sie auf der Autobahn waren. Da der Verkehr deutlich abgenommen hatte, kamen sie zügig voran und erreichten Granada gegen halb elf. Ihr Großvater nahm die beiden Imame im Empfang und Nawal und Elif gingen in ihr Appartement, wo sich Nawal erschöpft auf die Couch plumpsen ließ.

»Wollen wir zusammen beten?«, fragte sie Elif und rieb sich die Augen. »Ich gehe danach schlafen, weil ich morgen früh um acht gleich das erste Meeting habe.«

»Das passt mir gut«, stimmte Elif zu. »Alberta braucht morgen etwas Hilfe und ich nutze die Gelegenheit, die lokale Küche besser kennenzulernen.« Sie grinste breit, sodass Nawal automatisch auch lächeln musste. Elif war einfach ein Koch- und Backjunkie.

Erstaunt stellte sie fest, dass ihre neu gekaufte Kleidung frisch gewaschen und ordentlich zusammengefaltet auf ihrem Bett lag. Alberta musste ihre Taschen gefunden und trotz der vielen Gäste, die sie dieses Wochenende zu bewirten hatte, noch die Zeit genommen haben, sich um ihre Sachen zu kümmern. Sie würde sich morgen bei ihr dafür bedanken.

Freitag, Tag 18

Der nächste Arbeitstag verlief genauso zäh wie der Tag zuvor. Ihre Entwickler waren nicht erreichbar, Meetings wurden kurzfristig abgesagt und selbst Jasleen hatte keine Zeit für sie. Um fünf Uhr gab sie auf und loggte sich aus. Sie rollte die Schultern und versuchte, ihren verspannten Nacken wieder ein bisschen in Bewegung zu bringen. Elif war morgens in Albertas Küche verschwunden und seither nicht wieder aufgetaucht. Hungrig trabte Nawal die Treppe hinunter und betrat den Vorhof.

»Ah, Nawal«, ertönte Hamzas Stimme aus dem Garten und sie drehte sich um.

Er saß auf einer Bank und lächelte sie über sein aufgeschlagenes Buch hinweg an. »Magst du dich zu mir setzen?«

»Ja, gerne«, antwortete sie und machte es sich neben ihm bequem. Sie hatte jetzt schon so lange nichts gegessen, da konnte sie auch noch fünf Minuten länger aushalten.

»Ich habe gesehen, dass du dich zu dem Wettbewerb angemeldet hast«, sagte er und betrachtete sie aufmerksam.

Hatte sie nicht!

Sie lächelte. »Ja, das habe ich wohl«, erwiderte sie und umfasste die Lehne der Bank. Er musste ja nicht wissen, dass sie sich gar nicht eingetragen hatte.

»Hast du jemanden, mit dem du üben kannst? Immerhin ist die Sure Al Baqarah die längste im Quran mit knapp zweieinhalb Djuz.«

Nawal schluckte. Es war mindestens fünf Jahre her, dass sie diese Sure auswendig gelernt hatte. Wie um alles in der Welt sollte sie es schaffen, die achtundvierzig Seiten bis nächste Woche zu wiederholen und auswendig vorzutragen? Sie würde mit ihrem Großvater reden und ihn bitten müssen, sie wieder abzumelden. Was hatte sich ihre Mutter nur dabei gedacht? Nawal erinnerte sich daran, mit ihr darüber gesprochen zu haben, weil sie in früheren Jahren auch teilgenommen hatte. Ohnehin hatte Nawal vorgehabt, heute Abend mit ihrer Mutter zu telefonieren, und dabei würde sie sie darauf ansprechen. »Nein, ich habe noch niemanden«, antwortete sie verspätet.

»Sehr schön«, sagte er erfreut und klatschte in die Hände. »Ich würde das gerne übernehmen.«

»Oh ... ich«, stotterte Nawal überrumpelt und suchte nach einer Erklärung, wieso sie nicht teilnehmen würde.

»Wir können gleich anfangen«, sagte Hamza. »Dein Tadschwid ist schon sehr gut, aber ich würde mir gern ein Bild davon machen, wie gut du die Sure auswendig kannst.«

Ihre Eltern hatten ihr und ihren Brüdern die Regeln der Quranrezitation beigebracht, aber seit sie in der Firma begonnen hatte, kam sie wesentlich langsamer voran. Sie rieb ihre Hände, die sich auf einmal verschwitzt anfühlten, unauffällig an ihren Beinen. Hamza nickte ihr aufmunternd zu und sie fing zögerlich an zu rezitieren. An einigen Stellen stockte sie, aber der Imam half ihr aus.

Nach ungefähr einem Drittel bat er sie, anzuhalten, schlug den Mushaf auf und ging mit ihr die Passagen durch, an denen ihm etwas an ihrer Aussprache aufgefallen war. Danach hielt er ihr den Mushaf hin und rezitierte. Wie schon gestern war sie sofort von seiner Stimme gefangen und lauschte hingerissen.

»Hamza«, sagte Imam Yahya, der sich mit ihrem Großvater unbemerkt zu ihnen gesetzt hatte. Der jüngere Mann stand auf und küsste erst Imam Hamzas Hand, bevor er ihn umarmte. Während die beiden Männer sich unterhielten, gesellte Nawal sich zu ihrem Großvater.

»Hat Mama mich zum Wettbewerb angemeldet?«, fragte sie ihn flüsternd.

»Nein, das war ich«, raunte er zurück. »Aber schon vor drei Monaten – wieso?«

»Ach, nichts«, wiegelte sie ab. »Ich habe es nur gerade eben erst von Hamza erfahren.«

Er musterte sie stumm von der Seite. »Hamza ist einer der besten Quran-Rezitatoren, die ich kenne«, stellte ihr Großvater bewundernd fest. »Schade, dass er keine Schüler mehr unterrichtet.«

Nicht? Aber er hatte doch gerade angeboten, sie zu unterstützen. Nawal runzelte leicht die Stirn, ließ sich aber ansonsten nichts anmerken. Hatte sie ihn vielleicht falsch verstanden? Bevor sie antworten konnte, hatten die beiden Imame zu ihnen aufgeschlossen.

»Nawal«, wandte sich ihr Großvater an sie, »hattest du vor, in der Moschee Ischaa zu beten?«

»Ja, ich war auf der Suche nach Elif und wollte dann mit ihr zum Nachtgebet gehen – wieso?«

»Ein Teil der Gruppe ist noch unterwegs und wir treffen uns am Plaza Santa Ana, um von dort gemeinsam hochzulaufen.«

Sie nickte.

»Imam Yahya und Imam Hamza würden gern direkt zur Moschee gehen«, sagte er und hob fragend die Augenbrauen.

»Kein Problem. Ich bringe sie gern dorthin. Aber hast du zufällig Elif gesehen? Ist sie noch bei Alberta?«

»Ja, ist sie. Zumindest war sie das vor einer halben Stunde, als ich das letzte Mal in der Küche vorbeigeschaut habe.« Er drückte Nawals Arm und verabschiedete sich von den beiden Imamen, die ihn noch zur Tür begleiteten.

Elif schob gerade ein Backblech in den Ofen und schwatzte mit Alberta, die am Küchentisch saß und Kartoffeln schälte.

Die beiden Köchinnen bemerkten Nawal erst, als diese sich eines der noch dampfenden Gebäckstücke in den Mund steckte, die überall herumstanden, und genüsslich aufstöhnte.

Zwei Augenpaare sahen sie überrascht an.

»Wsssis?«, fragte sie kauend. »Ich habe heute noch nichts gegessen und das hier schmeckt einfach köstlich.« Sie leckte sich Honig vom Daumen und war schon mit hungrigem Blick auf der Suche nach weiteren Leckereien.

»Setz dich, Kind«, sagte Alberta in einem Ton, der keinen Widerspruch duldete, und drückte Nawal auf einen Stuhl. Sie öffnete den Kühlschrank, holte einen Topf heraus und stellte ihn auf den Herd. »Ich habe dir extra eine Gazpachuelo gekocht.« Sie drehte sich zu Nawal um. »Die magst du doch so gerne.«

Nawal hatte sich über den Tisch gebeugt, steckte sich genüsslich ein Medialunas in den Mund und griff mit der rechten Hand nach einem Piononos. Als sie Albertas tadelnden Blick auffing, hielt sie in der Bewegung inne, legte das Piononos wie in Zeitlupe zurück auf den Teller und schluckte. Elif kicherte und prustete schließlich los, obwohl Nawal ihr einen warnenden Blick zugeworfen hatte.

»Nichts Süßes vor dem Essen!«, ermahnte Alberta sie und unterstrich ihre Worte, indem sie mit dem Zeigefinger wackelte.

»Och, Alberta – komm schon. Ich bin keine fünf mehr«, protestierte sie.

»Das stimmt. Mit fünf hast du niemanden mit deinem Magenknurren in die Flucht geschlagen«, entgegnete Alberta und Elif gluckste.

Als habe er auf seinen Einsatz gewartet, gab Nawals Magen ein Geräusch von sich, das gut und gerne von einem zornigen Bären stammen könnte.

»Wie ich höre, hast du noch nichts gegessen«, sagte Hamza, der im Türrahmen stand und fragte, ob er sich zu ihnen setzen dürfe. Alberta winkte ihn herein. »Dabei kocht Alberta wirklich ausgezeichnet, maschallah.«

Nawal war peinlich berührt, dass Imam Hamza nicht entgangen war, wie hungrig sie war, und sah Elif mit aufgerissenen Augen an. Doch ihre Freundin zwinkerte ihr nur zu und wandte sich wieder der Spüle zu. Es war nicht zu übersehen, dass sie sich unter lautlosem Gelächter krümmte. Von ihrer Freundin war also keine Unterstützung zu erwarten.

Alberta hatte ihr bereits Suppe in eine Schüssel geschöpft und die dampfende Schale vor ihr abgestellt. Dankbar löffelte sie die Fischsuppe und während sie nur am Rande mitbekam, wie Hamza sich mit Alberta unterhielt, wanderten ihre Gedanken zurück zu dem Quranwettbewerb. Erst die Challenge im Büro und jetzt das. Hatte Hamza wirklich vorgehabt, mit ihr zu üben? Sie war etwas eingerostet, aber die Rezitation vor dem Imam hatte ihr eine Ruhe verliehen, von der sie nicht gewusst hatte, dass sie ihr fehlte.

Als sie fertig gegessen und ihren Teller abgespült hatte, stand Imam Yahya im Türrahmen, ausgehbereit für die Moschee. Sie verabschiedeten sich von Alberta und machten sich auf den Weg.

Nawal hielt ihnen die Haustür auf. Beim Vorbeigehen raunte Hamza ihr zu: »Morgen gleiche Zeit?«

Nawal nickte stumm und konnte nicht verhindern, wie ihr Herz vor Freude darüber, dass er sie unterrichten würde, einen kleinen Sprung machte.

ALHAMBRA

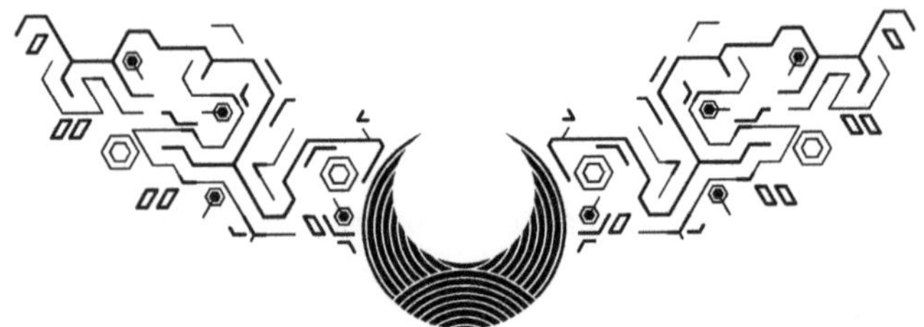

Am nächsten Morgen blieb sie nach dem Fajr-Gebet wach und las Quran. Sie wiederholte die Tadschwidregeln und hörte sich auf dem Handy an, wie ihr Lieblingsrezitator die Sure Al Baqarah aussprach. Dabei rezitierte sie stumm mit und schloss die Augen, um nicht in Versuchung zu kommen, zu spicken.

Auf einmal mischte sich Elifs Stimme mit der des Rezitators und sie öffnete die Augen.

»Ich habe dich dreimal laut gerufen, aber du hast mich nicht gehört. Was hörst du da überhaupt?«

»Sure Al Baqarah«, erwiderte Nawal und nahm die Kopfhörer aus dem Ohr.

Elif neigte den Kopf zur Seite und musterte sie abwartend.

»An einigen Stellen hapert es noch gewaltig«, erklärte sie.

»Wieso?«

»Weil ich sie schon länger nicht mehr auswendig aufgesagt habe.«

»Nein, ich meine – wieso jetzt?«

»Wie sich gestern überraschend herausgestellt hat, mache ich beim Quranwettbewerb mit und muss dafür die Sure Al Baqarah rezitieren«, erklärte sie und knetete ihre Hände.

»Du hast nicht gewusst, dass du beim Wettbewerb mitmachst?«, fragte Elif fassungslos.

»Nein. Mein Großvater, ich vermute auf Geheiß meiner Mutter, hat mich angemeldet. Hamza hat es mir gestern Abend gesagt.«

»Was genau passiert eigentlich bei diesem Wettbewerb?«, erkundigte sich Elif.

»Es gibt verschiedene Kategorien für Jungen und junge Männer sowie für Mädchen und junge Frauen bis achtundzwanzig Jahre. Normalerweise wird pro Altersklasse festgelegt, wieviel vom Quran auswendig vorgetragen wird. Aber hier ist das Alter nicht relevant, sondern es wurden vier verschiedene Stufen festgelegt. Die höchste ist die komplette Sure Al Baqarah mit mehr als zwei Juz, dann kommt ein Juz, ein halber Juz und nur die Sure Al Mulk. Es geht nicht nur darum, fehlerfrei auswendig zu rezitieren, sondern auch die Tadschwidregeln richtig anzuwenden.«

»Wir können zusammen üben«, bot ihre Freundin an und räumte die Gläser vom Esszimmertisch.

Bevor Elif damals die Schule verlassen hatte, hatten sie samstags an einem Tadschwidkurs teilgenommen, den Nawal noch eine Weile allein besucht, dann aber aufgegeben hatte. Ohne ihre Freundin hatte es ihr einfach keinen Spaß mehr gemacht.

»Das wäre toll«, antwortete sie und folgte Elif in die Küche.

Dort war der Tee schon vorbereitet und die Brötchen im Ofen. Wieso hatte sie das nicht gerochen? Das ganze Haus duftete danach. Was entging ihr sonst noch alles, wenn sie konzentriert war?

Hamza erwartete sie beide bereits gutgelaunt im Innenhof, bereit für die gemeinsame Alhambraführung. Sie stiegen die enge Gasse hinauf, überquerten die Plaza Santa Ana und schlenderten links am Carrera del Darro entlang.

An manchen Stellen war es so eng, dass sie sich an die Hauswand drücken mussten, um die Autos oder Motorräder vorbeizulassen. Es war die schönste Fußgängerzone in Granada, von der aus man die Alhambra bewundern konnte. Kopfsteinpflaster und Gebäude aus der Nasridenzeit erzählten ihre Geschichte, genauso wie der letzte Abschnitt, der Paseo de los Tristes. Hier waren früher die Toten zum Friedhof transportiert worden.

Nawal stupste Elif an und zeigte ihr auf der gegenüberliegenden Straßenseite eine Eisdiele. »Das Granatapfel-Eis dort ist der Hammer«, flüsterte sie ihr zu und grinste. »Wirst schon sehen.«

Sie bogen nach dem Paseo de los Tristes rechts ab, überquerten eine Brücke über den ausgetrockneten Darros und stiegen den steilen Weg zur Alhambra hinauf. Hamza hatte eine für sein Alter erstaunliche Kondition, aber dennoch hielten sie zweimal an, um den grandiosen Blick über Granada zu genießen und zu fotografieren.

»Wir hätten vielleicht doch besser ein Taxi genommen«, raunte Elif ihr zu. »Wie soll Hamza denn noch drei Stunden Führung durchhalten?«

Sie hatten zwanzig Minuten Zeit, bevor ihre Tour beginnen würde, und nutzten diese, um sich auf einer der vielen Bänke auszuruhen. Nawal hielt jedem eine Flasche Wasser hin sowie Albertas belegte Brötchen und danach kam wieder Farbe in Hamzas Gesicht.

Der Guide versammelte pünktlich um zehn Uhr alle seine Teilnehmer am Eingang und ging dann mit ihnen an der Stadtmauer entlang. Die Alhambra, erklärte er, war eine Burganlage, quasi eine Stadt in einer Stadt. Seit 1984 war sie Weltkulturerbe und stellte das bedeutendste Monument maurischer Baukultur und islamischer Kunst in Europa dar. Die Übersetzung des Namens lautete angeblich »die Rote Festung«, und wer die Alhambra schon einmal im Abendlicht gesehen hätte, verstünde, warum sie so heißt, aber sicher sei man sich bei dieser Übersetzung nicht. Einig war man sich jedoch darin, dass sie jahrhundertelang eine muslimische Hochburg und ein Zentrum von Wissenschaft, Spiritualität, Architektur und Astronomie gewesen war.

Sie gingen flott weiter und Nawal warf Hamza besorgte Seitenblicke zu, ob er wohl mit dem Tempo der Gruppe mithalten konnte. Doch der ältere Imam lauschte dem Guide interessiert, der von den vier Teilen der Anlage erzählte: der Alcazaba, dem Bollwerk der Alhambra und Rückzugsort bei einer Erstürmung, den Nasridenpalästen, die das Herzstück der Alhambra bildeten, der Generalife, den Gartenanlagen außerhalb der Befestigungsmauern und schließlich der Medina.

Sie hatten die Außenmauer mittlerweile umrundet und betraten den Burgkomplex. Staunend betrachteten sie die Wände mit ihren Arabesken und den arabischen Schriften aus Stuck, die selbst jetzt noch deutlich lesbar waren. Kuppeln und Nischen waren mit Muqarnas verziert. Hamza ergänzte, dass man sie auch als Stalaktitengewölbe bezeichnete, weil sie an Tropfsteinhöhlen erinnerten. Nawal dachte automatisch an Bienenwaben und verrenkte ihren Kopf, um die teils farbig, teils weiß gehaltenen Muqarnas zu bestaunen.

An einer unspektakulären Stelle, die ein paar Mauerreste und Rinnen zeigte, wies Hamza sie darauf hin, dass dort im dreizehnten Jahrhundert bereits Toiletten mit fließendem Wasser untergebracht gewesen waren. Eine Information, die Nawal sich sofort einprägte – eine Angewohnheit aus ihren Debattiertagen.

In den Nasridenpalästen gefiel Elif der Myrtenhof, die Residenz des Sultans und seiner Familie, am besten. In der Mitte des Palastes gab es einen rechteckigen Hof mit einem Wasserbecken. Die längeren Seiten waren von Myrtenbeeten und die kürzeren von Säulengängen umgeben. Ein

Brunnen versorgte das Becken auf eine solche Weise mit Wasser, dass die Wasseroberfläche vollkommen glatt blieb und die symmetrischen Wände perfekt spiegelte. Elif fotografierte den Hof von beiden Seiten und verglich sie staunend miteinander.

Sie spazierten durch den Salon des Throns mit seiner beeindruckenden Decke, die aus knapp achttausend verschiedenen Teilen bestand und die sieben Himmel darstellen sollte.

Danach ging es über einen Aussichtspunkt, welcher ihnen den Paseo de los Tristes von oben zeigte, weiter in den berühmten Löwenhof, wo sich die Touristen nur so tummelten. Der Hof war von einhundertvierundzwanzig Säulen umgeben. In seiner Mitte lag ein zwölfeckiger Brunnen aus weißem Marmor, der von zwölf Löwen getragen wurde, daher auch sein Name. Früher hatte der Hof Riyad Al-Said geheißen, der glückliche Garten. Das Wasser aus dem Brunnen floss durch die Löwenmäuler und ergoss sich in kleine Kanäle, die sich durch den Innenhof schlängelten.

Der Guide legte eine kurze Pause ein, die vor allem Hamza dringend nötig hatte. Schweigend tranken sie ihr Wasser und stärkten sich mit Albertas leckeren Stückchen. Zu viele Eindrücke wirbelten in Nawals Kopf herum und versuchten, einen Platz zu finden. Elif ging es vermutlich ähnlich, war sie doch ungewöhnlich still. Nur Hamza schien das Problem nicht zu haben, denn er nickte sogar kurzzeitig ein.

Die Gartenanlage mit ihren vielen Springbrunnen, Wasserkanälen, alten Zypressen, Lorbeerbäumen sowie unzähligen anderen Blumen, Pflanzen und Bäumen und sogar einem Theater, sorgten für weitere Bilderbuchfotos. Sie könnte sich tagelang hier aufhalten und würde doch immer wieder etwas Neues entdecken.

Am Ende ihrer Tour führte der Guide sie zum Palast Karls des Fünften. Für den Bau dieses viereckigen Gebäudes im Renaissance-Stil, das so gar nicht zu der restlichen Anlage passen wollte, waren Teile der Nasridenpaläste abgerissen worden. Und trotz des ganzen damit verbundenen Aufwands war dieser Palast mit seinem runden Innenhof nie wirklich fertiggestellt worden. Heute fanden darin Konzerte und Events statt.

Der Guide beendete seinen Rundgang und sie setzten sich auf eine der Bänke im Generalife. Nawals Füße schmerzten – so ausgedehnte Spaziergänge war sie einfach nicht mehr gewohnt.

»Ich muss hier nochmal hin!«, stellte Elif mit leuchtenden Augen fest. »Die Geschichte habe ich ja jetzt gehört, aber es gibt noch so vieles, was ich mir ansehen will – und dieser Garten …«, schwärmte sie und breitete die Arme aus, als wollte sie alles, was nicht rechtzeitig auswich, umarmen.

»Inschallah«, antwortete Nawal und schmunzelte. »Wir sind ja noch eine Woche hier, da ergibt sich bestimmt eine Gelegenheit.«

Ihr Handy klingelte. Es war ihr Großvater.

»Wo bist du?«, fragte er.

»Wir sind gerade mit der Führung fertig und sitzen noch in der Alhambra«, antwortete sie und wunderte sich über seine Frage. Sie hatte ihm heute Morgen bei der Verabschiedung von ihren Plänen für heute erzählt und normalerweise vergaß ihr Großvater nichts.

»Ich hole dich in fünfzehn Minuten ab.« Mit diesen Worten beendete ihr Großvater das Gespräch.

Verblüfft starrte Nawal auf ihr Handy.

»Alles in Ordnung?«, erkundigte sich Elif und hob die Augenbrauen.

»Ich bin mir nicht sicher«, sagte sie langsam. »Die gute Nachricht ist, dass wir uns das Taxi sparen können. Die schlechte, dass wir dafür allerdings jetzt schon losgehen müssen.«

Hamza schaute auf seine Uhr. »Das trifft sich gut. In einer halben Stunde tagt das Organisationsteam.«

Das erklärte, wohin ihr Großvater wollte, aber nicht, weswegen er so kurz angebunden gewesen war. Sofort meldete sich der bekannte Knoten in Nawals Magen, den sie erfolgreich für ein paar Stunden verdrängt hatte.

Sie begaben sich schnurstracks zum Ausgang, den sie in dem Moment erreichten, in dem ihr Großvater ankam. Elif und Nawal stiegen hinten ein, damit Hamza sich nach vorn setzen konnte. Mit großen Augen und einem Zucken der Schultern stellte Elif die stumme Frage, was wohl vorgefallen war, aber Nawal flüsterte nur: »Ich weiß es auch nicht.« Was immer es auch war, sie hatte ihren Großvater noch nie so angespannt gesehen und beschloss, ihn in dieser Stimmung nicht mit einer Frage nach dem Grund zu belästigen.

Er parkte in einer Querstraße zur Moschee und führte sie am Gebetsraum vorbei in einen Raum, in dem vermutlich sonst Unterricht stattfand. Etwa zwanzig Männer und Frauen waren dort versammelt und unterhielten sich. Als ihr Großvater mit Hamza neben sich eintrat, verhallten die Gespräche und nur das Rücken von Stühlen war zu hören.

»Wir sehen uns nachher«, flüsterte Elif und drehte sich um.

»Kannst du nicht hierbleiben?«, fragte Nawal genauso leise zurück und hielt ihre Freundin am Arm fest. Da sich schon ein paar Köpfe zu ihnen umgewandt hatten, schnappte sie Elifs Hand und setzte sich mit ihr an das Ende des Tisches.

»As salamu alaikum wa rahmatuh Allahi wa barakatuhu«, eröffnete ihr Opa die Sitzung. Er bedankte sich bei den Imamen, dass sie sich als Jury für den Quranwettbewerb zur Verfügung gestellt hatten, und besprach den Zeitplan für die kommende Woche. Ihr Großvater wiederholte die Regeln sowie die Gruppeneinteilung und vergegenwärtigte den Teilnehmern, worauf besonders geachtet werden würde. Dann räusperte er sich. Gleich würde er darüber sprechen, was der Grund für seine Anspannung war, und Nawal hielt es vor Aufregung kaum noch aus.

»Wir ihr wisst, hat uns die Stadt – wie all die Jahre zuvor – eine Halle zur Verfügung gestellt.«

Zustimmendes Gemurmel von allen Seiten war zu vernehmen.

»Heute Morgen hat sich dort ein Teil der Decke gelöst und ist herabgefallen.«

Überall ertönte »La ilaha illallah«, es gibt keinen Gott außer Allah. Ihr Großvater hob die Hand und sofort verstummte das aufgeregte Gemurmel.

»Wir sind bereits in Gesprächen mit der Stadtverwaltung, wohin wir ausweichen können, und inschallah wird sich eine geeignete Austragungsstätte finden. Doch wir sollten auch in Erwägung ziehen, dass der Wettbewerb hier stattfinden muss.« Er schaute auf seine Notizen, die vor ihm auf dem Tisch lagen. »Um das zu planen, werden wir zwei Gruppen einteilen.«

Ihr Großvater sah hoch und schaute sie direkt an.

»Allah hat mir meine Enkelin geschickt, weil meine Tochter sich um ihren verletzten Mann kümmern muss. Nawal ist Projektmanagerin, weswegen ich ihr die Leitung der ersten Gruppe anvertrauen möchte.« Er pausierte und wartete, bis sie zustimmte. »Yahya«, wandte er sich an den Imam, den Nawal vom Flughafen abgeholt hatte. »Könntest du sie dabei unterstützen?«

»Sehr gerne, inschallah«, erwiderte dieser und nickte Nawal zu.

Ihr Großvater teilte ihr weitere Männer und Frauen zu, die sie nicht kannte, bevor er zur zweiten Gruppe überging, deren Leitung er selbst übernehmen würde. Kurz darauf beendete er das Meeting.

Nawals Gruppe bestand aus sechs Männern und vier Frauen, eine davon Elif. Nur drei von ihnen hatten Kontakte in Granada und ihr erster Auftrag war, herauszufinden, was es für Räume gab. Diejenigen, die Spanisch sprachen, teilte sie ein, mit der Stadt die Gespräche weiterzuführen. Blieben Imam Yahya, Elif und sie übrig.

»Ich könnte meine Social-Media-Kontakte nutzen«, schlug Elif vor.

Nawals Mund stand offen und ihre Augenbrauen hatte sie so hochgezogen, dass sie das Untertuch ihres Kopftuchs berührten.

»Es ist ein Blog und kein riesiger Account, aber einen Versuch ist es wert.«

»Auf jeden Fall«, krächzte Nawal zustimmend, immer noch erstaunt darüber, dass ihre Freundin einen Blog führte.

»Ich werde meine Kollegen fragen, vielleicht haben sie eine Idee, und mein Sohn kann es in die Moscheegruppe stellen«, bot Imam Yahya an.

Nawal hatte sich von allen die Telefonnummer geben lassen und tippte die Zusammenfassung in die Gruppe. Zurück blieben sie, Elif und ihr Großvater.

»Es tut mir leid, dass ich dich damit überfallen habe«, sagte er zerknirscht und lehnte sich an einen der Tische. Er sah müde aus, fand Nawal. »Jedes Jahr passiert irgend-etwas, aber ein solch großes Problem hatten wir noch nie.« Er zwickte sich in den Nasenrücken.

»Wir finden inschallah eine Lösung«, beruhigte Nawal ihn. »Mama hat mich immerhin deswegen ja zu dir geschickt.«

»Eigentlich wollte sie nur ...«, begann er und brach dann ab. »Zumindest habt ihr die Alhambra schon gesehen, denn ab jetzt ist es fraglich, ob ihr dafür noch Zeit finden wür-det«, fuhr er fort und versuchte sich an einem Lächeln.

»Ja, alhamdulillah – das stimmt.« Sie hätte zu gern gehört, was genau ihre Mutter mit ihm besprochen hatte, aber es war nicht der richtige Zeitpunkt für eine Frage danach.

Zwanzig Minuten später setzten Elif und sie sich auf eine Bank im Garten der Moschee. Sie hatten Dhuhr gebetet und warteten auf das Asr-Gebet. Nawal schloss die Augen und streckte ihr Gesicht in die wärmende Nachmittagssonne.

»Ich habe mich gar nicht sattsehen können an der Alhambra und seit wir heute Morgen so viel darüber gehört haben, will ich noch mehr wissen«, sagte Elif neben ihr.

Nawal brummte zustimmend.

»Schon traurig, dass für den Bau des Palasts von Karl des Fünften Teile der viel schöneren Nasridenpaläste abgerissen worden sind, und er nur sechs Monate darin verbracht hat.« Sie tippte auf ihrem Handy. »Hier schau mal.« Elif zeigte ihr ein Foto vom Eingang zum Palast.

Nawal nahm Elifs Handy, betrachtete das Bild und vergrößerte es. »Das ist es!«, rief sie aus und sprang auf. »Du bist ein Genie! Wir müssen nach dem Gebet sofort dorthin«, bestimmte sie aufgeregt.

»Nicht, dass ich etwas dagegen habe, als Genie bezeichnet zu werden – aber könntest du mich aufklären, was genau ich gemacht haben soll?«, wollte Elif wissen und musterte sie fragend.

»Na, du hast die Lösung gefunden!«, stellte Nawal fest, umarmte ihre Freundin stürmisch und zog sie mit sich. Doch Elif bewegte sich nicht vom Fleck. »Hier«, erklärte Nawal aufgeregt und hielt ihr das vergrößerte Foto hin.

»Das ist ... das ist ...«

»Ich weiß«, erwiderte Nawal und grinste. »Das wird der Hammer.«

FUNKSTILLE

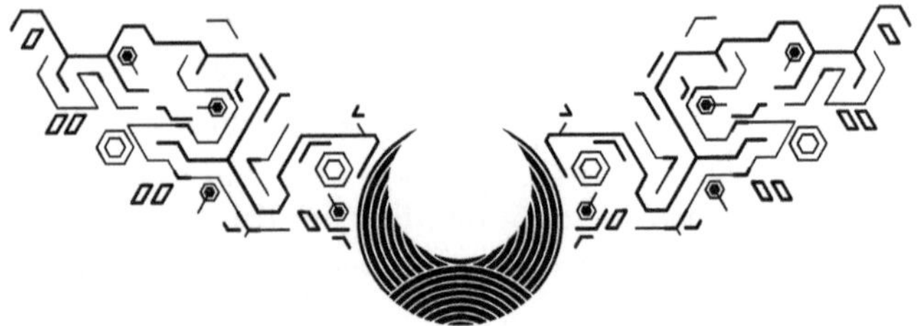

Nawal hatte Imam Yahya angerufen und ihm den Treffpunkt mitgeteilt. Der für den Karlspalast zuständige Verwalter war ein dünner Mann mit Brille, der nervös auf den Fersen vor und zurück wippte.

»Willst du ihn nicht fragen, ob wir schon mal reingehen und uns umsehen können?«, fragte Elif leise und fixierte den kleinen Mann, der ständig seine Brille geraderückte, obwohl sie bereits kerzengerade auf seiner Nase saß.

»Wenn ich ihn nochmal anspreche, flüchtet er«, unkte Nawal, und Elif verbarg ihr Lachen hinter einem Hustenanfall.

Endlich sahen sie den blonden Haarschopf des Imams. Erleichtert gingen sie ihm entgegen.

»Wieso sind Sie zu Fuß unterwegs?«, fragte Elif.

»Das Taxi kam an einer Stelle nicht weiter, und weil der Taxifahrer sich mit dem entgegenkommenden Autofahrer nicht einigen konnte, wer im Recht war, habe ich beschlossen, die letzten Meter zu Fuß zu gehen«, erklärte er, noch ein wenig außer Atem.

Nachdem der Verwalter Imam Yahya begrüßt hatte, trabte er vor ihnen her. Dabei redete er in einem fort und pries die Vorteile der Örtlichkeit, erzählte, wie viele Events hier schon stattgefunden hätten und dass sie wirklich von Glück reden könnten, überhaupt dieses Jahr die

Möglichkeit zu haben, den Palast zu buchen, weil die eigentlich geplante Veranstaltung im letzten Moment abgesagt worden war. Ab und zu stellte jemand von ihnen Fragen zu Waschräumen, Akustik oder den Zugängen. Nach kurzer Zeit war klar, dass der Ort ideal war und genau die richtige Kulisse für den Quranwettbewerb abgeben würde. Sie verabschiedeten sich und Nawal versicherte dem Verwalter dreimal, sich noch heute bei ihm zu melden.

In der Moschee waren bereits alle versammelt, als Nawal, Elif und Imam Yahya eintraten. Ihr Großvater hatte eine Krisensitzung einberufen und winkte seine Enkelin direkt nach vorn. Sie zeigten die Fotos, die Elif vom Gebäude gemacht hatte, und beantworteten Fragen. Am Ende wurde abgestimmt und das Ergebnis war eindeutig – alle wollten den Quranwettbewerb im Palast von Karl dem Fünften veranstalten.

Am Abend, als Elif und sie noch aufgekratzt nebeneinander im Bett lagen, fragte Nawal: »Was steht eigentlich in diesem Blog, den du da führst?«

»Ach, nichts Besonderes«, antwortete Elif etwas zu schnell und zuckte mit den Schultern.

»Alles, was du machst, ist etwas Besonderes«, konterte Nawal und drehte ihren Kopf. »Darf ich ihn mir ansehen?«

Elif nickte stumm und hielt ihr das Handy hin. Nawal nahm sich Zeit und las einen Artikel nach dem anderen. Ab und zu schmunzelte sie, scrollte zurück oder vergrößerte ein Bild. Ihre Freundin hatte sich mittlerweile in den Schneidersitz gesetzt und nestelte an ihren Nägeln.

»Maschallah«, sagte Nawal schließlich und gab Elif ihr Handy zurück. »Deine Artikel sind einfach nur grandios!«

»Wirklich?«

»Absolut!«, versicherte sie. »Du schreibst so witzig und erklärst derart einfach, wie man beispielsweise eine dreistöckige Torte hinbekommt, dass sogar ich mich trauen würde, es auszuprobieren. Und ich mag deine Recherchen: Von Bio über Alternativen zu Gelatine und wo man am besten einkauft oder was man bei einer Hochzeitstorte vermeiden sollte – einfach nur Wow.« Sie drückte Elifs Arm.

»Du weißt, dass das deine Idee war«, krächzte Elif und räusperte sich.

Nawal runzelte die Stirn.

»Nach einem Debattierwettbewerb haben wir doch davon geträumt, eine Weltreise zu machen und einen Reiseblog zu schreiben«, sagte sie leise und Nawal wurde ganz still.

Sie erinnerte sich: Wie üblich hatten sie nach dem Wettbewerb ein Eis gegessen und sich an diesem warmen Sommertag nebeneinander ins Gras gelegt. Während sie den wenigen Wolken beim Vorüberziehen zusahen, spannen sie Ideen für ihre Reise und wie sie diese finanzieren könnten. Am folgenden Tag war Elif von der Schule abgegangen.

»Als ich an dem Abend nach Hause gekommen bin, hatte mein Vater einen rheumatischen Schub. So schlimm war es vorher noch nie gewesen. Er konnte seine Finger kaum bewegen. Meine Eltern hatten damals erst angebaut und für einen Angestellten kein Geld. Und da ich immer gern gebacken und ihm als Kind schon geholfen habe, habe ich nicht lange nachgedacht.« Für eine Weile waren nur die fernen Geräusche der Straße zu hören.

In Nawals Kopf rannten die Fragen durcheinander, aber nicht eine kam über ihre Lippen.

»Wenn ich es dir gesagt hätte, hätte ich es nicht geschafft«, sagte Elif leise. »Aber mit dem Blog wollte ich unsere Idee umsetzen. Anders, als wir geplant hatten, aber ich wollte sie nicht aufgeben.«

Nawals aufgestaute Fragen platzten wie Seifenblasen. »Du könntest über deine neuen andalusischen Rezepte schreiben.

Und über den Wettbewerb«, schlug sie vor und setzte sich auf.

Elif fiel ihr in die Arme. »Ich bin so froh, dass du mich wegen der Hochzeitstorte angesprochen hast. Diese Reise ist zwar nicht unsere geplante Backpacker-Weltreise, aber mindestens genauso spannend.« Sie grinste schief und wischte sich eine Träne von der Wange.

Erst viel später schliefen sie schließlich ein.

Am Sonntag waren sie von morgens bis abends mit organisatorischen Dingen beschäftigt, und nur weil Hamza sie im Innenhof abpasste, nahm sie sich eine halbe Stunde Zeit, mit ihm Quran zu lesen. Zurück auf ihrem Zimmer, klingelte ihr Handy. Es war ihre Mutter.

»Wie geht es dir, Mama? Und Papa?«

»Alhamdulillah«, antwortete ihre Mutter und Nawal stutzte über die ungewohnt kurze Antwort.

»Opa hat mir erzählt, dass ihr einen neuen Austragungsort braucht«, fuhr ihre Mutter fort, bevor Nawal nachhaken konnte.

»Ja, das stimmt – aber wir haben schon einen Ersatz gefunden. Rate mal, wo.«

»Uh, vielleicht im Theater?«

»Nein.«

»Im Kino?«

»Nein.« Woher hatte ihre Mutter nur solche Ideen? Darauf wäre sie gar nicht gekommen.

»Im Palast von Karl dem Fünften?«, sagte ihre Mutter und lachte über ihren eigenen Witz. »Ich habe wirklich keine Ahnung, wo, mein Schatz. Du wirst es mir verraten müssen.«

»Du hast es schon erraten!«

Am anderen Ende der Leitung war es still. »Ihr habt wirklich den Palast bekommen?«

»Ja«, bestätigte Nawal und grinste breit.

»Maschallah, das sind ja großartige Neuigkeiten«, sagte ihre Mutter begeistert. Sie wollte alles über die Planung wissen und Nawal erzählte ihr vom aktuellen Stand.

»Mama?«

»Ja?«

»Was ist mit Papa?«

»Er ... muss nochmal operiert werden«, sagte ihre Mutter langsam.

»Wie viel braucht ihr?«, fragte Nawal sofort, bevor ihre Mutter etwas sagen konnte, um ihr die Situation nicht noch unangenehmer zu machen, als sie ihrer Mutter ohnehin schon sein würde.

Ihre Mutter nannte ihr den Betrag und Nawal nickte. »Ich überweise es dir sofort.«

Als ihre Mutter Luft holte, um etwas zu sagen, schnitt Nawal ihr das Wort ab. »Lass uns später darüber reden, ja? Gib Papa einen Kuss und passt auf euch auf«, verabschiedete sie sich und legte auf.

Für diese dritte Überweisung würde das Geld auf dem Tagesgeldkonto nicht ausreichen. Nawal nahm den Rest von ihrem Girokonto und hatte damit bis Ende des Monats nur noch eine geringe Summe zur Verfügung. Am Freitag der kommenden Woche würde sich zeigen, ob sie die Beförderung bekam. Sie straffte die Schultern und widmete sich wieder der Organisation des Wettbewerbs.

Montag, Tag 19

Als sie Montagmorgen die Anzahl ihrer E-Mails sah, wusste sie, dass sie in echten Schwierigkeiten steckte. Keine einzige Nachricht von ihrem Entwickler Henri, der mit ihr dieses Projekt bearbeitete. Ihr wäre Trixie als Entwicklerin lieber gewesen, aber sie hatte keinen Einfluss darauf, welcher Entwickler Zeit hatte, und da Trixie schon zu viele Projekte bearbeitete, war Henri ihr zugewiesen worden.

Zwei Stunden lang versuchte sie, ihn zu erreichen, bevor sie Jasleen anschrieb. Doch auch ihre Kollegin meldete sich nicht. Blicklos starrte Nawal auf ihren Bildschirm und wog ihre Möglichkeiten ab. Hier in Granada, weit weg von Deutschland, waren diese allerdings begrenzt. Sie atmete tief durch und konzentrierte sich wieder auf ihre anderen Projekte.

Am Nachmittag erhielt sie eine E-Mail von Herrn Baum, der den aktuellen Challenge-Stand verkündete: Alle hatten inzwischen drei Projekte abgeschlossen und wer bis Freitag zuerst das vierte live stellte, hatte gewonnen. Sie öffnete den Plan für diese Woche. Der Livegang ihres nächsten Projekts war für Mittwoch geplant, Ambers und Jakobs für Donnerstagvormittag und Piets am Donnerstagnachmittag. Doch sie hatte immer noch keine Bestätigung von ihrem Entwickler erhalten!

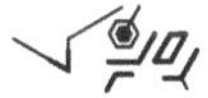

Um fünf Uhr loggte sie sich aus und ging zur Eisdiele, wo Elif auf sie wartete und sie mit Neuigkeiten überfiel:

»Der geplante Caterer ist ausgefallen!«

»Der ...? Was?«, fragte Nawal verwirrt und versuchte, sich gedanklich von den Problemen mit ihren Projekten zu lösen.

»Der Caterer, der letztes Jahr das Essen bei eurem Wettbewerb gebracht hat, hat zuerst zugesagt, das Wochenende über die Teilnehmer und Juroren zu versorgen«, erklärte Elif geduldig. »Aber jetzt fällt er aus.«

»Okay«, sagte Nawal gedehnt und musterte ihre Freundin, die mindestens einen Kaffee zu viel intus hatte, so aufgedreht, wie sie war. »Was schlägst du vor?«

»Dass Alberta und ich das Ganze übernehmen.«

Nawal wollte gerade antworten, aber Elif hob die Hand. »Das ist meine Chance, die lokale Küche richtig kennenzulernen«, fuhr sie hastig fort. »Und ich habe ja Alberta dabei.«

»Seid ihr euch sicher? Wir reden hier immerhin von zwei- bis dreihundert Leuten, das schafft ihr zu zweit doch gar nicht«, erwiderte sie skeptisch.

»Alberta kennt einen Restaurantbesitzer, der ihr noch einen Gefallen schuldet, und er stellt uns nicht nur seine Küche zur Verfügung, sondern auch sein Personal«, erläuterte Elif. Sie schien fest entschlossen zu sein, sich auf diese Weise in den Wettbewerb einzubringen.

»Klingt nach einem Plan«, stimmte Nawal schließlich zu und setzte sich zu Elif an den Tisch.

Nachdem sie ihr Eis gegessen hatten, gingen sie mit weit ausholenden Schritten den Carrera del Darro entlang, schlängelten sich an Trauben von Touristen vorbei und hielten schnaufend am Mirador de San Nicolás an.

»Ich bin das letzte halbe Jahr nicht so viel gelaufen wie in den letzten vier Tagen«, keuchte Elif und stützte sich mit den Händen auf den Knien ab.

»Dann ist es ja gut, dass du mal aus deiner Backstube rauskommst«, neckte Nawal sie und ließ sich auf die Mauer plumpsen.

»Wir müssen weiter, es ist gleich Adhan«, trieb Elif sie an und zog sie am Arm.

Als sie an der Moschee ankamen, hörten sie bereits die Iqama, den zweiten Gebetsruf, und eilten in den Gebetsraum. Nach dem Gebet trennten sie sich: Elif wollte Anissa einen Besuch abstatten und Nawal war mit Hamza verabredet.

Sie fand ihn an seinem üblichen Platz im Innenhof, tief gebeugt über den Mushaf. Seine Stimme, obwohl leise, füllte den kompletten Hof. Für einen Moment stand sie ganz still und lauschte ihm.

»Was sind die drei Dinge, die wir beibehalten sollten?«, überraschte er sie mit einer Frage.

»Beten, fasten und Allahs gedenken«, antwortete sie, ohne nachzudenken, und setzte sich zu ihm.

Er musterte sie und schmunzelte. »Ja, maschallah, das stimmt«, sagte er.

»Aber es ist nicht das, was du erwartet hast«, stellte sie fest und wartete.

»Oh, ich hatte keine Erwartung«, erwiderte er sanft. »Der Prophet, Friede und Segen seien auf ihm, hat seinen Gefährten immer mal wieder solche Fragen gestellt.« Er strich sich durch seinen Bart.

»Was ist deine Antwort?«, wollte Nawal wissen und legte den Kopf zur Seite.

»Beten, Quran lesen und Qiyam-ul-layl, das Gebet in der Nacht«, entgegnete er.

Sie nickte und dachte einen Moment darüber nach. Früher hatte sie jeden Tag Quran gelesen, doch je mehr sie arbeitete, desto weniger Zeit nahm sie sich dafür. Das Gebet in der Nacht betete sie hauptsächlich im Ramadan, aber eine halbe Stunde früher vor dem Fajr aufzustehen, würde auch Qiyam-ul-layl ermöglichen. Nachdenklich biss sie auf ihre Unterlippe.

»Wollen wir mit dem letzten Drittel der Sure beginnen?«, holte Hamza sie aus ihren Überlegungen zurück in die Gegenwart.

Sie trug die Ayat vor, er erklärte die Tadschwidregeln und gab ihr Eselsbrücken mit, wie sie sich besondere Stellen merken konnte. Speziell an einer Aya, einem bestimmten Teil einer Sure, blieb sie jedes Mal hängen. Hamza gab ihr auch hier Hilfestellung, aber beim fünften Mal schnaufte sie frustriert.

»Was sind drei Dinge, die wir reduzieren sollten?«, riss sie Hamza aus ihren Selbstvorwürfen.

»Ablenkung, Zeitverschwendung und Voreingenommenheit?«, fragte sie zögerlich.

»Eine sehr schöne Antwort«, stimmte er ihr zu.

»Was sind deine drei?« Sie lehnte sich unwillkürlich ein Stück nach vorn.

»Letztlich nur eine andere Beschreibung dessen, was du aufgezählt hast: Essen, schlafen und viel reden.«

Wie wahr. Ihr war klar, dass er sie nur ablenken wollte, deswegen schloss sie die Augen und rezitierte erneut die Stelle. Dieses Mal klappte es nicht nur einwandfrei, sondern sie hörte selbst, wie die Worte durch ihre Stimme an Kraft gewannen. Als sie aufsah, blickte sie in das Gesicht ihres Großvaters, der im Eingang mit Imam Yahya stehengeblieben war und ihr lauschte. Hinter ihm quetschte sich Elif herein, die breit grinste und ihren Daumen hob.

Imam Yahya, der ihren Großvater um eine Kopflänge überragte, zwinkerte Nawal aufmunternd zu. »Da wird sich mein Sohn freuen«, sagte er.

»Wieso?«, stellte Elif genau die Frage, die Nawal auch auf der Zunge brannte.

»Er ist zum Wettkampf in der gleichen Kategorie wie Nawal gemeldet«, verkündete er. »Deshalb fungiere ich als Juror auch in einer anderen Kategorie – damit es hier nicht zu Interessenskonflikten kommt.« Vier Augenpaare starrten ihn an. »Hatte ich das nicht erwähnt?«

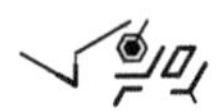

NÄCHTLICHER ANRUF
Dienstag, Tag 20

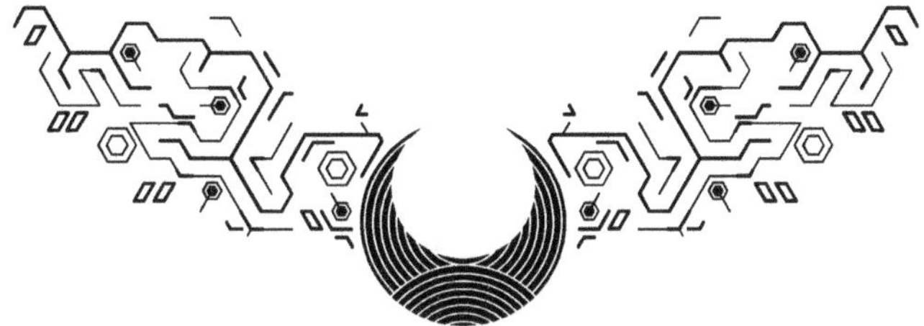

Das Brummen ihres Handys weckte Nawal. Elif nuschelte im Schlaf, ohne aufzuwachen, und drehte sich auf die andere Seite. Verschlafen tastete Nawal nach dem auf dem Nachttisch vibrierenden Telefon.

»Ja?«, sagte sie und unterdrückte ein Gähnen.

»Habe ich dich geweckt?«, ertönte Jasleens fröhliche Stimme.

»Alles gut«, antwortete Nawal leise, schlug die Decke zurück und tappte ins Wohnzimmer, damit das Gespräch Elif nicht störte.

»Wir hatten den ganzen Tag ein Meeting, aber ich wollte mich wenigstens jetzt noch bei dir melden. Nicht, dass du denkst, ich würde dich meiden«, setzte Jasleen hinzu und lachte ein wenig zu laut.

»Was war das für ein Meeting?«

»Wegen einem von Ambers Projekten. Ist ein wichtiger Kunde und es wurde beschlossen, bereits am Mittwoch live zu gehen.«

»Wer hat das beschlossen?«, fragte Nawal und war mit einem Mal hellwach.

»Die Geschäftsleitung – wieso?«

»Es gab gar kein Änderungsberatungsmeeting«, wich Nawal aus.

»Das findet morgen statt – warte«, sagte ihre Kollegin und sie hörte für einen Moment nur ein Rascheln und dann das Tippen auf einer Tastatur. »Fin hat die Einladung vor einer halben Stunde verschickt«, verkündete Jasleen und schwieg dann abrupt. »Das ist in der Tat sehr kurzfristig«, sagte sie langsam.

»Genau!«

»Dein Entwickler ist übrigens auch in dem Projekt. Das würde erklären, wieso du ihn nicht erreichst.«

»Seit wann ist er denn in dem Projekt?«, fragte Nawal und runzelte die Stirn. »Er arbeitet nie mit Amber.«

»Es gab da eine Last-Minute-Änderung«, sagte Jasleen, »über die wir uns alle gewundert haben – tatsächlich auch Amber.«

»Mhm«, brummte Nawal nur.

»Emre sagt, er ist dem Saboteur auf der Spur«, wechselte Jasleen das Thema.

»Hat er schon eine Vermutung?«, erkundigte sie sich aufgeregt.

»Du weißt ja, wie er ist. Erst, wenn er alle Fakten beieinanderhat, weiht er uns ein«, dämpfte Jasleen ihre Freude.

Sie unterhielten sich noch ein paar Minuten, bevor Nawal sich bedankte und auflegte.

An Ins-Bett-Gehen war jetzt nicht mehr zu denken und so tigerte sie unruhig auf und ab. Der Knoten, der normalerweise nur ihren Magen heimsuchte, schien sich in ihrem ganzen Körper ausgebreitet zu haben.

Jemand hielt die Fäden in der Hand und orchestrierte diese ganze Challenge, sie alle waren nur Marionetten. Bis jetzt hatte sie keinen stichhaltigen Hinweis auf einen ihrer Kollegen, mit der Ausnahme, dass immer Ambers Name fiel, und zwar in jedem Zusammenhang.

Sie klappte ihren Laptop auf und ihre Finger flogen nur so über die Tastatur. Nach dem Fajr-Gebet klopfte sie an die Tür ihres Großvaters. Sie hatte eine Entscheidung getroffen und es war an der Zeit, sich aktiv einzumischen.

LACHSBRÖTCHEN

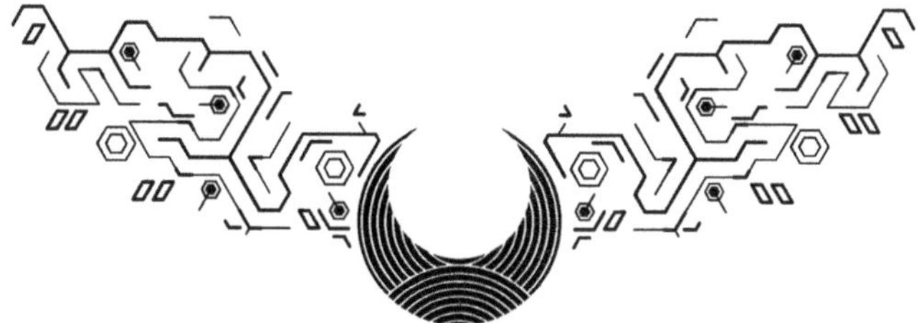

Der Check-in in Granada verlief reibungslos. Da ihr Koffer immer noch nicht aufgetaucht war, hatte sie nur Handgepäck bei sich. Sie hatte Elif eine Nachricht hinterlassen und hoffte, sie würde verstehen, wieso sie zurück nach Deutschland flog. Fliegen musste! Wenn der Flug keine Verspätung hatte, würde sie vor zwölf Uhr im Büro sein.

Eingequetscht zwischen zwei Männern klappte Nawal das Tischchen herunter und stellte ihren Laptop ab. Der Flug war restlos ausgebucht und deswegen war sie dankbar, überhaupt einen Platz ergattert zu haben. Weder den Start noch die Essensausgabe für die Passagiere, die ein Frühstück bestellt hatten, bekam sie aktiv mit.

Akribisch prüfte sie bei jeder einzelnen Anforderung ihres Projektes, ob sie erfüllt war oder fehlte. Dazu schaute sie sich sogar den Code an. Das Ergebnis bestätigte, dass nichts dagegensprach, live zu gehen. Sie würde mit dem Auftraggeber wegen eines Widgets, das er sich wünschte, das sie aber erst später würde bereitstellen können, noch reden. Aber das war kein Grund, länger zu warten. Und wenn sie erst einmal im Büro ankam, würde der Entwickler ihr nicht mehr aus dem Weg gehen können.

»Wie ich sehe, sind Sie Projektmanagerin«, sprach sie ihr rechter Sitznachbar an.

Hatte sie die Schutzfolie für den Bildschirm vergessen? Ein schneller Blick bestätigte jedoch, dass die Folie dort war, wo sie sein sollte. Mit gerunzelter Stirn wandte sie sich ihm zu: »Wie kommen Sie darauf?«

Er schmunzelte. »Keine Sorge – ich habe keine Details gesehen«, beruhigte er sie, und jetzt war sie erst recht beunruhigt. »Ich bin Sicherheitsbeauftragter und Ihr Blickschutz funktioniert perfekt. Ist eine Berufskrankheit bei mir. Ich prüfe immer automatisch, ob die Dinger halten, was sie versprechen, und da wir hier so schön aufeinandersitzen, dachte ich mir, ich schau Ihnen mal über die Schulter.«

»Gut zu wissen«, murmelte Nawal und klappte ihren Bildschirm zu. Ein Blick auf ihr Handy zeigte ihr, dass sie in einer halben Stunde landen würden.

»Also?« Der Mann ließ nicht locker. »Sind Sie nun Projektmanagerin?«

»Wieso wollen Sie das wissen?«

»In unserer Firma sind das auch oft die jungen Hüpfer. Sind noch unverbraucht und bereit, den größten Teil ihres Tages damit zu verbringen, anderen hinterherzuräumen«, fuhr er fort und ignorierte ihre Frage. »Für mich wäre das ja nichts«, stellte er fest und streckte seine Beine aus. »Prüfen Sie Ihre Software wenigstens regelmäßig auf Sicherheitslücken?«

Nawal blieb stumm. War das hier gerade ein Trickbetrugsversuch?

»Wir hatten da mal so einen Fall«, sagte ihr Sitznachbar und kratzte sich am Kinn, »ist schon eine Weile her. Da wurde eine Applikation geschrieben und …«

Sie ließ ihn erzählen und hörte gar nicht richtig zu. Offensichtlich reichte ihm die Tatsache, dass jemand neben ihm saß und seinem Monolog nicht entkommen konnte. Die Durchsage, sie befänden sich im Landeanflug, stoppte ihren Sitznachbarn dann aber endlich, und Nawal atmete erleichtert auf.

»Hat mich gefreut, Sie kennenzulernen«, verabschiedete sich der Mann, sobald das Flugzeug stand. Es wunderte Nawal nicht, dass er die Anzeige, noch sitzen zu bleiben, ignorierte. Kopfschüttelnd sah sie aus dem Fenster. Es regnete in Strömen und ein grauer Tag begrüßte sie. Sofort sehnte sie sich nach dem tiefblauen Himmel und der Sonne Granadas.

Sie schnappte sich ihren Rucksack, eilte direkt zum Ausgang und zu den U-Bahnen. Nur mit Handgepäck zu reisen, hatte definitiv seine Vorteile.

Eine halbe Stunde später stieg sie aus dem Fahrstuhl, drückte die Schultern durch und ging zu ihrem Schreibtisch. Sie ignorierte die Stille, die ihrem Eintritt folgte, und schloss ihren Laptop an.

»Wieso bist du im Büro?«, fauchte sie jemand an und sie brauchte gar nicht aufzusehen, um zu wissen, wer sie gerade »begrüßt« hatte.

»Arbeiten, Amber – und du?«

»Wage es nicht, meinen Livegang zu sabotieren«, zischte Amber.

Jetzt sah Nawal doch hoch. Ambers Wangen waren gerötet und ein dunkler Schatten lag unter ihren Augen, den nicht einmal mehr ihr Make-Up verbergen konnte. »Ich gehe mir jetzt erst mal einen Kaffee holen«, verkündete Nawal und ließ Amber einfach stehen. Sie hatte Hunger, aber natürlich nicht daran gedacht, sich am Flughafen ein Brötchen zu kaufen.

»Das ist besser als jede Seifenoper«, feixte Piet, der in der Küche lässig am Tresen hing. Das Schmunzeln in seiner Stimme war nicht zu überhören.

»Wie läuft's, Piet?«, fragte sie, ohne auf seinen Kommentar einzugehen.

»Jetzt, wo du wieder hier bist, gleich viel besser.«

»Was willst du damit sagen?«

»Amber befindet sich auf der Zielgeraden und wie es aussieht, bist du die Einzige, die sie noch aufhalten kann«, sagte er und zuckte mit den Achseln.

Sie drehte sich zu ihm um und musterte ihn mit hochgezogener Augenbraue. »Wenn ich richtig informiert bin, haben wir alle Projekte, die kurz vor der Fertigstellung stehen.«

»Aber von manchen sind die Ressourcen abgezogen worden«, sagte er bedächtig und betrachtete sie aufmerksam. Eine Strähne hing ihm über das rechte Auge und auch er schien, wie Amber, wenig Schlaf gehabt zu haben.

»Das ist vermutlich nur ein Missverständnis«, entgegnete sie äußerlich ruhig. Er musste ja nicht wissen, dass sie genau aus diesem Grund hier war.

»Wohl kaum«, sagte er und lachte freudlos auf. »Die Frage ist, was wirst du nun tun?« Er stieß sich ab und schlenderte zurück ins Büro.

Sie nahm einen Schluck von ihrem Kaffee und sah ihm nach. Hatte er etwas mit dem Entwicklerwechsel zu tun?

Jasleen zog sie beiseite, als sie an ihren Platz ging.

»Was machst du denn hier?«, fragte sie ungläubig und umarmte Nawal.

»Mich zerquetschen lassen, offensichtlich«, sagte Nawal und schmunzelte, als Jasleen ihr scherzhaft auf den Oberarm schlug.

»Warum hast du gestern nichts gesagt?«

»Spontane Entscheidung«, gab sie zu und ließ den Blick durch den Raum schweifen. »Ist Henri nicht da?«

»Doch«, antwortete Jasleen und rieb sich über den Arm, als würde sie frösteln.

»Ich kann ihn gar nicht sehen. Hat er gerade Pause?«

»Nein.«

Nawal schaute Jasleen prüfend an, bis diese sich zu winden begann.

»Ambers komplettes Team ist im Meetingraum untergebracht, damit sie ungestört am Projekt arbeiten und sich direkt austauschen können.«

Sie nickte. »Wieso arbeitet Henri für sie? Weißt du das? Das hat er doch vorher noch nie gemacht. Hatte Yannik keine Zeit?«

»Doch, der war wohl auch überrascht, hat aber zugestimmt, als Henri ihn gefragt hat.«

»Henri selbst wollte in Ambers Team?«, sagte Nawal grübelnd mehr zu sich selbst. Sie würde ihn darauf ansprechen, was der Grund für seine Entscheidung gewesen war. Aber viel wichtiger war, jemanden zu finden, der ihr Projekt fertigstellte. Am liebsten wäre ihr Trixie, aber die hatte sie heute noch gar nicht gesehen.

In Gedanken versunken ging sie zu ihrem Schreibtisch, auf dem ein Teller mit einem halben belegten Brötchen lag. Verwundert drehte sie sich zu Jasleen um und zeigte darauf, aber die schüttelte nur den Kopf und deutete mit dem Kinn hinter Nawal.

Dort saß Jakob hochkonzentriert vor seinem Bildschirm, neben sich eine Brötchenhälfte, die der auf Nawals Schreibtisch verdächtig ähnlichsah. Merkwürdig. Wieso war ausgerechnet er so freundlich zu ihr, wo sie ihm immer noch lieber aus dem Weg ging? Da er nicht zu ihr hersah, setzte sie sich und biss in das Brötchen, wobei sie ein wohliges Seufzen nicht unterdrücken konnte. Es war fast vierundzwanzig Stunden her, dass sie etwas gegessen hatte.

»Ist das etwa ein Lachs-Ei-Brötchen?«

Nawal öffnete die Augen und sah Emre an, der auf ihr Brötchen starrte. »Ja.«

»Ich liebe die«, schwärmte er, ohne seinen Blick von dem Brötchen zu nehmen. »Heute waren schon alle ausverkauft.«

Sie sah zwischen Emre und dem Brötchen hin und her. Langsam sie es sinken, legte es zurück auf den Teller und schob es ihm hin. »Iss.«

»Echt jetzt?«, fragte er, hatte das Brötchen aber bereits in der Hand und biss hinein. »Mhm, das ist sooo gut«, sagte er und leckte sich genüsslich die Finger.

Weg war es, aber sie hätte einfach nicht weiteressen können, während er ihr dabei zusah.

»Ich hoffe, du hast wenigstens Neuigkeiten für mich, wenn du mir schon mein Essen abschwatzt«, sagte sie und reichte ihm eine Serviette.

»Ja, na ja, noch nicht wirklich.« Er kratzte sich verlegen am Hinterkopf. »Aber sobald ich es weiß, bist du die Erste, die es erfährt.« Er strahlte sie an, drehte sich um und spazierte seelenruhig zu Jasleen.

»Hier«, sagte Jakob neben ihr und hielt ihr seine Hälfte des Brötchens hin. »Und gib es ja nicht wieder Emre – der hat heute schon drei Stück Kuchen, eine Pizza und ein Eis verdrückt.«

»Was ist mit dir? Was hast du heute gegessen?«, fragte sie und rührte sich nicht.

»Genug«, antwortete er knapp.

Vermutlich hatte er genauso viel gegessen wie sie – nämlich nichts. »Wie wäre es, wenn wir teilen?« Sie öffnete bereits die Schublade ihres Rollcontainers, holte ein Messer heraus und teilte die Hälfte in zwei gleich große Stücke.

»Du kannst nicht einfach mal etwas annehmen und danke sagen, oder?«, sagte er augenrollend und zog den Hocker, auf dem eben noch Emre gesessen hatte, unter ihrem Schreibtisch hervor.

»Danke«, erwiderte sie lächelnd und biss in das Brötchen.

»Wieso bist du hier?«, fragte er und nahm das Brötchen in die Hand.

»Wegen Henri.«

»Was ist mit ihm?«

»Er reagiert weder auf meine E-Mails noch auf meine Anrufe.«

»Und?« Jakob runzelte die Stirn und musterte sie.

»Wie, und?«, erwiderte sie. »Mein Projekt soll morgen live gehen und ohne Entwickler wird das schwierig«, sagte sie mit mehr Nachdruck als nötig.

»Du kannst meinen haben«, bot Jakob an und zuckte mit den Schultern. »Yvette hat sicher nichts dagegen.«

Nawal starrte ihn an. »Hast du nicht auch einen Livegang?«

»Ja, klar.«

Sie atmete tief durch. »Wenn dir der Ausgang der Challenge egal ist, wieso nimmst du dann überhaupt daran teil?«

»Wie kommst du darauf, dass ich nicht gewinnen möchte?«, stellte er erneut eine Gegenfrage.

Sie schloss die Augen, setzte ihre Brille ab und zwickte sich in den Nasenrücken. Jakob schaffte es immer wieder, sie innerhalb von Minuten aus dem Konzept zu bringen. »Gut«, sagte sie resigniert und konzentrierte sich auf das Wesentliche. Sie brauchte einen Entwickler, er bot ihr seinen an. Der Rest war nicht wichtig. »Wann ist sie frei?«

»Sofort. Ich rede mit ihr und sage ihr, dass du auf sie zukommst.« Er erhob sich und stapelte die Teller aufeinander.

»Danke.« Sie sah ihm hinterher, wie er in der Küche verschwand.

NEUE REGELN

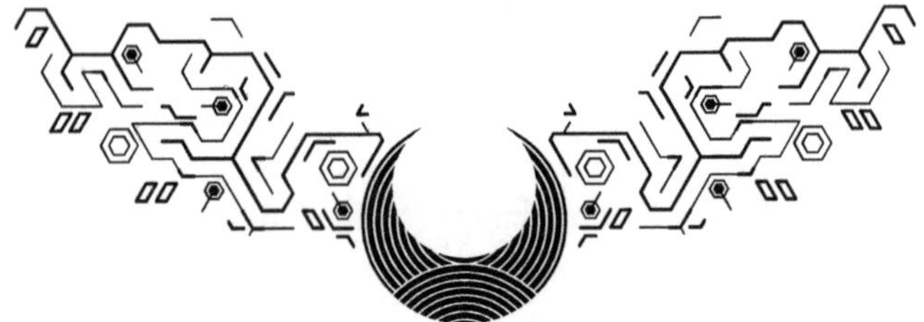

Um acht Uhr abends waren im Büro noch immer mehr als zehn Kollegen anwesend. Ambers Projektgruppe hatte Pizza bestellt und nun saßen alle zusammen. Nawal hatte mit Yvette den ganzen Nachmittag verbracht. Die meiste Zeit benötigten sie dafür, Henris Code zu verstehen und das fehlende Stück zu ergänzen. Als sie an einer Stelle steckengeblieben waren, steuerte Jakob, den Yvette hinzugezogen hatte, die Lösung bei.

Immer wieder fielen Nawal die Augen zu, sodass sie zurück an ihren Schreibtisch schlurfte, um den letzten Test abzuschließen. Sie wollte nur noch nach Hause und endlich schlafen.

»Sollen wir den Test zu zweit durchführen? Von wegen Vier-Augen-Prinzip?«

Träge schaute sie Jakob an, der aussah, als wäre er gerade erst aufgestanden und nicht wie jemand, der zwölf Stunden Arbeit hinter sich hatte. Sie nickte nur, weil sie für alles andere keine Kraft mehr hatte.

»Wenn ich gewusst hätte, dass man dich einfach nur auf Schlafentzug setzen muss, damit du nicht rumdiskutierst, hätte ich diese Methode schon früher eingesetzt«, scherzte er und übernahm die Maus.

»Zu einer Diskussion gehören zwei, die vollständige Sätze und valide Argumente hervorbringen«, entgegnete sie und gähnte. War das ihre Zunge, die sich so pelzig und schwer anfühlte?

Nach einer halben Stunde hatten sie alle Tests durchgeführt und Nawal fuhr den Rechner herunter.

»Amber wartet unten und fährt uns nach Hause«, sagte Piet neben ihr und ertappt setzte sie sich auf. Sie hatte nur für einen Moment die Augen geschlossen, aber das hatte genügt, um abzudriften.

»Kommst du?«, fragte er und sah über seine Schulter zurück. Jakob stand bereits am Aufzug.

»Ja, bin sofort da«, erwiderte sie und eilte hinter ihm her.

Im Auto saß Jakob hinten neben Piet, sodass sie vorne neben Amber Platz nehmen musste. Eine unheilvolle Stille breitete sich aus, während Amber sich in den nächtlichen Verkehr einfädelte.

»So, wer von euch ist denn nun der Saboteur?«, fragte Piet fröhlich in die Runde.

Amber verriss fast den Lenker, Nawal verschluckte sich und Jakob brummte etwas Unverständliches.

»Dachte ich es mir doch«, fuhr Piet vergnügt fort. »Was passiert eigentlich, wenn wir alle vier morgen live gehen? Gewinnen wir dann alle oder wird wie bei Wettkämpfen die Zeit genommen? Deine Frage«, er wandte sich an Jakob, »hat Herr Baum ja leider nur sehr kryptisch beantwortet.«

»Bestimmt zählt das wichtigste Projekt mehr als irgendwelche kleinen Projekte«, sagte Amber und Piet lachte.

»Werden wir denn morgen alle live gehen?«, fragte Jakob.

»Ich auf jeden Fall«, verkündete Amber und warf Nawal einen drohenden Seitenblick zu. »Und was ist mit dir?«, giftete sie Nawal an. »Hat dir Yvette aus der Patsche geholfen?«

»Inschallah gehe ich morgen auch live«, bestätigte sie vorsichtig und drehte sich nach hinten um.

»Yep, ich auch«, sagte Piet und grinste.

Drei Augenpaare richteten sich auf Jakob, der mit den Schultern zuckte.

Amber hatte ihn im Rückspiegel beobachtet. »Was heißt das genau?«, hakte sie nach.

»Dass ich vermutlich morgen auch live gehe.«

Mittlerweile war Amber in Nawals Straße eingebogen und sie war froh, dem Gespräch entkommen zu können, das sich nur im Kreis gedreht hatte. Todmüde schleppte sie sich die Treppen hinauf und machte sich gar nicht erst die Mühe, Licht anzuschalten. Sie ging geradewegs in ihr Zimmer, stülpte ihr Nachtshirt über und fiel ins Bett. Noch bevor ihr Kopf auf dem Kissen aufkam, war sie eingeschlafen.

Mittwoch, Tag 21

Die Haustürklingel schrillte unaufhörlich durch die Wohnung. Jemand läutete Sturm. Mit abstehenden Haaren, halboffenen Augen und mehr humpelnd als gehend, schlich sie zur Gegensprechanlage. »Hallo?«

»Das wird ja auch Zeit«, rief Trixie. »Mach auf!«

Reflexartig betätigte sie den Türöffner, ließ die Wohnungstür einen Spalt offenstehen und taumelte ins Bad. Zehn Minuten später stand sie mit noch nassen Haaren in der Küche, wo Trixie bereits Kaffee gekocht und sich eine Tasse eingeschenkt hatte.

»Schick«, sagte Trixie und deutete auf ihr Schlafshirt.

Nawal goss sich ebenfalls einen Kaffee ein, bevor sie fragte: »Was machst du hier? Um diese nachtschlafende Zeit … wie spät ist es eigentlich?«

»Es ist schon acht Uhr, Schlafmütze, und ich bin hier, damit du nicht verschläfst. Oder hast du gar nicht vor, heute live zu gehen?«

Mit der Kaffeetasse in der Hand eilte Nawal ins Bad, um sich fertig zu machen.

»Wo warst du eigentlich gestern?«, fragte Nawal, als sie in Trixies Auto ins Büro fuhren.

»Ich hatte mir einen Tag frei genommen. Wieso?«

»Nur so.«

Trixie warf ihr einen ihrer typischen Trixie-Blicke zu, der ihr deutlich machte, dass sie sie damit nicht durchkommen lassen würde.

»Ich hätte dich gestern gut gebrauchen können«, gab Nawal daher zu.

»Wobei?«

»Bei der Fertigstellung des Codes.«

Trixie lachte. »Hat Henri es nicht allein hinbekommen?«

»Henri ist jetzt bei Amber im Team.«

Trixie schwieg. »Das wundert mich nicht«, sagte sie schließlich verächtlich.

»Aber sie hat ihn gar nicht angefordert, wenn ich das richtig verstanden habe, sondern er wollte freiwillig zu ihr«, antwortete Nawal und nahm sich erneut vor, mit Henri zu reden, wieso er das getan hatte.

Trixie brummte und konzentrierte sich auf den Verkehr.

»Und woher weißt du von den Livegängen?«

»Von Emre«, erwiderte sie und das »von wem sonst« schwang deutlich mit.

»Danke, dass du mich abgeholt hast«, sagte Nawal, als sie in die Tiefgarage einbogen und Trixie schwungvoll in eine Parklücke fuhr.

»Kein Ding«, winkte Trixie ab und ging mit federnden Schritten vor ihr die Treppe hoch. »Wir sehen uns nachher.«

Nawal nickte, lief zu ihrem Schreibtisch und schaltete ihren Rechner ein. Piet winkte ihr zu, Jakob saß wie gewöhnlich konzentriert vor seinem Bildschirm und Amber hielt im Meetingraum eine flammende Rede, die sie selbst durch die geschlossene Tür gedämpft hören konnte.

Fin, der Change Manager, hatte ein Änderungsberatungsmeeting in zehn Minuten anberaumt. Noch ein wenig Zeit, um sich mit einem Kaffee zu versorgen, nachdem das Frühstück wieder einmal ausgefallen war. Hastig eilte sie in die Küche und riss die Schranktür auf. Nicht eine einzige saubere Tasse weit und breit! Verwundert schaute Nawal in den zweiten Schrank, doch auch dort gab es keine Tassen. Erstaunt öffnete sie die Geschirrspülmaschine, aber die war komplett leer. Was ging hier vor sich?

»Wo sind denn die ganzen Tassen hin?«

»Es gibt noch Gläser«, sagte Jakob, öffnete einen weiteren Schrank und reichte ihr eines. Sein eigenes stellte er unter den Auslass der Kaffeemaschine. »Ich bin dir noch eine Antwort auf deine Frage schuldig«, stellte Jakob fest, lehnte sich an den Tresen und schlug die Beine übereinander.

»Wo die Tassen hin sind?«, erkundigte sich Nawal und nahm vorsichtig das heiße Glas heraus.

»Ob ich nicht gewinnen will.«

»Und? Wie lautet deine Antwort?« Unauffällig sah sie auf die Uhr über der Tür. In drei Minuten würde das Meeting beginnen.

»Wir bekommen nur, was Allah für uns geschrieben hat. Natürlich würde ich gern gewinnen, aber vielleicht ist es nicht gut für mich.« Er nippte an seinem Kaffee. »Du kannst Tag und Nacht arbeiten, deine Gegner«, bei diesem Wort malte er Anführungszeichen in die Luft, »übervorteilen und wirst trotzdem nur genau das bekommen, was dir zusteht – nicht mehr, aber auch nicht weniger.« Er sah sie an, nickte und fügte dann hinzu: »Wir müssen los.«

Wie zu erwarten, war der Meetingraum brechend voll. Nawal quetschte sich an zwei Entwicklern, die im Türrahmen standen, vorbei. Jasleen winkte ihr zu und sie setzte sich aus Mangel an Sitzgelegenheiten zu ihr auf denselben Stuhl.

»Habe ich was verpasst?«, flüsterte sie ihrer Kollegin zu und sah sich unauffällig im Raum um, wer alles anwesend war.

»Nein. Fin hat wie üblich den falschen Plan aufgerufen, aber jetzt ist er bereit«, wisperte Jasleen zurück.

Amber strafte sie mit einem missbilligenden Blick, woraufhin Jasleen anfing zu kichern. Indigniert drehte Amber ihnen den Rücken zu.

Ein kleinerer Tumult an der Tür lenkte Nawal von Amber ab. Henning kam gerade mit hochrotem Kopf herein, gefolgt von einer düster dreinschauenden Trixie. Die beiden schienen – mal wieder – aneinandergeraten zu sein. Nawal winkte Trixie zu, die sich daraufhin bis zu ihnen durcharbeitete und sich mit einem lauten Schnaufen auf Nawals Schoß fallen ließ. Der Rest Kaffee in ihrem Glas schwappte dabei einem danebensitzenden Admin über den Arm.

»Hey …«, begann er, aber ein Blick in Trixies Gesicht ließ ihn alles, was er hatte sagen wollen, herunterschlucken. Doch mit seinem Blick hätte er Trixie am liebsten erdolcht.

»Wir haben heute einen vollen Tag«, sagte Fin und beendete damit ungewollt das Blickduell zwischen Trixie und dem Admin. »Vier Projekte gehen live und es gibt ein paar Abhängigkeiten, die wir vorab miteinander besprechen sollten.«

Es dauerte eine Stunde, bis sie eine Reihenfolge festgelegt hatten, mit der alle einverstanden waren. Die meiste Zeit nahm der Schlagabtausch zwischen Henning und Trixie ein, wobei Nawal das Gefühl nicht loswurde, dass die Entwicklerin Henning eigentlich nur reizen wollte, was ihr hervorragend gelang. Denn am Ende stimmte sie dem ursprünglich ausgearbeiteten Plan zu.

Nawals Projekt würde heute als letztes live gehen und Piet hatte ihren Blick gesucht. Wenn er recht hatte und nicht nur der Tag, sondern die Zeit des Livegangs berücksichtigt wurde, dann hatte Amber hiermit gewonnen.

Kaum zurück an ihrem Schreibtisch, bekam sie einen Anruf von Herrn Baum, der sie in sein Büro bat. Auf dem Weg dorthin gesellten sich die anderen drei Projektmanager zu ihr – auch sie waren offenbar einberufen worden.

Amber hielt das Kinn gereckt und setzte sich mit kerzengeradem Rücken auf den Stuhl, der Herrn Baum direkt gegenüberstand. Piet, wie üblich die Hände in den Hosentaschen vergraben, schlenderte äußerlich unbeeindruckt an Amber vorbei und setzte sich auf den Stuhl rechts von ihr. Jakobs Gesicht war nichts anzumerken – keine Anspannung, keine Besorgnis, nichts. Er hielt Nawal die Tür auf, und sie setzte sich auf die andere Seite von Amber.

»Wie ich sehe, haben Sie es alle geschafft, heute Ihr letztes Projekt abzuschließen«, kam Herr Baum direkt zur Sache. Er musterte jeden Einzelnen von ihnen über den Rand seiner Brille. »Das ist zwar ein Riesengewinn für unsere Firma, aber wir haben dadurch kein eindeutiges Ergebnis für die Challenge.«

Die vier rührten sich nicht.

»Der Kunde wird langsam ungeduldig«, fuhr er fort. »Daher werden wir die Challenge ein wenig anpassen.« Er erhob sich und schrieb an sein Whiteboard.

Erst jetzt sah Nawal, dass er die Übersicht angepasst hatte. An einem Zeitstrahl waren Klebezettel mit Projektname und Projektmanager angebracht. Sie hatte die Farbe rot, Piet blau, Jakob grün und Amber gelb, und nach jedem Livegang waren die Plätze auf den Zetteln notiert worden. Herr Baum fügte die Markierungen für heute hinzu, vergab jedem eine »1« und drehte sich zu ihnen um. Mit seinem Stift tippte er auf eine Spalte ganz rechts, die die laufenden Projekte aufführte. Automatisch streckte sie den Kopf ein wenig vor, um die Namen zu entziffern.

»Ich werde jedem von Ihnen eines dieser Projekte zuweisen«, sagte Herr Baum und hob die Hand.

Amber, die etwas hatte sagen wollen, klappte den Mund wieder zu.

»Und wer seines bis Freitag als Erster live stellt, hat gewonnen. Und um Ihrer Frage zuvorzukommen: Ja, Sie bekommen Projekte ihrer Kollegen, um das Ganze ein wenig interessanter zu gestalten.«

Piet legte seinen Arm auf die Rückenlehne und betrachtete intensiv die Liste der Projekte. Amber hatte ihre Lippen zusammengekniffen, während Jakob im Kopf schon verschiedene Möglichkeiten durchzuspielen schien.

Nawal hielt die Luft an, während Herr Baum eine weitere Tabelle aufmalte, ihre Namen eintrug und sich dann vier Projektzettel schnappte. Er verdeckte mit seinem Rücken ihre Sicht und war für die nächsten Minuten damit beschäftigt, die Zettel an der Tafel hin- und herzuschieben.

Dann präsentierte er sein Ergebnis: Piet bekam eines von Nawals Projekten, Amber eines von Piet, Jakob ein Projekt von Amber und Nawal schließlich ein Projekt von Jakob. Sie hatte keine Ahnung, worum es in dem Projekt ging, aber sie nahm an, dass Jakob seine bisherige Arbeit ordentlich dokumentiert hatte.

»Ja, Amber?«, riss sie Herr Baum aus ihren Gedanken.

»Bekommen wir auch die dazugehörigen Entwickler?«

»Ah! Eine gute Frage«, erwiderte Herr Baum und legte den Kopf schief. »Das kommt darauf an, wie gut Sie mit ihren Kollegen verhandeln«, sagte er und lächelte.

Nawal stöhnte innerlich und schloss für einen Moment die Augen. Nicht nur, dass sie sich innerhalb eines Tages in ein ihr völlig neues Projekt einarbeiten sollte, sie würde auch noch um die Ressourcen kämpfen müssen. Die Frage war, ob sie gegen Piets Charme gewinnen oder sich überwinden konnte, mit Jakob einen Deal einzugehen. Zu all dem Wirbel, den die neue Situation in ihrem Kopf auslöste, kamen noch die Anrufe von Elif und ihrem Großvater, die sie in Granada zurückerwarteten. Sie hatte sie bislang nicht beantwortet.

»Wenn das dann alle Fragen waren, wünsche ich Ihnen viel Erfolg«, sagte Herr Baum und beendete das Meeting.

Amber stürzte sich direkt auf Piet, der Nawal einen hilfesuchenden Blick zuwarf, den sie mit einem leisen »Du machst das schon« beantwortete.

Sie beeilte sich, zu ihrem Schreibtisch zu gelangen. Es war gerade mal neun Uhr, aber es fühlte sich an, als hätte sie einen langen und anstrengenden Arbeitstag hinter sich. Ihr Livegang war für zwölf Uhr geplant, sodass sie sich bis dahin mit Jakobs Projekt vertraut machen konnte.

Wie sie vermutet hatte, war es lückenlos dokumentiert und nach zwei Stunden hatte sie einen Plan erstellt, was noch zu tun war, um es bis Freitag live stellen zu können. Kopfschmerzen bereitete ihr nur eine offene technische Frage. Sie fuhr sich mit der Hand über den Nacken, streckte sich und beschloss, eine kleine Pause zu machen und einen Kaffee zu trinken. Ihr Glas hatte sie im Meetingraum vergessen und deshalb ging sie dorthin. Leise Stimmen drangen von dort an ihr Ohr und sie blieb abrupt stehen.

»Gib mir deinen Entwickler«, hörte sie Amber fordern.

»Warum sollte ich das tun?«, entgegnete Piet.

»Weil ich dir dann Henri gebe, der sich mit Nawals Projekt bestens auskennt.«

»Woher willst du wissen, dass er das macht?«

»Ich habe ihn gefragt«, entgegnete Amber selbstsicher.

»Tja, da gibt es nur ein Problem«, mischte sich Jakob ein.

»Und das wäre?«, fragte Amber genervt und Nawal sah förmlich vor sich, wie sie die Arme vor der Brust verschränkte und eine sorgfältig gezupfte Augenbraue hochzog.

»Piets Entwickler kann dir nicht helfen. Du brauchst Henning.«

»Und?«

»Er ist mit meinen Projekten ausgebucht«, sagte er lapidar.

»Ah«, erwiderte Amber und klang wie eine Katze, die gerade einen Leckerbissen verspeist hatte, »und schon sind wir im Geschäft. Was brauchst du von mir?«

»Zugang zu allen Dokumenten, Notizen und Yvette«, antwortete Jakob, ohne zu zögern.

»Sieh es als erledigt an«, erwiderte Amber.

Nawals Magen zog sich schmerzhaft zusammen. Sie hatten sie ausmanövriert. Piet brauchte sie nicht mehr und Jakob hatte keinen Anreiz, ihr zu helfen, jetzt, wo er alles von Amber bekam.

»Prima«, sagte Amber da auch schon. »Da waren es nur noch drei.«

Jakob murmelte etwas, das Nawal nicht verstand, weil in dem Moment die Tür aufgerissen wurde und Amber an ihr vorbeirauschte. Sie grinste Nawal süffisant an, warf ihre Haare über die Schulter und ließ den Duft nach Veilchen zurück.

Piet starrte Nawal mit schreckgeweiteten Augen an, zuckte mit den Achseln und machte einen Bogen um sie. Nur Jakob blieb stehen, wo er war und wartete. Mit erhobenem Kopf ging sie an ihm vorbei und holte ihr Glas vom Fenstersims. Bevor er etwas sagen konnte, wandte sie sich um und verließ den Raum.

In der Küche ließ sie heißes Wasser über das Glas laufen. »Du verbrennst dich noch«, bemerkte Trixie und stellte das Wasser auf kalt. »Alles in Ordnung?«

Nawal schaute auf ihre roten Hände und wartete auf den Schmerz, der sich nicht einstellte. Es war nicht wirklich überraschend und eigentlich hatte sie viel früher damit gerechnet, dass Allianzen geschlossen werden würden. Und doch bedrückte es sie, von allen ausgebootet worden zu sein.

»Hey«, befahl Trixie und schnippte mit den Fingern vor ihren Augen. »Sieh mich an!«

»An dir ist echt ein Feldwebel verloren gegangen, weißt du das?«, sagte Nawal mürrisch und trocknete sich ihre Hände ab.

»Du fängst jetzt aber nicht an zu heulen, oder?«

»Hah«, machte Nawal und lachte freudlos auf. »Ich würde es sogar in Erwägung ziehen, wenn es etwas helfen würde.«

»Tut es aber nicht«, sagte Trixie sanft und drückte ihre Schulter.

»Nein, tut es nicht«, bestätigte Nawal und schlich an ihren Platz zurück.

Yvette hatte sie mehrmals angerufen und wartete auf ihre Freigabe für den heutigen Livegang. Nawal konzentrierte sich ganz darauf und schaltete alles andere aus. Eine halbe Stunde später besprach sie mit dem Kunden die neue Funktionalität und schrieb den Abschlussbericht.

Danach nahm sie ihren Gebetsteppich und verzog sich in den Ruheraum. Sie blieb länger als sonst im Sudschud, in der Niederwerfung, und bat Allah um Rechtleitung. Während sie Dhikr sprach, brummte ihr Handy. Wer auch immer anrief, würde warten müssen. Doch ihr Telefon hörte gar nicht mehr auf zu brummen und daher schaute sie auf ihr Display, wer sie so hartnäckig störte. Es war ihre Mutter.

»As salamu alaikum wa rahmatuh Allahi wa barakatuhu«, begrüßte sie ihre Mutter und bemühte sich, ihre Stimme freudig-normal klingen zu lassen. Nawal wollte nicht, dass sie hörte, dass etwas ganz und gar nicht stimmte.

»Wa alaikum assalam wa rahmatuh Allahi wa barakatuhu, Habibti«, antwortete ihre Mutter und beim Klang ihrer Worte setzte sich Nawal ruckartig auf.

Hatte ihre Mutter geweint? »Ist alles in Ordnung bei euch?«, fragte sie vorsichtig und presste das Handy an ihr Ohr.

»Dein Vater ... bei der Operation ist ...«, stotterte ihre Mutter und brach dann ab.

Nawal biss sich auf die Unterlippe und wartete. Gerade als sie nachfragen wollte, sagte ihre Mutter leise: »Die OP hat nicht den gewünschten Effekt gehabt. Wir wissen nicht, ob er seine Finger jemals wieder richtig wird bewegen können.«

Nawal presste sich eine Hand auf den Mund, so schockiert war sie von der unerwarteten Wendung. »Was kann ich tun, um zu helfen?«, fragte sie mit erzwungener Ruhe.

»Du hast schon so viel gemacht …«, begann ihre Mutter, aber Nawal unterbrach sie.

»Das ist gar nichts. Braucht ihr noch mehr Geld? Und bitte, das ist das mindeste, was ich tun möchte.«

Es war still am anderen Ende und bis auf den schweren Atem ihrer Mutter hörte sie nichts.

»Mama?«, hakte sie nach.

Ihre Mutter nannte ihr den Betrag, den sie für die Physiotherapie brauchten und legte kurz darauf auf. Hastig tippte sie eine Nachricht an Elias – er würde die richtigen Worte finden und ihre Eltern moralisch unterstützen. Doch Nawal wusste, was zu tun war, und stürmte an ihren Platz.

HILFESTELLUNG

Ein Stück Marmorkuchen stand vor ihrem Bildschirm, aber damit würde sie sich nicht bestechen lassen. Sie schob den Teller beiseite und öffnete die Datei mit den Notizen zu dem bestehenden technischen Problem.

»Ich glaube, du hast vorhin einen falschen Eindruck bekommen«, sagte Jakob und setzte sich auf den Hocker.

»Und ich denke, dass ich genau den richtigen Eindruck bekommen habe«, erwiderte sie, ohne den Blick vom Bildschirm zu nehmen.

»Hör zu …«

»Was willst du, Jakob?«, unterbrach sie ihn mit eisiger Stimme und bedachte ihn mit einem abschätzigen Blick. »Ich bin sehr beschäftigt, wie du siehst. Mit einer Fragestellung, die ein gewisser Projektmanager bisher nicht gelöst hat.«

»Deswegen bin ich hier. Wenn du …«

»Ich brauche deine Hilfe nicht!«, fiel sie ihm grob ins Wort. »Wenn du mich jetzt entschuldigen würdest …«

»Das ist doch …« Er fuhr sich durch seine Haare, sodass diese in alle Richtungen abstanden. So aufgewühlt hatte sie ihn noch nie erlebt, aber darauf würde sie keine Rücksicht nehmen.

»Deinen Kuchen kannst du wieder mitnehmen«, sagte sie, das Gesicht längst wieder zum Bildschirm gedreht. »Ich habe keinen Hunger.« Wie um sie Lügen zu strafen, knurrte ihr Magen in dem Moment laut, doch sie verzog keine Miene.

Jakob beugte sich vor und steckte ihr ein zusammengefaltetes Blatt Papier zu. »Gib das Trixie. Sie weiß, was zu tun ist.« Damit erhob er sich und wandte sich zum Gehen. Über die Schulter sagte er: »Der Kuchen ist außerdem nicht von mir.«

Sie rührte sich eine ganze Weile nicht, bevor sie das Blatt auffaltete. Trixie saß an ihrem Platz und hatte, wie üblich, ihre Kopfhörer auf. Aufrechten Hauptes ging Nawal zu der Entwicklerin, den Zettel in der linken Faust fest umschlossen, und ignorierte Jakobs Blick, der sich in ihren Rücken brannte.

Sie weihte Trixie in Jakobs Projekt ein und umriss die noch offene Fragestellung. Unauffällig schob sie Trixie den Zettel mit Jakobs Lösungsvorschlag zu.

»Was hältst du davon?«, wollte sie von der Entwicklerin wissen.

»Clever«, sagte Trixie und schmunzelte. »Wenn er keine Lust mehr auf Projektmanagement hat, wäre er ein ganz passabler Entwickler.«

Nawal runzelte die Stirn. Ein Lob von Trixie war mehr als selten. Also hatte er ihr tatsächlich geholfen. Sie sah hoch zu Jakob, der darauf nur gewartet zu haben schien und sie mit einem langen Blick bedachte, bis sie schließlich nickte. Erleichterung flackerte kurz in seinem Gesicht auf, bevor er wieder seine undurchdringliche Maske aufsetzte und sich dem eigenen Bildschirm zuwandte.

»Was läuft da eigentlich zwischen euch?«, fragte Trixie, wie immer Kaugummi kauend.

»Was meinst du?«

»Wieso kannst du ihn nicht leiden?«

»Er ist ein Arbeitskollege wie jeder andere auch«, erwiderte Nawal glatt, zerknüllte seinen Zettel und warf ihn in den Papierkorb.

Trixie musterte sie von der Seite. »Kennt ihr euch nicht von früher?«

»Ja, von der Schule. Warum?«

»Hat er dir da mal ins Essen gespuckt, oder was?«

Nawal schüttelte fassungslos den Kopf und lachte. »Wie kommst du denn darauf? Und nein, hat er nicht.«

»Aber irgendetwas hat er angestellt.«

»Das ist lange her und spielt keine Rolle mehr.«

»Oh doch, das tut es«, prustete Trixie. »Du kommst hervorragend mit mir aus und das will etwas heißen, aber bei ihm, der nach unserem allseits beliebten Piet der netteste Kollege ist, verschließt sich dein Gesicht sofort.«

Nawal rollte mit den Augen.

»Genau so«, sagte Trixie und ließ nicht locker. »Er hat dir gerade die Lösung für dein Problem auf dem Silbertablett serviert. Ist dir das klar?«

»Sicher«, murrte sie.

»Natürlich hätte ich die Lösung auch selbst gefunden«, brüstete sich Trixie, »aber das hätte gedauert. Aber so kannst du am Freitag live gehen.«

»Geht das vielleicht auch früher?«

»Wissen, was zu tun ist, und es entwickeln, testen und ausrollen, sind zwei verschiedene Paar Schuhe«, belehrte Trixie sie und zog eine Augenbraue nach oben. »Du solltest das doch am besten wissen.«

»Schon gut«, wiegelte Nawal ab. »Ich danke dir. Gib mir einfach Bescheid, wenn du so weit bist.« Sie ging zu ihrem Schreibtisch zurück und las dabei die vielen Nachrichten von Elif und ihrem Großvater. Zwei Imame hatten abgesagt und es gab Schwierigkeiten mit dem Verwalter der neuen Location.

Sie tippte eine Nachricht an Elif.

Nawal
Wie ist die Lage?

Sofort erschienen die beiden blauen Haken, die anzeigten, dass Elif ihre Nachricht gesehen hatte. Aber sie schrieb nicht sofort zurück.

Nawal
So schlimm?

Elif
Schlimmer. Wie läuft es bei dir?

Nawal
Könnte besser sein.

Elif
Dann ist es wenigstens ausgeglichen. Wann kommst du zurück?

Nawal
Weiß noch nicht. Melde dich, wenn du mich brauchst.

Elif
Inschallah.

Sie steckte ihr Handy ein und packte ihre Sachen zusammen. Hier konnte sie gerade nichts ausrichten und sie brauchte dringend frische Luft. Das schlechte Gewissen, ihre Freundin einfach in Granada zurückgelassen zu haben, nagte zusätzlich an ihr, seit sie Elif geschrieben hatte.

Nawal beschloss, Julia im Krankenhaus zu besuchen. Der kalte Wind färbte ihre Wangen rot und nach einem halben Kilometer spürte sie ihre Finger kaum noch, doch sie fuhr mit ihrem Fahrrad weiter, bis sie beim Krankenhaus angekommen war. Immer zwei Stufen auf einmal nehmend rannte sie die Treppe hinauf und klopfte kurz darauf an die Tür ihrer Chefin.

»Herein«, ertönte es. Julia saß in ihrem Bett und tupfte sich gerade Wasser von ihrer Bluse. »Ah, Nawal«, begrüßte ihre Chefin sie mit einem Lächeln. »Das ist aber schön, dich zu sehen. Setz dich zu mir.«

Nawal stellte den Stuhl an Julias Bett. »Wie geht es dir?«, erkundigte sie sich bei ihr und registrierte die nun sichtbare Rundung ihres Bauches genauso wie die rosigen Wangen. Die Bettruhe schien ihrer Chefin zu bekommen.

»Mir ist stinklangweilig«, antwortete Julia und grinste. »Aber eigentlich kann ich nicht klagen. Tom beschwert sich, dass ich mich viel zu schnell ans Nichtstun gewöhnt habe, und befürchtet jetzt, dass ich das auch nach der Geburt beibehalte«, sagte sie und legte eine Hand auf Nawals immer noch eiskalte Finger. »Bist du mit dem Fahrrad da? Ich träume inzwischen schon davon, Fahrrad zu fahren. Obwohl ich nie eine passionierte Radfahrerin gewesen bin.«

Nawal lachte. »Wenn du vom Arzt gesagt bekommst, dass du Zucker weglassen sollst, dann denkst du nur noch an Torten, Eis und Schokolade. Das ist genauso.«

»Oh ja, das trifft es. Jetzt, wo du Kuchen angesprochen hast …«

»Warte«, rief Nawal aus. »Da kann ich sogar aushelfen.« Sie durchwühlte ihren Rucksack und hielt triumphierend das Stück Marmorkuchen hoch.

Julia legte ihn auf einen Teller und steckte sich ein Stück in den Mund. »Piets Marmorkuchen war schon immer der Beste«, sagte sie undeutlich und schluckte.

Also hatte Jakob die Wahrheit gesagt und es war nicht sein Kuchen gewesen, dachte Nawal.

»Dann rück mal raus mit der Sprache«, forderte Julia Nawal auf.

»Womit?«

»Du hast so zackig an die Tür geklopft, dass ich mich vor Schreck gleich bekleckert habe. Und deine Finger sind eiskalt.« Sie schüttelte sich. »Fühlen sich an wie ein tief-gefrorener Fisch«, führte sie weiter aus.

Nawal hob abwehrend die Hände. »Okay, okay«, gab sie zu. »Ich war etwas zu stürmisch. Tut mir leid.«

Julia hob beide Augenbrauen. »Das muss es nicht – vielmehr interessiert mich, was vorgefallen ist, das dich so aufregt.«

Nawal erzählte ihr, was Herr Baum bestimmt und wer welche Projekte bekommen hatte. Sie erwähnte auch, womit sie in ihrem Projekt zu kämpfen hatte und wie es gelöst werden würde.

»Du willst mir also weismachen, dass eine kleine Regel-änderung und ein offenes Umsetzungsdetail dich derart aus der Fassung bringen?«, fragte Julia ungläubig, nachdem Nawal geendet hatte.

Sie knetete ihre Finger und vermied es, Julia anzusehen. Auf keinen Fall würde sie jemanden verpetzen.

»Den wahren Charakter eines Menschen erkennt man daran, wie er sich benimmt, wenn er in einer prekären Situation ist«, sagte Julia leise. »Schau genau hin, was jemand tut, und nicht so sehr, was jemand sagt.«

Nawal schluckte. Etwas ganz Ähnliches hatte Umar Ibn al Khattab über den Gläubigen gesagt. Sie prüfte, ob ihre Finger immer noch kalt waren, bevor sie Julias Hand drückte, um sich bei ihr zu bedanken und zu verabschieden.

»Jederzeit«, erwiderte Julia. »Und, Nawal?«

»Ja?«

»Denk an die oberste Regel im Projektmanagement.«

»Es gibt immer mehr als eine Lösung – du musst sie nur zulassen«, sagte Nawal auf und Julia stimmte ein.

Sie lachten, und Nawal zog die Tür hinter sich zu.

IRRLÄUFER
Donnerstag, Tag 22

Am nächsten Morgen packte sie erneut ihre Sachen, nur dass sie diese in einem Trolley verstaute, der als Handgepäck durchgehen würde. Sie hatte gestern Abend noch einen Flug gebucht und würde nach der Büroarbeit gleich zum Flughafen fahren.

Es klingelte an der Tür. Neugierig schaute Nawal auf das Display und stockte. Piet hielt sein Gesicht direkt in die Kamera und formte ein lautloses »Bitte«. Sie seufzte und drückte auf den Türöffner.

»Was willst du?«, begrüßte sie ihn und lehnte sich in den Türrahmen, sodass er gar nicht auf die Idee kommen würde, die Wohnung betreten zu wollen.

»Mich bei dir entschuldigen«, sagte er und steckte die Hände in die Hosentaschen. »Jakob und ich haben uns das ausgedacht, damit wir alle vier eine Chance haben, zu gewinnen«, fuhr er hastig fort. »Amber hätte Jakob nie die Details ihres Projekts verraten, also mussten wir ihr etwas anbieten. Es war nicht geplant, dass du das mitbekommst.« Er zuckte mit den Achseln und fuhr sich mit einer Hand durch seine Haare. »Verzeihst du uns?«, fragte er und sah sie ernst an. Normalerweise würde er sein charmantes Lächeln aufsetzen, mit dem er immer alle gewann, aber er wusste wohl instinktiv, dass es in diesem Moment genau das Falsche wäre.

»Ein Stück Marmorkuchen wird als Entschuldigung nicht ausreichen«, sagte sie und griff hinter sich nach ihrem Koffer.

»Nein, natürlich nicht«, stimmte er ihr hastig zu und nahm ihr den Koffer ab. »Fliegst du heute wieder nach Spanien?«

»Ja.«

»Brauchst du eine Mitfahrgelegenheit zum Büro?«, bot er an.

»Nicht für mich, aber für meinen Koffer«, erwiderte sie und folgte ihm zu seinem Auto, das er vor dem Haus geparkt hatte. Er hob ihren Koffer in den Kofferraum und verabschiedete sich. Sie ging zum Fahrradhaus und schwang sich auf ihr Fahrrad, im Ohr den Kopfhörer mit der Quranrezitation der Sure Al Baqarah.

Piet hatte ihren Koffer unter ihren Schreibtisch gestellt. Vor ihrem Bildschirm stand ein Tablett mit einem dampfenden Kaffee, einem Muffin und einer Butterbrezel. Sie unterdrückte ein Lachen und erst als sie sich sicher war, nicht schmunzeln zu müssen, drehte sie sich um zu Piet. Der wackelte mit den Augenbrauen und bedachte sie mit einem dieser Grinser, bei denen man gar nicht anders konnte, als mitzulachen. Ihre Mundwinkel zuckten verdächtig und sie rollte mit den Augen.

»Wie machst du das nur?«, fragte Trixie und ließ sich mit einem Schnaufen auf den Hocker plumpsen. »Ich will auch ständig Essen gebracht bekommen.« Hungrig starrte sie auf Nawals Tablett.

»Bedien' dich«, sagte Nawal und teilte Muffin und Brezel in Hälften.

Das ließ sich Trixie nicht zweimal sagen und biss herzhaft in die Brezel. »Mhm«, stöhnte sie. »Lecker. Daran könnte ich mich gewöhnen.«

Nawal hob gerade ihre Brezelhälfte zum Mund, als Jasleen mit ihrem Schreibtischstuhl neben sie rollerte. »Da hat jemand wohl ein schlechtes Gewissen gehabt«, merkte sie an und deutete auf das Tablett.

»Sieht so aus«, bestätigte Nawal, teilte ihre Brezel erneut und hielt das Viertel Jasleen hin. Scheinbar hatten sich ihre beiden Kolleginnen zusammengereimt, was gestern vorgefallen war.

»Wie weit bist du mit der Implementierung?«, fragte sie Trixie.

»Ziemlich weit«, antwortete diese kryptisch und Nawal atmete tief ein. »Wenn alles läuft wie geplant, und das wird es, kannst du heute Nachmittag testen und wir gehen noch heute Abend live.«

»Mein Flieger geht um eins, das heißt, ich kann inschallah gegen halb fünf von Granada aus mit dem Testen beginnen«, rechnete Nawal vor und starrte auf ihren Bildschirm. »Außer natürlich, du bekommst es vorher hin, sodass ich während des Fluges starten kann.«

Trixie legte die Stirn in Falten und rümpfte die Nase. »Wird knapp – versprechen kann ich nix«, beschied sie und stand auf. »Dann mache ich mal lieber weiter«, sagte sie und wischte sich mit dem Handrücken über den Mund.

Jasleen brummte ungehalten und Nawal hielt ihr ein Kleenex hin.

»Stellt euch nicht so an«, echauffierte sich Trixie und wischte sich extra jeden Finger einzeln ab, bevor sie Jasleen die Zunge rausstreckte und beim Umdrehen geradewegs in Amber hineinlief.

»Kannst du nicht aufpassen?«, raunzte die Trixie an und bedachte sie mit einem Blick, bei dem jeder andere zurückgewichen wäre.

Nicht jedoch Trixie. »Kann ich schon, aber wo bliebe dann der Spaß?«, erwiderte sie ungerührt und drängte sich an Amber vorbei, jedoch nicht, ohne sie mit der Schulter zu schubsen.

Nawal und Jasleen saßen mit runden Augen und zusammengepressten Lippen ganz still auf ihren Stühlen.

»Hast du es also doch wieder geschafft«, wandte Amber sich vorwurfsvoll an Nawal.

»Ich kann dir leider nicht ganz folgen. Wenn du deinen Zusammenstoß mit Trixie meinst – wieso hast du plötzlich so dicht hinter ihr gestanden? Hast du etwa gelauscht?«

Ambers Augen weiteten sich nur minimal. »Was sollte es hier zu belauschen geben?«, ätzte sie und verzog verächtlich den Mund.

»Tatsächlich nichts«, stimmte Nawal zu und grinste.

Amber rauschte davon.

Jasleen neben ihr atmete hörbar aus. »Ich frage mich, was mit der los ist«, grübelte sie und riss sich ein Stück Brezel ab. »Normalerweise ist sie nur ein bisschen zickig, aber zurzeit ...« Sie ließ den Rest des Satzes im Raum hängen.

Jasleen hatte recht. So hatte sich Amber noch nie aufgeführt.

»Ich bin so froh, wenn diese Challenge bald vorbei ist und wieder Normalität einkehrt.«

Da stimmte Nawal ihrer Kollegin allerdings zu.

Um elf Uhr räumte sie ihren Schreibtisch auf, besprach mit Trixie noch einmal den Zeitplan und verabschiedete sich von Jasleen. In der U-Bahn schickte sie Elif eine Nachricht, dass sie heute Abend wieder bei ihr sein würde.

Sie nutzte die Wartezeit bis zum Boarding und telefonierte mit ein paar Moscheen aus der Umgebung. Keiner der dort tätigen Imame war unmittelbar verfügbar, aber sie hinterließ ihre Nummer und erhielt weitere Kontakte, bei denen sie sich meldete. Jetzt hieß es abwarten.

Immer wieder nahm sie ihr Handy in die Hand und prüfte, ob Trixie ihr eine Nachricht geschickt hatte, aber

bis auf die sich langsam dahinschleppende Minutenanzeige
zeigte ihr Telefon nichts an.

Sie stieg als eine der Ersten ins Flugzeug, hob ihr Handgepäck ins Gepäckfach und setzte sich ans Fenster. Ihren
Laptop legte sie unter ihren Sitz, immer noch darauf hoffend,
dass Trixie sich bald bei ihr melden würde. Eine ältere Frau
benötigte ihre Hilfe beim Verstauen ihres umfangreichen
Gepäcks und so war sie für einige Minuten abgelenkt. Als
sie das nächste Mal auf ihr Handy sah, war eine Nachricht
von Trixie angekommen. Erleichtert öffnete sie diese und
las sie mehrmals durch. Dabei musste sie fassungslos den
Kopf geschüttelt haben, denn ihre Sitznachbarin fragte mitfühlend: »Schlechte Nachrichten, Schätzchen?«, und tätschelte ihr die Hand.

»Ja – Nein, tatsächlich weiß ich das gar nicht so genau«,
antwortete sie und starrte noch auf ihr Display, als eine weitere Nachricht eintraf.

Trixie
Soll ich das weiterleiten oder nicht?

Nawal nagte an ihrer Unterlippe und hörte für einen
Moment nur ihren überlauten Herzschlag. Trixie hatte
fälschlicherweise die Freigabeanfrage für Ambers Projekt
erhalten. Wenn sie diese nur für eine Weile zurückhalten
würde, hätten sie die Chance, vor Amber live zu gehen.

Trixie
Nawal? Bist du noch da? Ich brauche deine Antwort – jetzt!

Ihre Sitznachbarin war aufgestanden, hatte sich zum Gang
umgedreht und dabei versehentlich Nawal das Handy aus
der Hand geschlagen. Hektisch bückte sie sich danach, als
die ältere Dame ihr Missgeschick bemerkte und ebenfalls
nach dem Handy griff. Das führte dazu, dass sie Nawals

Kopf mit ihrem Hinterteil herunterdrückte und ihr ein Keuchen entlockte.

»Oh, Schätzchen«, rief die Frau aus. »Das ist mir jetzt aber schrecklich unangenehm. Ist alles in Ordnung?«

»Ja, alles bestens«, ächzte Nawal und setzte sich mit hochrotem Kopf wieder auf. Sie wischte ihr Handy an ihrem Bein ab und hielt es hoch, um der Frau zu zeigen, dass sie sich keine Sorgen machen musste.

Schnell öffnete sie den Chat und zögerte nun keinen Moment mehr, bevor sie Trixie antwortete.

HANDGEPÄCK

Der Flug verlief ereignislos. Ihre Sitznachbarin schlief ein und legte ihren Kopf auf Nawals Schulter ab. Dabei schnarchte sie laut vernehmlich, aber aus unerfindlichen Gründen beruhigte Nawal das Geräusch. Da Trixie sich nicht mehr gemeldet hatte, öffnete sie ihre Quran-App, steckte sich die Kopfhörer in die Ohren und begann, lautlos zu rezitieren.

Vorsichtig weckte sie die Frau auf, als das Flugzeug zum Stehen kam.

»Sind wir schon da?«, fragte diese und gähnte herzhaft.

»Ja, das sind wir.«

»Habe ich dich als Kissen benutzt, Schätzchen?«, fragte die Frau und fuhr direkt fort: »Das passiert mir jedes Mal, aber weißt du, man lernt dabei immer so nette Menschen kennen.« Verschwörerisch grinste sie Nawal an und erhob sich. Sie bat einen jungen Mann, ihr Handgepäck aus der Über-Kopf-Ablage zu holen und verwickelte auch ihn gleich in ein Gespräch. Mit klimpernden Armreifen winkte sie Nawal zu und reihte sich in die gemächlich vorwärtstrottende Schlange ein.

Nawal schaltete den Flugmodus aus und prüfte ihre Nachrichten. Immer noch keine Mitteilung von Trixie – und so langsam wurde sie nervös.

Nawal

Ich bin in Malaga gelandet und gleich auf dem Weg nach Granada. Irgendeine Chance, dass ich den Link noch davor erhalte?

Die Nachricht wurde verschickt und gelesen und – nichts. Das sah Trixie überhaupt nicht ähnlich. Sie rief bei ihr an, aber deren Anrufbeantworter sprang nach dem ersten Klingeln an. Was ging hier vor sich?

»Entschuldigung?«, sprach sie eine der Flugbegleiterinnen an. »Sie sind die letzte Passagierin und …«

»Oh, tut mir leid«, rief Nawal panisch aus. »Ich bin sofort weg.« Hastig erhob sie sich und stieß sich den Kopf, bevor sie sich an den Sitzen vorbei in den Gang schlängelte. Sie griff in die Ablage, um ihren Koffer herauszuheben, aber da war nichts im Fach. Absolut gar nichts.

»Wo ist denn mein Koffer?«, murmelte sie und stellte sich auf die Zehenspitzen. Vielleicht war er nur nach hinten gerutscht.

»Den hat Ihre Großmutter mitgenommen«, erklärte die Flugbegleiterin hilfsbereit.

»Meine Großmutter?«

»Die ältere Dame, die neben Ihnen saß? War das nicht Ihre Großmutter?«

Mit offenem Mund starrte sie die Frau an. Das durfte doch nicht wahr sein. So viele Zufälle gab es gar nicht. Zum zweiten Mal hatte sie ihr Gepäck verloren. Allmählich gingen ihr die Klamotten aus. Kopfschüttelnd klappte sie ihren Mund zu und eilte aus dem Flugzeug.

Sie rannte fast bis zur Gepäckausgabe, aber von der »Großmutter« war nichts zu sehen. Der junge Mann, der ihr das Handgepäck aus der Ablage gehoben hatte, bestätigte Nawal, dass die Frau direkt zu einem Taxi geeilt sei. Nawals Zug fuhr in einer Viertelstunde ab, daher gab sie die Suche auf, ging zu dem auf dem Bahnsteig wartenden Zug und setzte sich auf ihren reservierten Platz. Sie schrieb Elif, dass sie in eineinhalb Stunden im Apartment sein würde. Danach rief sie Jasleen an, die nach dem fünften Klingeln abnahm.

»Hey, Nawal.« Jasleen Stimme klang gedämpft. »Du willst bestimmt wissen, warum Trixie sich nicht bei dir meldet, aber hier geht es drunter und drüber.«

»Was ist denn passiert? Als ich losgefahren bin, war doch noch alles in Ordnung«, erwiderte sie verwundert.

»Amber ist total ausgerastet«, erzählte Jasleen. »Kreischte rum, dass sie eine Abnahme verspätet erhalten habe und das Absicht gewesen sei. Erst hat sie Piet beschuldigt, dann Henning. Du kannst dir vorstellen, wie hoch es herging.«

Nawal spürte, wie sie rot wurde, und biss sich auf ihre Unterlippe.

»Auf jeden Fall hat Herr Baum alle Projektmanager zu sich zitiert und da sitzen sie seit einer halben Stunde.«

»Wieso weiß ich nichts davon?«

»Du warst ja nicht im Büro, deshalb hat Herr Baum deine Beteiligung ausgeschlossen und will jetzt von den dreien wissen, was vor sich geht.«

»Und wieso ist Trixie nicht erreichbar?«, fragte sie und nestelte an ihrem Kopftuch.

»Weil beim Livegang etwas schiefgegangen ist«, flüsterte Jasleen und Nawal hörte ein Rascheln.

»Welcher Livegang? Ich denke, Amber hat sich beschwert, dass sie aufgehalten wurde?«

»Hat sie auch, aber kurz darauf haben sie das Projekt live gestellt. Allerdings mussten sie es zurückrollen, weil es so fehlerhaft war, dass der Kunde nun total verärgert ist. Offenbar haben sie in der Eile einen ganzen Teilbereich übersehen«, erklärte Jasleen. »Ich muss jetzt Schluss machen, die drei kommen gerade aus Herrn Baums Büro – ich schicke dir den Link, damit du testen kannst. Hätte ich fast vergessen, dabei hat Trixie es mir extra aufgetragen. Gute Fahrt.«

Sie verabschiedete sich und Nawal sah tief in Gedanken versunken aus dem Fenster, als ihr Handy brummte.

»Hast du noch etwas vergessen?«, fragte sie und holte ihren Laptop aus ihrer Tasche. Wenigstens hatte sie das nicht im Handgepäck gelassen, genauso wenig wie ihr Portemonnaie.

»Nicht, dass ich wüsste«, erklang Adams amüsierte Stimme und Nawal stieß einen spitzen Schrei aus.

»Adam!«, rief sie. »Wie geht es dir? Was machst du? Wo bist du?«

»Da hat jemand aber viele Fragen«, sagte er und lachte. »Alhamdulillah, mir geht es gut und dir?«

»Auch, alhamdulillah«, erwiderte sie und drückte das Handy fester ans Ohr, damit sie ja nichts verpasste. »Aber jetzt sag schon – was machst du? Bist du wieder in Manaus?«

»Es ist kaum zu glauben, aber wir sind hier in so einem kleinen Dorf am Amazonas und auch wenn es in den Häusern kein fließendes Wasser oder elektrischen Strom gibt, Handynetz haben sie.« Er erzählte, was er bisher erlebt hatte. Von riesigen Seerosen, meterlangen Wurzeln, die sich über den Boden schlängelten und Krabbeltieren, von denen Nawal in der nächsten Nacht bestimmt träumen würde.

Nawal lauschte seiner Stimme, die sie so sehr vermisst hatte. Adams Begeisterung wirkte ansteckend. Für einen Moment vergaß sie die Challenge, den Quranwettbewerb oder die Krankenhausrechnungen und spazierte mit ihm durch den Regenwald.

»Aber jetzt genug von mir – wo bist du momentan?«, fragte er und holte sie zurück in ihre Welt.

»Im Zug nach Granada«, sagte sie, bevor sie sich auf die Zunge biss. Aber es war bereits zu spät.

»Was machst du denn bei Opa?«

»Ihm ein wenig beim Quranwettbewerb aushelfen«, wich sie aus und hoffte, dass er nicht weiter nachbohrte.

»Wo ist Mama?«

»Bei Papa«, antwortete sie und auch wenn sie keine versierte Schachspielerin war, wusste sie, dass er sie in wenigen Zügen schachmatt gesetzt haben würde.

»Okay«, sagte er gedehnt. »Jetzt ist der Zeitpunkt, an dem du mir von Anfang an erzählst, was bei euch los ist.«

Sie atmete tief durch und dann berichtete sie ihm von Papas Unfall, seinen Operationen und dem Quranwettbewerb. Die Challenge, die Rechnungen und die Tatsache, dass ihr Vater vielleicht die Finger nicht mehr würde bewegen können, ließ sie aus.

Nachdem sie geendet hatte, war es für einen Moment still am anderen Ende der Leitung. Nawal kniff die Lider zusammen.

»Wenn du die Last eines anderen trägst, belohnt Allah dich reichlich und du bekommst diese Aufgabe nicht, damit du scheiterst, sondern damit du einen Rang im Paradies erhältst, den du sonst nicht hättest erreichen können.«

Sie riss die Augen auf und schluckte.

»Aber du musst das nicht alles alleine stemmen, weißt du – auch wenn du bewiesen hast, dass du es kannst.«

»Ich weiß«, krächzte sie und räusperte sich. Wieso hatte sie das Gefühl, dass Adam von den Rechnungen wusste und ihr auf seine typische Art Rückendeckung gab?

Ihr Zug fuhr in Granada ein.

»Dann werde ich jetzt inschallah Mama anrufen«, beendete Adam das Telefonat. »Denk daran, wenn etwas ist, egal was, kannst du mich erreichen«, sagte er eindringlich und legte erst auf, als sie ihm versicherte, dass sie darauf zurückkäme, wenn es nötig war.

Langsam stieg Nawal aus und blieb mitten auf dem Bahnsteig stehen. Sie hielt ihr Gesicht in die untergehende Sonne, schloss die Augen und atmete seit Tagen so frei wie

die Vögel, die über ihr ihre Runden drehten. Adam hatte
ihr wieder bewusst gemacht, was wirklich wichtig war, und
sie hatte die richtige Entscheidung getroffen – auch wenn
es bedeutete, die Challenge zu verlieren.

IMPROVISATION

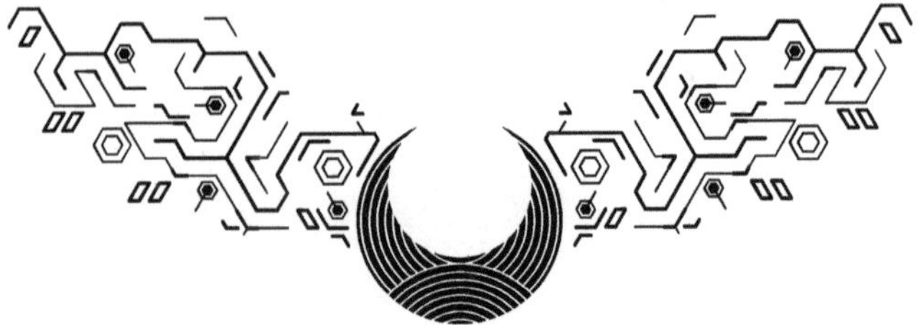

Pünktlich zum Maghreb-Gebet stand sie im Vorhof ihres Großvaters, den sie telefonisch nicht erreicht hatte. Müde schleppte sie sich die Treppe hinauf, begab sich direkt ins Bad, um Wudu, die Gebetswaschung, zu machen und zu beten. Elif hatte ihr geschrieben, dass sie mit Hamza in die Moschee gegangen war. Sie meldete bei der Fluggesellschaft ihr Handgepäck als verloren – vielleicht bemerkte die ältere Dame ja ihren Fehler und brachte das Gepäckstück zum Flughafen zurück – und legte sich dann auf die Couch.

Stimmen weckten sie und verwirrt fuhr sie hoch.

»Ah, unsere Schlafmütze ist endlich wach«, stellte Elif fest und nahm sie in den Arm. »Ohne dich war es echt einsam«, flüsterte sie, doch Nawals Großvater hatte es gehört.

»Na, na«, sagte er mit erhobenem Zeigefinger. »Lass das bloß nicht Alberta hören.«

Elif lachte gutmütig und zog Nawal erneut in eine Umarmung. »Brauche noch eine«, nuschelte sie und drückte sie ganz fest.

Nawal schaute ihren Großvater über Elifs Schulter hinweg fragend an.

»Ich weiß genau, was du da gerade machst«, sagte Elif, ließ sie aber immer noch nicht los. »Keine Ahnung, wie du das jeden Tag aushältst, Lösungen für alles und jeden zu finden, aber da ist mir die Stille am frühen Morgen in meiner Backstube lieber.« Sie schien von der Koordination der Imame zu reden, denn bei der bloßen Erwähnung von diesen schüttelte sie sich und ließ Nawal dann erst los.

»Habt ihr schon Ersatz gefunden?«, fragte sie und zog Elif neben sich.

»Nein«, brummte ihr Großvater.

»Chair inschallah«, beruhigte ihn Nawal. »Ich warte noch auf Rückmeldung von einigen, bei denen ich angefragt habe, und wenn das nicht klappt, dann reduzieren wir eben die Anzahl der Juroren pro Gruppe.« Sie holte ein Blatt mit Tabellen aus der Laptoptasche. »Die habe ich im Flugzeug erstellt – du kannst es natürlich beliebig anordnen.«

Ihr Großvater betrachtete das Blatt sorgsam, auf dem sie für jede Kategorie eine Tabelle mit den Namen der Teilnehmer angelegt, und auf Post-its die jeweiligen Juroren vermerkt hatte. So war es ganz einfach, die Zettel hin und herzuschieben, bis einem die Aufteilung gefiel. »Das könnte tatsächlich funktionieren«, sagte er langsam und schaute auf. »Lass uns das morgen mit den anderen besprechen.« Er zögerte und setzte sich gegenüber in den Sessel. »Wir haben ... noch eine Herausforderung.«

Nawal wartete und unterdrückte dabei ein Schmunzeln. Für ihren Opa gab es keine Probleme, wie für so viele andere Menschen. Er sah in allem eine Art Test, den es zu bestehen galt. Wie in der Schule, wenn unangekündigt Vokabeln abgefragt wurden, oder wenn man viel gelernt hatte, aber ein anderes Thema drankam. Seinetwegen war Nawal Projektmanagerin geworden. Diese Einstellung, dass sich immer eine Lösung finden ließ, wenn man nur den Blickwinkel änderte, hatte schon manches Projekt gerettet.

»Da wir nur einen Tag Zeit haben, müssen die Rezitationen parallel abgehalten werden. Es gibt aber nicht genug Räume.«

Nawal ging in Gedanken die Zimmer im Karlspalast durch und zückte ihr Handy. »Wie viele Gruppen bräuchten wir gleichzeitig?«

»Mindestens fünf.«

Mit schnellen Zügen skizzierte sie den Umriss der Örtlichkeit auf ein Blatt ihres Notizblocks. »Hier ist die Bühne«, sagte sie und tippte auf die Stelle mit dem Stift, »und hier sind die Zuschauersitze. Wenn wir während der Auswahl die Bühne ein wenig umfunktionieren und Quranzirkel bilden, reicht der Platz auf jeden Fall.« Sie malte Kreise auf die imaginäre Bühne und hielt die Skizze ihrem Großvater und Elif hin. »Ihr habt doch bestimmt Gebetsunterlagen für die Eid-Feste. Wenn wir darauf Teppiche legen und Sitzkissen, ist es wie in der Moschee.« Erwartungsvoll sah sie ihren Großvater an, der das Kinn vorstreckte und gedankenvoll durch seinen Bart strich.

»Gefällt mir«, beschied er schließlich und strahlte sie an. »Pablo hat einen kleinen Transporter und wir haben in der Tat Unterlagen für größere Flächen. Mit den Sitzkissen wird es etwas knapp, aber vielleicht hat der Vorstand ja eine Idee.« Er erhob sich. »Bleibt nur noch eine Sache.«

»Ja?«

»Hamza wartet unten auf dich und will unbedingt noch mit dir Quran lesen üben«, sagte er und öffnete die Tür. »Lass ihn nicht zu lange warten.« Er winkte zum Abschied und verschwand.

»Hast du Abayas mitgebracht?«, fragte Elif und lief zur Küche.

»Habe ich, ja«, sagte Nawal und schnaubte, woraufhin Elif stehenblieb und sich umdrehte.

»Aber?«

»Sie sind mir sozusagen abhandengekommen«, druckste sie herum und stand auf, um im Bad Wudu zu machen.

»Sag nicht, dir fehlt schon wieder ein Koffer«, stieß Elif aus und stemmte die Arme in die Seiten.

»Doch. Obwohl ich dieses Mal so schlau gewesen bin und alles ins Handgepäck gepackt habe«, sagte Nawal und schüttelte den Kopf.

»Und wo ist dein Handgepäck jetzt?«

»Meine Sitznachbarin, eine sehr nette ältere Dame, hat ihn versehentlich mitgenommen.«

»Nein!«, rief Elif aus und schlug die Hand vor den Mund.

»Ich habe ihn vorhin bei der Fluggesellschaft als vermisst gemeldet.«

Elifs Oberkörper bebte bei dem Versuch, ein Lachen zu unterdrücken.

»Das ist überhaupt nicht lustig«, empörte sich Nawal, musste aber selbst grinsen.

»Chair inschallah«, quetschte Elif heraus und kicherte immer noch. »Dann ist es ja gut, dass ich dein Schlafshirt gewaschen habe.«

Hamza saß an seinem üblichen Platz, tief gebeugt über den Mushaf. Seine melodische Stimme erfüllte den hell erleuchteten Garten und wurde vom Wind in den Himmel getragen. Ohne die Sonne war es sehr kühl und sie hatte ihre Jacke oben gelassen.

»Nawal«, sprach er sie an und begrüßte sie.

»Wollen wir vielleicht ins Apartment zu Elif gehen?«, fragte sie und schlang die Arme um sich.

»Ja, es ist wirklich ein wenig frisch«, stimmte Hamza ihr zu und erhob sich steif. »Wie ist dein Projekt gelaufen?«, erkundigte er sich und stieg langsam die Treppe hinter ihr hoch.

Woher wusste er von ihrem Projekt?

»Elif hat es mir verraten, als ich nachgefragt habe, warum du abgereist bist.« Offenbar hatte sie mit ihrer Antwort zu lange gewartet, dass er ihre stumme Frage beantwortete.

»Ja, mit meinem Projekt ist so weit alles in Ordnung«, brachte sie hervor und schluckte.

»Was sind drei Dinge, die dich im Diesseits und Jenseits um Rangstufen erhöhen?«, fragte er und wartete geduldig hinter ihr, als sie den Schlüssel aus ihrer Kleidtasche fischte und aufschloss.

»Elif?«, rief sie laut. »Hamza und ich lesen heute hier. Draußen ist es zu kalt.«

»Alles klar«, kam es gedämpft aus der Küche. »Ich bin inschallah gleich bei euch. Backe gerade nur ein paar Kuchen.«

»Hat sie gerade ›ein paar Kuchen‹ gesagt?«, fragte Hamza überrascht und zog die Schuhe aus.

Nawal lachte. »Es hat durchaus Vorteile, eine Konditormeisterin als Freundin zu haben.«

Sie setzten sich auf die Couch des Wohnraums und Nawal legte ihren Mushaf neben den von Hamza. »Zu deiner Frage mit den drei Dingen: Ich denke Dhikr, gutes Benehmen und Spenden«, sagte sie bedächtig und schaute Hamza erwartungsvoll an.

»Worum geht es?«, fragte Elif, bevor sie sich auf die Couch plumpsen ließ und die Beine unterzog.

Nawal wiederholte Hamzas Frage.

»Beten, sich Wissen aneignen und Kranke besuchen«, antwortete ihre Freundin spontan.

Gespannt warteten sie auf Hamzas Auflösung.

»Meine Antwort beinhaltet jeweils etwas von euren: Sadaqa, also Spenden, nach Wissen streben und die Eltern gut behandeln.«

Speziell der letzte Punkt hallte in Nawal nach. Adam hatte etwas Ähnliches gesagt und irgendwie war es ein wenig unheimlich, wie Hamza das gerade jetzt mit seinem Beispiel bestätigte.

Elif klatschte Nawal ab und grinste. »So, dann lass mal hören«, forderte sie Nawal auf. »Ich habe vorhin extra das Fenster aufgemacht, um Hamza zu lauschen – die Messlatte liegt hoch.« Elif wackelte mit den Augenbrauen und stupste sie an.

Nawal schnaubte, setzte sich aber aufrecht, bevor sie anfing, zu rezitieren. Nur an zwei Stellen musste der Imam aushelfen, sonst kam sie fließend durch und war selbst darüber erstaunt. Hamza erklärte erneut ein paar Tadschwidregeln und ging mit ihr zwei konkrete Stellen durch, bis er mit ihrer Rezitation zufrieden war.

»Wir haben inschallah noch morgen zum Üben«, sagte er, »aber ich mag deine Quranrezitation jetzt schon sehr.« Er schälte sich aus den Tiefen des Sofas und steckte sich seinen Mushaf unter den Arm.

»Djazak Allahu chairan für deine Hilfe«, bedankte sich Nawal mit leicht geröteten Wangen.

»Wa iaki«, wünschte er ihr auch, dass Allah sie mit Gutem belohnte. Er schlüpfte in seine Schuhe und verabschiedete sich.

Nawal räumte ihren Mushaf weg und schlenderte mit Elif in die Küche, aus der ihr ein köstlicher Geruch nach Mandeln entgegenkam.

»Mhm«, sagte sie und stellte sich mit vorgestreckter Nase neben Elif vor den Backofen. »Es riecht so lecker – was hast du gebacken?«

»Meine eigene Variation der Piononos«, erwiderte Elif. Sie nahm ein Blech heraus und stellte es zum Abkühlen auf ein Drahtgitter. Die auf der untersten Schiene stehenden Kuchenformen schob sie eine Stufe höher wieder ein.

»Sind das Meskouta?«, rief Nawal begeistert aus, als sie einen Blick auf den Teig warf.

»Yep«, antwortete Elif. »Ich weiß doch, wie gerne du den isst, und weil Alberta ihn nicht kennt und Imam Yahya und Hamza sowie dein Opa und Pablo sich bestimmt auch freuen, habe ich gleich zwei gebacken.«

Nawal liebte diese superweichen Rührkuchen, die ihre Mutter früher so oft gebacken hatte.

»Bevor du fragst: Es ist das Originalrezept deiner Mutter«, fuhr Elif fort.

»Mama hat freiwillig das Rezept rausgerückt?«, fragte Nawal ungläubig.

»Ja«, sagte Elif und drehte ihr den Rücken zu. »Deine Mutter war damals die Einzige, die wusste, dass meine Eltern in Schwierigkeiten waren«, erzählte sie leise.

Nawal wurde ganz still. Elif hatte, bis auf die Erwähnung vor ein paar Tagen, nie darüber gesprochen, warum sie damals so plötzlich von der Schule abgegangen war.

»Und deine Mutter hat mich unterstützt, wo sie nur konnte – unter anderem mit ihren Backrezepten.«

Erneut ploppten alle möglichen Fragen in Nawals Gedanken auf, was das für Schwierigkeiten gewesen waren und wieso Elif sich ihr, der besten Freundin, damals nicht anvertraut hatte, aber sie hielt sich zurück. Wenn Elif bereit war, würde sie Nawal von sich aus mehr erzählen. Deswegen nickte sie nur. »Ich kann es kaum erwarten, das erste Stück gleich probieren zu dürfen.«

»Wer sagt denn, dass du das erste Stück bekommst?«, neckte Elif sie und flitzte von ihr davon ins Wohnzimmer.

ALBERTA
Freitag, Tag 23

Am Freitagmorgen loggte sich Nawal bereits um fünf Uhr ein. Sie hatte gestern Abend weder ihre E-Mails gecheckt noch den Link aufgerufen, den Jasleen ihr geschickt hatte. Wettbewerbsdruck war sie gewohnt und mehr als einmal hatte sie gesehen, wozu manche fähig waren, nur um zu »gewinnen«. Amber hatte sich bereits verändert, war noch zickiger und unfreundlicher geworden, und auch sie hätte gestern beinahe etwas getan, was für sie vollkommen untypisch war.

Sie hatte tatsächlich kurz gezögert, Amber die Information zu ihrem Projekt weiterzuleiten, obwohl sie wusste, dass Rizq, ihre Versorgung, von Allah kam und längst für sie geschrieben war. Deswegen hatte sie beschlossen, einen Gang herunterzuschalten. Sie testete in aller Ruhe, was Trixie implementiert hatte, betete Fajr und gab zweieinhalb Stunden später das Projekt frei. Leise schlich sie in die Küche, um den Frühstückstisch zu decken, doch Elif war längst aufgestanden.

»Ich wollte dich nicht stören«, sagte ihre Freundin und drückte ihr einen Teller mit Kuchen, Gebäck und Brot in die Hand.

»Dito«, antwortete Nawal und lachte.

»Selbst wenn ich wollte, kann ich nicht länger schlafen. Berufskrankheit«, sagte Elif und zuckte mit den Schultern.

»Daher stehe ich früh auf und genieße es, wenn ich mich am späten Vormittag nochmal hinlegen kann.«

»Wenn du die Möglichkeit hättest, die Vergangenheit zu ändern – würdest du es tun?« Nawal schaute ihre Freundin nicht an, sondern betrachtete den Kuchen, der genau so aussah, wie der, den ihre Mutter immer gebacken hatte, und der so herrlich nach Zitrone duftete.

»Eine ganze Zeitlang hätte ich dir mit Ja geantwortet«, gestand Elif, »aber inzwischen macht mir meine Arbeit wirklich Spaß und deine Mutter hat mir die Augen geöffnet, wie man aus allem das Beste machen kann. Also nein, ich würde nichts ändern, bis auf ...«

Nawal sah hoch.

»Ich würde meiner besten Freundin erzählen, dass meine Eltern finanzielle Schwierigkeiten haben und ich deshalb die Schule abbreche und in der Bäckerei helfe, weil ich ihnen einen Teil ihrer Last abnehmen möchte. Ich wollte das damals nicht an die große Glocke hängen und ich hatte Sorgen, dich zu verlieren.« Elif nahm Nawal den Teller ab und stellte ihn beiseite, um sie zu umarmen.

»War nicht für dich geschrieben, mich zu verlieren«, murmelte Nawal in Elifs Haar und brachte ihre Freundin damit zum Lachen.

»Als ich deine Nachricht wegen der Hochzeitstorte erhielt, habe ich nur ›Alhamdulillah‹ gesagt und meine Mutter hat sofort Bescheid gewusst, wer da schreibt. Sie hat mich gedrängt, dir alles zu erzählen, aber ich wollte nicht. Noch nicht. Es war auch ihre Idee, dich nach Granada zu begleiten.«

»Und dann fliege ich einfach wieder zurück nach Deutschland.«

»Jetzt bist du ja wieder hier«, sagte Elif und ging mit dem Teller ins Wohnzimmer. »Hat sich eigentlich geklärt, weswegen du ins Büro musstest?«

Eine gute Frage. Sie wusste immer noch nicht, wer der Saboteur war, und ihr Projekt würde inschallah am

Vormittag live gehen. Ob das reichte, um die Challenge zu gewinnen? Wenn es nach ihr ginge, wäre ihr der Ausgang egal, aber sie brauchte das Geld – doch kein Zweck, sei er noch so gut, heiligte alle Mittel.

Elif stupste sie an und bedeutete ihr mit dem Kopf, sich zu setzen.

»Ich bin mir nicht sicher«, antwortete sie verspätet. »So wie du es liebst, Bäckerin zu sein, liebe ich meinen Beruf als Projektmanagerin auch.«

»Aber?«

»Nicht um jeden Preis.«

»Dem stimme ich zu. Du solltest deine Werte niemals aufgeben, aber das war noch nie dein Problem«, sagte Elif und steckte sich genüsslich ein Stück Meskouta in den Mund.

»Was, denkst du, ist denn mein Problem?«, fragte Nawal und bestrich ihren Barir mit Frischkäse und Marmelade. Wann hatte Elif die denn gebacken?

»Dass du nicht backen kannst, natürlich«, erklärte Elif mit ausdruckslosem Gesicht.

Nawal lachte gutmütig. »Damit könntest du tatsächlich recht haben«, gab sie zu und biss genüsslich ein Stück ab. »Dafür habe ich ja dich.« Sie hatte einen weiteren Barir zusammengerollt und hielt ihn Elif hin.

Der Rest des Vormittags verlief ereignislos. Trixie hatte ihr mitgeteilt, dass sie den Livegang vorbereitete, und während sie auf die Bestätigung wartete, füllte sie den Abschlussbericht aus. Von Frau Andres erhielt sie eine E-Mail, dass der Bericht angekommen war und sie sich zu Beginn der nächsten Woche mit ihr treffen wolle, um ihr für das erfolgreiche Projekt zu danken.

Nawal seufzte. Das bedeutete, dass sie nur noch dieses Wochenende in Granada sein würde.

»Kommst du mit zum Djumua-Gebet?«, fragte Elif und rückte ihr geblümtes Kopftuch zurecht.

Trixie hatte sich vor über zwei Stunden gemeldet und der heutige Plan zeigte, dass sowohl Jakob als auch Piet mit ihren Projekten fertig waren. Eigentlich wartete sie auf Nachrichten aus dem Büro.

»Weißt du was? Das mache ich«, entschied sie spontan und klappte ihren Laptop zu.

✓⊙₂

»Diesen Anblick werde ich vermissen«, gestand Elif, als sie zwanzig Minuten später auf dem Mirador de San Nicolás erneut die Aussicht auf die Alhambra bewunderten.

»Noch sind wir hier«, entgegnete Nawal und hakte sich bei ihrer Freundin unter. »Lass uns das Wochenende genießen, jetzt, wo alles organisiert ist und wir uns inschallah auf die Quranrezitationen konzentrieren können.«

Die Moschee war voll und nach der Chutba schlenderten sie gemütlich in den Garten, um sich auf ihre ausgewählte Lieblingsbank zu setzen.

»Hier seid ihr«, begrüßte sie ihr Großvater und schnaufte. »Könntet ihr bitte sofort zu Alberta gehen? Irgendetwas ist passiert, aber sie will mir am Telefon nicht sagen, was.«

Gleichzeitig sprangen sie auf. »Wir sind schon unterwegs, Opa – mach dir keine Sorgen«, versicherte Nawal und hetzte ihrer Freundin hinterher.

»Wie war das mit ›alles ist organisiert‹?«, frotzelte Elif und wich einem Mann aus, der sich ein paar Souvenirtassen ansah und dabei einen Schritt nach hinten gemacht hatte.

»Da war ich wohl ein wenig voreilig«, gab sie zerknirscht zu und duckte sich unter einem Tablett hindurch, welches ein Kellner auf einer Hand balancierte. Ohne mit der Wimper zu zucken, verschwand dieser im gegenüberliegenden Restaurant.

Keuchend kamen sie vor dem Apartmenthaus an und Nawal tippte nervös den Code ein.

»Alberta?«, rief Elif sofort und drängte sich an Nawal vorbei. Sie hörten eine gedämpfte Stimme aus der Küche und rannten dorthin.

Die Köchin saß auf dem Boden, mit dem Rücken an der Wand und um sie herum sah es aus, als wäre ein Tornado durch die Küche gefegt. Aufgeplatzte Eier liefen in verstreutes Mehl, um das herum zerbrochenes Porzellan lag. Eine Milchtüte stieß stoßweise die letzten weißen Tropfen aus, bevor auch diese erstarben.

Elif hatte längst Alberta erreicht und strich der älteren Frau die vom Mehl weißgepuderten Haare aus dem Gesicht. Blut tropfte wie in Zeitlupe von Albertas rechter Hand in ihre Schürze, die mit einer getrockneten Masse aus undefinierbarem Teig beschmiert war.

»Nawal!«, holte Elifs Stimme sie zurück ins Jetzt. »Backofen!«

Sie drehte sich um und sah schwarze Rauchschwaden an den Seiten herausquellen. Mit einem Satz war sie beim Backofen und schaltete ihn aus, bevor sie vorsichtig die Backofentür öffnete.

Elif warf ihr Handschuhe zu und riss das Fenster auf. Mit beschlagener Brille nahm Nawal die Backbleche mit den undefinierbaren schwarzen Teilchen heraus. Sie setzte das Blech auf die Spüle, weil der Tresen, ähnlich wie der Boden, übersät war mit umgeschmissenen Gläsern, Tupperboxen und Mehl.

»Alberta?«, hörte sie Elif leise mit der Köchin reden. »Kannst du aufstehen?«

»Nein, das ist ja der Grund, warum es hier so aussieht«, stammelte Alberta und fuhr sich mit der Hand über die Augen. Dabei hinterließ sie einen blutigen Streifen im Gesicht.

»Okay«, sagte Elif gedehnt. »Magst du uns erzählen, was passiert ist?«, fragte sie sanft und wischte vorsichtig mit einem Taschentuch die Blutspuren weg.

»Ich habe mich an den Tisch gesetzt und kurz die Beine hochgelegt«, fing sie an zu erzählen. »Die Piononos«, sie zeigte auf das Backblech, »hatte ich gerade in den Backofen geschoben und ... ich muss kurz eingenickt sein ... auf jeden Fall klingelte der Backwecker und ich bin aufgeschreckt.« Sie holte tief Luft. »Ich wusste, dass etwas ganz und gar nicht stimmte, als ich aufgestanden bin ... mein Fuß muss eingeschlafen sein ... auf jeden Fall bin ich umgeknickt und habe versucht, mich festzuhalten. Dabei habe ich das Mehl umgeworfen, das in die Gläser gefallen ist, die die Eier zerbrachen.« Erneut hielt sie inne und Elif schaute mit aufgerissenen Augen zu Nawal. »In dem Versuch, die ... Unordnung ... zu beseitigen, war ich wohl zu zuversichtlich, dass mich meine Füße wieder tragen würden, aber ... der linke Fuß ist einfach weggeknickt.« Sie zeigte zur Milch und den auf dem Fußboden verstreuten Zutaten. »Dabei ist all das mit mir zu Boden gegangen.«

»Verstehe«, sagte Elif. »Kannst du deinen Fuß jetzt spüren?«

»Oh ja«, erwiderte Alberta und presste die Lippen zu einem weißen Strich zusammen. »Er schickt mir alle drei Sekunden Stromstöße durch den ganzen Körper.«

Nawal hatte ihr Handy schon am Ohr und rief einen Krankenwagen. Während sie auf diesen warteten, kehrte Nawal die Scherben zusammen, damit sich keiner daran verletzte. Elif befreite Alberta von ihrer blutigen Schürze und reinigte die Hand.

»Wo ist eigentlich Pablo?«, fragte Nawal.

»Er koordiniert den Aufbau im Palast«, erklärte Alberta. »Nur gut, dass er mir das Handy hiergelassen hat, sonst hätte ich nicht einmal Hilfe holen können.«

Elif strich Alberta über den Arm. »Das wird inschallah wieder«, beruhigte sie die ältere Frau und lenkte sie ab, indem sie ihr von ihrer allerersten Torte erzählte und was dabei alles schiefgegangen war.

Nawal lief zur Tür, um nachzusehen, wo der Krankenwagen blieb, und sah ihn am Ende der Straße. Sie zeigte den Sanitätern den Weg zur Küche. Die beiden jungen Männer warfen nur einen Blick auf Albertas angeschwollenen Knöchel und halfen ihr dann, sich auf die Trage zu legen.

Elif war im Krankenwagen mitgefahren und so stand Nawal fünf Minuten später ganz allein in der Küche. Sie hoffte für Alberta, dass sie nicht allzu schwer verletzt war, und für sich selbst und den Wettbewerb, dass Alberta vielleicht sogar heute wiederhergestellt werden konnte. Obwohl das bei genauerer Betrachtung mehr als unwahrscheinlich war.

Nawal begann aufzuräumen. Die Mehl-Eier-Masse war bereits angetrocknet und schwieriger wegzubekommen als Kleister. Sie kniete sich auf den Boden und schrubbte angestrengt. Neben den zwei fehlenden Imamen für die Jury würde wahrscheinlich auch Alberta ausfallen. Was das bedeutete, musste sie mit Elif besprechen. Eines war sicher, es würde ein sehr langer Abend werden.

Als es an der Haustür klingelte, stand sie hastig auf und eilte zum Eingang. Kaum hatte sie die Tür geöffnet, schob jemand einen Koffer hinein, der verdächtig nach ihrem eigenen aussah, und drängte sie zurück. Überrumpelt lehnte sie an der Wand und sah mit offenem Mund, wer da vor ihr stand.

»Schätzchen, es tut mir ja so leid«, sagte die nette ältere Dame aus dem Flugzeug. »Ich habe da wohl aus Versehen dein Gepäck mitgenommen.« Sie zeigte anklagend auf Nawals Koffer, als sei es seine Schuld, in ihre Hände gefallen zu sein. »In meinem Alter kann man sich nicht immer daran erinnern, wie viel Gepäck man dabeihat. Woran ich mich allerdings beim Auspacken erinnert habe, ist, dass ich nicht so flotte Anziehsachen besitze.« Sie lachte kehlig, zuckte mit den Achseln und kniff Nawal in die Wange. »Jedenfalls haben mir die am Flughafen deine Adresse gegeben. Schön habt ihr‹s hier«, sagte die Frau munter und trat in den Innenhof. Dabei klimperten ihre Armreifen und ihr Gewand flatterte um sie herum. Dann zeigte sie auf Nawal. »Ist irgendetwas passiert? Ich hoffe, der andere sieht genauso aus.«

Nawal sah an sich herab und stellte fest, dass sie nicht nur Mehl-, sondern auch Blutflecken auf ihrer Kleidung hatte.

»Unsere Köchin hatte einen Unfall«, brachte sie endlich hervor und räusperte sich. »Was machen Sie hier?«

»Na, dir deinen Koffer bringen, Schätzchen. Aber das hatte ich schon erwähnt, oder?«

Bevor sie die Chance hatte, zu antworten, klingelte ihr Handy und sie hob einen Finger. Es war ihr Großvater, der sich nach Alberta erkundigte. In knappen Worten erzählte Nawal, was passiert war. Er würde im Krankenhaus vorbeifahren, dort nach dem Rechten sehen und Elif und gegebenenfalls Alberta wieder mitbringen. Sie verabschiedete sich, legte auf und drehte sich um. Die ältere Dame hatte sich auf eine Bank gesetzt und sah sie erwartungsvoll an. Automatisch runzelte sie die Stirn. Was hatte diese temperamentvolle Person jetzt wieder im Sinn?

»Schätzchen«, sagte sie da auch schon. »Wenn ich mich hier so umsehe, dann denke ich, habe ich die Antwort auf dein Problem.«

MARTA

Für einen Moment starrte Nawal die Frau einfach nur an.

»Ich heiße Marta«, stellte sich die ältere Dame vor. »Jetzt, wo wir quasi Geschäftspartner sind, können wir einander auch ruhig duzen.«

»Nawal«, antwortete sie automatisch und ließ die Frau nicht aus den Augen. »Und was für eine Art Geschäft wäre das?«

»So wie es aussieht, brauchst du dringend eine Köchin und ich habe die besten Köche in ganz Granada.«

»Das ist sehr nett von Ihnen … dir, aber es ist für eine … so etwas wie eine Benefizveranstaltung und damit … ehrenamtlich«, versuchte sie höflich abzulehnen.

»Schätzchen, glaub mir, ich will kein Geld«, versicherte Marta. »Du erinnerst mich an meine Enkelin.«

»Ist das gut?«, erkundigte sie sich und hob die Augenbrauen.

»Weiß ich nicht, habe sie seit zehn Jahren nicht mehr gesehen.«

Nawal stand ganz still, ihr Gesicht völlig ausdruckslos.

»Das war ein Witz«, sagte Marta und ihr Lachen hallte von den Mauern wider. »Ich habe gar keine Enkelin, aber wenn ich eine hätte, wäre sie so wie du.«

Nawal schloss für einen Moment die Augen. »Ich möchte nicht unhöflich wirken, aber wir stehen hier enorm unter

Druck. Willst du denn wirklich helfen? Oder, lass es mich anders formulieren: Hast du tatsächlich einen Koch, der uns am Wochenende mit Snacks aushelfen könnte?«

»Nein.«

»Nein, du hast keinen Koch, oder nein, du kannst nicht mit Snacks helfen?«

»Schätzchen, ich habe drei Köche und ich würde mich an deiner Stelle nicht einmischen bei dem, was sie anbieten wollen und können«, erwiderte Marta. »Komm, ich helfe dir in der Küche und bei der Gelegenheit erzähle ich dir alles«, sagte sie und stand erstaunlich schnell von der Bank auf.

Martas Hilfe bestand darin, einen marokkanischen Tee zu trinken, während Nawal den Fußboden wischte. Aber sie hatte jemanden angerufen, den sie auf Lautsprecher stellte, und der sich nach der Art des Events, den erwarteten Gästen und der Location erkundigte. Das klang zumindest vielversprechend, aber Nawal arbeitete sicherheitshalber bereits an einem Plan B. Sie betrachtete Marta aus den Augenwinkeln und versuchte, schlau aus dieser Frau zu werden.

Schritte erklangen und Elif streckte ihren Kopf zur Küchentür herein. »Maschallah, du bist ja schon fertig«, rief sie erfreut aus.

»Alberta geht es soweit gut«, ergänzte ihr Großvater, der hinter Elif die Küche betrat. Als er Marta am Küchentisch entdeckte, blieb er abrupt stehen. »Marta?«, sagte er und runzelte die Stirn. »Was machst du hier?«

»Begrüßt man so eine alte Freundin?«, erwiderte Marta unbekümmert und drehte ihr Teeglas. »Ich freue mich, dich zu sehen, Muhammad – und bevor du fragst: Ich bin hier, weil ich aus Versehen Nawals Koffer mitgenommen habe.«

Elif hatte sich stumm neben Nawal gestellt, die den Wortwechsel mit Interesse verfolgte. Marta kannte also ihren Großvater und war nicht überrascht, ihn zu sehen.

»Aus Versehen, ja?«, hakte ihr Großvater nach und schnaubte.

Imam Yahya war hinter ihrem Opa hereingekommen, stand aber jetzt unsicher im Raum und schaute zur Tür.

»Wollen wir uns vielleicht alle setzen und einen Tee trinken?«, schlug Nawal vor und holte Teegläser aus dem Schrank.

Imam Yahya lächelte dankbar und setzte sich.

Nawal schenkte ein, aber es war Elif, die das unangenehme Schweigen mit einem Bericht über die Patientin brach. »Alberta hat sich den Knöchel überdehnt und wird die nächsten Tage eine leichte Stütze tragen«, erzählte sie. »Das wird wieder, aber wir haben sie zu sich nach Hause gefahren, damit sie sich schont.«

»Alhamdulillah, das sind gute Nachrichten«, sagte Nawal und atmete erleichtert auf.

Erneut trat diese Stille ein, die entsteht, wenn Menschen nicht wissen, was sie zueinander sagen sollen. Nawal sah ihren Großvater erwartungsvoll an. Der drehte gedankenverloren sein Glas und schien nur körperlich anwesend zu sein.

»Sie haben sich im Flugzeug getroffen?«, versuchte es nun Imam Yahya und räusperte sich.

»Ja, wir saßen gestern nebeneinander im Flugzeug und Marta hat meinen Koffer ... aus Versehen ... mitgenommen«, antwortete Nawal. »Es war doch ein Versehen, oder?«

»Aber natürlich, Schätzchen – woher hätte ich denn wissen sollen, wer ...?«

»Was willst du, Marta?«, unterbrach sie ihr Großvater.

Überrascht schaute Nawal ihn an. Noch nie hatte sie ihn derart abweisend erlebt.

»Ich habe nur meine Hilfe angeboten«, erklärte Marta und grinste. Sie schien die Einzige zu sein, die sich köstlich amüsierte.

»Hilfe wobei?«, knurrte ihr Opa und umfasste das Teeglas so fest, dass Nawal fürchtete, es würde in seiner Hand zerbrechen.

»Das kann ich aufklären«, sagte sie daher hastig, bevor Marta ihren Großvater noch mehr reizte. »Marta hat vorgeschlagen, ihre Köche mit einzubinden.«

»Hat sie das?«, fragte ihr Opa und sein Ton ließ keinen Zweifel daran, dass er das nicht glaubte.

»Marta macht das als Wiedergutmachung dafür, dass sie mein Gepäck mitgenommen hat«, schob Nawal dazwischen. »Nicht wahr, Marta?«

»Natürlich, Schätzchen«, erwiderte Marta und an Nawals Großvater gerichtet, sagte sie: »Siehst du, Muhammad, es ist alles ganz harmlos. Ich muss dann auch mal wieder los. Wir sehen uns morgen früh.« Sie verabschiedete sich von allen und Nawal begleitete sie zur Tür.

»Du hast gar nicht am Flughafen angerufen wegen meines Koffers, oder?«

»Nein«, gab Marta geistesabwesend zu. »Ich hätte dich überall wiedererkannt – du siehst ihr so unglaublich ähnlich, dass es schon fast weh tut.«

»Wem sehe ich ähnlich?«, fragte Nawal und versuchte, der unerwarteten Wendung des Gesprächs zu folgen.

»Deiner Großmutter. Hafsa. Sie hat in deinem Alter genauso ausgesehen wie du jetzt. Als ich dich im Flugzeug gesehen habe, dachte ich erst, meine Augen spielen mir einen Streich.« Sie lachte auf. »Dass ich das noch erleben darf.« Sie starrte blicklos auf die Tür. Dann gab sie sich einen Ruck. »Wir sehen uns morgen, ja? Ich werde dich nicht enttäuschen.« Marta legte die Hand an Nawals Wange und verschwand auf die Straße.

Nawal folgte ihr, um ihr anzubieten, sie nach Hause zu fahren, doch Marta stieg bereits in eine schwarze Limousine, die vor dem Haus gewartet hatte. Nawal schloss die Tür und ging gedankenverloren zurück in die Küche. Ihre Großmutter war gestorben, bevor sie geboren wurde, und sie hatte nur ein paar Bilder von ihr gesehen. Ihre Mutter sprach immer mal wieder von ihr, aber das war es auch schon.

Imam Yahya kam ihr im Flur entgegen, sein Handy ans Ohr gepresst und vertieft in ein Gespräch. Sie eilte an ihm vorbei in die Küche, wo ihr Großvater immer noch an seinem Platz saß und das Glas in einem fort drehte. Elif warf ihr einen Blick zu und zuckte mit den Achseln.

»Opa?«, fragte sie vorsichtig und legte ihre Hand auf seinen Arm. »Ist alles in Ordnung?«

Er antwortete nicht. Sie war sich nicht mal sicher, ob er sie überhaupt gehört hatte.

»Wenn du willst, sage ich Marta ab. Ich könnte Anissa fragen, was sie bis morgen auf die Beine stellen kann.«

»Nein«, sagte er und schüttelte seinen Kopf. »Wenn Marta eines ist, dann eine ausgezeichnete Eventplanerin.«

»Okay, dann bleibt es dabei«, erwiderte sie sanft und zog ihre Hand weg.

Doch ihr Großvater hielt sie fest. »Deine Großmutter Hafsa und Marta waren die besten Freundinnen seit der Schule. Sie haben gemeinsam ihr erstes Restaurant eröffnet. Hafsa hat gekocht, während Marta sich um den Rest kümmerte. So habe ich Hafsa damals kennengelernt, als ich hier war im Urlaub. Ich bin ihretwegen hiergeblieben und habe mir eine Arbeit gesucht. Unsere Kinder haben miteinander gespielt, bis wir nach Deutschland gegangen sind, weil meine Eltern dort unsere Unterstützung benötigt haben.

Marta war am Boden zerstört, dass wir weggezogen sind. Sie besuchte uns regelmäßig, und eines Tages bat sie Hafsa um Hilfe bei einer riesigen Hochzeit. Unsere Kinder waren alle groß, Lina gerade mit dir schwanger. Also hat Hafsa zugesagt und ist nach Granada geflogen.« Er schluckte und starrte auf das leere Glas. »Ich kam ein paar Tage später nach und saß im Flugzeug, als der Unfall passiert ist. Bis ich endlich im Krankenhaus angekommen war, lebte Hafsa nicht mehr.«

Nawal drückte seine Hand.

»Das hier«, sagte er und deutete vage um sich, »das war Hafsas Traum für unser Alter. Sie wollte immer zurück nach Andalusien, wenn die Kinder erwachsen sind.«

»Marta hat erzählt, dass sie keine Enkelkinder hat – stimmt das?«

»Das kann sein«, sagte ihr Großvater langsam.

»Sie hat erwähnt, dass ich ... Oma ähnlich sehen würde ...«

Er zog sein Portemonnaie heraus und zeigte Nawal ein vom vielen Gebrauch zerknittertes Foto, von dem ihr ihr eigenes Gesicht in Schwarz-Weiß entgegenblickte. Sie schluckte. »Wieso hast du vorhin erwähnt, dass Marta etwas dafür verlangen würde, wenn sie uns hilft?«

»Als Hafsa damals aus dem Geschäft ausgestiegen ist, hat Marta sie nicht komplett ausbezahlt, sondern fünf Prozent zurückbehalten. Quasi dafür, dass sie verfrüht ausgestiegen ist.«

Nawal nickte, hatte aber das Gefühl, dass da mehr dahintersteckte.

Imam Yahya stolperte zurück in die Küche und beendete abrupt ihr Gespräch.

»Es tut mir furchtbar leid, euch zu unterbrechen. Mein Sohn hat zwei Imame aufgetrieben und ist mit ihnen mit ziemlicher Verspätung am Flughafen angekommen, aber es fährt kein Zug mehr. Wäre es möglich, dass ihn jemand abholt?«, fragte er verzweifelt und schaute zwischen ihrem Großvater, Elif und Nawal hin und her.

»Pablo wartet schon seit einer halben Stunde auf mich«, entschuldigte sich ihr Großvater und erhob sich. »Nawal, wäre es möglich, dass du den Minibus nimmst und mit Elif zusammen die drei abholst?«

»Kann ich auch mitkommen?«, wollte Imam Yahya wissen, bevor sie antworten konnte.

»Ja, der Minibus hat Platz für acht Personen«, beruhigte ihn Nawals Großvater.

»Sehr gut, dann fahre ich auch mit«, mischte sich Hamza ein, den niemand hatte kommen hören.

Nawal lachte. »Dann fahren wir wohl jetzt zum Flughafen.«

Zehn Minuten später saß Elif neben ihr und lotste sie auf dem schnellsten Weg nach Malaga.

Hamza unterhielt sich mit Imam Yahya, aber sobald sie auf der Autobahn waren, fragte er Nawal: »Bereit für unsere letzte Lektion?«

»Jetzt? Hier? Ja … sicher«, stammelte sie und brachte keinen weiteren Ton heraus.

»Ich habe auch ein wenig auswendig gelernt«, sprang Elif ein, die Nawals panischen Blick gesehen hatte. »Wäre es in Ordnung, wenn ich anfange?«

»Aber ja doch«, sagte Hamza begeistert und Elif begann ihre Rezitation. Mit jedem einzelnen Wort wurde Nawal ruhiger. Elif hatte eine wunderschöne Stimme und rezitierte fehlerfrei die ersten zwei Seiten der Sure Al Baqarah.

»Wieso bist du eigentlich nicht bei dem Wettkampf aufgestellt?«, fragte Imam Yahya.

»Hat sich nicht ergeben«, sagte sie wahrheitsgemäß und fragte Nawal leise, ob sie bereit für ihre Rezitation war.

Doch die beiden Imame waren noch nicht fertig mit ihr. »Jetzt, wo das Jurorenteam komplett ist, sollten wir weitere Anmeldungen berücksichtigen können«, sagte Hamza gedehnt und Imam Yahya stimmte zu.

»Aber ich kann nicht die ganze Sure auswendig«, warf Elif rasch ein und schaute die beiden Imame mit großen Augen an.

»Kannst du den ersten Juz?«, fragte Hamza.

»Ja.«

»Prima«, freute er sich und klatschte in die Hände, sodass sowohl Elif als auch Nawal zusammenzuckten. »Herr Kollege?«, wandte er sich an Imam Yahya, der sofort eifrig nickte.

»Ich kümmere mich darum.«

Den Rest der Fahrt rezitierten abwechselnd Nawal und Elif.

Am Flughafen ließ Nawal die beiden Imame direkt vor dem Eingang aussteigen, um die Gäste in Empfang zu nehmen, und parkte ein wenig weiter entfernt.

»Denkst du, Marta bringt uns morgen die Köche? Oder wenigstens einen?«, fragte Elif und hakte sich bei ihr unter, während sie zum Eingang gingen.

»Ich glaube, ja«, erwiderte sie und dachte an ihre heutige Begegnung. »Können wir kurz beim Lost-and-Found-Schalter vorbeischauen? Vielleicht ist mein erster Koffer inzwischen angekommen.«

»Auf jeden Fall – dann hättest du eine riesige Klamottenauswahl für morgen«, neckte Elif sie.

Hamza und Imam Yahya schienen die drei Gäste bereits gefunden zu haben, denn sie kamen ihnen entgegen, als sie und Elif das Flughafengebäude betraten. Nawal blieb wie angewurzelt stehen, als sie die Männer sah, und Elif lief von hinten in sie hinein.

»Was ist denn los?«, fragte Elif gequetscht und rieb sich die Stirn. »Hast du einen Geist gesehen?«

»So etwas in der Art«, murmelte Nawal. Das durfte doch nicht wahr sein!

»Nawal, Elif«, sagte Imam Yahya da auch schon. »Darf ich euch meinen Sohn, Jakob, und die beiden Imame Ali und Ilyas vorstellen?«

»Sehr erfreut«, antwortete Nawal automatisch, wobei sie den Friedensgruß erwiderte und Elif den Autoschlüssel in die Hand drückte. »Ich schaue schnell nach, ob mein Koffer aufgetaucht ist, und komme dann nach«, sagte sie, drehte sich um, bevor jemand etwas erwidern konnte, und eilte davon.

»Ich komme mit dir«, ertönte Jakobs Stimme neben ihr und sie stöhnte genervt.

»Das brauchst du nicht«, versuchte sie ihn abzuwimmeln, aber aus Erfahrung wusste sie, dass das nichts brachte.

»Du hast also meinen Vater kennengelernt?«, fragte er, ohne auf ihren Kommentar einzugehen.

»Ja«, antwortete sie einsilbig und musterte ihn unauffällig von der Seite. Wieso war ihr die Ähnlichkeit zwischen ihm und Imam Yahya nicht vorher aufgefallen? »Warum hast du nicht gesagt, dass du zu dem Wettkampf gehst?«

»Ich wusste doch nicht, dass du auch da sein würdest.«

Sie blieb stehen. »Klar, ich fliege rein zufällig an dem gleichen Wochenende nach Granada wie du«, sagte sie und schnaubte.

»Woher hätte ich wissen sollen, dass du wegen des Quranwettbewerbs hier bist?«, sagte er und legte den Kopf schief.

»Jasleen, Trixie, Amber – sie alle haben gewusst, dass ich in Granada bin.«

»Ich aber nicht«, beteuerte er. »So gut kenne ich die drei nicht, dass ich mit ihnen über Privates rede.«

Wenn er es so formulierte, klang es schon ein wenig abwegig.

»Wann ist dein Koffer denn verloren gegangen?«

»Letzte Woche.«

»Mhm«, kommentierte er.

»Was?«

»Nichts.«

»Du kannst nicht so ein Geräusch von dir geben und dann nichts sagen«, fuhr sie ihn genervt an und stellte sich an den derzeit unbesetzten Tresen. »Also?«

»Es ist ungewöhnlich, dass es so lange dauert, bis ein Koffer wieder auftaucht«, erklärte er und zuckte mit den Achseln. »Das ist alles.«

Ein junger Mann, der aussah, als würde er noch zur Schule gehen, erkundigte sich nach ihrem Anliegen. Er tippte auf seinem Bildschirm ihre Nachverfolgungsnummer ein und Nawal wusste noch, bevor er wieder aufblickte, dass ihr Koffer weiterhin unauffindbar war. Umso dankbarer war sie Marta, dass diese wenigstens ihr Handgepäck vorbeigebracht hatte.

»Willst du gar nicht wissen, wie es heute ausgegangen ist?«

Nawal brauchte einen Moment, bevor ihr die Challenge wieder einfiel. »Ich nehme an, Ambers Projekt ging zuerst live, dann«, sie sah nach oben, »vermutlich deins, Piets und zum Schluss meines.«

Er schüttelte den Kopf. »Nur unsere beiden Projekte sind live gegangen. Herr Baum hat für Montagmorgen ein Meeting anberaumt.«

»Müssen wir vor Ort sein oder reicht es, wenn wir uns einwählen?«

»Wir?«

»Ich denke gerade darüber nach, noch ein paar Tage hierzubleiben.«

Jakob schmunzelte. »Ich fürchte, das ist nicht möglich. Wir werden im Büro erwartet.«

»Wir?«

»Ja, tatsächlich wir beide«, erwiderte er und schubste seine Tasche zurück, die ihm von der Schulter gerutscht war, während sie zum Parkplatz liefen.

Elif saß hinter dem Steuer und deutete mit dem Kopf zum Beifahrersitz. »Ich fahre«, setzte sie hinzu und wandte sich wieder den hinter ihr sitzenden Imamen zu. Stirnrunzelnd umrundete Nawal den Minibus und stieg auf der Beifahrerseite ein.

»Wie ich sehe, warst du koffertechnisch nicht erfolgreich«, stellte Elif mit Bedauern fest. »Hier, ich habe den Zielort schon eingegeben.«

Nawal prüfte, ob alle anwesend waren, und genoss die nächtliche Fahrt durch die Straßen Malagas.

TAPASDILEMMA

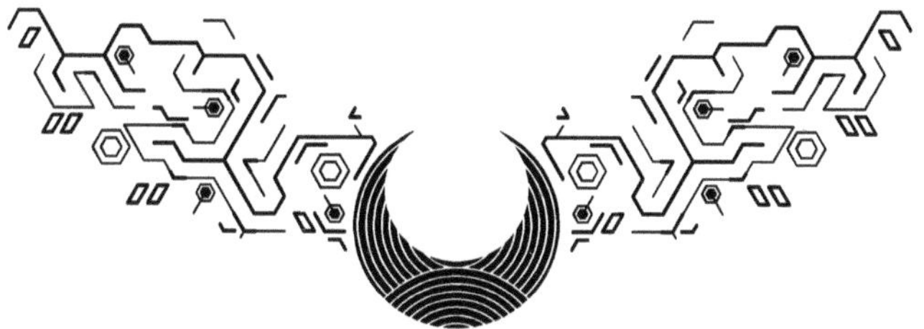

st das der junge Mann, der in der gleichen Kategorie wie Nawal antritt?«, fragte Hamza Imam Yahya, kurz nachdem sie losgefahren waren.

Nawal wusste, was jetzt kommen würde, presste die Lippen zusammen und schaute unbeteiligt aus dem Fenster. Im Seitenspiegel fing sie allerdings Jakobs fragenden Blick auf und grinste nur.

»Ja«, erklärte Imam Yahya stolz und Jakob rutschte ein wenig tiefer in seinen Sitz.

»Auf dem Hinweg haben wir Nawals und Elifs wunderschöne Rezitationen gehört, da ist es nur gerecht, wenn wir auf der Rückfahrt der deinigen lauschen dürfen«, sagte Hamza zu Jakob.

»Selbstverständlich«, sagte er mit unbeweglichem Gesicht und setzte sich aufrecht. Er fing an zu rezitieren und augenblicklich wurde es mucksmäuschenstill im Wagen. Wenn Nawal gedacht hatte, dass Hamzas Stimme eine der schönsten war, die sie je gehört hatte, toppte ausgerechnet ihr Arbeitskollege Jakob das. Völlig verzaubert lauschte sie seiner fehlerfreien Rezitation der Sure Al Baqarah. Elif sah sie mit aufgerissenen Augen an und hob fragend die Augenbrauen. Nein, sie hatte auch nicht gewusst, wie schön er rezitierte. Es war so, wie er es ihr vorgeworfen hatte: Sie wusste nichts über ihn.

Als sie in die Straße zu dem Apartmenthaus einbogen, verklang das letzte Wort.

Hamza fasste sich als Erster. »Ich muss sagen, ich bin selten sprachlos, aber aufgrund der Güte der Rezitationen ist es mir eine besondere Freude, Zuhörer beim diesjährigen Wettbewerb zu sein. Umso schwerer wird mir meine Aufgabe als Juror fallen.«

Imam Yahya drückte Jakobs Hand und auch Nawal drehte sich zu ihm und nickte anerkennend mit dem Kopf.

Sie ließen die Imame und Jakob aussteigen und fuhren das Auto in die Tiefgarage.

»Meinst du, sie wollen noch einen Mitternachtssnack?«, fragte Elif, als sie die Eingangstür hinter sich zuzog.

»Mhm«, war alles, was Nawal dazu einfiel. »Hat Alberta vielleicht zufällig etwas eingefroren?«

»Lass mich mal machen«, beruhigte Elif sie.

Im Innenhof war niemand und Nawal atmete auf. »Ich glaube, sie sind direkt schlafen gegangen«, flüsterte sie erleichtert.

»Da kennst du aber Imame schlecht«, erklang Jakobs tiefe Stimme. Er kam gerade die Treppe herunter. »Sie haben mich vorgeschickt, um herauszufinden, wo es noch etwas zu essen gibt.« Er grinste schräg.

»Dann wollen wir mal loslegen«, sagte Elif enthusiastisch, und Nawal fragte sich, woher sie am späten Abend noch die Energie nahm.

Auf Alberta war jedoch Verlass. Sie hatte gefüllte Teilchen, Gebäck und Pizzastücke eingefroren, die sie aufbacken konnten. Der Duft, der kurz darauf aus der Küche waberte, lockte nicht nur die Imame an, sondern auch Nawals Großvater, der soeben vom Austragungsort zurückgekommen war.

Nawal holte zusammen mit Jakob noch ein paar Stühle aus dem Garten und so saßen sie kurz darauf eng nebeneinander in der Küche. Der morgige Wettkampf war kein

Thema, sondern alle lauschten Hamza, der ihnen über die Geschichte Granadas berichtete. An manchen Stellen ergänzte ihr Opa die eine oder andere Information und am Ende waren sich alle einig, dass sie unbedingt eine Stadtführung von den beiden haben wollten.

Sie lobten Alberta in ihrer Abwesenheit für das Essen, dankten Elif für das späte Herrichten und halfen dann alle mit, die Küche aufzuräumen.

Um halb zwei fiel Nawal wie eine Tote in ihr Bett.

Am nächsten Morgen klopfte jemand an die Tür. Ein Blick auf den Wecker offenbarte Nawal die Uhrzeit: halb sechs. War das ein Déjà-vu? Doch Elif lag neben ihr und regte sich nicht. Sie musste sich verhört haben. Gerade als sie sich unter die Decke verkriechen wollte, klopfte es erneut.

»Das gibt es doch nicht«, murrte sie und stand mit halb geschlossenen Augen auf. Sie hatte sich eine Abaya übergestreift und ihr Kopftuch aufgesetzt, da pochte es schon wieder an der Tür.

Ruckartig riss sie die Tür auf und stand Hamza gegenüber, der die Hand hochhielt, bereit, sein Klopfen fortzuführen. »Hamza?«, murmelte Nawal verwirrt. »Ist etwas passiert?«

»As salamu alaikum wa rahmatuh Allahi wa barakatuhu«, begrüßte er sie und richtete sich auf. »Ich wollte nur sicherstellen, dass ihr Fajr nicht verpasst.«

»Das ... ist sehr lieb von dir«, sagte sie und spähte an ihm vorbei in den Flur. »Bist du ganz allein hier?«, fragte sie.

»Ja«, erwiderte er und drehte sich nun auch um. »Wieso? Hast du jemand anderen erwartet?«

»Nein, nein. Alles gut«, antwortete sie hastig. »Ist mein Großvater wach?«

»Er ist mit den anderen schon zur Moschee gegangen.«

Nawal brauchte einen Moment, um zu verstehen, dass Hamza den Weg zur Moschee nicht alleine fand. »Gib mir fünf Minuten, dann gehe ich mit dir hin.«

»Gut, ich warte unten«, sagte er.

Sie hastete ins Schlafzimmer, weckte Elif und flitzte ins Bad. Über die Schulter rief sie zurück: »In fünf Minuten Abmarsch zur Moschee.«

Nach acht Minuten standen sie im Innenhof, aber Hamza war nicht dort. Stattdessen hörten sie Geschirrklappern und fanden ihn in der Küche. Er deckte gerade den Frühstückstisch.

»Es wird ein langer Tag heute und der lässt sich leichter mit einem guten Frühstück beginnen«, erklärte er und lächelte.

»Warum geht ihr beiden nicht zur Moschee? Ich bete hier und kümmere mich ums Essen«, schlug Elif vor.

Nawal sah unsicher von ihrer Freundin zur Uhr.

»Ich mach das gerne«, versicherte Elif und holte bereits Mehl, Eier und Butter aus dem Schrank.

»Djazaki Allahu chairan«, bedankte sich Nawal. »Soll ich etwas mitbringen?«

»Natürlich nicht – oder willst du mich beleidigen?«, fragte Elif entrüstet und drohte ihr mit dem Schneebesen.

»Auf keinen Fall«, beeilte sie sich zu sagen. Sie winkte ihr zu und folgte Hamza in den Flur.

Hamza gab sich alle Mühe, beim steilen Aufstieg zur Moschee mit Nawals Tempo mitzuhalten, japste aber nach Luft, als sie am Aussichtspunkt ankamen. »Wenn ich noch eine Woche hierbleibe, schaffe ich das mit links«, scherzte er zwischen zwei Atemstößen und ging etwas langsamer weiter.

Das Gebet hatte bereits angefangen und Nawal huschte an Hamza vorbei in den Gebetsraum für Frauen. Während sie ihr Dhikr sprach, brummte ihr Handy unaufhörlich, sodass sie es schließlich aus ihrer Kleidtasche fischte.

»Guten Morgen, Marta«, begrüßte sie die ältere Dame und sah sich um, ob sie jemanden störte. Aber der Gebetsraum war leer.

»Schätzchen!«, rief Marta aus, »Schläfst du etwa noch?«

Nawal schloss für einen Moment die Augen und schüttelte belustigt den Kopf. »Nein, Marta, ich bin in der Moschee.«

»Ich hole dich in fünf Minuten ab«, sagte Marta und legte auf.

Verdutzt schaute sie auf ihr Display. Sie wünschte fast, sie würde noch schlafen, aber es sah eher danach aus, dass das Frühstück für sie ausfallen würde. Vor dem Gebetsraum traf sie auf ihren Großvater.

»Elif bereitet Frühstück vor, damit die Imame noch etwas essen können, bevor es losgeht«, informierte sie ihn.

»Inschallah«, erwiderte er. »Kannst du sie zurückbegleiten? Pablo wartet auf mich, damit wir die letzten Checks durchführen.«

Bedauernd schüttelte Nawal den Kopf. »Marta holt mich in zwei Minuten ab.«

»Hat sie gesagt, wieso?«, fragte ihr Großvater. Er wirkte regelrecht alarmiert.

»Du kennst sie besser als ich, aber nein – hat sie nicht. Ich hoffe, mit dem Essen ist alles in Ordnung.«

»Lass dich nur nicht zu lange aufhalten. Die Imame müssen pünktlich um halb neun Uhr im Palast sein, damit wir um neun Uhr mit dem Wettbewerb beginnen können«, wiederholte er den Zeitplan, den Nawal auswendig kannte.

»Denkst du, sie finden den Weg allein zurück?«

Sie waren an den Eingang der Moschee gegangen, wo die Imame in Grüppchen herumstanden und sich unterhielten.

»Yahya?«, rief ihr Opa und winkte dem blonden Imam zu.

Er und Jakob kamen zu ihnen und begrüßten Nawal. »Meinst du, du könntest deine Kollegen zurück zum Apartment führen?«, fragte ihr Großvater. »Elif hat für euch ein Frühstück vorbereitet.«

»Kein Problem, den Weg kenne ich auswendig«, versicherte Imam Yahya. Er und Nawals Großvater gingen zu den Grüppchen und informierten die Herren über den bevorstehenden Aufbruch.

»Nur gut, dass du rechtzeitig geweckt worden bist«, sagte Jakob unschuldig und schaute nach vorn.

»Wusste ich doch, dass du das warst!«, triumphierte Nawal und musterte ihn von der Seite.

»Was hast du jetzt vor?«, fragte Jakob Nawal und beobachtete, wie sein Vater sich an die Spitze der Gruppe setzte.

»Das weiß ich nicht so genau«, gab sie zu. »Marta, sie soll das Catering machen, holt mich ...« Eine schwarze Limousine fuhr heran und hielt vor Nawal und Jakob. »... genau jetzt ab. Könntest du Elif ausrichten, dass die Imame um halb neun im Palast sein müssen?«

»Wie wäre es, wenn ich dich begleite und du Elif eine Nachricht schickst?«, schlug er vor und blieb neben ihr stehen.

Marta stieß die Fondtür der Limousine auf. »Schätzchen, steig ein und bring deinen kleinen Freund mit. Dann haben wir eine unparteiische Meinung«, sagte sie und nahm Nawal die Entscheidung ab, Jakob einzuladen oder zurückzulassen.

Jakobs Gesichtsausdruck blieb völlig regungslos, nur ein kleines Zucken an seinen Mundwinkeln verriet ihn. Er schien das Ganze amüsant zu finden, denn er streckte einen Arm aus und ließ ihr höflich den Vortritt. Zögernd stieg sie ein.

Im Fond des Wagens waren zwei gegenüberliegende Sitzreihen, dick aufgepolstert und bequem. Es roch nach teurem Leder.

Jakob begrüßte Marta, stellte sich vor und setzte sich ihr gegenüber. »Wohin geht es?«, erkundigte er sich und strahlte Marta an wie ein Kind, das in den Freizeitpark gefahren wird.

Nawal hatte Jakob noch nie derart entspannt erlebt. Sie versuchte gerade, dieses lächelnde Gesicht über das ständig angespannte und hochkonzentrierte des Projektmanagers, den sie kannte, zu legen, als Marta sie anstupste und wenig subtil sagte: »Schätzchen, ich mag deinen Freund – er ist so geradeheraus. Das gefällt mir«, sagte sie.

Nawal wusste immer noch nicht, wohin sie fuhren. »Gibt es ein Problem mit dem Essen?«, fragte sie nun geradeheraus, weil sie es nicht mehr aushielt und schlechte Nachrichten lieber gleich hören wollte, um Zeit für alternative Lösungen zu haben.

Marta lachte auf. »Natürlich nicht. Entspann dich und genieße die Fahrt. Habt ihr schon gefrühstückt?«, fragte sie und sah erst Nawal und dann Jakob an. »Dachte ich mir.« Sie griff neben sich und zauberte zwei Tüten mit belegten Brötchen und süßen Teilchen hervor, welche sie ihnen hinhielt. »Bedient euch«, forderte Marta sie auf und Jakob öffnete die erste Tüte.

Gerade als sich Nawal nach Servietten umsah, hielt Marta ihr drei Teller hin. Jakob nahm die Zange und gab erst Marta, dann ihr und zum Schluss sich selbst etwas auf den Teller. Genüsslich biss sie in ihr Lachs-Ei-Brötchen und schloss für einen Moment die Augen. »Die hat Hafsa auch am liebsten gemocht«, sagte Marta gedankenverloren und räusperte sich.

Nawal schrieb Elif eine Nachricht, bevor die Limousine in eine Einfahrt bog, anhielt und der Fahrer Martas Tür öffnete. Sie stiegen aus und betraten eine Tapas Bar, die um diese Uhrzeit für Gäste noch geschlossen war. Die typischen kleinen Tische waren jeweils für zwei gedeckt, mit bunten Tellern, ebensolchen Servietten und Kerzengläsern. Dahinter lag die Bar mit ihrem breiten Tresen. Stirnrunzelnd betrachtete Nawal die Flaschen.

»Die besten nicht-alkoholischen Cocktails der ganzen Stadt«, erklärte Marta stolz, die ihre Gedanken erraten hatte. »Glaubst du wirklich, deine Oma hätte eine Bar unterstützt, in der alkoholische Getränke serviert werden?«, sagte sie und beendete ihre rhetorische Frage mit ein paar Ttz-Lauten.

In der Ecke waren vier Tische zusammengeschoben worden und darauf standen unzählige Tapas: mit Meeresfrüchten, Würstchen, Gemüse, Käse, Obst – mal aufgespießt, auf viereckig geschnittenem Toast oder auf Baguettescheiben angerichtet.

»Das Fleisch ist halal«, erklärte Marta. »Wir dachten uns, dass sich jeder«, sie hielt ein Gefäß mit Deckel hoch, »eine Auswahl vom Büffet mitnimmt. Und sich das bei Bedarf nachfüllt. Um Müll zu vermeiden, gibt es Mehrweggeschirr und wir verlangen Pfand, sodass es auch wieder zurückgebracht wird.«

Die Tapas sahen köstlich aus und Nawal gefiel das nachhaltige Konzept. Marta schien an alles gedacht zu haben. Nur: Wenn alles so klar war, warum hatte sie sie und Jakob dann hierhergebracht?

»Aber?«, fragte sie deshalb. »Zu wenig Tapas?«

»Pft, wo denkst du hin, Schätzchen!«, winkte Marta ab. »Wir sind doch keine Anfänger! Das wird für uns ein Spaziergang.«

»Zu wenig Personal?«, mutmaßte Nawal und warf Jakob einen Blick zu. Der lehnte seelenruhig an der Wand und steckte sich gerade ein mit Feigen belegtes Brot in den Mund.

»Wir verteilen uns im Halbbogen an acht verschiedenen Ständen.«

»Okay«, sagte Nawal gedehnt und seufzte anschließend. »Was ist dann das Problem?«

»Ich dachte schon, du fragst nie, Schätzchen«, tadelte Marta und Jakob hustete.

Sie zog die linke Augenbraue hoch, woraufhin er sich aufrichtete und mit einem Achselzucken antwortete.

»Normalerweise haben wir vor Ort eine Küche«, fuhr Marta fort, »aber die hat der Palast nicht. Deshalb bereiten wir alles hier vor, aber uns fehlen Autos und Gefäße, um die benötigte Menge an den Austragungsort des Wettbewerbs zu liefern.«

Nawal sah in die Küche, wo drei Köche mit den Tapas beschäftigt waren. Sie könnte Anissa fragen wegen des Transports. Vielleicht kannte sie einen Caterer oder einfach jemanden mit einem entsprechenden Lieferwagen. Nur woher sollten sie so schnell die Behälter bekommen?

»Was wäre, wenn die Köche die Tapas vor Ort zubereiten?«, fragte Jakob, der, genau wie Nawal auch, in die Küche schaute. »Wir könnten die Tapas-Stände an der Bühne platzieren«, fuhr er fort und studierte dabei den Plan des Palasts, den er auf seinem Handy aufgerufen hatte.

»Und drum herum absperren – an der Bühne kommt sowieso niemand vorbei«, ergänzte Nawal. »Müsst ihr noch etwas kochen?«, wandte sie sich an Marta.

Ein kurzer Austausch mit dem Chefkoch auf Spanisch erfolgte, und bevor Marta übersetzte, sagten beide zeitgleich: »Bleibt das Auto.«

Nawal gab Jakob Pablos Nummer und rief selbst Anissa an. Sie drehten einander den Rücken zu und gingen ein paar Schritte auseinander, um ungestört telefonieren zu können.

»Anissa hat einen kleinen Lieferwagen. Sie ist quasi unterwegs«, berichtete Nawal.

»Und Pablo kann mit dem Minibus deines Großvaters herkommen, sobald er die Imame am Karlspalast abgeliefert hat.«

Marta instruierte ihr Personal und setzte sich dann an einen Tisch. »Bis eure Freunde da sind, können wir uns doch ein bisschen unterhalten. Woher kennt ihr euch?«

»Wir sind Arbeitskollegen«, sagte Nawal, während Jakob gleichzeitig erklärte: »Wir waren zusammen auf der Schule.«

Marta sah zwischen den beiden hin und her. »Und wer hat wem ins Essen gespuckt?«

»Wieso fragt mich das eigentlich jeder?«, stieß Nawal pikiert aus und fügte hinzu: »Natürlich niemand niemandem, oder doch?«

Jakob hatte seinen Kopf auf den Arm gestützt und seine Schultern bebten. Er gluckste seltsam.

»Lachst du etwa?«

»Nein«, sagte er, wischte sich über die Wangen und sah sofort wieder todernst aus. »Käme mir nie in den Sinn.«

Kurz darauf stiefelte Pablo in die Bar mit Anissa im Schlepptau. Nawal atmete erleichtert auf. Die nächste halbe Stunde verbrachten sie damit, die Tapas zu verpacken, vorsichtig auf die beiden Autos zu verteilen und zum Karlspalast zu fahren.

Elif erwartete sie bereits an der Bühne.

»Hier«, sagte sie zu Nawal, »ich habe dir etwas vom Frühstück eingepackt.«

Nawal schaute in die Tüte und seufzte: »Warme Schokobrötchen.«

»Ich wusste nicht, ob du sie immer noch so gerne magst«, sagte Elif zaghaft und freute sich, als Nawal sie in eine stürmische Umarmung zog.

»Mögen?«, fragte sie. »Ich liebe sie!« Sie versteckte die Tüte hinter der Bühne, aber nicht, ohne sich vorher ein großes Stück vom Schokobrötchen abzureißen. Mit dicken Hamsterbacken drehte sie sich um und half beim Aufbau der Essensstationen.

Die Imame nahmen bereits ihre Plätze ein und die Teilnehmer ordneten sich in ihre Gruppen ein. Bald würde Nawals Großvater die ersten Gäste einlassen und so legten sie alle noch einen Zahn zu.

»Geht ihr nur«, flüsterte ihr Großvater Nawal zu. »Wir machen das hier allein fertig.«

Nawal nickte und huschte mit Elif zur Bühne. Imam Yahya hatte Elif angemeldet, aber sie gehörten getrennten Gruppen an.

Nawals Gruppe bestand aus drei Frauen und zwei jungen Mädchen. Ihre Jurorin würde es nicht leicht haben, denn alle rezitierten ganz hervorragend. Den Ausgang des Wettbewerbs würden kleinere Fehler bestimmen, aber Nawal war das egal. Sie war nicht hier, um zu gewinnen, sondern um den Schub des Wettbewerbs zu nutzen und danach wieder regelmäßig Quran auswendig zu lernen.

Hier zu sitzen und den Quran in seiner schönsten Form vorgetragen zu bekommen – allein das war schon ein riesiges Geschenk. Nach der nervenraubenden Last-Minute-Aktion mit dem Essen fiel die Anspannung in großen Stücken von ihr ab. Nawal konnte sich nicht erinnern, wann sie das letzte Mal so gelöst gewesen war. Langsam ließ sie ihren Blick über die verschiedenen Gruppen gleiten und blieb an Hamza hängen, der sich auf Jakobs Rezitation konzentrierte. Wer hätte gedacht, dass ausgerechnet Jakob auch hier teilnehmen würde? Elif saß im Schneidersitz und lauschte hingebungsvoll der Rezitation einer jungen Frau.

Als Nawal an der Reihe war, blendete sie alle Geräusche um sich herum aus. In Gedanken sah sie Hamzas gütiges Lächeln, den liebevollen Gesichtsausdruck ihrer Mutter, den Stolz in den Augen ihres Vaters und Großvaters. Adam, wie er ihr immer und immer wieder eine Aya vorgesprochen und sie dabei im Kreis herumgewirbelt hatte.

Und genau das war es, was sie jetzt trug. Sie dankte Allah für alles, was er ihr gegeben hatte. Als sie fertig war, war es für einen Moment still, dann drückten die Schwestern in ihrer Gruppe ihre Hand und die Jurorin kritzelte etwas in ihren Notizblock. Sie sah hoch und entdeckte Hamzas strahlendes Lächeln.

SURE AL BAQARAH

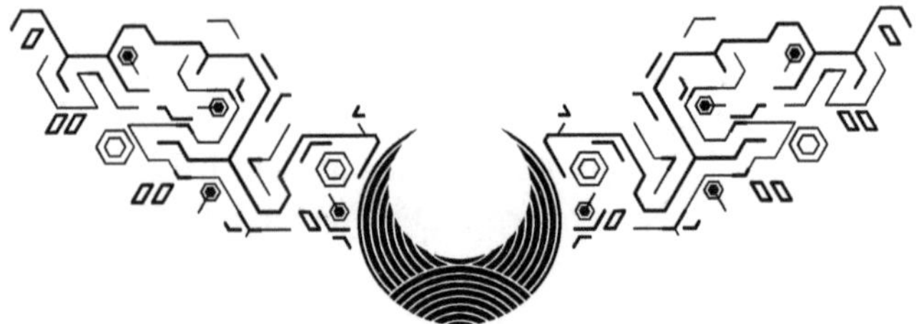

För das Mittagsgebet wurde die Bühne freigeräumt und da nicht alle auf einmal beten konnten, wurde in drei Schichten gebetet. Diese Vorgehensweise entspannte zusätzlich die Essensausgabe. Nawal hatte als erstes die Köche aufgesucht, um nachzufragen, ob alles in Ordnung war. Marta hatte sich einen Stuhl bringen lassen und überblickte das Geschehen wie eine Königin ihr Volk. Lächelnd stellte Nawal sich neben sie.

»Schätzchen, bist du zufrieden?«, fragte Marta sie.

»Ja, alhamdulillah.«

»Hafsa hätte dein Auftritt hier gefallen und auch wenn ich nicht so viel davon verstehe wie sie – du hast ganz wundervoll rezitiert.«

»Du hast zugehört?«

»Aber natürlich«, erwiderte Marta. »Deswegen bin ich doch hier.«

Nawal wartete auf das »Schätzchen«, doch es kam nicht, und sie musterte die ältere Dame von der Seite. »Das ist sehr nett von dir und ich vermute, meine Oma hätte sich gefreut, dass du heute hier bist.«

Eine Pause trat ein, aber Marta fing sich schnell. »Jetzt erzähl mir noch mal in aller Ruhe, was du beruflich machst.«

Nawal hob eine Augenbraue und fragte sich, worauf das Gespräch hinauslaufen sollte, zuckte aber dann mit den Achseln und berichtete ihr von ihren Aufgaben im Büro.

»Machst du deine Arbeit gerne?«, wollte Marta wissen, als sie geendet hatte.

»Ja, aber ich will das nicht für immer machen. Wenn ich genug Geld verdient habe, würde ich mich inschallah gerne selbständig machen.«

»Du arbeitest doch schon seit zwei Jahren – hast du noch nicht genug zur Seite gelegt?«

»Hatte ich ... aber dann habe ich es für etwas Besseres ausgegeben«, sagte sie und lächelte.

»Na, ich hoffe nicht in diesen neumodischen Elektronik-Kram, der einem nur die Zeit raubt«, mahnte Marta und sah sie mit erhobenen Augenbrauen an.

»Ich habe es Menschen gegeben, denen ich nie werde zurückzahlen können, was sie alles für mich getan haben. Also nein – kein neumodisches Zeug«, erwiderte sie und lachte.

Elif winkte ihr und hielt die Tüte mit den Schokobrötchen hoch.

Marta hatte Elif auch entdeckt. »Geh schon, Schätzchen. Ich habe hier alles im Griff«, forderte sie Nawal auf.

Nawal drückte Martas Schulter und schlängelte sich durch die Menschenmasse.

»Ich habe alles auf Video«, sprudelte es aus Elif heraus, kaum dass sie sie erreicht hatte.

»Okay«, antwortete Nawal und versuchte, zu verstehen, worauf ihre Freundin anspielte.

»Unsere Rezitationen«, half Elif ihr auf die Sprünge.

»Ah«, sagte Nawal und kniff sich in den Nasenrücken. Seit wann war sie denn so schwer von Begriff?

»Da hinten haben sie die Ergebnisse ausgehängt. Du und Jakob seid in eurer jeweiligen Kategorie weiter, zusammen mit noch zwei anderen.«

Erstaunt sah sie hoch.

»Brauchst gar nicht so gucken«, neckte Elif sie. »Wenn du gewinnst, nimmst du mich dann mit?«

»Mitnehmen? Wohin?«, fragte Nawal erstaunt.

»Na, zur Umra, zur kleinen Pilgerfahrt, nach Mekka«, sagte Elif und sah Nawal fassungslos an. »Sag bloß, du hast nicht einmal mitbekommen, dass den Siegern eine Umra-Reise geschenkt wird? Das ist Thema Nummer eins unter den Teilnehmern!«

Nawal zuckte entschuldigend mit den Achseln. »Wie gesagt, ich habe mich nicht selbst angemeldet und in den letzten Tagen war zu viel los. Wenn ich später mal Geld gespart habe, würde ich wirklich gerne mit dir zur Umra gehen«, besänftigte Nawal ihre Freundin, weil sie sich keine große Hoffnung machte, die Umra zu gewinnen, und erntete ein Stirnrunzeln von Elif.

»Hier seid ihr«, unterbrach Jakob ihr Gespräch. »Wir müssen zurück auf die Bühne«, sagte er an Nawal gewandt.

»Ich habe noch nicht gebetet«, erwiderte sie und drehte sich panisch um.

»Dann wird es erst recht Zeit, sich auf den Weg zu machen«, sagte Jakob unbekümmert und deutete mit dem Kopf zur Bühne. »Ist das ein Schokobrötchen?«, fragte er und starrte auf ihre Tüte.

Augenrollend hielt sie ihm das letzte Brötchen hin. »Du verbringst zu viel Zeit mit Emre!«, stellte sie fest.

Er lachte leise und kaute genüsslich. »Lckr«, sagte er undeutlich und schluckte. »Bleibt dicht hinter mir«, forderte er sie dann auf und lief los.

Nawal hielt Elifs Hand und eilte ihm nach. Eine Gruppe hatte sich gerade zum Gebet aufgestellt und sie schlossen sich den Betenden an.

»Zum Wettbewerb müssen wir jetzt da vorne hin«, instruierte Jakob sie, sobald sie fertig waren, und übernahm erneut die Führung.

Eines der Mädchen aus ihrer Gruppe lächelte Nawal schüchtern zu. »Ich bin so aufgeregt«, flüsterte sie. »Vor so vielen Menschen bekomme ich bestimmt keinen Ton heraus.« Unablässig knetete sie ihre Finger und schien den Tränen nah.

»Aufregung ist ganz normal«, beruhigte Nawal das Mädchen. »Jeder fühlt das und es gehört mit dazu. Schau dich um – es ist derselbe Ort, an dem du gerade eben erst wunderschön rezitiert hast. Das machst du einfach nochmal.«

»Aber jetzt muss ich ins Mikrofon sprechen. Und ich sitze ganz allein!«, jammerte die Kleine und eine Träne kullerte ihre Wange hinunter.

»Weißt du was? Ich setze mich vor dich, du schaust mich an und dann ist es so, als würdest du mir vortragen. Was hältst du davon?«

Das Gesicht des Mädchens schien nur noch aus diesen braunen Augen zu bestehen, die sie stumm musterten. Sie nickte und griff nach Nawals Hand.

Sie kamen als Letzte dran. Wie versprochen setzte Nawal sich schräg vor die Kleine. »Weißt du, was mein Bruder zu mir gesagt hat, als ich das erste Mal vor vielen Leuten rezitiert habe?«

»Nein«, hauchte das Mädchen, hörte aber auf, sich auf die Lippe zu beißen.

»Allah kennt dich und wenn du Quran rezitierst, hört er dir besonders gut zu.«

»Dann werde ich mich richtig anstrengen«, versprach die Kleine und nahm das Mikrofon zur Hand.

Zu Beginn war ihre Stimme etwas schriller, aber vermutlich hörte das nur Nawal. Immer wieder nickte sie und lächelte.

Als sie fertig war, fiel das Mädchen ihr in die Arme.

»Maschallah«, lobte Nawal. »Das hast du großartig gemacht.«

Sie wechselten die Plätze und wie von ihrer Teilnahme bei Debattierrunden gewohnt, blendete sie die Geräusche um sich herum aus. Unbewusst suchte sie Hamza, der, genau wie sie gerade dem Mädchen, ihr aufmunternd zunickte. Die Sure Al Baqarah war nicht nur die längste Sure im Quran mit seinen zweihundertsechsundachtzig Ayat, sie befasste sich auch mit vielen verschiedenen Themen: Geschichten von den Propheten Musa, Adam, David, Ibrahim und Ismail sowie Yaqub wurden erzählt, genauso wie das Gebot zu beten und im Monat Ramadan zu fasten, die Zakat, die Pflichtabgabe, zu entrichten, sich um Waisenkinder zu kümmern und einiges mehr. Die Kernaussagen fand man alle in dieser Sure und deswegen mochte Nawal sie so gerne. Bei jedem Lesen dieser Sure entdeckte sie immer wieder einen neuen Aspekt.

Sie atmete tief ein und rezitierte die letzten Seiten der Sure, die ein Bittgebet beinhalteten – eine Erinnerung daran, dass man zu allem, was man im Leben getan hatte, befragt werden würde.

DER QURANWETTBEWERB

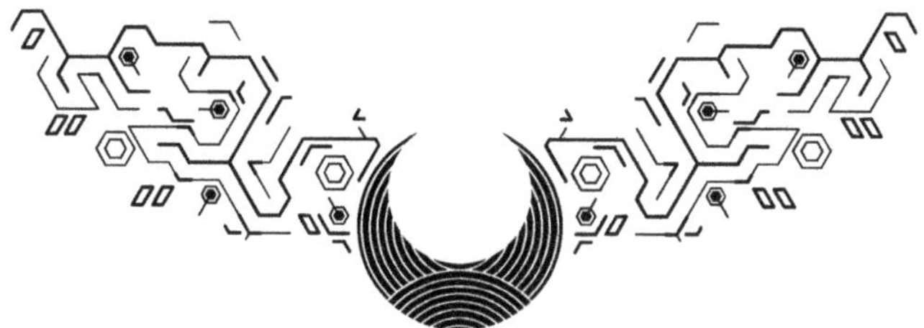

Die Juroren zogen sich zurück, um sich zu beratschlagen, und Nawal verließ die Bühne. Elif umarmte sie stürmisch.

»Ich habe das Video deinen Eltern geschickt«, verkündete sie atemlos, als hätte sie gerade einen Marathon hinter sich.

»Wo warst du?«

»Ich war kurz bei Jakob, der mir mit dem Schnitt geholfen hat, und dann bin ich wieder hierher geflitzt.«

»Okay«, war alles, was Nawal dazu einfiel, und so konzentrierte sie sich auf das Wichtige: »Ich habe schon wieder Hunger und ein Schokobrötchen reicht mir nicht.«

»Marta wäre auch beleidigt, wenn du ihr Essen nicht probieren würdest«, stimmte Elif zu und nahm sie an die Hand. »Sie bieten nicht an jedem Stand das Gleiche an, aber ich habe die perfekte Kombi gefunden – vertrau mir.«

Nawal ließ sich wortlos führen und hörte nur mit einem halben Ohr zu, wie ihr Elif die verschiedenen Tapas erklärte. Sie verdrückte, was ihre Freundin ihr reichte, und war zufrieden.

Ihr Handy brummte und sie erhielt Nachrichten von ihren Eltern, Elias, Yusuf und sogar von Adam.

»Hattest du nicht gesagt, du hättest meinen Eltern das Video geschickt?«

»Ja, wieso?«

»Warum schickt mir Alberta dann einen Smiley?«

»Vielleicht weil es ihr besser geht?«

»Hah!«, brummte Nawal, »so schnell geht das wohl leider nicht. Nein, schau hier«, sie drehte ihr Handy, damit Elif das Display sehen konnte, »sie hat auf das Video geantwortet.«

Es war schon belustigend, mitanzusehen, wie sich ihre Freundin wand. »Es könnte sein, dass ich es ihr auch geschickt habe«, nuschelte sie.

»Könnte sein?«, wiederholte Nawal. »Woher hast du überhaupt ihre Nummer?«

»Die hat sie mir gestern im Krankenhaus gegeben«, erklärte Elif. »Sie war traurig, nicht dabei sein zu können, und sie wollte wissen, wie du dich schlägst – außerdem bin ich sooo stolz auf dich«, verteidigte sich ihre Freundin.

»Das ist ... sehr lieb von dir«, erlöste sie Elif und gluckste. »Dann werde ich jetzt mal meinen vielen Fans antworten«, scherzte Nawal.

Elif boxte sie auf den Oberarm.

»Autsch. Wofür war das denn?«, fragte sie und rieb sich den Oberarm.

»Dafür, dass du mich so erschreckt hast«, erklärte Elif und drohte ihr mit dem Zeigefinger.

Nawal beantwortete die Nachrichten ihrer Familie und erkundigte sich bei Alberta, wie es ihr ging. »Hast du meinen Großvater gesehen?«, wandte sie sich an Elif, als sie fertig war, und ließ ihren Blick über die Menge schweifen.

»Vorhin war er an der Bühne. Vielleicht ist er immer noch da«, erwiderte Elif.

Schon von weitem entdeckte Nawal ihren Großvater, der sich mit Marta unterhielt. Nawal wusste nicht, ob sie das beunruhigen oder erfreuen sollte.

»Hallo zusammen«, begrüßte sie die beiden vorsichtig.

»Schätzchen, keine Sorge – wir unterhalten uns nur über alte Zeiten«, sagte Marta.

»Alhamdulillah«, erwiderte Nawal glatt. »Dein Essen kommt bei den Gästen sehr gut an«, sagte sie nach einem Moment des Schweigens. »Vielen Dank, dass du das so kurzfristig ermöglicht hast.«

»Das habe ich gern gemacht – und ganz ohne Hintergedanken, wie ich Muhammad gerade noch einmal bestätigt habe.«

»Ich schließe mich dem Lob meiner Enkeltochter an. Das, was du in dieser kurzen Zeit auf die Beine gestellt hast, ist wirklich beeindruckend, und ich danke dir von Herzen.«

Marta schaute Nawals Großvater mit offenem Mund an. »Das«, sagte sie und räusperte sich, »freut mich sehr.«

Elif knuffte Nawal in die Seite und sie verabschiedeten sich.

»Sieht so aus, als hätten die beiden ihren Zwist beigelegt«, flüsterte Elif, kaum, dass sie sich ein paar Schritte entfernt hatten.

»Ja, das hoffe ich«, sagte Nawal und sah über ihre Schulter zurück. Der Verlust Hafsas hatte beide getroffen, aber es war an der Zeit, nach vorne zu schauen.

Jemand klopfte ans Mikrofon und rief die Finalisten zurück auf die Bühne. Während Elif sich eine Stelle suchte, von der aus sie filmen konnte, stellte sich Nawal neben das Mädchen, nahm ihre Hand und hörte Imam Yahya, der die Gewinner bekanntgab, überhaupt nicht zu. Vielmehr nickte sie Pablo dankbar zu, der jetzt ein bisschen erschöpft an einer der Säulen lehnte. Immerhin hatte er maßgeblich dafür gesorgt, dass der Wettkampf ein Erfolg geworden war.

Vor zwei Wochen war Nawal auf Julias Hochzeit und in ihrem beruflichen Hamsterrad festgefahren gewesen. Letztlich hatte sie es ihrer Mutter zu verdanken, die sie nach Granada geschickt und darauf bestanden hatte, dass sie am Wettkampf teilnahm. Sie schmunzelte bei dem Gedanken, wie oft ihre Mutter im Hintergrund die Fäden zog. An ihr war definitiv eine großartige Projektmanagerin verlorengegangen. Heute Abend würde sie ihre Eltern anrufen und ein längeres Gespräch mit ihnen führen.

Das Mädchen zerrte an ihrem Ärmel und Nawal beugte sich unauffällig zu ihr.

»Du musst da hingehen!«, flüsterte die Kleine ganz aufgeregt und deutete mit ihrem Kopf zu Imam Yahya.

»Wieso?«, raunte sie zurück.

»Na, weil du und dein Mann den Wettbewerb gewonnen habt«, erklärte sie kopfschüttelnd über so viel Verpeiltsein und gab Nawal einen Schubs.

Welcher Mann denn? Wovon redete die Kleine?

»Nawal?«, rief nun auch Imam Yahya vom vorderen Rand der Bühne. »Kommst du zu uns?«

»Ja«, beeilte sie sich zu sagen, drückte den Rücken durch und zauberte sich ein Lächeln ins Gesicht. In solchen Momenten war sie dankbar, jahrelange Erfahrung bei Debattierwettbewerben gesammelt zu haben. Egal, was passierte, lächeln, zuhören und dann reagieren.

Jakob stand links von seinem Vater und schaute konzentriert ins Publikum. Wie üblich gab sein Gesicht keinerlei Regung preis. Umso mehr überraschte es Nawal, als er seinen Kopf unbemerkt drehte und ihr zuzwinkerte. Für einen Moment verrutschte ihr Lächeln, aber beim nächsten Blick stand Jakob wieder da wie vorher, steif wie eine Statue, und Nawal fragte sich, ob sie sich das Zwinkern nur eingebildet hatte.

Jakobs Vater wiederholte die Regeln für ihre Kategorie, verlor ein paar Worte über die Wichtigkeit der Sure Al Baqarah und bedankte sich bei den Sponsoren. Er überreichte Nawal zuerst eine eingerahmte Urkunde und dann einen Briefumschlag. Nawal hatte tatsächlich eine Umra-Reise nach Mekka gewonnen und sie schluckte mehrmals hintereinander, um die Fassung wiederzugewinnen. Elif grinste und hob den Daumen.

Sie bekam kaum mit, wie Imam Yahya die Zweit- und Drittplatzierten aufrief und am Ende dafür sorgte, dass alle mit tosendem Applaus verabschiedet wurden. Der Wettbewerb unter dieser geschichtsträchtigen Kulisse war ein voller Erfolg gewesen. Und so, wie sich Grüppchen um den hiesigen Imam bildeten, hatte Nawal das Gefühl, dass das Rezitieren seinen Zweck erfüllt hatte, nämlich ein Ansporn für die Kinder und Erwachsenen zu sein, den Quran auswendig zu lernen.

Elif bestand darauf, sie mit ihrem Großvater und Marta, allen Organisatoren, Jakob und am Ende mit ihrem Quranlehrer, Hamza, zu fotografieren.

»Halt, ein Foto fehlt noch«, rief Jakob und ließ sich Elifs Handy geben.

Nawal zog ihre Freundin an sich und legte den Arm um sie, bevor sie beide in die Kamera grinsten.

Es war Mitternacht, bis sie zurück ins Apartmenthaus kamen, weil sie nach dem Aufräumen noch bei Anissa vorbeigeschaut hatten. Nawal würde ihre Eltern morgen anrufen – dafür war es heute viel zu spät.

»Das war der beste Urlaub aller Zeiten«, nuschelte Elif und legte sich auf ihre rechte Seite. Ihre Augen hatte sie bereits geschlossen und ihr Arm zuckte.

»Das war er«, bestätigte Nawal und schaltete das Licht aus. Doch ihr war bewusst, dass Granada für sie nur eine kurze Verschnaufpause bedeutete. Am Montag wartete eine ungewisse Zukunft auf sie. Wie würde es werden, wenn Jakob die Projektleitung übernahm?

Zudem war immer noch nicht geklärt, wer der Saboteur und was sein Beweggrund war. Schläfrig ging sie erneut die verpatzten Livegänge durch. Ihr Gehirn hakte sich an etwas Wichtigem fest, doch sie war zu müde, um danach zu greifen.

KOCHLÖFFEL

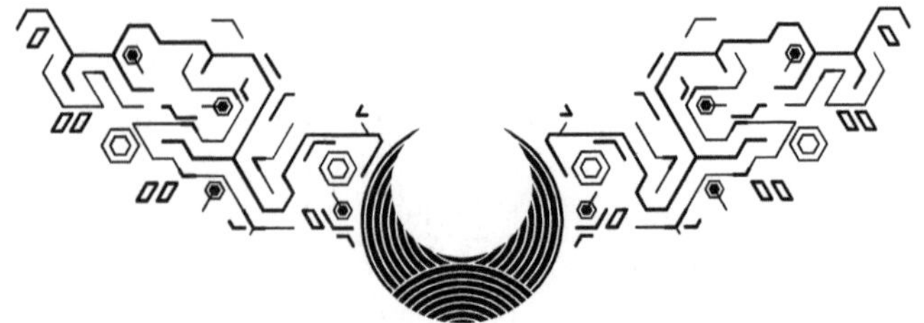

Am Sonntagmorgen schliefen Nawal und Elif bis um zehn. Nach dem Fajr-Gebet waren sie wortlos ins Schlafzimmer geschlichen und zurück unter ihre Decken gekrochen. Nawal kam gerade aus dem Bad, als es an der Tür klopfte.

»Wer ist da?«, rief sie und holte sich aus dem Schrank eine frische Abaya und ein dazu passendes Kopftuch.

»Jakob«, kam es dumpf zurück. »Alberta schickt mich.«

»Alberta?«, quiekte Nawal und hastete zur Tür. »Sag nicht, sie ist hier«, sagte sie, und Jakob, der dicht an der Tür gestanden hatte, um sie zu verstehen, fuhr perplex zurück.

»Nun, dann sage ich es dir eben nicht«, erwiderte er und grinste schief.

»Wo ist sie?«

»In der Küche.«

»Wie bitte? Und das lässt du zu?«, empörte sich Nawal und stürmte an ihm vorbei die Treppe herunter.

Jakob ging ihr schweigend nach.

Aus der Küche erklang Stimmengewirr und verblüfft blieb sie in der Tür stehen. Vor ihr entfaltete sich ein groteskes Bild: Alberta saß an der Wand, ihr Bein auf einem Stuhl abgelegt, und dirigierte die Imame mit einem Kochlöffel in der Hand. Imam Yahya stand am Herd und backte

Crêpes, ein weiterer holte gerade ein Blech mit Küchlein aus dem Backofen, ein anderer deckte den Tisch.

»Beeindruckend, nicht wahr?«, raunte Jakob ihr zu und drängte sich an ihr vorbei.

»Auftrag ausgeführt«, meldete er Alberta und stellte sich neben seinen Vater.

»Nawal!«, rief die ältere Frau aus und strahlte. »Komm her und lass dich drücken!«

Sie eilte zu Alberta und nickte Hamza dabei zu, der seelenruhig Teig in eine Form füllte.

»Wo ist Elif?«, erkundigte sich Alberta, nachdem sie Nawal fest umarmt hatte.

»Noch im Zimmer. Sie kommt inschallah gleich«, erwiderte Nawal. »Was kann ich tun?«

»Setz dich zu mir«, forderte Alberta sie auf und bevor sie sich auch nur bewegen konnte, hatte einer der Imame ihr einen Stuhl hingestellt.

So langsam wurde ihr die ältere Frau mit dem Kochlöffel in der Hand unheimlich.

»Du hast schnell Ersatz für mich gefunden«, begann Alberta, kaum dass sie Platz genommen hatte.

War sie sauer? Nawal warf ihr einen nervösen Seitenblick zu. »Ja«, antwortete sie deshalb einsilbig und wartete ab, in welche Richtung sich das Gespräch entwickeln würde.

»Ich hätte nicht erwartet, dass man mich so einfach austauschen kann«, fuhr Alberta fort und wedelte mit dem Kochlöffel, woraufhin zwei Imame aufschreckten und fast zusammenstießen.

»Das habe ich doch gar nicht«, sagte Nawal erstickt und biss sich auf die Lippe.

»Findest du das etwa komisch?«

»Nein, auf keinen Fall«, versicherte Nawal und begann zu erklären, woher sie Marta kannte, und wie eines zum anderen geführt hatte. Ihre Wangen mussten inzwischen puterrot sein. »Ich käme nie auf die Idee, dich auswechseln zu wollen. Dafür liebe ich dein Essen viel zu sehr.«

Jakobs Schulter zuckten. Lachte der etwa?

»Ich habe gehört, Martas Essen kam richtig gut an«, fuhr Alberta im Plauderton fort, der bewirkte, dass Nawal ein Schauer über den Rücken fuhr.

»Ja, bis zum Abend waren sie restlos ausverkauft.« Sie hielt den Atem an. Das hätte sie nicht sagen sollen, aber jetzt war es zu spät, es zurückzunehmen.

»So, so«, sagte Alberta da auch schon.

»Was gibt es eigentlich Leckeres zum Frühstück?«, fragte sie, in dem Versuch, das Gespräch auf ungefährlicheres Terrain zu lotsen.

»Für dich?«, sagte Alberta und Nawals Hoffnung sank. »Alles, mein Schatz«, sagte sie und lachte Nawal schelmisch an. »Immerhin ist es dein letztes Frühstück, bevor du heute Abend zurückfliegst. Da muss ich dich doch verwöhnen. Kannst den Mund übrigens wieder zumachen«, fügte sie hinzu und tätschelte Nawals Hand. »Ich bin sehr froh, dass Marta und Muhammad sich wieder vertragen. Hafsa hätte nie gewollt, dass sie sich nach ihrem Tod wegen dem bisschen Geld in die Haare kriegen. Aber jetzt ist ja alles wieder gut – deinetwegen. Und deshalb mache ich …«, ein Raunen des Protests ging durch den Raum, »… okay, machen *wir* gerade dein Lieblingsessen.«

»Aber das wäre doch nicht nö…«

Albertas Blick brachte Nawal zum Schweigen. »Barakallahu fiikum – möge Allah euch segnen«, sagte sie dann mit klarer Stimme und sah von Hamza zu jedem einzelnen Imam und Jakob.

Elif kam mit Nawals Großvater in die Küche und zusammen stellten sie die ganzen Köstlichkeiten auf den Tisch.

»Habe ich etwas verpasst?«, raunte ihr Elif zu, nachdem sie sich gesetzt hatten.

»Nein, alles gut. Alberta hat mich nur ein bisschen veräppelt«, flüsterte sie und sah zu der älteren Frau, die am Kopf des Tisches residierte, den Kochlöffel neben sich liegend.

Alberta würde inschallah bald wiederhergestellt sein und Nawal musste sich keine Sorgen darüber machen, dass ihr Großvater womöglich ohne Alberta auskommen musste. Und vermutlich würde sich Marta nun häufiger sehen lassen, zumal Alberta und sie sich gut verstanden.

Nach dem Dhuhr-Gebet spazierten Elif und Nawal zur Eisdiele und setzten sich auf die Mauer am Fuente del Paseo de los Tristes, um die Alhambra von unten zu betrachten. Ihr Großvater war mit ein paar Imamen und Jakob zur Alhambra aufgebrochen, um die versprochene Führung abzuhalten, bevor sie wieder abreisten. Doch Elif und Nawal hatten abgesagt.

»Für einen zweiten Besuch hat die Zeit dieses Mal leider nicht gereicht«, sagte Nawal und betrachtete ihre Freundin, die sich ihre mit Schokoladeneis bekleckerten Finger abwischte.

»Das macht nichts«, sagte Elif. »Wir hatten eine tolle Führung und mit Hamza war es etwas ganz Besonderes. Ich bin zufrieden, wie es ist.«

Nawal nickte, hakte sich bei Elif unter und schlenderte mit ihr zurück ins Apartmenthaus.

Ihr kleiner Handgepäck-Koffer war schnell gepackt und Nawal machte sich auf die Suche nach ihrem Großvater. Sie ging in die Küche, aber die war verwaist. Alberta hatte sich tränenreich von ihr verabschiedet und ihr das Versprechen abgenommen, nicht wieder so lange mit dem nächsten Besuch zu warten.

Das Büro ihres Großvaters war abgeschlossen und auch von Pablo fehlte jede Spur. Unschlüssig blieb sie im Innenhof stehen, als sie im Garten eine Bewegung wahrnahm. Verdeckt vom Türrahmen saß ihr Großvater auf einer der Bänke in einen dicken Überwurf eingewickelt.

»Nawal«, sagte er mit einem Lächeln. »Komm zu mir unter die Decke. Jetzt ist der Winter nicht mehr weit.«

Sie kuschelte sich zu ihm und legte ihren Kopf an seine Schulter.

»Es ist so still«, sagte sie.

»Das liegt daran, dass Pablo die Imame zum Flughafen gefahren hat.«

»Stimmt – das habe ich vergessen«, sagte sie und wunderte sich über sich selbst, wie unaufmerksam sie zurzeit war.

»Wenn er zurück ist, fahre ich euch inschallah.«

»Wir können auch den Zug nehmen, Opa. Das wäre mir sogar lieber, damit du nicht so spät allein zurückfährst.«

»Du bist deiner Mutter so ähnlich«, murmelte ihr Großvater in ihr Haar und gab ihr einen Kuss auf den Kopf.

»Mhm«, brummte Nawal. Nein, sie war nicht wie ihre Mutter. Sie liebte ihre Mutter über alles, aber sie hätte sich niemals mit einer Putzstelle zufriedengegeben.

»Weißt du eigentlich, dass deine Mutter studiert hat?«, sagte ihr Großvater plötzlich, als hätte er ihre Gedanken gehört.

Nawal setzte sich ruckartig auf. »Wie bitte?«

»Germanistik«, fuhr ihr Opa unbeeindruckt fort. »Ihre Abschlussarbeit hat sie geschrieben, als sie mit dir hochschwanger war. Doch dann ist Hafsa gestorben und sie hat sich um mich und dich gekümmert. Sie hat die Putzstelle angenommen, weil die gut bezahlt wurde und sie flexibel einteilen konnte, wann sie arbeitete. Und nach ein paar Jahren war es schwierig, ohne Berufserfahrung in ihrem Bereich unterzukommen. Also ist sie geblieben, wo sie war.

Hat dann in der Nachmittagsbetreuung ausgeholfen und eines Tages ist ein kleiner Junge zu ihr gekommen, der in deinem Jahrgang war.

Lina hat ihn als verschlossen, sehr aufmerksam und schüchtern beschrieben. Seine Mutter war gestorben, als er elf Jahre alt gewesen ist, und seine Großmutter hat sich um ihn gekümmert. Seine Leistungen in der Schule verschlechterten sich rapide und Lina hat ihm Nachhilfe gegeben, damit er den Anschluss nicht verpasste.

An einem Nachmittag kam er sehr spät in den Hort, denn er hatte nachsitzen müssen. Er hatte Streit mit einem Mädchen gehabt, welches ihm auf die Nase gehauen hatte. Aber der Junge hat sich standhaft geweigert, zu sagen, warum es dazu gekommen war. Stattdessen ist er geradewegs auf deine Mutter zugegangen und hat sich bei ihr für das, was er zu dem Mädchen gesagt hat, entschuldigt. Sagte ihr, er würde sie sehr schätzen und habe sie niemals beleidigen wollen, aber wohl genau das getan, wofür er sich sehr schäme. Lina hat sofort gewusst, dass du das gewesen bist, die ihm eine verpasst hat.« Ihr Großvater tätschelte ihre eiskalte Hand. »Lina hat ihm versichert, dass sie ihm nicht böse ist und es sehr mutig von ihm gewesen sei, zu ihr zu kommen. Dann hat sie allerdings etwas gesagt, was sie in ihrer Tragweite unterschätzt hat.«

Nawal wagte kaum, zu atmen.

»Sie hat dem Jungen gesagt, dass er auf dich aufpassen soll. Und das macht er bis heute.«

Wie in einer Zeitraffer-Rückblende durchlebte Nawal all die Situationen, in denen sie Jakob immer wieder über den Weg gelaufen war. An der Universität oder wie sie nicht hatte glauben können, dass er ausgerechnet in der gleichen Firma anfing, die sie sich für ihren ersten Job ausgesucht hatte. Plötzlich ergaben all diese merkwürdigen Zufälle einen Sinn.

»Deine Mutter hat nie den Namen des Jungen erwähnt.«

Sie starrte auf die gegenüberliegende Wand und wagte es nicht, ihren Großvater anzusehen. All die Jahre hatte sie falschgelegen und nicht Jakob.

»Gestern hat mir Marta erzählt, wie Hafsa sie weggestoßen hat, als das Motorrad von der Straße abkam und in sie beide hineinraste, und dass sie, Marta, zu Tode gekommen wäre, hätte Hafsa das nicht gemacht. Wie sie Hafsas Hand gehalten und nicht losgelassen hat, selbst dann nicht, als der Notarzt kam. Hafsas letzte Worte vor der Schahada, dem Glaubensbekenntnis, haben mir gegolten. Und es hat mehr als zwanzig Jahre gedauert, bevor Marta sie mir mitteilen konnte.« Er fuhr sich mit der Hand durch den Bart. »Lass es mit ihm nicht so weit kommen wie zwischen Marta und mir«, sagte er leise und erhob sich. »Rede mit ihm. Jakob ist ein guter Junge.«

ABSPRACHEN

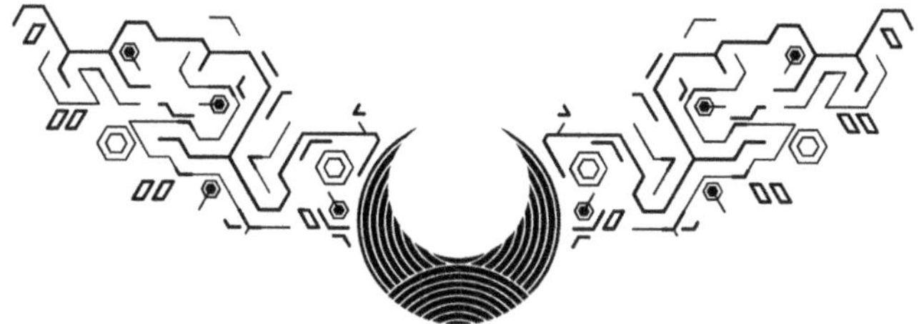

Nawal wollte Hamza Lebewohl sagen, aber sie konnte ihn nicht finden. Niemand hatte ihn gesehen und sein Zimmer war leer. Ihr Großvater und Jakobs Vater hatten sich ohnehin darüber gewundert, dass er bei dem Quranwettbewerb nicht nur die Rolle eines Jurors übernommen hatte, sondern auch so lange geblieben war. Er war dafür bekannt, große Menschenansammlungen zu meiden. Schweren Herzens verabschiedete sie sich von ihrem Großvater, aber er tröstete sie damit, dass er plane, in spätestens zwei Monaten nach Deutschland zu Besuch zu kommen.

Der Flug verlief ereignislos. Elif saß neben Nawal und Jakob mit seinem Vater ein paar Reihen vor ihnen. Geduldig wartete sie mit ihrer Freundin bei der Gepäckausgabe auf deren Koffer, als eine Nachricht von Nawals Großvater eintraf: Ihr Koffer, auf den sie über eine Woche gewartet hatte, war gerade bei ihm angekommen!

Jakobs Vater hatte sein Auto am Flughafen geparkt und fuhr sie nach Hause.

»Soll ich noch mit hochkommen?«, fragte Elif und musterte sie besorgt, weil Nawal nur eine leere Wohnung erwarten würde.

»Nein, alles okay, fahr du nur und grüß deine Eltern von mir«, sagte sie und öffnete die Tür, damit ihre Freundin sich nicht genötigt sah, ihr Gesellschaft zu leisten.

Sie winkte Elif zu, ging ins Haus und stieg langsam die Treppen hinauf.

Am Montagmorgen um halb fünf klingelte ihr Wecker und Nawal sprang aus dem Bett. Sie ging ins Bad, zog sich an und betete, bevor sie die Haustür öffnete und sich vorsorglich ihren warmen Mantel überwarf. Es war viel kälter als in Granada, aber das Fahrradfahren hatte sie in den letzten Tagen vermisst und sie genoss den kalten Fahrtwind in ihrem Gesicht. Mit geröteten Wangen und beschlagener Brille betrat sie Elifs Bäckerei.

»Da bist du ja«, rief Elif erfreut, ergriff ihre Hände und wirbelte sie im Kreis herum. »Hier, ich habe dir dein Frühstück eingepackt.« Vor Nawals Gesicht wedelte sie mit einer Tüte, aus der ein köstlicher Duft hervordrang. »Willst du auch etwas für Jakob und Piet mitnehmen?«

»Klar«, war das Einzige, was Nawal spontan einfiel, während sie ihre Brille putzte.

»Ich weiß ja inzwischen, was die beiden mögen«, plapperte Elif weiter und hielt ihr eine zweite Tüte hin.

»Sag mal, bist du heute Morgen in den Zuckertopf geplumpst?«

Elif kicherte. »Sehen wir uns nach deiner Arbeit?«

»Inschallah«, antwortete sie. »Ich melde mich.« Sie hielt ihr Handy hoch, verabschiedete sich von Elifs Mutter und fuhr ins Büro.

Amber kam ihr vor dem Gebäude entgegen, runzelte die Stirn und ließ die Tür vor Nawals Nase zufallen.

Sie stöhnte innerlich und zog die Schultern zurück.

»Hat Jasleen dir gestern noch eine Nachricht geschickt?«, erklang Jakobs Stimme direkt hinter ihr.

Nawal hätte vor Schreck beinahe ihren Laptop fallengelassen. »Das machst du doch absichtlich, oder nicht?«, fragte sie und wandte sich zu ihm um.

»Vielleicht«, sagte er, grinste breit und hielt ihr die Tür auf.

»Nein, von Jasleen habe ich nichts gehört«, antwortete sie verspätet auf seine Frage. »Was ist jetzt schon wieder passiert?«

»Wir haben in«, er sah auf seine Armbanduhr, »fünf Minuten ein Meeting mit Herrn Baum. Dann wissen wir mehr.«

Der Aufzug war mal wieder im fünften Stockwerk steckengeblieben – vermutlich durch Ambers Zutun. Nawal und Jakob hasteten die Treppen hoch und wie erwartet, verhinderte ein Regenschirmständer, dass sich die Fahrstuhltür schloss. Nawal schob den Behälter zurück an seinen Platz. Durch den unerwarteten Fußmarsch blieb keine Zeit mehr, ihren Mantel am Schreibtisch abzulegen.

Der Meetingraum war brechend voll. Alle Teams waren anwesend und Nawal stellte sich neben Jasleen.

»Guten Morgen«, flüsterte ihre Kollegin und nahm ihr den Mantel ab. »Ich war mir nicht sicher, ob du die Nachricht liest, deshalb habe ich dich angerufen. Warum bist du nicht rangegangen?«

»Wann hast du mich angerufen?«, wisperte sie zurück und setzte sich auf die von Jasleen angebotene Stuhlhälfte.

»Vor einer Stunde.«

»Da war ich schon unterwegs. Worum geht es?«

»Um das Ergebnis der Challenge.« Jasleen strich sich ihren Rock glatt.

»Und?«

»Amber verbreitet seit Freitag, dass es bei der Challenge nicht mit rechten Dingen zugegangen ist.«

»Das wissen wir doch«, sagte Nawal und zuckte mit den Achseln. Es war schließlich kein Geheimnis, dass jemand die Challenge sabotierte. »Hat Emre denjenigen ausgemacht?«

»Nein«, hauchte Jasleen.

Plötzlich musste sie an den Mann im Flugzeug denken und was er über Sicherheitslücken gesagt hatte. Doch in dem Moment kam Herr Baum herein und sie verlor den Gedanken wieder.

»Guten Morgen«, begrüßte er die Anwesenden. »Die Challenge ist letzte Woche Freitag offiziell beendet worden und ich freue mich, Jakob als Sieger verkünden zu dürfen.« Herr Baum strahlte über das ganze Gesicht. »Kommen Sie bitte nach vorn?«, forderte er Jakob auf.

Jasleen war neben ihr ganz still geworden und Nawal runzelte die Stirn. Hatte Jakob ihr nicht gesagt, dass sowohl ihr Projekt als auch Jakobs Projekt live gegangen sei? Unauffällig holte sie ihr Handy hervor und scrollte durch ihre E-Mails. Trixie hatte ihr am Freitag um halb zehn geschrieben, dass sie den Livegang vorbereitete und danach nichts mehr. Wann war ihr Projekt live gegangen? Sie schaute hoch und suchte den Raum nach Trixie ab, aber die blauen Haarspitzen der Entwicklerin waren nirgends zu entdecken.

»Wo ist Trixie?«, raunte sie Jasleen zu.

»Ich habe sie heute Morgen noch nicht gesehen«, antwortete Jasleen hinter vorgehaltener Hand.

»Ist mein Projekt am Freitag live gegangen, Jasleen?« Es war so viel passiert in den letzten drei Tagen, dass sie nicht mehr nachgeprüft hatte, ob alles glatt gelaufen war.

»Ja, klar! Wieso fragst du?«

»Weißt du auch, wann?«

»So gegen elf?«

»Und wann ist Jakobs Projekt live gegangen?«

»Auch so in dem Dreh«, sagte Jasleen gedehnt und sah sie mit großen Augen an. »Denkst du ...?«

Nawal wusste überhaupt nicht mehr, was sie denken sollte. Jakob stand mittlerweile neben Herrn Baum. Wie immer gab sein Gesichtsausdruck seine Gedanken nicht preis, aber er hielt ihren Blick und schien ... wütend zu sein.

Wieso war er wütend? Er hatte doch gewonnen. Sie hörte Herrn Baum nicht mehr zu. Ihre Gedanken galten einzig der Überlegung, wie sie das restliche Geld für die Operation ihres Vaters aufbringen könnte. Erst als Jasleen sie anstupste, konzentrierte sie sich wieder auf das Meeting, wobei sich der Raum bereits leerte. Sie ging neben Jasleen, als Herr Baum sie ansprach.

»Frau El Abbasi«, sagte er, »könnten Sie kurz hierbleiben?«

»Selbstverständlich«, erwiderte sie. Jasleen nahm ihr den Mantel ab und verschwand mit den anderen, die sich neugierig umblickten.

»Dein Plan ist wohl nicht aufgegangen«, zischte Amber ihr ins Ohr, als sie an ihr vorbeiging und Nawal wie zufällig mit der Schulter stieß.

Was war nur ihr Problem?

Nawal wartete geduldig, bis der letzte den Raum verlassen hatte. Dann schloss sie die Tür und wandte sich ihrem Chef zu.

»Was glauben Sie, weshalb Jakob der Sieger ist?«, fragte er und schaute aus dem Fenster.

»Ich nehme an, sein Projekt ist vor meinem live gestellt worden.«

»Ihr Projekt ist um 11:15 Uhr live gegangen. Seines um 11:25 Uhr.«

Sie starrte ihren Chef stumm an und ignorierte den gewaltigen Knoten in ihrem Magen.

»Diese Challenge sollte Sie alle an Ihre Grenzen bringen und dazu gehört, Entscheidungen zu treffen. Wie immer bei einem Wettkampf ist es wichtig, den Sieg zu wollen.« Er wandte sich ihr zu und betrachtete sie aufmerksam. »Und immer, glauben Sie mir, immer gibt es jemanden, der so fokussiert darauf ist, zu gewinnen, dass er Grenzen überschreitet.«

Sie rührte sich nicht.

»Es hat einige Ungereimtheiten in letzter Zeit gegeben.« Er wartete, bis sie nickte. »Und mir ist zu Ohren gekommen, dass Sie unlautere Hilfe hatten.«

Nawal runzelte die Stirn. Wovon sprach er?

»Es war Teil der Aufgabe, die Probleme der übernommenen Projekte allein zu lösen und sich nicht vom vorherigen Projektmanager helfen zu lassen. Sie verstehen sicherlich, dass ich Sie deswegen disqualifizieren musste.«

Sie traute ihren Ohren kaum und spürte, wie sich Hitze in ihrem Gesicht ausbreitete. Mit aller Gewalt biss sie sich auf die Lippe, damit sie jetzt nicht etwas sagte, was sie später bereuen würde. Von der Regel, dass man sich nicht helfen lassen durfte, hörte sie gerade eben das allererste Mal. Bei der Ressourcenfrage war es immerhin auch so gehandhabt worden.

Diese ganzen spontanen Regeländerungen und -anpassungen hinterließen einen schalen Beigeschmack und kamen ihr mehr als willkürlich vor. Aber würde es etwas bringen, das mit ihrem Chef zu diskutieren? Nein, denn er hatte ihr keine Möglichkeit gegeben, sich vorher zu erklären, und jetzt im Nachhinein würde es so wirken, als gönne sie Jakob den Sieg nicht.

Sie reckte ihr Kinn vor und sah ihm direkt in die Augen. »Verstehe«, sagte sie mit fester Stimme und verschränkte die Hände ineinander.

»Ja, äh – das wäre dann alles«, sagte Herr Baum.

Wie in Trance ging sie zu ihrem Platz und bekam nichts von den Blicken mit, die ihr folgten. Sie ließ sich in ihren Stuhl fallen, fuhr ihren Rechner hoch und hackte auf die Tastatur ein. Niemand sprach sie an. Mit künstlich erzwungener Ruhe arbeitete sie ihre E-Mails durch, bis ihr Telefon klingelte.

»Hallo, Frau Andres«, sagte sie und zwang sich zu einem Lächeln. »Wie geht es Ihnen?«

Sie hörte zu, nickte ein paarmal und beendete kurz darauf das Gespräch. Ein Blick auf die Uhr zeigte, dass sie es zum Dhuhr-Gebet in die Moschee schaffen konnte und von dort zu ihrem Termin. Gerade als sie sich erheben wollte, schob jemand ihren Stuhl nach vorn und quetschte sie an den Schreibtisch.

»Huch, was bin ich doch ungeschickt«, sagte Amber in einer künstlich süßen Tonlage.

Nawal sah rot. Mit aller Kraft stieß sie sich vom Schreibtisch ab und erhob sich in einer fließenden Bewegung. Noch bevor Amber reagieren konnte, stand sie Nase an Nase vor ihr. »Wenn du noch ein einziges Mal Hand an mich legst, wirst du mit acht Jahren Taekwondo konfrontiert«, sagte sie gefährlich leise und verengte ihre Augen zu Schlitzen.

»Drohst du mir etwa?«

»Nicht doch, Amber. Das würde doch bei dir gar nicht fruchten. Ich habe dir nur deine Zukunft angekündigt – in schillerndem Blaugrün sozusagen«, erwiderte sie und fletschte die Zähne.

Amber wich vor ihr zurück. »Du bist echt ein Freak«, murmelte sie und ging zu ihrem Platz.

Langsam entspannte Nawal ihre Hände, die sie unbewusst zu Fäusten geballt hatte, und atmete tief durch. Mit erhobenem Kopf schnappte sie sich ihren Mantel und ging zum Fahrstuhl.

Frau Andres wartete in dem vereinbarten Café auf sie und nippte an ihrem Kaffee.

»Warten Sie schon lange?«, fragte Nawal die Kundin und streckte ihr die Hand hin.

»Nein, nein. Ich hatte nur heute noch keinen Kaffee«, erklärte Frau Andres und nahm einen weiteren Schluck, während Nawal sich einen Latte macchiato bestellte.

Frau Andres kam gleich zur Sache. »Sie haben sich sicherlich gefragt, wieso ich einen schriftlichen Bericht von Ihnen verlangt habe«, begann sie und sah Nawal über ihre Kaffeetasse hinweg an.

»Bei einem Projekt dieser Größe ist es nicht ganz ungewöhnlich, einen ausführlichen Abschlussbericht anzufordern«, erwiderte sie glatt.

Frau Andres nickte. »Wie finden Sie Herrn Münk?«

War das eine Fangfrage? »Er ist sehr professionell«, antwortete Nawal ausweichend.

»Ich würde gern mit Ihnen zusammenarbeiten. Und wir beiden kennen uns ja schon eine Weile – können wir uns eigentlich duzen?«

»Ja, sehr gerne. Beides. Aber hat Herr Münk nicht ausdrücklich darum gebeten, mit Amber Grün zusammenzuarbeiten?«

»Dazu kommen wir gleich. Ich würde dir nämlich gern ein Angebot machen«, sagte Frau Andres und bat den vorbeikommenden Kellner, ihr eine weitere Tasse Kaffee zu bringen.

ACHTERBAHN DER GEFÜHLE

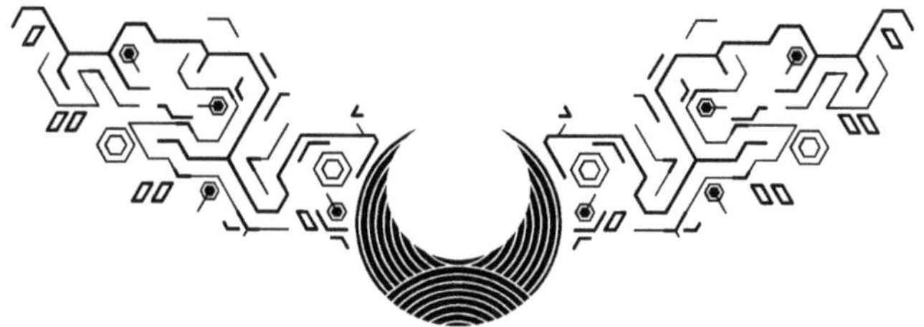

Wo warst du?«, empfing Jasleen sie mit geröteten Wangen.

»Kundentermin.«

»Ist alles in Ordnung?«

»Ja, alles bestens«, erwiderte Nawal und hängte ihren Mantel auf.

»Was hat Herr Baum zu dir gesagt?«, wollte Jasleen wissen und setzte sich mit einem Bein auf ihre Schreibtischplatte.

»Dass ich disqualifiziert worden bin. Wegen unlauterer Vorteilsnahme.«

Jasleen starrte sie mit offenem Mund an. »Das ist nicht dein Ernst, oder?«

»Doch, genauso hat er es mir gesagt.«

»Und worin genau soll diese Vorteilsnahme bestanden haben?«

»Jakobs Lösung. Angeblich war es nicht erlaubt, vom vorherigen Projektmanager Hilfe anzunehmen.«

»Ist es nicht eigentlich total sinnvoll, wenn man mit seinen Kollegen zum Nutzen der Firma eng zusammenarbeitet?«, fragte Jasleen.

Nawal zuckte mit den Schultern.

»Ich meine, es ist ja nicht so, dass du Jakob gehackt und seine Daten ohne sein Wissen benutzt hast«, fuhr Jasleen fort.

Nawal hielt inne. Plötzlich war es wieder da, das Gespräch mit dem Sicherheitstypen aus dem Flugzeug. Auch wenn sie damals nicht richtig zugehört hatte, fielen die Puzzleteile nun alle ineinander. Nawal war sich auf einmal ziemlich sicher zu wissen, wer der Saboteur war.

»Hörst du mir überhaupt noch zu?«, fragte Jasleen und wedelte mit der Hand vor ihrem Gesicht.

»Ja. Nein. Ich muss kurz zu Emre«, stammelte sie.

»Ich habe sowieso ein Meeting mit Amber«, sagte Jasleen und schaute auf die Uhr an ihrem Handy. »Wir sehen uns nachher.«

»Bis nachher«, erwiderte sie und eilte zu dem Admin. Dabei rannte sie fast Piet über den Haufen.

»Kannst du mal das Folgende für mich prüfen?«, flüsterte sie Emre zu und kritzelte ihm etwas auf einen Zettel.

Emre sah überrascht auf. »Wenn das stimmt ...«, brummte er und seine Finger flogen nur so über seine Tastatur.

»Worum geht's?«, fragte Piet und zog sich einen Hocker ran.

»Emre prüft nur kurz eine Theorie von mir – nichts weiter«, wiegelte Nawal ab, doch Piet dachte gar nicht daran, wieder zu gehen.

»Klingt spannend«, sagte er und ließ sie nicht aus den Augen.

»Wurde aber auch Zeit«, sagte Jakob, der unbemerkt dazugekommen war.

»Zeit wofür?«

»Na, dass du dich wehrst.« Piet schnaubte. »Hat ja lange genug gedauert.«

»Wovon redet ihr?«

»Wir zwei«, sagte Piet und deutete zwischen sich und Jakob hin und her, »sind keine Saboteure. Und du auch nicht.«

Nawal bedachte ihn mit einem schiefen Blick.

»Das gibt es doch nicht«, rief Emre mit einem wütenden Blick auf den Bildschirm aus. »Direkt unter meiner Nase.« Er knurrte. »Na warte, du kannst was erleben.«

Den Rest des Nachmittags schmiedeten sie gemeinsam einen Plan.

Um acht Uhr ließ Nawal die Wohnungstür hinter sich ins Schloss fallen, warf ihren Mantel auf das Sideboard, schleuderte ihre Schuhe von sich und tappte in die Küche. Sie schenkte sich Saft ein und schlurfte ins Wohnzimmer. Mit einem Seufzen sank sie in den Sessel und stöhnte, als es an der Tür klingelte. Ein Blick auf die Uhr verriet ihr, dass Elif erst in einer Viertelstunde hatte kommen wollen.

Umständlich schälte sie sich aus dem Sitz. Vor der Haustür stand Hamza und sie betätigte den Türöffner. Es dauerte eine Weile, bis er oben angekommen war, daher nutzte sie die Zeit, um ihren Mantel aufzuhängen und ihre Schuhe ordentlich ins Regal zu stellen.

»As salamu alaikum wa rahmatuh Allahi wa barakatuhu, liebe Nawal«, begrüßte Hamza sie. »Wie geht es dir?«

»Wa alaikum assalam wa rahmatuh Allahi wa barakatuhu«, erwiderte sie. »Alhamdulillah, mir geht es gut und dir?« Sie winkte ihn herein und nahm ihm seinen Mantel ab. Dabei wirbelten ihr jede Menge Fragen im Kopf herum, aber sie wollte ihn erst einmal zu Atem kommen lassen, bevor sie ihn damit überfiel.

»Ich hatte in Granada leider keine Zeit, mich von dir zu verabschieden und da ich auf der Durchreise bin, wollte ich das nachholen«, erklärte er.

»Das freut mich sehr«, sagte Nawal und meinte es auch so. »Komm, setzen wir uns ins Wohnzimmer. Möchtest du einen Tee trinken?«

»Das würde ich wirklich sehr gern. Es ist doch ein wenig kälter hier als in Granada.«

Nawal musterte ihn, bemerkte die rote Nase, wie er sich verstohlen die Hände rieb und ein Frösteln unterdrückte.

»Ich wollte mir gerade etwas zu essen kochen, das du unbedingt probieren musst.« Nawal setzte den Wasserkocher auf und holte ein paar Teebeutel aus der Dose mit den verschiedenen Sorten. Der Kühlschrank war zwar gähnend leer, aber es gab Eier, Butter und Käse sowie pürierte Tomaten im Glas.

Hamza setzte sich zu ihr an den Tresen und sie unterhielten sich über den Quranwettbewerb, bis Elif kam.

Nachdem ihre Freundin Hamza begrüßt hatte, streckte sie die Nase schnuppernd in die Luft. »Mhm. Gut, dass ich Baguette, ein Walnuss-Brot und ein paar süße Stückchen mitgebracht habe.«

»Habe ich dir schon gesagt, wie froh ich bin, eine Bäckerin zur Freundin zu haben?«, sagte Nawal erfreut und deckte den Tisch.

Kurz darauf saßen sie am Esstisch und ließen sich das »Ei mit Tomate«-Gericht schmecken.

»Wie ist es heute im Büro gelaufen?«, wollte Elif wissen und zupfte sich ein Stück Baguette ab.

»Durchwachsen«, antwortete Nawal undeutlich und trank einen Schluck Wasser.

»Das heißt, du hast nicht gewonnen«, stellte Elif ernüchtert fest.

»Nein.« Nawal schüttelte den Kopf.

»Worum geht es?«, fragte Hamza interessiert und tunkte sein Brot in die Tomatensoße.

Nawal berichtete ihm von der Challenge, die sie und ihre Kollegen in den vergangenen Wochen auf Trab gehalten hatte.

»Du hast das Wichtigste nicht erwähnt«, sagte Elif und schnitt sich Butter ab, die sie auf ihr Brot schmierte.

Nawal runzelte die Stirn.

»Na, dass es einen Saboteur gibt. Weißt du jetzt eigentlich, wer es ist?«

»Vielleicht«, druckste Nawal herum.

»Lass dir nicht alles aus der Nase ziehen – was ist heute passiert?«

»Jakob hat gewonnen. Ich wurde des Regelbruchs beschuldigt und disqualifiziert«, murmelte sie, aber Elif hatte sie trotzdem verstanden.

»Das gibt es doch nicht!«, rief ihre Freundin erbost aus und ihr Brot fiel ins Essen.

»Ich habe eine Vermutung und morgen entlarven wir inschallah den Saboteur«, beruhigte Nawal ihre Freundin.

»Da fällt mir etwas ein«, sagte Hamza. »Was sind die drei Dinge, von denen wir uns fernhalten sollen?« Er hob sein Stück Brot, betrachtete es und schaute erst Nawal und danach Elif an.

»Lügen, Spekulation und außereheliche Beziehungen«, antwortete Elif sofort.

»Heuchelei, Betteln und anderen nachzuspionieren«, benannte Nawal drei Dinge, die ihr spontan einfielen.

Hamza nickte bedächtig. »Ja, stimmt alles.«

»Und deine drei?«, hakte Elif nach.

»Lügen«, er nickte Elif zu, die breit grinste. Dann ergänzte er: »die Benutzung von schlechten Wörtern und üble Nachrede.«

Nawal hatte mittlerweile verstanden, dass Hamza nie einfach nur etwas aus einer Laune heraus sagte. Es hatte sie sehr verletzt, den falschen Anschuldigen der letzten Tage ausgesetzt gewesen zu sein. Emre hatte die Spur gefunden, aber bevor sie jemanden beschuldigte, musste sie absolut sicher sein, dass der Verdacht auch standhielt. Langsam sah sie hoch und in Hamzas wissende Augen. Sie hatte seinen Hinweis verstanden und nickte.

Elif verabschiedete sich zusammen mit Hamza, der mit dem Taxi zu seinem Hotel fuhr. Nawal räumte das Geschirr

weg und warf nur einen kurzen Blick auf ihr Handy, da sah
sie eine Nachricht ihres Großvaters.

Opa
Bist du noch wach?

Nawal
Ja – wie geht es dir?

Opa
Alhamdulillah. Wie war dein Tag?

Nawal
Alhamdulillah.

Opa
Willst du darüber reden?

Nawal
Bist du mir böse, wenn wir das auf morgen verschieben?

Opa
Nein, gar nicht. Möge Allah es dir leicht machen. Etwas ande-
res: Marta hat nach deiner Nummer gefragt. Darf ich sie ihr
geben? Sie will sich bei dir melden.

Nawal
Amin – ja, du kannst Marta gerne meine Nummer geben.

Opa
Schlaf gut, Habibti.

Sie legte ihr Handy auf dem Sofatisch ab, um ins Bad zu
gehen, da klingelte ihr Telefon.

»Hallo, Schätzchen – wie geht es dir?«

Marta! Sie hatte ja nicht viel Zeit vergehen lassen vor dem »Bei-ihr-melden«.

»Hallo Marta, mir geht es gut und dir?« Nawal wappnete sich – sie wusste zwar nicht wogegen, aber die ältere Dame hatte bestimmt etwas vor.

»Ich habe mit Muhammad und deiner Mutter gesprochen – ist wirklich alles in Ordnung bei dir, Schätzchen?«

Nawal hatte bei der Erwähnung ihrer Mutter reflexartig ein »Oh oh« ausgestoßen. »Ja, alles bestens«, erwiderte sie gepresst.

»Muhammad hat dir doch sicher erzählt, dass ich damals fünf Prozent von Hafsas Anteil an unserem Restaurant einbehalten habe?«

»Ja.«

»Was er nicht wusste, war, dass Hafsa und ich beschlossen hatten, das Geld als Investition für ihre Enkel anzulegen.«

»Okay«, sagte Nawal und fragte sich, was nun kommen würde.

»Ich denke, jetzt wäre ein guter Zeitpunkt, das Geld an alle Enkel von Hafsa auszuzahlen.«

»Und meine Mutter hat dem zugestimmt?«

»Sie war es, die das vorgeschlagen hat.«

Nawal saß ganz still, was Marta als Aufforderung verstand, weiterzureden. Sie klärte Nawal über die Summe auf, um die es ging, und Nawal schluckte heftig. Mit ihrem Viertel wäre sie ihrem Traum, sich selbständig zu machen, ein ganzes Stück näher – und das nach Abzug der Rechnungen für das Krankenhaus. Sie bedankte sich bei Marta und verabschiedete sich.

Mit einem breiten Grinsen legte sie sich ins Bett.

ENTHÜLLUNG

Der Dienstagmorgen fing genauso an wie der Montag, nur dass es zusätzlich zu der Kälte auch noch so stark regnete, dass Nawal sich entschied, mit der U-Bahn zu fahren. Den Regenschirm wie ein Schutzschild vor sich haltend, kämpfte sie sich zu Elifs Bäckerei durch.

Elif empfing sie mit einer Entschuldigung. »Tut mir leid, ich habe die Zeit aus den Augen verloren.«

Nawal wischte sich den Regen aus dem Gesicht. »Ich fürchte, ich kann dir nicht folgen. Vermutlich ist der Regen auch in mein Gehirn eingedrungen«, brummte sie und fahndete in ihren Taschen nach einem trockenen Taschentuch.

Elifs Mutter war in die Backstube geeilt und kam mit einem Handtuch wieder. Dankbar trocknete Nawal sich Gesicht und Hände.

»Ich fahre dich ins Büro! Piet hat belegte Brötchen bei uns bestellt, die ich liefern soll, und ich hatte vor, dich zu Hause abzuholen – aber, jetzt bist du ja hier«, erklärte Elif gutgelaunt. Sie drückte Nawal eine Box in die Hand und stellte einen Becher Kaffee obendrauf. »Gib das Piet, bitte. Und der Kaffee ist für deine Lieferdienste und als Wiedergutmachung.«

Piet nahm Nawal die Box ab, sobald sie ins Büro kam, und verschwand damit in der Küche. Jakob nickte ihr zu und Emre hielt zwei Daumen hoch. Sie setzte sich an ihren Platz, atmete tief durch und sagte »Bismillah«.

Nach und nach trudelten ihre Kollegen ein. Trixie gehörte wie üblich zu den Letzten und verschwand hinter ihrem Bildschirm, ohne irgendjemanden zu grüßen. Die Entwicklerin hatte sich in den vergangenen Tagen auffällig rar gemacht.

»Hey, Nawal«, rief Piet ihr zu, so laut, dass es alle hören konnten. »Tauschen wir unsere Livegänge?«

»Wieso?«

»Ich muss noch was testen.«

»Wann bist du dran?«, fragte sie zurück und sah auf ihren Bildschirm.

»In einer Stunde – schaffst du das?«

»Ja, klar«, sagte sie und wandte sich an Fin. »Trägst du es um, bitte?«

Fin sah von Piet zu ihr, zuckte die Achseln und nickte.

»Was wird das hier?«, mischte sich Amber ein und schien auszusprechen, was sich andere Kollegen auch dachten.

»Hast du es nicht mitbekommen?«, erkundigte sich Jakob.

Amber glotzte Jakob an und Nawal war sich für einen Moment nicht sicher, ob sie gleich über ihren Tisch springen und ihn schütteln würde. Jakob saß da, lässig in seinem Stuhl zurückgelehnt, und Nawal bewunderte ihn dafür, wie perfekt er seinen ausdruckslosen Gesichtsausdruck beibehalten konnte. »Die Challenge ist verlängert worden – also nicht für mich, ich habe ja gewonnen. Aber wer heute noch Projekte live stellt und dafür gute Bewertungen vom Kunden bekommt, wird Teilprojektleiter.«

»Wieso erfahre ich das erst jetzt?«, kreischte Amber und scrollte hektisch durch ihre Tabelle.

»Na ja, lies mal die E-Mail von heute Morgen, sechs Uhr achtundfünfzig«, sagte Piet und zwinkerte ihr zu.

Amber verstummte und bis zum Mittag herrschte eine hektische Betriebsamkeit.

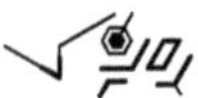

Die Krisensitzung gab es um eins. Fin berief die Projektmanager, Entwickler, Datenanalysten und Emre in den Meetingraum.

»Wir haben erneut einen Ausfall, der mehrere Applikationen betrifft«, erklärte Fin und tigerte vor dem Bild an der Wand hin und her, das die ausgefallenen Systeme in rot darstellte. »Ausgelöst hat Piets Livegang den Ausfall, aber es scheint an einer Änderung zu liegen, die heute Morgen ausgerollt wurde.« Er deutete auf zwei der Boxen, die hell leuchteten. »Wir hatten noch nie so viele Ausfälle wie in den letzten drei Wochen, deswegen habe ich eine Analyse durchgeführt, ob es ein bestimmtes Muster gibt«, fuhr Fin fort. »Und ich bin fündig geworden: Nur die Projekte, die an der Challenge teilgenommen haben, waren betroffen. Alle anderen Livegänge sind vollkommen problemlos verlaufen.«

Er schaute sich im Raum um und hatte die Aufmerksamkeit von jedem. Bis auf Trixie, die wie immer in ihrem Stuhl lümmelte und auf ihrem Handy herumtippte. »Dann habe ich mir angeschaut, ob es einen Verursacher innerhalb dieser Projekte gibt und habe diesen relativ schnell gefunden: Immer, wenn eines von Nawals Projekten live gegangen ist, gab es danach einen Ausfall.«

Alle drehten sich zu Nawal um und sie musste unwillkürlich schlucken. Was machte Fin da? Das lief ganz und gar nicht nach Plan. Jasleen, die neben ihr saß, tätschelte ihr beruhigend den Arm. Sie richtete ihren Blick stur auf den Change Manager, reckte aber ihr Kinn vor und strich unauffällig ihre schweißnassen Hände an ihren Beinen ab.

»Willst du hier irgendetwas andeuten?«, knurrte Trixie, die anscheinend plötzlich wach geworden war. Sie biss die Zähne zusammen, sodass ihre Wangenknochen hervorstachen.

Doch Fin war in seinem Element und ließ sich nicht irritieren. »Aber der Nutznießer von all diesen Ausfällen war nicht Nawal selbst, sondern immer«, er drehte sich um, »Amber.«

Gemurmel ertönte.

»Hast du außer lauen Anschuldigungen vielleicht auch etwas Konkretes, Fin?«, fragte Amber, erstaunlich gefasst. »Wir haben einen Ausfall, wie du weißt, und sollten unsere Aufmerksamkeit besser darauf richten, das zu beheben, anstatt hier Sherlock Holmes zu imitieren.«

Ein paar Entwickler murmelten zustimmend.

»Dazu kommen wir gleich«, beschwichtigte Fin. »Wir verfolgen das gleiche Ziel: die Beseitigung dieser Ausfälle.« Er wartete, bis alle dem zustimmten. »Die Manipulation der Livegänge erfordert technisches Know-How … «

Die Entwickler buhten ihn aus, bevor er seinen Satz beenden konnte.

»Aber auch Jakob oder Nawal von den Projektmanagern wären theoretisch dazu in der Lage.«

Nawals Wangen röteten sich, da half auch Piets beruhigender Blick nichts.

»Jakob hat gewonnen und der Verdacht, seien wir ehrlich, ist, dass Nawal die Livegänge manipuliert hat und sie nur nicht gewonnen hat, weil Herr Baum sie disqualifiziert hat.«

Betretenes Scharren war zu hören und bis auf Amber sah niemand zu ihr.

»Aber wir wissen auch, dass Trixie Nawals Entwicklerin ist. Und hier wird es nun interessant. Die Frage ist: Warum sollte sie ihren eigenen Code manipulieren?«

»Das ist doch lächerlich«, flüsterte Jasleen neben Nawal und schnaufte.

Trixie quittierte seine Ausführung damit, dass sie eine große Kaugummiblase mit lautem Knall platzen ließ.

»Wie wäre es mit Henning? Dem würde ich so etwas zutrauen«, sagte Trixie und grinste frech, als der Entwickler einen hochroten Kopf bekam.

»Warum sollte er das tun? Du bist bei der Beförderung übergangen worden, nicht er.«

Trixie fluchte, sprang auf die Beine und nur Piets beherztem Eingreifen war es zu verdanken, dass sie Fin nicht durchs Zimmer jagte.

Der rückte seine Brille immer wieder nervös zurecht und blinzelte. »Ehrlich, Trixie«, sagte er. »Du musst dich dringend mal mit Henning aussprechen. Siehst du gar nicht, wie sehr er deine Arbeit bewundert?«

Für einen Moment waren alle so geschockt, dass sich niemand rührte. Dann wurde Hennings Kopf noch röter, aber bevor jemand auch nur einen Ton von sich geben konnte, erklärte Trixie gefährlich leise: »Wehe, irgendjemand von euch sagt jetzt etwas.«

Als ob sie es geprobt hätten, drehten sich daraufhin alle Köpfe nach vorne zu Fin.

»Wo war ich?«, murmelte Fin, nahm die Brille ab und setzte sie wieder auf. »Ah ja – wir schließen Trixie aus, weil … nun, wenn sie der Saboteur wäre, hätte sie uns diese Tatsache vermutlich jetzt schon um die Ohren gehauen.«

Trixie grinste süffisant bei diesem fragwürdigen Kompliment.

»Gibt es hier auch noch ein Ende in dieser Schmierenkomödie?«, fragte Amber genervt. »Ich habe nämlich nicht den ganzen Tag Zeit.«

Einer der anderen Admins tuschelte mit Emre, bis Fin sich räusperte. »Kommen wir also zum Schluss. Um jemandes Code zu verändern, braucht es das Passwort und als Kollege ist das recht einfach zu bekommen, nicht?« Fin schaute nacheinander die Entwickler an, die alle unruhig auf ihren Stühlen herumrutschten. Henri starrte auf seine Fußspitzen. »Da wäre Henri, der plötzlich in Ambers Team gewechselt ist, oder Yvette, die mit Nawal gearbeitet hat.«

Es wurde wild durcheinandergeredet, doch eine Person war auffällig still geblieben.

»Aber am Ende sind es oft diejenigen, von denen man es nie erwartet hätte. Und das ist wohl auch der Grund, warum du …«, Fin zeigte auf Trixie, »… dich in der letzten Zeit so rar gemacht hast. Seit wann weißt du es?«

»Seit ein paar Tagen«, gab Trixie ungewohnt kleinlaut zu und spielte mit ihren Armbändern.

Nawal fragte sich, wieso Trixie ihr nichts gesagt hatte? Warum sie zugelassen hatte, dass Nawal verdächtigt worden war?

»Wer ist es denn nun?«, meldete sich Amber zu Wort und stöhnte. »Ehrlich, Fin, mach es nicht so dramatisch und rück schon damit raus.«

»Das muss er nicht«, sagte Jasleen und erhob sich. »Ich war es.«

Man hätte eine Stecknadel fallen hören, so still war es. Etliche Münder standen offen und in allen Gesichtern war das Gleiche zu lesen: Jasleen? Wieso?

Amber fragte es zuerst laut.

»Weil mir dein Vater ein gutes Angebot gemacht hat«, erzählte Jasleen im Plauderton.

»Mein Vater?«, wiederholte Amber ungläubig und schüttelte den Kopf.

»Was hat Ambers Vater denn damit zu tun?«, fragte einer der Entwickler.

»Amber ist die Tochter eines Immobilienmoguls und sie soll die Firma irgendwann übernehmen. Sie hat sich jedoch gegen eine Ausbildung in seiner Firma entschieden und ist zu uns gekommen. Er hat mich gebeten, ihre Rückkehr, sagen wir mal, zu beschleunigen«, erklärte Jasleen.

Es war ein wenig wie bei einem Tennisspiel. Alle Köpfe ruckten zu Jasleen, dann zurück zu Amber.

»Oh Jasleen, was hast du nur getan?«, stöhnte Amber und stützte den Kopf in ihre Hände.

»Wie hast du Ambers Vater kennengelernt?«, hakte Fin nach.

»Habe ich nicht.«

»Natürlich nicht«, sagte Amber. »Wer war es? Dieser Münk? Ich hätte es wissen müssen.«

»Herr Münk wird der neue Geschäftsführer in der Firma deines Vaters und seine erste Aufgabe war, dich zurückzuholen. Und als diese Challenge aufgesetzt wurde, kam ihm das höchst gelegen. Um dich zu zermürben, wurden nicht nur deine Projekte manipuliert, sondern auch deine Zusammenarbeit mit den anderen, indem ihr euch gegenseitig beschuldigt und ausgebootet habt«, erklärte Jasleen achselzuckend und völlig gefühllos.

»Ich verstehe noch immer nicht, warum du es getan hast«, warf Piet ein. »Ich dachte, du bist Nawals Freundin.«

»Oder meine«, brummte Emre.

»Hier habe ich keine Perspektive. Für euch bin ich nur die kleine Jasleen, die auf euren Befehl ein paar Daten hin und her schubst«, sagte Jasleen verächtlich und schnaubte. »Trixie ist die begnadete Entwicklerin, Nawal die tolle Projektmanagerin und Emre der geniale Admin – und ich? Ich bin nichts. Herr Münk hat mein Potenzial erkannt und wird mir eine echte Chance geben«, ereiferte sich Jasleen mit trotzigem Gesichtsausdruck.

Nawal war in ihrem Stuhl zusammengesackt und hielt sich bei Jasleens Worten erschrocken die Hand vor den Mund. Emre sah Jasleen vollkommen verdattert an und selbst Trixies sonst immer um ihren Kopf tanzende blaue Haarspitzen standen still. Als sie gestern die Entlarvung besprochen hatten, waren sie alle fest davon überzeugt gewesen, dass Trixie die Sabotagen ausgeführt hatte, um Henning eins auszuwischen, der – statt ihr – befördert worden war.

Nie hatte irgendjemand Jasleen auch nur für einen Moment verdächtigt, Nawal am allerwenigsten. Es war, als würde eine eisige Hand ihr Herz zusammenpressen. Jasleen, mit der sie sich einen Stuhl teilte, wenn es mal wieder zu voll war, die ihr Arnika gegeben hatte, als sie sich verletzt hatte. Jasleen, die ein offenes Ohr für sie gehabt hatte und immer nach Kokos roch. Nawal spürte, wie ihr Tränen in die Augen traten.

»Ach, Jasleen«, sagte Amber. »Dass ausgerechnet du auf meinen Vater hereinfallen musst! Er ist ein Meister darin, Leute zu manipulieren.«

Jasleen ignorierte Ambers Kommentar. »Ich hatte sowieso vorgehabt, heute zu kündigen«, verkündete sie eisig und rauschte aus dem Raum, ohne noch irgendjemanden eines Blickes zu würdigen.

Alle bis auf die vier Projektmanager, Trixie, Emre, Henning und Fin verließen ungewohnt schweigsam den Meetingraum.

»Das lief dann doch ein wenig anders als geplant«, sagte Piet und fuhr sich durch seine Haare. Sein sonst immer cooler und scherzender Tonfall war wie weggeblasen.

»Habt ihr echt geglaubt, ich wäre der Saboteur?«, fragte Trixie pikiert und richtete einen anklagenden Blick auf Nawal.

»Es tut mir leid«, gab Nawal zu.

»Schon gut«, erwiderte sie. »So, wie die Dinge lagen, hätte ich mich selbst auch verdächtigt.«

»Woher hast du es eigentlich gewusst?«, wandte sich Jakob an Fin.

»Na ja, also eigentlich war es Julia, die es herausgefunden hat«, druckste Fin herum.

»Julia?«, riefen alle überrascht aus.

»Sie hat wohl vom Chef Wind davon bekommen, dass Nawal verdächtigt wird. Und da hat sie mich zu sich zitiert. Wir haben daraufhin systematisch alle Projekte durchgesehen, bis wir das Muster erkannt haben. Sie war es auch, die vermutete, dass jemand Trixies Passwort geknackt hat. Jemand, den sie nicht nur kennt, sondern sogar bereit war zu decken. Da war es nicht mehr so schwer, auf Jasleen zu kommen.«

»Was machen wir jetzt?«, fragte Piet.

»Ich bleibe definitiv hier«, brauste Amber auf. »Ob das meinem Vater gefällt oder nicht.«

»Wirst du denn seine Firma übernehmen?«, erkundigte sich Jakob.

»Irgendwann vielleicht – aber das hat noch Zeit. Und bis dahin will ich unbeeinflusst lernen, wie man ein guter Chef wird – beispielsweise von Julia«, erklärte Amber.

»Aber Teilprojektleiter werde ich«, entgegnete Piet und grinste breit.

»Da haben Nawal und ich wohl auch noch ein Wörtchen mitzureden«, empörte sich Amber, aber ihre Mundwinkel zuckten verdächtig.

»Das glaube ich nicht – nicht wahr, Nawal?«, warf Jakob ein und verschränkte seine Arme vor der Brust.

»Ja … äh, also«, stotterte Nawal hilflos und knetete ihre Hände.

»Ich habe dich, seit ich dich kenne, noch nicht ein einziges Mal ›äh‹ sagen hören. Also, was wissen wir nicht?«, fragte Piet.

Sie räusperte sich. »Da Herr Münk ja nun geht, übernimmt Frau Andres seinen Posten und sie hat mich gefragt, ob ich ihre alte Stelle annehme …«

Trixie quietschte, boxte Nawal schmerzhaft auf den Oberarm und lachte. »Das nenn ich mal einen geschmeidigen Abgang. Nimmst du mich mit?«

Amber blinzelte und Piet schmunzelte.

»Ihr werdet mich also nicht wirklich los – ich wechsle nur die Seite«, fügte Nawal hinzu.

»Gruppenkuscheln!«, befahl Trixie und zog sie alle in eine Umarmung. »Gut, das machen wir nie wieder«, stellte sie danach fest, und alle lachten befreit.

EIN JAHR SPÄTER

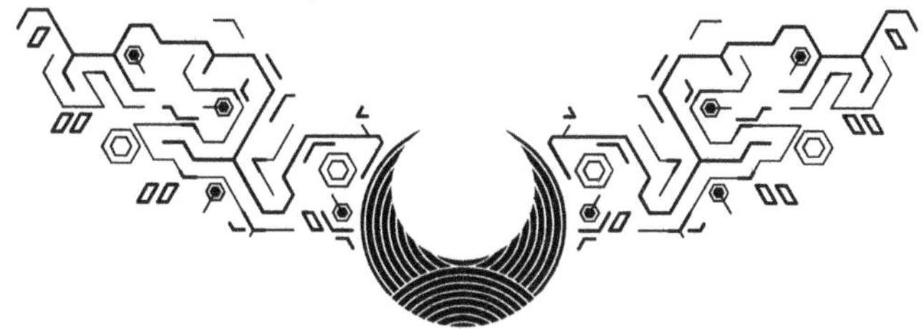

Ungeduldig schaute Nawal immer wieder auf die Uhr. »Weißt du, Gras wächst auch nicht schneller, wenn man daran zieht«, zog Elias sie auf, während er sie schmunzelnd betrachtete.

»Wieso ziehst du an Gras, damit es wächst, Papa?«, fragte Jamila. »Als Maja gestern daran gezogen hat, hat sie es mir hinterher in die Haare geschmissen. Das war gar nicht nett.« Um das Bild ihres Elends zu untermauern, strich sie sich durch ihre Haare.

Nawal verbarg ihr Lächeln hinter ihrer Hand. Es würde interessant werden zu sehen, wie Elias sich da wieder herauswand.

»Das war nicht wörtlich gemeint«, sprang Hussein ein, »sondern meta… physisch.« Stolz schaute er in die Runde.

»Ja, ähm, also – genau, beziehungsweise fast«, stammelte Elias und sah seine Frau hilfesuchend an.

»Meta Pfützisch?«, wiederholte Jamila und drehte das schwierige Wort in ihrem Mund wie ein Bonbon.

»Es heißt metaphorisch«, sagte Hassan, »und bedeutet, dass man etwas bildlich meint. So wie rosarote Brille. Damit will man sagen, dass jemand nur das Gute sieht. Und Papa wollte sagen, dass Nawal geduldig sein soll.«

Für einen Moment sagte niemand ein Wort, und Nawal war schwer beeindruckt von ihrem kenntnisreichen neunjährigen Neffen.

»Mein Sohn. Das ist mein Sohn!«, sagte Elias stolz und gab ihm einen anerkennenden Klaps auf die Schulter.

»Hab ich doch gesagt«, nuschelte Hussein und rollte mit den Augen.

»Rosarote Brille?«, jauchzte Jamila. »Kann ich so eine haben?«

»Die bringe ich dir beim nächsten Mal mit«, ertönte Adams Stimme, der hinter ihnen allen lautlos das Zimmer betreten hatte.

Nawal rannte zu ihm. Er drückte sie ganz fest und raunte ihr zu: »Ich habe dich auch vermisst.« Dann küsste er erst die Hand und danach die Stirn seiner Eltern.

Nawal konnte sich gar nicht sattsehen an ihrem älteren Bruder, der seine Expedition auf ein Jahr verlängert hatte. Sein Bart war länger als früher, er war braun gebrannt und schien muskulöser geworden zu sein. Aber vor allem strahlte er. Sie brannte darauf, zu erfahren, was er alles erlebt hatte, denn alle Details hatte er in ihren häufigen Telefonaten nicht erzählen können. Und die wollte Nawal hören.

Yusuf saß auf dem Sofa und hielt seine Tochter im Arm, die jetzt fast ein Jahr alt war. Wenn Nawal je einen verliebten Vater gesehen hatte, dann war es der jüngste ihrer Brüder.

Beim Mittagessen erzählte zunächst Adam von seinen Erlebnissen, dann wandte er sich an Nawal und sagte scherzend: »Und unser Nesthäkchen wird flügge?«

»Wir schreiben gerade erst den Businessplan«, winkte sie ab.

»Brauchst du Geld?«

Während sie noch überlegte, was sie antworten sollte, ruckte Elias› Kopf herum. »Nawal?«

»Wie gesagt, wenn wir mit der Planung fertig sind …«

»Habe ich nicht vorhin den fertigen Businessplan auf deinem Schreibtisch gesehen?«, fragte ihre Mutter unschuldig.

»Ich bin dabei«, sagte Yusuf und kitzelte den Bauch seiner Tochter, die begeistert krähte. »Martas Anteil wollte ich sowieso für meinen kleinen Schatz hier anlegen – und wo könnte ich das Geld besser investieren als in das Geschäft meiner Schwester.«

»Wir wollten es ihr zusammen sagen«, beschwerte sich Elias. »Meinen Anteil bekommst du natürlich auch«, fügte er indigniert hinzu und bedachte seinen jüngeren Bruder mit einem strafenden Blick.

Yusuf lächelte nur und spielte weiterhin mit seiner Tochter.

»Wann genau geht es also los, jetzt, wo du drei Investoren hast?«, fragte Adam und lenkte das Gespräch geschickt zurück zum eigentlichen Thema.

»Ich werde es mit Elif besprechen – aber inschallah können wir nächsten Monat anfangen.«

Die Idee war, eine Plattform zu errichten, die die Moscheen untereinander vernetzte und dadurch die Organisation übergreifender Events erleichterte. Um das zu finanzieren, würden sie aber auch ganz klassisches Consulting anbieten: Sie als Projektleiterin und Elif als Eventmanagerin bei Hochzeiten und anderen Veranstaltungen. Zu Beginn würden sie kein eigenes Büro benötigen – jede arbeitete von zu Hause und wenn sie Meetings hatten, trafen sie sich in Elifs Bäckerei.

Frau Andres war zwar traurig darüber gewesen, Nawal nach so kurzer Zeit als Mitarbeiterin wieder zu verlieren, verstand aber deren Beweggründe und hatte bereits angekündigt, ihre erste Kundin zu werden. Und Julia war diejenige, die mit Nawal den Businessplan durchgegangen war.

»Ich habe auch etwas zu verkünden«, sagte ihre Mutter und griff nach der Hand ihres Vaters. »Frau Schelling, die Leiterin des Horts, geht Ende des Jahres in Rente. Ich bin gefragt worden, ob ich die Stelle übernehmen möchte, und ich habe zugesagt.«

Nawal umarmte ihre Mutter. »Die Kinder werden die beste Leiterin ever bekommen«, raunte sie in ihr Ohr, und ihre Mutter drückte sie fest.

»Und wenn wir hier schon bei guten Neuigkeiten sind …«, sagte ihr Vater. »Heute Morgen hat mir mein Anwalt mitgeteilt, dass mein ehemaliger Chef sich auf eine außergerichtliche Einigung eingelassen hat. Damit sein Sohn nicht angezeigt wird, denn es war dessen Fahrlässigkeit, die den Unfall verursachte, zahlt er mir ein siebzigprozentiges Gehalt für die nächsten drei Jahre, bis ich in Rente gehe. Das hat für uns beide mehr Vorteile als eine einmalige Schadensbegleichung, und ich werde mich ehrenamtlich in der Moschee einbringen.« Er lächelte. Seine linke Hand würde er zwar nie mehr wie vorher benutzen können, aber er hatte brauchbare Wege gefunden, wie er diese Einschränkung ausgleichen konnte.

Ihre Brüder beglückwünschten die Eltern und Nawal beobachtete ihre Familie, wie sie miteinander lachten und scherzten. Während Jamila Yusuf beschwor, das Baby auch mal halten zu dürfen, setzte sich Adam neben sie.

»Lass dich mal ansehen«, sagte er und hielt Nawal an den Schultern vor sich. »Ich erkenne dich kaum wieder. Da geht man nur für ein Jahr weg und verpasst die interessantesten Ereignisse. Zum Beispiel das schlagartige Erwachsenwerden der kleinen Schwester.«

Sie stupste ihn spielerisch in die Seite. »Du siehst gut aus«, erwiderte sie und betrachtete ihn genauso intensiv, wie er es eben bei ihr gemacht hatte. »Da ist noch etwas, was du uns noch nicht erzählt hast, habe ich recht?«

»Was meinst du?«, fragte er unschuldig und senkte den Blick, aber sie hatte das bestätigende Funkeln in seinen Augen gesehen.

»Lass mich überlegen: Du bist zurück, also geht es nicht um eine weitere Expedition«, riet sie und legte sich den Finger auf die Lippen, während sie seine Reaktion abwartete. »Nein, das ist es nicht. Hast du Fördergelder bekommen für weitere Forschungen?«, überlegte sie laut.

Adam trommelte mit den Fingern auf dem Tisch. »Bist du dann fertig, Holmes?«

»Nein – noch nicht, Watson.«

»Was besprecht ihr zwei da?«, mischte sich Elias ein.

Nawal sah von Elias zu Tasniem und von Yusuf zu Mina und da wusste sie es. Sie riss die Augen auf. »Wer?«

»Ich weiß nicht, wovon du sprichst«, antwortete er glatt, aber seine Mundwinkel zuckten verräterisch.

»Hallo?«, hakte Elias nach. »Weiht mich mal jemand ein? Worum geht es?«

Mittlerweile hatten sie die Aufmerksamkeit der gesamten Runde.

»Na gut«, gab Adam nach und schmunzelte. »Ich habe jemanden kennengelernt, den ich euch gerne vorstellen würde«, sagte er und auf einmal redeten alle durcheinander, während Adam seine Eltern umarmte.

»Deine Firma hat damit ihren ersten Hochzeitskunden, denn wie ich gehört habe, sollen die Torten dort fantastisch sein«, flachste er und schaute Nawal an.

»Es sind die besten!«, gab sie zurück.

Elif klammerte sich an Nawals Arm und trat ihr in die Ferse. »Elif! Das war jetzt das dritte Mal«, beschwerte sie sich und rieb sich die mittlerweile rote Stelle.

»Es tut mir leid! Ehrlich. Ich bin nur so aufgeregt!«, japste ihre Freundin und zog Nawal mit sich. »Kannst du sie schon sehen?«

»Nein, noch nicht, aber wir sollten sie gleich ...« Ruckartig blieb Nawal stehen und schluckte. Elif rannte prompt in sie hinein und gab einen Schmerzenslaut von sich.

»Wenn das ein subtiler Hinweis gewesen sein soll«, sagte Elif und hielt sich die Nase, »habe ich ihn verstanden.«

Doch Nawal regte sich nicht, sondern starrte mit offenem Mund nach vorn, sodass Elif ihren Kopf seitlich an ihr vorbeistreckte.

»Das ist sie also«, hauchte sie.

»Das ist sie«, bestätigte Nawal und lief wie in Trance weiter, den Blick geradeaus auf die Kaaba gerichtet.

»Nicht bummeln, die Damen«, hörten sie Jakob weiter vorn sagen und schlossen zu ihm auf. »Der schwarze Stein ist da vorn«, sagte er und zeigte mit der Hand in die Richtung.

Sie waren mit den diesjährigen Gewinnern des Quranwettbewerbs zur Umra gefahren. Im Hotel hatten sie nur kurz eingecheckt, nach dem langen Flug ihr Wudu aufgefrischt, und waren dann gleich zur Kaaba geeilt.

Jakob, der mit seinem Vater schon vor zwei Jahren eine Umra vollzogen hatte, übernahm die Führung. Vermutlich würde er nie aufhören, sie zu beschützen, und es war an der Zeit, ihm zu sagen, dass er seine »Schuld« längst abgeleistet hatte. Für einen Moment überlegte sie, schmunzelte dann aber. Das würde sie nach der Umra ansprechen. Vielleicht.

Jakob wurde nach ihrem Wechsel zu Frau Andres ihr Ansprechpartner in ihrer alten Firma. Sie hatten nicht nur äußerst effizient zusammengearbeitet, sondern sie hatte seine Weitsicht, seine Freundlichkeit und seinen trockenen Humor schätzen gelernt. Wenn Frau Andres sie wirklich weiterhin die Projekte mit Mpact als freiberufliche Mitarbeiterin managen lassen würde, würde sich an ihrer Zusammenarbeit auch so schnell nichts ändern.

Selbst Amber war verträglicher als früher. Von dem nöligen Ton war nichts mehr übrig. Jakob erzählte, dass sie oft mit Piet beieinanderstand und Witze riss. Wer hätte das gedacht?

Julia war nach kurzer Elternzeit ins Büro zurückgekommen und hatte Herrn Baum abgelöst. Viele Mitarbeiter nahmen ihm übel, wie er die Challenge geführt und die Sabotage gehandhabt hatte.

Von Jasleen hatte Nawal nie wieder gehört. Sie hatte gekündigt und war, Gerüchten zufolge, zu ihren Eltern nach Indien geflogen. Niemand wollte mit jemandem zusammenarbeiten, der sich bestechen ließ und gegen die Kollegen arbeitete. Nawal hoffte für sie, dass sie zu ihrem alten Ich zurückfinden würde. An manchen Tagen vermisste sie ihre ehemalige Freundin schmerzhaft.

Trixie war mit Nawal zu Frau Andres gewechselt und längst nicht mehr so miesepetrig wie früher. Seit sie und Henning sich nicht mehr zwangsweise jeden Tag sehen mussten, trafen sie sich sogar ab und zu zum Mittagessen. Und Trixie hatte bereits angekündigt, Nawal die Plattform ganz bestimmt nicht allein aufbauen zu lassen.

»Alles in Ordnung?«, fragte Elif neben ihr und musterte sie wissend.

»Alhamdulillah, alles bestens«, bestätigte Nawal.

Und das war es.

Ende

DANKE SCHÖN
Bismillah.

Dieses Mal habe ich euch in das wunderschöne Granada mitgenommen, welches eine beeindruckende Geschichte vorzuweisen hat und auf jeden Fall einen Besuch wert ist. Mit Allahs Hilfe habe ich es geschafft, in dieser turbulenten Zeit mein viertes Buch fertigzustellen. Nie war es relevanter, Muslime auch in Büchern zu repräsentieren, und ich hoffe sehr, dass ihr Nawals Geschichte genauso sehr mögt wie ich.

Die Wichtigkeit des guten Benehmens kann gar nicht oft genug betont werden und es ist egal, ob es in der Schule, im Privat- oder im Berufsleben ist. Dabei nicht das Ziel, Allah wohlgefällig zu sein, aus den Augen zu verlieren, ist manchmal nicht leicht.

Meine Lektorin, Ulrike Weinhart, hat für euch den Stab gebrochen, das Fachchinesisch wegzulassen, wofür ich ihr unglaublich dankbar bin. Anna Dörscheln sorgt nicht nur für den letzten Feinschliff, sondern ist für mich immer auch die erste Leserrückmeldung, was ich nicht missen möchte.

Meiner Familie danke ich für ihr Durchhaltevermögen – ich weiß, diesmal war es ein hartes Stück Arbeit und ohne eure Zusprache, Ideen und euer Mitfiebern wären die Geschichten nicht das, was sie sind.

Und schließlich danke ich euch Lesern für eure lieben Nachrichten, die mich darin bestärken, weiterzumachen. Ich bin gespannt, wer geahnt hat, wer der Saboteur war, und wie euch die Reise nach Granada mit Nawal und Elif gefallen hat. Eure direkte Rückmeldung ist mir sehr wichtig – ich freue mich über Lob, Kritik oder Anregungen und beantworte inschallah alle eure Anfragen. Schreibt mir gerne eine E-Mail an: *info@marianouria.de*

Wenn Euch die Geschichte gefallen hat, unterstützt mich bitte mit einer Rezension egal auf welcher Plattform. Gerade einer unabhängigen Autorin helft ihr damit am meisten.

Eure Maria

MARMORKUCHEN

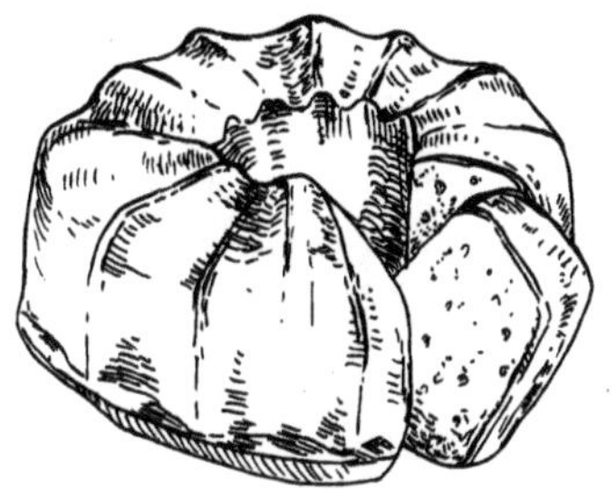

Zutaten
400g Mehl
250g Butter (flüssig)
1 Päckchen Backpulver
5 Eier
125ml Milch (oder Wasser)
250g Zucker
Kakao
Vanille

Zubereitung

Eier aufschlagen, Zucker und Vanille hinzugeben und mit dem Rührgerät schaumig schlagen.

Backpulver mit dem Mehl mischen, flüssige Butter und die Milch zufügen und mit der Zucker-Ei-Masse mit dem Rührgerät zu einem glatten Teig verrühren.

Die Hälfte des Teigs in eine Backform füllen (Kasten oder Gugelhupf). Zur anderen Hälfte Kakao geben und verrühren. Dann den dunklen Teig über den hellen Teig gießen und mit einer Gabel spiralförmig durch den Teig ziehen.

Backofen auf 180 Grad Ober-/Unterhitze einstellen und den Kuchen 60 Minuten backen.

Hatte ich schon erwähnt, dass ich Marmorkuchen liebe?

GLOSSAR

Anbei findet ihr eine Übersicht über die im Roman benutzten islamischen Begriffe.

Adhan – islamischer Gebetsruf, der zu den fünf Pflichtgebeten in arabischer Sprache erfolgt

Alhamdulillah – Alles Lob gebührt Allah

Asr – Nachmittagsgebet

As-salamu alaikum wa rahmatuh Allahi wa barakatuhu - Friede, Barmherzigkeit und der Segen Allahs seien auf euch

Aya(t) – kleinster Teil innerhalb einer Sure aus dem Quran

Bismillah-ir-Rahman-ir-Rahim – Mit dem Namen Allahs des Allerbarmers, des Barmherzigen; Anrufungsformel, die vor jeder Sure (außer 9) gesprochen wird, aber auch vor allen Handlungen (bspw. Essen, Lernen etc.)

Chair inschallah - Gutes, wenn Allah will

Chutba - Freitagsansprache

Dhikr – Gedenken an Allah

Dhuhr – Mittagsgebet

Djazak(i) Allahu chairan – (m)/(w) möge Allah dich mit Gutem belohnen

Djumua-Gebet – Freitagsgebet

Fajr – Morgengebet

Habibti / Habibi – Kosename »Schatz« (w) / (m)

Hadith – Eine Überlieferung darüber, was der Prophet Muhammad (s) gesagt, getan oder stillschweigend geduldet hat

Hasanat - gute Taten (Belohnung)

Inschallah - so Allah will

Iqama - zweiter Gebetsruf

Juz – Kapitel des Qurans

La ilaha illallah - es gibt keinen Gott außer Allah

Maghreb-Gebet - Abendgebet

Maschallah – Redewendung / Ausruf der Bewunderung

Mushaf – das Buch, in dem Allahs Worte – der Quran – festgehalten sind

Qibla – Gebetsrichtung nach Mekka

Quran – Allahs Worte

Rakat – Abschnitt im islamischen Gebet

Sadaqa - Spende

Sure – Abschnitt/Kapitel im Quran

Tadschwid - jeden Buchstaben im Quran korrekt auszusprechen

Tahajjud – freiwilliges Gebet im letzten Drittel der Nacht

Tajine - rundes aus Lehm gebranntes Schmorgefäß mit einem gewölbten oder kegelförmigen Deckel

Wa iak(i) – (m/w) Und dich auch – Antwort auf Djazak(i) Allahu chairan

Wudu – rituelle Gebetsreinigung

DREI DINGE
Und hier nochmal Hamzas Fragen.

Drei Dinge, die wir beibehalten sollten
Beten
Quran lesen
Qiyam-ul-layl, das Gebet in der Nacht

Drei Dinge, die wir reduzieren sollten
Essen
Schlafen
Viel reden

Drei Dinge, die uns im Diesseits und Jenseits um Rangstufen erhöhen
Sadaqa (Spenden)
Nach Wissen streben
Eltern gut behandeln

Drei Dinge, von denen wir uns fernhalten sollten
Lügen
Die Benutzung von schlechten Wörtern
Üble Nachrede

ÜBER DIE AUTORIN

Maria Nouria hat International Business Administration studiert und implementiert seit mehr als zwanzig Jahren Projekte und Prozesse im IT-Bereich. Als leidenschaftliche Leserin zog sie schon immer eine spannende Geschichte trockenen Lehrbüchern vor. 2001 konvertierte sie zum Islam und verschlang alles an Büchern, was sie finden konnte.

Im November 2022 veröffentlichte sie ihren ersten islamischen Roman, dem im Jahre 2023 zwei weitere folgten.

Sie lebt mit ihrem Mann und ihrer Tochter in Hessen.

DIE BLAUE SCHATULLE

ISBN: 978-3756841219 | 336 Seiten

»Herr Ibrahim hat gesagt, dass Wissen der Schlüssel zu allem sei.«

Als Nadias Nachbar Herr Ibrahim plötzlich erkrankt, bittet er ausgerechnet die siebzehnjährige Muslima, eine Schatulle aufzubewahren. Schnell stellt sie fest, dass sie nicht die Einzige ist, die das Rätsel um deren Inhalt lösen will. Die Suche nach Antworten führt sie nach Fés, und während sie in den engen Gassen Marokkos den Hinweisen nachgeht, sind ihr die Verfolger bereits dicht auf den Fersen. Was ist so wertvoll, dass sie zur Gejagten wird, und wem kann sie noch vertrauen? Unverhofft auf sich allein gestellt, muss sie beweisen, dass Herrn Ibrahims Vertrauen in sie nicht ein Fehler war.

MARIA NOURIA

DIE BLAUE SCHATULLE

ROMAN

DER VERSCHOLLENE RING
ISBN: 978-3741277191 | 348 Seiten

*»Niemand kann euch sagen, was das Beste
ist. Wir planen und stellen später fest, dass
Allah einen besseren Plan für uns hatte.«*

Nach zwei Jahren harter Arbeit ist Nadia am Ziel – sie hat ihr Abitur in der Tasche und kann das studieren, was ihr am meisten Spaß macht. Doch Herrn Ibrahims Sohn hat ein lange verschollenes Artefakt gefunden, das nicht nur ihn, sondern alle, die versuchen ihm zu helfen, in Gefahr bringt. Während Nadia in Mekka den Hadsch vollzieht, trifft sie auf einen alten Widersacher, der sie mehr als einmal zwingt, Entscheidungen zu fällen, die nicht nur sie betreffen.

DER
VERSCHOLLENE
RING
ROMAN
MARIA NOURIA

30 TAGE CARSHARING
ISBN: 978-3758318573 | 376 Seiten

30 Tage, ein Auto, ein Deal

Hannah Blum weiß genau, was sie nach dem Abitur machen will. Als Vollwaise, die bei ihrer unnahbaren Tante aufgewachsen ist, muss sie das auch. Doch Hannahs Auto streikt, und wenn sie nicht rechtzeitig zu ihrem Bewerbungsgespräch nach Hamburg kommt, kann sie ihre Zukunft vergessen.

Amal Aziz verknackst sich ausgerechnet zwei Tage vor Ramadan ihren Fuß. Sechs Wochen lang darf sie kein Auto fahren – und das, wo sie nicht nur jeden Abend in die Moschee gehen will, um zu beten, sondern auch viele Familien auf sie zählen.

Die beiden schließen einen Deal für 30 Tage und schon bald entwickelt sich eine tiefe Freundschaft zwischen ihnen, aber ihr Schicksal ist längst in einer Weise miteinander verbunden, die sie nicht haben kommen sehen.

30 TAGE

Carsharing

ROMAN

MARIA NOURIA

DAS ERBE DES TOTENWÄSCHERS

EIN ISLAMISCHER FAMILIENROMAN

ISBN: 978-3819239380 | 420 Seiten

Jede Seele wird den Tod kosten

Elias Zitouni ist ein erfolgreicher Jungunternehmer, der auf der ganzen Welt zu Hause ist. Unvorbereitet trifft ihn die Nachricht vom Tod von Moaz Hilal, der für ihn in seiner wilden Kindheit wie ein Vater war. Ausgerechnet er soll dessen letzte Waschung übernehmen, die eigentlich den engsten Verwandten vorbehalten ist. Unverzüglich macht er sich auf in das verschlafene Dorf seiner Jugend.

Mona Hilal leitet eine Frühstückspension, in die sie sich seit zehn Jahren verkriecht. Als ihr Großvater Moaz stirbt, bricht ihre Welt zusammen. Er hinterlässt ganz genaue Anweisungen, die ein Wiedersehen mit dem Mann beinhalten, der vor zwölf Jahren so abrupt aus ihrem Leben verschwand.

In seinem Testament vermacht er beiden jeweils eine hohe Summe, wenn sie für sechs Wochen ihre Leben tauschen. Je tiefer sie sich darauf einlassen, desto mehr drängt sich die Frage auf: Was hat Moaz damit wirklich bezweckt?

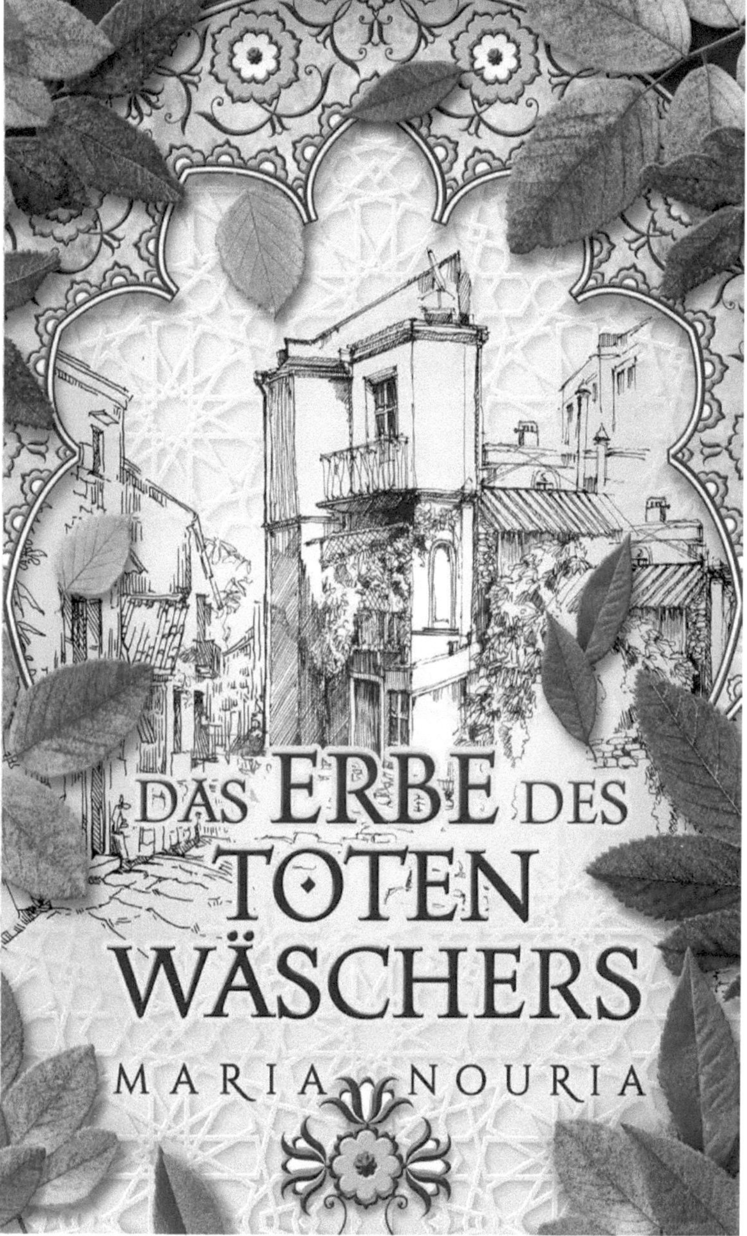

DAS ERBE DES
TOTEN
WÄSCHERS
MARIA NOURIA